CINQUE LAME SPEZZATE

MAI CORLAND

TRADUZIONE DI BENEDETTA GALLO

ROMANZO

MAGAZZINI SALANI

Titolo dell'originale inglese:
FIVE BROKEN BLADES

ISBN: 979-12-5957-380-3

Per essere informato sulle novità
del Gruppo editoriale Mauri Spagnol visita:
www.illibraio.it

Questo libro è un'opera di fantasia. Nomi, personaggi, luoghi e occorrenze varie sono frutto dell'immaginazione dell'autore o sono usati in modo fittizio. Qualsiasi somiglianza con eventi, luoghi o persone reali, vive o morte, è casuale.

Pubblicato per la prima volta nel 2024 da Red Tower Books
Questa edizione è pubblicata in accordo con ENTANGLED PUBLISHING LLC c/o Alliance Rights Agency, LLC e Donzelli Fietta Agency srls

Cover art and design by Elizabeth Turner Stokes
Interior map art by Elizabeth Turner Stokes
Texture metallica © Shutterstock/boonchai sakunchonruedee
Lame © Shutterstock/Anton Mykhailovskyi

www.magazzinisalani.it

Per il mio cuore e il mio sole
e il mio uomo d'acciaio

Cinque lame spezzate è un dark fantasy pieno di micidiali bugiardi, moralità discutibili e segreti in grado di far crollare un regno. In quanto tale, la storia include elementi che potrebbero non essere adatti a tutti i lettori. Si segnala la presenza di violenza, sangue, morte, avvelenamento, abuso di sostanze, scene esplicite, tendenze suicide e schiavitù. I lettori che potrebbero essere particolarmente sensibili a questi argomenti sono pregati di tenerne conto e stare pronti a contendersi la corona...

DESERTO DI AMROCK
OUTTON
TILE
FALLOW
LARK
MONTI TANGUN
RAHWAY
YUSAN
LAGO GARDA
GAIN
USE
MARE OCCIDENTALE

MARE SETTENTRIONALE
KHITAN
MONTI KHAKATAN
UMBRIA
PYONG
FIUME SOL
CAPRICIA
OOSANT
MARE ORIENTALE
TAMNEKI
ASEYO
LAGO IDLE
(PALAZZO DI QALI NEL MEZZO)
ROTTA PER WEI
LEEP
CETIL
STRETTO DEI DENTI
GAYA

NOTA DELL'AUTRICE

La Corea può vantare una mitologia ricca e una cultura vivace. In quanto coreano-americana, per creare il mondo di *Cinque lame spezzate* ho attinto alla mia storia personale e alle mie esperienze di vita. Tuttavia, è bene sottolineare che questo libro non è né un romanzo storico né un fantasy basato sul mondo reale; si svolge in un'ambientazione unica, nata in seguito alle mie ricerche sui miti, le leggende e la cultura coreana. Mi sono concessa più di una licenza poetica, ma spero che i lettori alla fine del romanzo possano sentirsi arricchiti almeno quanto me mentre lo scrivevo.

\- Mai

CAPITOLO 1

ROYO

CITTÀ DI UMBRIA, YUSAN

Oro in cambio di sangue: questo è il mio motto e il mio biglietto da visita.

Il mercante conta lentamente i mun d'oro, con le mani guantate che tremano via via che le monete gli finiscono nel palmo. È un po' più alto di me, ma le mie spalle sono larghe il doppio.

«Sbrigati. Non ho tutta la notte» dico.

La mia voce profonda lo fa trasalire, e due mun di bronzo cadono a terra. Li lascia rotolare via ma si ferma un attimo, valutando se raccoglierli o meno. Per i Dieci Inferni. Di questo passo, ci metteremo due vite.

Finalmente mi fa scivolare i soldi in mano: il compenso per un naso rotto e una gamba spezzata. Quindi se ne va, con il mantello foderato di pelliccia che sventola nella brezza notturna. Non è una vita nobile, quella del muscolo a pagamento, ma nemmeno nelle classi più alte è tutto rose e fiori.

Conto i soldi mentre cammino tra gli edifici sporchi di fuliggine. Ci sono tutti. Li metto nel borsello che infilo nella tasca interna della giacca. Dietro di me, la mia ultima vittima mugola nell'oscurità del vicolo. Se continua con questo baccano, uno stormo di hael lo spolperà prima di domattina. E quello stronzo riccone del mercante non ha pagato per un cadavere.

«La fai finita?» dico.

I mugolii cessano.

«Grazie». Rimane in silenzio, non so se ammutolito dal dolore o dalle mie buone maniere.

Valuto se tornare ad aiutarlo. È un pensiero che faccio sempre. Ma non sono affari miei. Non è un mio problema, quello che succede dopo che il mio lavoro è finito. E nemmeno il motivo per cui il mercante ha voluto mandare il messaggio.

Sono strade che non portano da nessuna parte. E io un posto dove andare ce l'ho.

Mi alito sulle dita callose per scaldarle. Che freddo del cazzo. La brina fa scintillare i ciottoli e il canale di scolo ha già iniziato a ghiacciare. I pochi alberi rimasti in questa città soffocante sono spogli da tempo. L'inverno arriva in fretta a Umbria. D'altronde, è tipico della morte.

Probabilmente farei bene a comprare dei guanti caldi, ma mi si stringe lo stomaco al pensiero di spendere anche un solo mun d'argento. Ogni moneta conta, e comunque non ho bisogno di roba di lusso.

Quando arrivo a Inch Street, due coppie ben vestite si scansano per farmi passare. Hanno manicotti di pelliccia e costosi cappelli piumati. Palloni gonfiati. Fanno di tutto per starmi lontano e appena mi superano affrettano il passo, nemmeno fossi contagioso o chissà che. Be', immagino che, se anche le mie dimensioni non dovessero bastare a intimidire i passanti, la cicatrice che mi squarcia il viso a metà farebbe il resto. La gente gira al largo.

Meglio così.

Con un grugnito, mollo una spallata alla pesante porta di legno del Butcher & Ale. Sono stato in locali più puliti, più belli e che servono cibo migliore, ma quei pub non fanno per me. Questo, invece, è caldo senza essere soffocante e chiassoso; un posto tranquillo, tutto ciò di cui ho bisogno. Il Butcher & Ale è casa. È qui che ho iniziato a lavorare, dieci anni fa. Subito dopo aver compiuto quindici anni, ho rivendicato quello che adesso è il mio angolo; all'epoca avevo venti chili di muscoli e una cicatrice sul viso in meno. Tutti sanno cosa faccio, ma siccome tengo il posto al sicuro, chiudono un occhio.

Mi siedo sul solito sgabello in fondo al bancone. Yuri mi vede e mi versa una pinta. Potrebbe avere quarant'anni come sessanta. Chi può dirlo, con quella testa pelata. Non è un gran chiacchierone, e questa cosa mi piace.

Fa scivolare la birra sul legno consumato. Il boccale è abbastanza pulito. «È venuta una persona a cercarti».

Alzo le sopracciglia mentre bevo il primo sorso. C'è sempre qualcuno che mi cerca: per combattere, per ferire, per uccidere. Non è una novità. «Perché dovrebbe importarmi?»

Yuri si getta lo strofinaccio sulla spalla e si china in avanti. «Era una ragazza».

Smetto di bere. Il cuore rimbomba e mi si blocca in gola. Lo ricaccio al suo posto e faccio finta di niente. «Com'era fatta?»

«Bella» dice Yuri. Non molto utile, come descrizione. Stringo il pugno e lo fisso. Lui sgrana gli occhi e si strofina il naso, che qualcun altro gli ha rotto tempo fa. Poi inizia a balbettare: «Alta quasi come me, grandi occhi marroni, capelli neri abbastanza corti. Più o meno la tua età, sui venticinque anni. Mantello di velluto rosso».

Deglutisco, elaborando l'informazione. Una ventenne alta che chiede di me è qualcosa di insolito. E credo che 'bella' possa fare la differenza: nemmeno ricordo l'ultima volta che una ragazza attraente mi ha cercato. Forse vuole dare una lezione a un vecchio fidanzato o vendicarsi di una rivale in amore. Ma io non faccio del male alle ragazze.

«Sta al Black Shoe Inn» aggiunge Yuri.

Tra i posti più raffinati di tutta Umbria. Quindi ha i soldi e non è di qui, ma in qualche modo sapeva dove cercarmi. Ecco. Sento puzza di guai.

«Non sono interessato» dico.

Yuri fa spallucce. «Come ti pare».

Va dall'altra parte del bancone a servire un altro cliente. Un ragazzo che dimostra più anni di quelli che ha, seduto sullo sgabello a quattro passi da me. L'unico sguardo che incrocia è quello di Yuri, quindi anche lui è qui per bere da solo. A volte ci si sente meno disperati ad affogare i propri dispiaceri in una botte di birra condivisa. A svanire nella folla del pub. Anche senza rivolgere la parola a nessuno. È quello che faccio io, la maggior parte delle sere.

Ma oggi non posso sparire. So che sarà una di quelle volte in cui, per quanto beva, non riuscirò a dimenticare, me lo sento nelle viscere. Quindi perché farmi venire un mal di testa che domani mi pugnalerà dietro gli occhi?

Scolo la mia pinta lasciando solo il fondo, poi mi do lo slancio spingendo sul bancone e faccio raschiare le gambe dello sgabello sul pavimento appiccicoso. «Vado».

Le sopracciglia folte di Yuri schizzano in alto. È come se tutti i peli che non ha in testa gli fossero finiti sulla faccia. «Di già?»

Ha ragione a essere sorpreso. Di solito mi fermo nell'angolo e mi faccio qualche birra mentre aspetto che arrivi il lavoro successivo. Tanto in qualche modo i problemi riescono sempre a trovarmi. Normalmente fanno in fretta, ma a volte ci vogliono quattro birre. Stasera ne basta una.

«Mal di testa». Mi picchietto la tempia come se non sapesse dov'è la testa. Ma sto mentendo. E dallo sguardo pungente che mi lancia, Yuri non ci casca neanche per un secondo.

Però annuisce. «Notte, Royo».

Faccio per andarmene, ma succede qualcosa di strano. Una sensazione insolita, come un cuore che salta un battito. Giurerei di aver visto una macchia rossa con la coda dell'occhio. Sbatto forte le palpebre, osservo la sala, poi guardo nello specchio del bar. Niente. Solo il riflesso del mio viso sfregiato e la mia testa rasata. Niente di rosso in vista. Scuoto il capo. Stasera ho davvero qualcosa che non va. Meglio levare le tende.

Arranco fuori dal Butcher & Ale e torno sulla strada gelida. Presto mi toccherà riparare i lacci degli stivali, e probabilmente rattoppare di nuovo la pelle... mi serviranno ancora per un po'.

Sembra incredibile, ma la serata si è fatta ancora più fredda. I miei respiri si trasformano in nebbia nell'aria. Mentre cammino, mi alito di nuovo sulle dita.

Dopo cinque isolati nella direzione sbagliata, passo davanti al Black Shoe Inn. Non posso fare a meno di rallentare e fissare i lampadari che brillano dietro le finestre. Chissà se... scuoto la testa.

Che sto facendo? Cos'è che sto cercando?

Mi allontano al doppio della velocità. È troppo sospetto. Troppo assurdo. Il mio istinto ha sempre ragione, e le cicatrici che porto sono un monito di tutte le volte che l'ho ignorato. L'ultima mi è costata tutto. Non permetterò che accada di nuovo.

Per raggiungere la mia baracca nella parte più a buon mercato della città ci vuole circa un quarto d'ora su Avalon Road. Lasciandosi alle spalle la zona commerciale, gli edifici diventano sempre più bassi e fatiscenti. Il declino di Umbria è cominciato il giorno in cui Re Joon è salito al potere, quando io ero bambino. Il declino dell'intero Paese, a dire il vero.

La strada curva, e sulla sinistra mi ritrovo il fiume. Si potrebbe pensare che vivere vicino all'acqua sia pittoresco; be', non a Umbria. L'unico fiume che abbiamo è il sudicio Sol. La gente ci svuota i vasi da notte e i bidoni della spazzatura. E quando ci si avvicina abbastanza da sentire l'acqua lambire la riva lercia, il freddo diventa ancora più tremendo, di quelli che entrano nelle ossa.

Cerco di fare attenzione a dove metto i piedi, a tutto ciò che mi circonda. Umbria brulica di troppi pericoli – le bande criminali, gli uomini come me, gli hael – per camminare sovrappensiero. Ma oggi sono fuori fase. Distratto.

Do la colpa a Yuri. È un oste, non un messaggero. Avrebbe potuto tenersi quell'informazione per sé.

Ma non ce l'ho davvero con Yuri. La verità è che sto pensando a *lei*. Quando ho sentito che era una ragazza, ho sperato. E la speranza è un coltello seghettato. La speranza mette insieme sogni di vetri infranti, solo per permettere alla realtà di arrivare e frantumarli di nuovo. La speranza è la punizione più crudele di tutte. Perché quando non spero, so: non è lei, stupido. Non può essere. Non potrà mai essere lei.

Perché io l'ho uccisa.

CAPITOLO 2

EUYN

CITTÀ DI OUTTON, FALLOW

Mi danno la caccia.

Mentre mi aggiro furtivo per il mercato di Outton, questo crudele scherzo del destino mi strappa una risata sommessa tra i peli della barba. Un tempo il celebre cacciatore ero io, addirittura il migliore di tutto lo Yusan, secondo il re. E ora eccomi, nei bassifondi, a Fallow, a fare da preda.

Sguscio di lato, riparandomi dietro alle bancarelle di legno per non dare a nessuno una visuale pulita. Ho passato gli ultimi tre anni cercando di evitare che venisse riscossa la taglia di ventimila mun d'oro che pende sulla mia testa. Almeno questo assurdo labirinto ha una sua utilità.

Il mercato di Outton dà l'idea di essere stato messo insieme in fretta e furia nell'arco di una notte, con pezzi di legno e tessuti vari recuperati da un relitto; poi, la mattina dopo, qualcuno deve aver deciso di lasciarlo così per altri cent'anni. Mi chiedo se anche nello Yusan i mercati siano così, bazar sporchi e raffazzonati. Io non ci ho mai messo piede, perché abbiamo sempre avuto dei servi che facevano la spesa al posto nostro. Servi che facevano tutto ciò che desideravamo, in effetti. Ma questa non è più la mia vita. È solo quella che non riesco a dimenticare.

Passo davanti a un banco di pelli conciate vendute da un tipo dall'aspetto burbero. Mi fa un cenno e io ricambio. L'ho già visto, ma non conosco il suo nome. Non gliel'ho chiesto, per evitare che chiedesse il mio.

Quando diventa chiaro che oggi non acquisterò nulla smette di darmi retta e, armato di coltello, ricomincia a scrutare la calca in cerca di possibili ladruncoli. Senza un re, a Fallow ognuno applica la giustizia a modo suo.

La sensazione di essere osservato mi fa prudere la pelle. Lancio un rapido sguardo oltre la spalla sinistra per vedere se qualcuno mi sta seguendo. Niente.

Proseguo tra polli chioccianti e spezie aromatiche. Il profumo dei chiodi di garofano e del cardamomo è travolgente mentre i miei stivali calpestano la terra polverosa. Fingo interesse per una pila di datteri secchi mentre lancio un'occhiata a destra. Ancora niente. Tutto procede come al solito. Solo donne stanche in abiti di filato grezzo che trasportano la loro mercanzia sulla testa, e uomini barbuti in cerca di buoni affari o buone risse. I bambini sono rari qui, e i pochi che ho visto sono piccoli e sudici borseggiatori.

Ma oggi non è per la mia borsa che sono preoccupato. È per il mio collo.

Il cuore mi batte forte e ho la bocca secca come la terra che mi circonda. Non è colpa del sole. È che all'aperto, in pieno giorno, sono un bersaglio facile. Vorrei riuscire a confondermi con il resto del popolo, ma è un trucco che ancora non padroneggio. Cammino con il cappuccio tirato sui capelli neri e tunica e pantaloni incrostati di sabbia, proprio come tutti gli altri, eppure in me c'è qualcosa che si rifiuta di essere comune.

Due donne mi fissano mentre passo. Mi volto per vedere se si sono accorte di una minaccia, scruto i tetti degli edifici di argilla, ma è proprio me che stavano guardando: perché i miei lineamenti, i miei modi sono troppo eleganti, la mia testa troppo alta. Sono bloccato a Fallow da tre anni e ancora non cammino ingobbito come loro. Le mie spalle si rifiutano di affossarsi sotto il peso della vita. Quando mi sforzo di imitare la loro andatura, la giovane e graziosa proprietaria della locanda dove alloggio mi guarda storto e mi domanda se 'ho fatto il bagno nella coppa', il loro modo per chiedere se ho bevuto troppo.

Sarei dovuto rimanere alla locanda fino a sera, perché a quell'ora riesco a mimetizzarmi meglio. Lì sono al sicuro, per quanto io possa esserlo in un qualunque luogo. Ho controllato ogni angolo, tracciato ogni via di fuga. C'è una scala di corda nascosta tra le tende, nel caso avessi bisogno di scappare in fretta dalla mia stanza al secondo piano. In alto fa più caldo, ma con una finestra al pianterreno potrebbero sorprendermi mentre dormo. Non che dorma granché, come dimostrano i miei occhi. E anche quando crollo, è con un pugnale avvelenato sotto il cuscino e la balestra nascosta sotto il letto che lo faccio. Nel bagno tengo una spada. Trappole sopra la porta e sulle finestre. Se posso evito di uscire, soprattutto di giorno. Ma non potevo ignorare la busta rossa che ho trovato alla porta questa mattina.

Principe Euyn Hali Baejkin
Scuderie, prima campana
Ho un'offerta per te

Principe Euyn. Principe. Euyn.

Non sono riuscito a distogliere lo sguardo da quelle parole mentre lo stomaco mi si rivoltava, guastando la misera colazione a base di salsiccia fredda e gallette stantie che avevo ingollato. Qualcuno sa chi sono. E nessuno dovrebbe saperlo, perché il Principe Euyn è morto assiderato tre anni fa. Quando degli uomini potenti cercano di ucciderti, è meglio fargli credere di esserci riusciti. Per questo ora mi faccio chiamare Donal.

Spingo la busta accartocciata in fondo alla tasca. Mi hanno trovato. Ma chi?

Nelle ultime sei campane ho pensato più di una volta che potrebbe trattarsi di un'imboscata. Passo di nuovo in rassegna la folla, alla ricerca delle divise nere degli assassini reali. Forse sarebbe un regalo da parte del mio caro fratello maggiore, porre finalmente fine a questo limbo. Uccidermi come un uomo. Ma il problema è che io voglio vivere o, per lo meno, mi rifiuto di morire. E poi Re Joon non darà mai l'ordine esplicito di giustiziarmi. Non l'ha fatto nemmeno l'ultima volta, quando per uccidermi si è affidato alla forza degli elementi.

Quindi che sta succedendo? Chi ha mandato il messaggio? Sono paranoico, ma la parte più lucida del mio cervello sa che non può trattarsi di assassini di palazzo. Loro non mandano biglietti da visita, preferiscono tagliarti la gola senza darti il tempo di urlare.

Follia. È una follia rispondere all'invito. Il mio corpo mi grida di voltarmi. Di tornare indietro. Ma c'è un'unica direzione in cui posso andare, se voglio delle risposte: avanti.

I miei stivali sollevano nuvole di polvere mentre mi lascio alle spalle il labirinto del mercato. Da queste parti la polvere si infila dappertutto. È inutile cercare di sfuggirle. Cosa non darei per i bagni profumati del Palazzo di Qali; per i corridoi di marmo, freschi e immacolati; o anche per l'ombra del giardino reale, dove d'estate la servitù spruzzava una nebbiolina rinfrescante e ci sventagliava con le piume. Invece sono prigioniero di questo sole, dei serpenti essiccati e degli avvoltoi del deserto che mi volteggiano sulla testa.

Cerco delle tracce, sebbene le persone che entrano ed escono dal mercato siano troppe per farci affidamento. Siccome i nostri stivali da soldato lasciano impronte riconoscibili, però, scruto comunque la strada.

Nel caldo opprimente, mi avvicino alle scuderie e mi aggiusto il cappuccio guardandomi indietro ancora una volta. Niente. Solo aria caliginosa e gente comune che fa la spesa. Ma niente non significa che sono al sicuro, significa solo che non ho ancora individuato il pericolo. Ho dato la caccia a ogni creatura dello Yusan, e in poche mi hanno visto arrivare.

Sono quasi alle scuderie quando la scorgo: un'altra busta rossa. Solo in un secondo momento noto la mano che la tiene. E a questo punto capisco di essere spacciato.

CAPITOLO 3

SORA

CITTÀ DI GAIN, YUSAN

Il prato è magnifico, in questo periodo dell'anno. Le mie dita fini e ingioiellate accarezzano l'erba alta; quando è così verde è bella e morbida, ma anche robusta e tagliente. Proprio come me.

Non saprei dire con precisione quando siano iniziate le lezioni. O, per lo meno, come siano diventate un appuntamento fisso. Fatto sta che ora, ogni settimana, incontro cinque piccoli mendicanti nei campi appena fuori dalle grandi mura della città. Tra qui e l'inizio del bosco c'è una quantità sorprendente di frutti selvatici e bacche dolci. Nelle giornate più calde porto i bambini sotto gli alberi e insegno loro a riconoscere le radici commestibili, ma non oso spingermi oltre. Non posso.

«Sora, che ne dici di questo?» chiede Gli. In mano ha un fungo maculato. I suoi occhi speranzosi mi guardano da sopra il labbro leporino. Ha riccioli folti, spazzolati all'indietro alla bell'e meglio.

Gli ha nove anni, la stessa età che avevo io quando sono stata rapita. Be', non proprio rapita... venduta, diciamo.

I miei genitori hanno chiesto una bella cifra, in cambio della loro figlia maggiore. Quelli che *erano* i miei genitori. Adesso anch'io, come questi bambini, sono orfana. Solo che, a differenza loro, io non sono libera.

Scruto l'orizzonte. Ogni tanto penso di superare di nuovo la linea degli alberi, questa volta preparata per affrontare la foresta di Xingchi. Potrei scappare da Gain e non tornare mai più. Forse potrei spingermi a nord, al sicuro nel Khitan. Ma poi ricordo il prezzo che pagherei. Il motivo per cui non posso andarmene.

«Sora?» dice Gli.

Mi sta ancora fissando con i suoi grandi occhi marroni, in attesa di una risposta. Scaccio via i pensieri e torno al presente.

«No, no, tesoro» dico. Mi sistemo i lunghi capelli neri dietro l'orecchio e mi chino per guardare meglio il fungo. «Le vedi queste macchie? Ti ricordi cosa significano?»

Le concedo un momento per riportare alla mente la lezione della settimana scorsa.

Gli aggrotta le sopracciglia, il mento premuto sul petto. «Veleno».

«Esatto» dico.

Le accarezzo la guancia e le sollevo il viso. Rispetto al mio pallore nordico, la sua pelle è scura. Noto che sta per piangere. La vita non si è dimostrata clemente con i suoi errori. Io, invece, posso esserlo.

«Hai ricordato dopo aver dimenticato: vale come se ci fossi arrivata subito» la rassicuro. «Anzi, forse di più, perché ora la lezione ti rimarrà impressa nella memoria». Mi interrompo e, con delicatezza, le faccio buttare il fungo a terra. «Evitiamo quelli velenosi».

Lei sorride nonostante la svista, e io ricambio il sorriso. E poi Tao, che ha cinque anni e, più che a raccogliere cibo, sembra interessato a tenermi per mano per tutto il tempo, mi trascina via per rincorrere una farfalla. Lo lascio fare, sollevando l'orlo dell'abito colorato. L'infanzia è troppo breve, e i momenti piacevoli troppo rari per i poveri dello Yusan. Ancora più rari per gli assassini come me.

Ma in questo pomeriggio mite il sole splende sul prato, e ci sono bambini che ridacchiano e farfalle che fluttuano nella brezza leggera. L'aria porta con sé un profumo di terra e fiori di campo, con un pizzico di Mare Occidentale. Presto il sole sarà sostituito dalle forti piogge della stagione dei monsoni. Per questo mi sforzo di assaporare le giornate calde. Di ricordare.

Cerco di convincermi che esiste ancora del buono in questo regno. Che sono una delle poche fortunate. Sono sopravvissuta. *Siamo* sopravvissute.

Io e i bambini abbiamo appena terminato la nostra spedizione di raccolta quando scorgo una figura ai margini del prato. Un brivido mi corre lungo la schiena mentre raddrizzo le spalle. Riconoscerei ovunque il profilo di quello stallone nero. È il Conte. Gli dèi sanno quanto lo odio: gli avrò augurato la morte più di mille volte. Purtroppo, però, gli dèi non esaudiscono i desideri delle ragazze come me.

Suppongo che qualcuno potrebbe considerarlo attraente, ma va detto che il denaro e lo status accrescono l'opinione della gente sugli uomini di potere. Ha venticinque anni più di me e un cuore nero come il carbone. Io lo vedo per quello che è.

«D'accordo, bambini. Stessa ora la prossima settimana?» chiedo.

«Sì, signorina Sora» rispondono loro all'unisono.

«Bene». Sorrido, ma le mie dita sono gelide quando do un buffetto sulla spalla di Gli. «Adesso è meglio che vi incamminiate».

Quando è di cattivo umore, il Conte è capace di afferrare un bambino e tagliargli la gola senza nemmeno correre il rischio di essere punito. Lo so perché l'ho visto succedere, tanti anni fa. Meglio allontanare i piccoli il più in fretta possibile. Loro, tanto, sono cresciuti per strada: fiutano da soli il pericolo e si dileguano in pochi istanti.

Continuo a sorridere al prato deserto prima di avviarmi verso il cavallo. È un purosangue abituato ad andare in guerra, se volesse potrebbe calpestarmi senza la minima difficoltà. In questo è proprio come il suo cavaliere. Il mio sorriso scompare mentre mi avvicino.

Gli occhi marroni del Conte mi scrutano come sempre, nemmeno fossi un dolce in una casa dello zucchero. Sembra che stia cercando di capire come assaporarmi. Ma il suo non è desiderio, è brama di possesso. Perché lui mi possiede, anima e corpo.

Faccio un inchino quasi impercettibile. «Mio signore».

«Ti trovo bene, Sora». Sorride, divorandomi di nuovo con gli occhi, nel caso mi fosse sfuggito la prima volta. «Anche se non capirò mai che cosa ci trovi in quei mocciosi».

Lo fisso. Non mi ha fatto una domanda, dunque non sono tenuta a rispondere. E di certo non sono qui per fare conversazione.

Il Conte sospira e allunga la mano guantata, consegnandomi un biglietto. C'è un nome scarabocchiato sopra. In un attimo, mi ritrovo con un altro bersaglio di cui occuparmi. Un'altra persona da uccidere. Un'altra anima da rubare.

Non ho scelta.

Uccidere è il solo modo che ho di ripagare Sua Grazia per tutti i mun d'oro consegnati ai miei vecchi genitori. Il denaro speso per la mia istruzione e il mio addestramento: addestramento, sia ben chiaro, che non ho mai chiesto, e che ha lasciato innumerevoli cicatrici, la maggior parte delle quali invisibili. Ogni esecuzione va a finanziare il mio prezzo di acquisto e i forti interessi che sono iniziati dodici anni fa, nel momento in cui sono stata venduta.

Eppure devo ripagarlo, o la mia sorellina, Daysum, soffrirà pene indicibili. Lei è l'unica famiglia che mi è rimasta. È la sua 'pupilla', una parola gentile per dire prigioniera. Quando sono stata venduta, se l'è presa come garante.

«Quando?» chiedo.

«Stanotte, Sora» risponde il Conte. Il suo volto fulvo assume un'espressione gelida, la vera indole dell'uomo si rivela in tutta la sua crudeltà. «Voglio il cadavere già freddo all'alba. Se così sarà, domani potrai vedere tua sorella per una campana».

Se ne va, lasciandomi sola nel prato. La minaccia è chiara: fallisci e non vedrai mai più Daysum.

CAPITOLO 4

ROYO

CITTÀ DI UMBRIA, YUSAN

Il tempo di arrivare alla mia porta, e non mi sento più le cazzo di dita. Altri uomini – uomini sciocchi, uomini ingenui – camminano per strada con le mani in tasca, ma io non posso permettermi di essere sciocco. Non posso permettermi il tempo necessario a liberare le mani, né il colpo che non riuscirei a schivare, solo per ripararmi dal freddo.

Ma riesco comunque a tornare a casa. Per 'casa' si intende una baracca piena di spifferi, così vicina al Sol da sentirne il fetore; l'affitto, però, è di un mun d'oro ogni due mesi, ed è solo per questo che non me ne vado.

Controllo l'esterno in cerca di possibili segni di effrazione. Le finestre sono chiuse. Le imposte scolorite al loro posto. Soddisfatto, sblocco i tre chiavistelli, entro e accendo le lampade a olio.

Nella baracca il freddo è quasi pungente come fuori. Non lascio la caldaia accesa quando esco, sarebbe uno spreco di denaro. Stasera, tuttavia, rimpiango di non averlo fatto. Mi servirebbe proprio il conforto di un fuoco ardente.

Ravvivo le braci e mi scaldo le mani accanto ai carboni ancora tiepidi. Ci vuole qualche minuto, ma alla fine mi scongelo abbastanza da dare inizio alla mia routine.

Non c'è molto, qui: un tavolo con due sedie, una grande poltrona vicino al camino, un letto e un bagno. Mi alzo dalla poltrona assicurandomi che le tende siano tirate, quindi spingo il letto da parte. Sollevo l'asse del pavimento. Sotto c'è il nascondiglio che ho scavato. E, dentro al nascondiglio, il mio bene più prezioso: sacchi di mun d'oro.

Tiro fuori il borsello. Quindici monete d'oro. Cinque per il lavoro di stasera. Sei riscosse stamattina per il lavoro di ieri. Quattro vinte nel quartiere delle scommesse.

Quindici pezzi d'oro. A Umbria sarebbe considerato un ottimo stipendio mensile, ma mi serve di più. A me serve sempre di più.

Guardo i sacchi nel nascondiglio. Contengono ciascuno cinquemila mun d'oro. Sono dieci. Ci sono voluti dieci anni per mettere da parte una somma simile. Un decennio di minacce, gioco d'azzardo, ossa rotte, incidenti quasi mortali e sangue. Tanto sangue. Ma sento quasi che ne è valsa la pena, quando guardo il tesoro stipato in questo piccolo spazio. Un calore mi invade. Orgoglio. Sicurezza. Tutte le cose che i soldi possono comprare. Poi, però, ricordo: qui c'è appena la metà di quello che mi serve.

Sollevo con cura il sacco più piccolo. Aggiungo il denaro di questa sera e conto: duecentocinque mun d'oro. Cullo il sacco come farei con un neonato, sperando che diventi grande e pasciuto come i suoi fratelli, poi ripiego amorevolmente la stoffa e lo deposito accanto agli altri.

Finito il mio conteggio notturno, chiudo il nascondiglio e mi preparo per andare a letto. Dopo aver rimesso a posto la stanza, prendo il borsello vuoto. Domani dovrò trovare un modo per riempirlo di nuovo. Altre urla, altro sangue, altre scommesse. Qualunque cosa mi porti all'oro.

Solo quando infilo il borsello nella giacca sento frusciare il biglietto. Lo tiro fuori dalla tasca interna. È bianco, con i bordi dorati, e il messaggio è scritto in una grafia elegante.

Royo
Black Shoe Inn, stanotte
Ho un lavoro per te

Mi rigiro più volte il biglietto tra le mani. Da dove viene? Quando me l'hanno infilato in tasca? Mi guardo intorno, anche se so di essere solo. Eppure controllo, perché è impossibile: non mi si è avvicinato nessuno. Ma, in qualche modo, qualcuno deve per forza averlo fatto.

Passo febbrilmente in rassegna la baracca finché non mi convinco di essere solo. Stringo ancora il mio coltello preferito, per sicurezza.

Mentre faccio un altro giro di perlustrazione, incrocio il mio sguardo folle nel vetro del bagno. I miei occhi di solito sono a metà strada tra il giallo e il marrone, ma in questo momento sembrano neri. Neri come i miei capelli stopposi.

Devo calmarmi, riflettere. La porta è chiusa a chiave; non ho notato nulla di strano. Il biglietto non è apparso mentre contavo il mio oro. Dev'essere successo fuori, quando stavo tornando a casa, oppure al pub. D'un tratto mi torna in mente la macchia rossa al Butcher & Ale, la sensazione di disagio che ho provato. Mentre ero distratto qualcuno deve avermi svuotato le tasche.

No, non svuotate. Il denaro c'era ancora. Al contrario, ci ha infilato il biglietto.

E so di una sola persona che alloggia al Black Shoe Inn: la ragazza che mi stava cercando. Potrebbe essere una coincidenza, ma le coincidenze si nutrono di fortuna, e a Umbria di fortuna non ce n'è. Almeno non per me.

Tutto questo è sbagliato. Orrendamente sbagliato.

Misuro a passi nervosi la casa minuscola, appallottolandomi il biglietto nel palmo della mano. Le pareti spoglie sembrano chiudermisi attorno, e se prima congelavo, ora muoio di caldo. Ho il viso arrossato, il collo madido di sudore. Trascino pesantemente gli stivali sul pavimento di legno consunto.

Come?

Non permetto a nessuno di avvicinarsi tanto alle mie tasche. Sono sempre all'erta. È così da quando mi hanno tagliato la faccia a metà. Ma allora come hanno fatto a lasciarmi il biglietto senza che me ne accorgessi? Chi è stato? Se davvero c'entra la ragazza di cui mi ha parlato Yuri, le mie domande non fanno che aumentare.

Ma non ha importanza. Dovrei lasciar perdere. Dovrei gettare il biglietto nel fuoco: il mio istinto suggerisce che porterà soltanto guai.

Eppure devo sapere come hanno fatto. Perché questa montagna di un metro e novanta per cento chili è stata invulnerabile per anni, ma se qualcuno è riuscito a infilare un bigliettino nella tasca interna della mia giacca, significa che qualcun altro potrebbe infilarci una lama. Devo sapere come. E, soprattutto, devo sapere perché.

Mi rimetto la giacca ed esco nella notte.

CAPITOLO 5

SORA

CITTÀ DI USE, YUSAN

Ripensandoci, credo sia stata la mia faccia a condannarmi.

La studio nello specchio dorato della sala da bagno. Naso dritto, viso a forma di cuore, pelle setosa e occhi viola. Il Conte ha scandagliato tutto il regno in cerca della perfezione, di ragazzine che si sarebbero trasformate in donne di straordinaria bellezza. Non sapeva cosa farsene delle sfregiate come Gli, o di quelle malaticce come Daysum. Una bambina malata non sarebbe sopravvissuta all'addestramento. Ci sono riuscita a malapena io.

Mi assicuro che il rossetto rosso sangue sia impeccabile, tamponando le labbra con un fazzoletto di seta. Naturale: in questa villa non c'è nulla che non sia d'oro o di seta. Le stanze profumano di pulito, di chiodi di garofano e di sandalo. I nobili hanno sempre dei bei bagni privati, mentre i comuni cittadini devono accontentarsi di luridi cessi pubblici e del fiume. Ma non qui. Non per loro. Siamo noi contro di loro. Loro hanno la libertà. Noi no.

Quando mi capita di provare pietà per le mie vittime, questo pensiero rende tutto più facile.

No, sto mentendo a me stessa. Di nuovo.

Mi aggrappo al ripiano di marmo. Nulla può davvero facilitare le cose. Ma la scelta è tra quest'uomo e Daysum. E quando ricordo questo semplice fatto, non c'è alcuna decisione da prendere o pietà da mostrare. Devo andare fino in fondo.

Mi aggiusto il velo scintillante sui capelli lisci. È da ipocriti portare un velo per pudore quando il mio abito da sera è quasi trasparente, ma cerco di non pensare a come sono vestita, o altro. Dovrei avere gli stessi pensieri e la stessa sensibilità di una lama. Acciaio forgiato a un unico scopo: porre fine alla vita degli uomini. Questo è ciò che mi è stato insegnato. Ed è l'unico modo per sopravvivere a notti come questa.

Mentre mi tiro il velo sulle spalle noto che mi tremano le mani. Strano. Sono anni che hanno smesso di farlo, da quando ho compiuto le mie prime esecuzioni. Allungo le dita. Tremano così forte che fatico a distinguere gli anelli. Tutti i gioielli che porto, naturalmente, appartengono al Conte, ed è lui a insistere perché li indossi, come segno della sua generosità. Sappiamo entrambi che li strapperebbe dal mio cadavere senza nemmeno dargli il tempo di diventare freddo, ma le gemme contribuiscono a donarmi l'aspetto della cortigiana che dovrei essere.

Faccio un respiro profondo e chiudo gli occhi. Quando li riapro, le mie mani hanno smesso di tremare e sono pronta a fare il mio dovere.

Apro la porta.

Appena esco dal bagno lo trovo ad aspettarmi, seduto sul letto, proteso come un animale affamato. Le luci sono basse, la porta della stanza chiusa. A quanto pare Maricelus Silla ha deciso di smettere di fingere di volermi solo offrire una cena e fare due chiacchiere.

Si è già sbottonato la camicia, lasciando petto e pancia in bella mostra. Ha i pantaloni slacciati; il suo desiderio è evidente.

Distolgo lo sguardo. «Grazie per avermi intrattenuta questa sera, mio signore».

«Vieni qui, Mila» ordina.

È il nome che uso più spesso. Il nome di una cortigiana diretta a Tamneki, in città solo di passaggio. Maricelus è convinto di avermi incontrata per caso mentre usciva da una riunione tra lord.

Con riluttanza, annuisco e mi avvicino a piccoli passi. Non sono molto agile, con questo vestito addosso. Immagino sia voluto, il Conte ama ricordarmi che non posso fuggire. Mi prendo un secondo per augurargli di nuovo la morte; magari questa volta gli dèi mi ascolteranno.

Maricelus sorride e appena gli arrivo a portata di mano mi agguanta. Cerco di non rabbrividire mentre mi palpeggia. Chiudo gli occhi come se provassi piacere, perché recitare è l'unica difesa che ho. Non si possono nascondere armi in un abito così trasparente. Non sono particolarmente forte. E i Cieli sanno che nessuno mi aiuterebbe, se anche urlassi. Fuori dalla stanza c'è una guardia, ma è lì per proteggere Maricelus, non me. Devo lasciare che il nobile prenda ciò che desidera, come hanno fatto le altre che mi hanno preceduta.

La cena mi si inacidisce nello stomaco. Vorrei vomitare. Ma non posso.

Afferrandomi per la vita scoperta, mi trascina giù a forza. Atterro sul lussuoso materasso di piume, proprio dove vuole lui. L'aria esce dalle mie labbra dipinte. Lui mi si arrampica addosso. Gli arti mi si intorpidiscono, formicolano mentre la paura si insinua dentro di me, come succede sempre in questi momenti. Poi la sua bocca è sulla mia. Mi assaggia come se fossi un frutto maturo, e nel frattempo solleva l'orlo del vestito.

Resto immobile e lo lascio fare. Lottare rende questo genere di uomini soltanto più violenti. Sono abituati a vedere il mondo piegarsi al loro volere; se non lo fai anche tu, ti spezzano.

Quindi non lotto.

Lascio che mi baci. Tanto a lui non importa se ricambio oppure no. Non importa mai, a nessuno di loro. Si toglie i pantaloni, e la sua lingua dentro la mia bocca è molle mentre mugola di piacere.

«Ho scelto il nettare più dolce» mormora. Poi sgrana gli occhi. La paura gli si dipinge sul viso, mentre ricorda che anche i nobili sono mortali.

Da questo momento in poi dalle sue labbra escono solo versi malsani, perché la lingua ha già cominciato a gonfiarsi. E poi soffoca. Cerca di urlare mentre il veleno di ungu gli scorre nel sangue. Conosco la sensazione. Sembra che un milione di piccole mani ti stiano strangolando ogni muscolo. Il grido si riduce a un mugolio. Implora con gli occhi, chiede aiuto in un sussurro. Ma a parti invertite, lui avrebbe avuto pietà di me? Di quel fiore che ha prontamente colto?

Distolgo lo sguardo. Per me è già morto.

Cade sulla schiena, boccheggiando. Il veleno di ungu provoca un trapasso terribilmente doloroso e non molto rapido. Ricordo di aver visto due ragazze morirne. Erano paralizzate. Ricordo la sensazione di strangolamento quando ho assunto la microdose, gli arti bloccati e la paura primordiale scatenata dall'impotenza, dall'essere intrappolata in un corpo morente. Non è il mio veleno preferito, ma il Conte mi ha imposto di usarlo questa sera. La parola *ungu* era scritta sul retro del biglietto.

Mi chino e sussurro il nome del Conte Seok in modo che Maricelus capisca chi ha fatto arrabbiare. Almeno saprà perché sta morendo. La considero una gentilezza, risolvere quest'ultimo mistero per le mie vittime.

L'uomo si contorce scuotendo il materasso, ma non riesce ad alzarsi. Le sue membra si stanno irrigidendo. Presto non sarà più in grado di compiere alcun movimento, a parte sbattere le palpebre. E allora inizierà il vero dolore. L'ho visto balenare negli occhi delle ragazze morte per l'ungu. Un'agonia indescrivibile. Mascelle e mandibole slogate da spasmi incontrollabili.

Mentre Maricelus si immobilizza, io mi alzo e mi sistemo il vestito. Potrebbe metterci una campana intera a morire. Ma ormai nessun antidoto riuscirebbe a salvarlo. Gli rimbocco le coperte e spengo la luce.

Maricelus Silla è praticamente morto. La diciottesima esecuzione per il Conte è stata compiuta. Domani vedrò Daysum. Rideremo, ricameremo e passeggeremo per il giardino come se non fossimo entrambe prigioniere. Come se fossimo le signore di una sontuosa villa.

Chiudo la porta con delicatezza e recupero il mantello dal gancio dove l'ho lasciato prima di entrare.

«Con me ha finito» annuncio.

La guardia annuisce, il suo sguardo vaga liberamente sul mio corpo mentre indosso il mantello e tiro su il cappuccio.

Esco nella notte. Giunta alla fine del vialetto, strappo l'orlo dell'odiato vestito e corro verso il cavallo che ho lasciato nascosto. È assai improbabile che qualcuno trovi Maricelus prima di domattina, ma potrebbero scoprirlo in qualsiasi momento, e già in passato ho commesso l'errore di indugiare. Ci sono volute diverse campane per ricucirmi e lavare via il sangue.

Esco al galoppo da Use e a metà strada cambio cavallo. Con il destriero riposato, percorro in fretta il resto della strada costiera fino a Gain.

Solo una volta superate le alte mura della città provo un certo sollievo. Sono a casa, o per lo meno sotto la protezione del Conte. Abito in un piccolo cottage di sua proprietà, nel tranquillo quartiere dei fiori. Gigli e peonie fioriscono in ogni giardino della via, oltre che nei cesti appesi alle mie finestre. La porta è di un allegro color verde acqua, le pareti imbiancate a calce.

Sistemo il cavallo nella stalla sul retro ed entro nel cottage. Chiudo la porta a chiave, ci appoggio la schiena ed espiro. Ce l'ho fatta. Gli dèi mi hanno concesso un'altra notte.

Siccome sarà buio ancora per un paio di campane, accendo la lampada a olio. Dot, il mio gatto soriano, mi si struscia sulle caviglie. Mi chino ad accarezzarlo. La sua pelliccia morbida e i miagolii dolci mi ricordano che sono a casa. A Dot non importa cosa faccio di notte, né a chi appartiene la mia vita. Tutto ciò che vuole sono le carezze e, di tanto in tanto, un pezzetto di sgombro. In cambio, mi regala quel senso di pace e quella compagnia di cui ho disperatamente bisogno. Vivevo con altre diciannove ragazze. All'inizio. Ma poi sono morte, una dopo l'altra, finché non siamo rimaste in tre. E poi, a diciotto anni, mi sono trasferita qui.

Con un lungo sospiro, appendo il mantello, mi strappo di dosso ciò che resta dell'abito e del velo e li getto nel fuoco. Le braci si impadroniscono della stoffa, che sparisce nell'arco di una rapida fiammata.

Quando mi butto a letto sono così esausta che rischio di non vedere il biglietto.

Quando torni vieni da me

La rabbia mi fa serrare i pugni e imprecare fino al Regno degli Inferi e ritorno. Cosa vuole da me, adesso? Presto sarà l'alba. Sono tentata di gettare il biglietto nel camino per poi negare di averlo trovato, ma purtroppo non mi è concesso. Il Conte non può essere ignorato.

Indosso i pantaloni da lavoro e la camicia di filato grezzo che lui odia e mi dirigo verso la sua tenuta. Sono pochissimi i nobili che possono permettersi di avere una villa all'interno delle mura cittadine, ma il Conte è l'uomo più ricco di Gain. Le regole che valgono per gli altri, a lui non si applicano.

Gli zoccoli del mio cavallo scalpitano sulla strada acciottolata che porta a casa del Conte, una tenuta arroccata sulla collina, estesa nonostante la congestione della città.

Sono tre anni che percorro questa strada, da quando, cioè, ho iniziato a uccidere per lui. Seok è venuto a conoscenza delle vergini velenose durante un viaggio fuori dai confini del regno, e ha deciso di addestrarne di sue.

L'ha chiamata 'scuola per ragazze indigenti', e ha assunto Madama Iseul per fare da direttrice, ma in realtà era lui a comandare. Il Conte, che ci aveva acquistate insieme ad altre bambine da usare come garanti. Il Conte, che quando qualcuna moriva tra atroci sofferenze si accigliava: un altro investimento perso, un'altra ragazzina incapace di sopportare dosi sempre più massicce di veleni esotici. Il Conte, che aveva tagliato la gola a quella che si era ribellata. Il Conte, unico responsabile della morte della persona che amavo.

Madama Iseul rimaneva semplicemente a guardare, torcendosi le mani mentre venivamo torturate e uccise. La odiavo per il suo silenzio e la sua inettitudine. Crescendo, però, ho capito che anche lei era solo una pedina, proprio come me.

Adesso, quando mi capita di ripensare a lei, ricordo che è stata gentile con noi anche se avrebbe potuto non esserlo. Mentre ci contorcevamo e soffrivamo, ci teneva la mano. Ci ha dato un'istruzione, e malgrado il misero stipendio ci comprava dei regalini con cui rendere in qualche modo sopportabile la nostra orribile vita. Nelle giornate di sole, ci portava a fare lezione in giardino.

Ogni volta che posso cerco di aggrapparmi alla bontà, alla gentilezza, e mi rendo conto che anche lei faceva lo stesso. Il mondo vorrebbe privarci della nostra umanità, strapparcela di dosso, ma alla fine sta a noi decidere se combattere o lasciarglielo fare.

Conduco il cavallo fino alle grandi porte di mogano della villa in pietra bianca. Accanto all'ingresso ci sono due nicchie con dentro guardie armate di balestra. Prima che possa suonare il campanello, Irad esce in tenuta da notte, con una lanterna in mano.

«Sì?» dice irritato. I suoi capelli grigi, di solito perfetti, schizzano in ogni direzione, e la camicia non è abbottonata come si deve. Irad è il maggiordomo della villa e quindi si ritiene superiore a me, anche se non ne capisco bene il motivo. Il Conte potrebbe liberarsi di lui e assumere un'altra persona in qualsiasi momento, mentre io sono quasi insostituibile. Solo tre di noi sono uscite dalla sua scuola, e Hana è rimasta uccisa il primo anno. Sun-ye è l'unica altra vergine velenosa rimasta in tutto lo Yusan.

«Dimmelo tu. Mi ha convocata» rispondo, smontando. Gli mostro il biglietto.

Lui annuisce, ordina a uno scudiero di occuparsi del cavallo e mi porta dentro.

Il Conte mi aspetta nello studio. Siede dietro l'ampia scrivania di legno scuro, con una vestaglia allacciata sopra il pigiama di seta. Costose lampade a gas illuminano la stanza a giorno e, come sempre, nell'aria aleggia un profumo di eucalipto e cuoio. Nonostante l'ora infame, il Conte ha un aspetto inappuntabile.

Mi fermo davanti alla scrivania a braccia conserte.

«Sora» dice, lanciandomi appena un'occhiata prima di tornare alle sue carte. È sempre impegnato a firmare qualche documento o esaminare dei registri. Ogni riga su quelle pagine rappresenta senz'altro una povera anima in suo possesso. In fondo è solo questo che siamo: voci sopra un libro mastro.

«Sapete già che è stato fatto» dico. «Dunque perché sono qui?»

«Perdonerò la tua linguaccia perché sono certo che sei esausta. Siediti».

Indica una sedia con un cenno del capo, e vado a prenderla. Mi accascio sul sedile imbottito con un lungo sospiro.

«Mio signore?» dico a denti stretti.

Lui sorride, divertito. Ha la fronte liscia e un naso che, purtroppo, nessuno gli ha mai rotto. Intreccia le dita sulla scrivania; anelli di onice, oro e opale brillano alla luce delle lampade a gas.

«Tanto odio per l'uomo che ti dà da mangiare. E che dà da mangiare a tua sorella. Dimmi, Sora: vuoi forse liberarti di me?»

Mi concedo un sospiro interiore. Mi ha interrogata direttamente, quindi sono costretta a rispondere, anche se la domanda è retorica. Queste sono le regole. «Conoscete già la risposta».

Sorride di nuovo. «Ho un lavoro per te».

Mi acciglio. Non ricordo che abbia mai richiesto due esecuzioni ravvicinate. Di certo non una di seguito all'altra. Di solito passa almeno un mese prima che mi venga consegnato un nuovo nome.

«Un altro?» chiedo.

Annuisce.

Aspetto, ma il biglietto non arriva. Una strana inquietudine mi assale, facendomi rabbrividire. Per fortuna la stoffa ruvida nasconde la mia pelle d'oca.

«Chi è il bersaglio?» domando.

«Re Joon».

Rido sguaiatamente, la testa gettata all'indietro. Il Conte, invece, resta impassibile. Non può fare sul serio, eppure non capisco perché dovrebbe scherzare su qualcosa di grave come il tradimento.

Sorrido. «Volete che *uccida* il re dello Yusan?»

«Sì».

Mi appoggio allo schienale e accavallo le gambe. «Basterebbe questa conversazione per farvi rinchiudere, sapete?»

Ci penso su. Potrei andare dai soldati di stanza sulle mura di Gain e raccontare del complotto del Conte ai danni del sovrano. Penso alla gioia che proverei nel vedere Seok in catene, trascinato via per essere torturato e giustiziato.

«Oh sì, ma tu sai bene che, nell'eventualità della mia scomparsa o morte, i debiti che tu e tua sorella avete nei miei confronti passerebbero a Lord Sterling» dice. «Daysum ha diciotto anni, e ormai è una bella ragazza. Sarebbe un'ottima aggiunta a una delle sue case di piacere».

Mi alzo così in fretta da rovesciare la sedia all'indietro. «Ditelo di nuovo e non vedrete un'altra alba».

Lord Sterling è il fratello del Conte, nonché un uomo a dir poco disgustoso.

Fisso Seok, aggrappandomi al bordo della scrivania. È un voto e una promessa. Così come mi sono ripromessa di vederlo soffocare nel veleno prima di incontrare il Dio degli Inferi.

Il Conte si appoggia allo schienale della poltrona di pelle, senza lasciarsi intimidire. «Sai, Sora, in circostanze diverse ti avrei fatta diventare contessa. Siamo creature molto simili, io e te».

«Mi viene negata anche la cena, adesso?» chiedo, tornando al discorso di prima. So di essermi spinta al limite massimo di rispostacce che il Conte può tollerare, ma con l'esecuzione di Maricelus devo essermi guadagnata un po' di benevolenza, senza contare che questo piano è ridicolo. «La risposta è no. Non posso uccidere un dio re. Non ho idea del perché stiate sprecando le mie preziose campane di sonno per questo».

Il Conte scuote il capo. «Non è un dio. È solo un uomo».

Lo fisso. Persino questa affermazione è una bestemmia. Tutto lo Yusan crede che Re Joon sia un dio. La sua stirpe governa da secoli e secoli; anzi, ci stiamo proprio avvicinando alla celebrazione del Millennio. E io so meglio degli altri che alcuni uomini sono intoccabili, ne sto fissando uno proprio in questo momento.

«Se c'è qualcuno in grado di entrare nelle grazie di un uomo, quella sei tu» insiste il Conte, sorridendo.

«Spiacente, ma dovrò rinunciare al tentativo di regicidio» ribatto.

«Fai questo per me, e tutti i tuoi debiti verranno cancellati».

Cosa? Sbatto confusa le palpebre, senza riuscire a spiccicare parola. Mi batte forte il cuore mentre continuo a muovere la testa da un lato all'altro. Quello che ha detto non ha senso. Devo aver mal interpretato, o forse non ho sentito bene, dato che il mio orecchio sinistro è compromesso.

«Scopri come uccidere il re e tu e tua sorella sarete libere» dice. «I vostri debiti verranno cancellati dai miei registri. Potrai portare via Daysum e andare a vivere ovunque tu voglia».

Continuo a scuotere il capo, con il cuore che mi martella nel petto così forte da farmi sussultare. Il ronzio nell'orecchio, un disturbo di cui soffro di tanto in tanto, è assordante. Non... non è possibile. Non è possibile assassinare il re, e non è possibile che il Conte mi stia offrendo la libertà. Non ha mai nemmeno ventilato questa ipotesi. E, per quanto lo detesti, devo ammettere che il Conte è un uomo di parola. Non fa minacce o promesse che non intende mantenere.

Dunque mi sta davvero proponendo un accordo. Ma perché?

Sun-ye rimarrebbe l'unica vergine velenosa. Almeno un milione di mun d'oro investiti nell'accademia dei veleni, per poi restare con una sola assassina? Sarebbe un grosso danno economico, e Seok è prima di tutto un uomo d'affari.

Resto immobile, completamente sconcertata. Il Conte tira fuori un foglio di carta da un cassetto della scrivania, e mi mostra l'emendamento firmato e i nostri vincoli contrattuali: alla morte del re, Daysum e io non gli dovremo più nulla. Il nostro stato di servitù cesserà. Il documento è già stato depositato presso un notaio, il quale, naturalmente, l'ha preso come un modo per segnare una scadenza, non certo la richiesta di assassinare il sovrano. Tutti i contratti sono vincolati e tassati da Re Joon in persona.

Passo la mano sul sigillo ufficiale dello Yusan, le scaglie di serpente sono irregolari sotto le mie dita. «E voi? Che cosa ci guadagnate?»

«Oh, Sora. Sai bene che non devi mai chiedere informazioni sulle tue vittime».

Si alza; lo schiaffo è così rapido che non ho il tempo di schivarlo. Mi colpisce in piena faccia. Perdo l'equilibrio e cado sulla scrivania, con il fiato che mi esce dal petto per l'impatto con il legno massiccio. La guancia mi brucia e l'occhio pulsa, ma già so che non spunterà nessun livido. È così che il Conte colpisce: con calcolo e freddezza. Poi torna a sedersi come se niente fosse.

Io raddrizzo la schiena e stringo il bordo della scrivania desiderando ardentemente di fare lo stesso con il suo collo. Se avessi le unghie più lunghe, lascerei delle artigliate nel legno. Aspetto che mi si schiarisca la vista e che la paura si plachi, insieme al desiderio bruciante di restituirgli il favore. L'unica a pagare per un qualunque affronto al Conte sarebbe Daysum. Lo so fin troppo bene.

Lo guardo negli occhi. «E se morissi nel tentativo, cosa succederebbe a mia sorella?»

Lui si stringe nelle spalle. «I tentativi non mi servono a nulla. Se muori, ma muore anche Joon, Daysum sarà libera. Se invece lui vive e tu muori, non rimarrebbe nessuno a pagare il suo debito. Dunque suppongo che dovrebbe occuparsene lei. Un cliente alla volta».

Sulla scrivania c'è un tagliacarte. Ci penso. Penso di conficcarglielo nel petto e di premere le mie labbra sulle sue. Non ho ancora avuto modo di togliermi il rossetto avvelenato, e sulla mia bocca è rimasto abbastanza veleno da uccidere due uomini. Seok proverebbe solo una minuscola parte della sofferenza fisica che ho dovuto sopportare io e, prego, almeno un po' di quella psicologica. Ma il nostro accordo tiene

Daysum al sicuro, e ho visto le occhiate fameliche che ci lancia Lord Sterling. So che prima di metterle sul mercato prova tutte le sue ragazze. Non oserebbe toccare me, perché nessuno può essere sicuro che il mio corpo non sia velenoso. Ma sarebbe felice di assaggiare Daysum due volte. E non posso permettere che accada. Non lo permetterò.

«Vi auguro una morte lenta» sibilo, fissando il Conte.

«Vai a riposare. Daysum ti aspetta alle tre campane».

«Obbedisco». Faccio un inchino e mi volto per andarmene.

«Oh, un'ultima cosa» dice lui.

Mi fermo, le spalle tese. C'è dell'altro. Non poteva essere finita qui.

«Tiyung ti accompagnerà a Tamneki» mi comunica. «Partirete dopodomani».

Lascio cadere la testa all'indietro, gli occhi fissi sul soffitto a cassettoni. Tiyung è il figlio del Conte. Il suo unico erede. Crudele come il padre, ma inetto, quindi forse il peggior essere umano dei tre regni. E l'unica ragione di questo 'forse' è che non sono mai stata nel Khitan o sull'isola di Wei.

«Non sarebbe più semplice uccidermi e basta?» chiedo.

Nella voce del Conte c'è un'indifferenza totale quando risponde: «In teoria sì, ma tu sei il mio bene più prezioso. Tiyung porterà con sé il tuo contratto, e lo brucerà appena avrai portato a termine il compito. Poi tornerà a Gain per liberare tua sorella».

In altre parole, potrei uccidere suo figlio e bruciare io stessa il contratto, ma questo significherebbe rinunciare alla vita di Daysum. Non pensare alle violenze quotidiane che subirebbe nelle case di piacere. Non preoccuparmi di cosa ne sarebbe di lei. E Seok sa che piuttosto sarei disposta a morire. Il Conte si assicura sempre che io abbia qualcosa da guadagnare e tutto da perdere.

«Fai quello che ti ho chiesto, Sora. Andrà a beneficio di tutto lo Yusan, ma in particolare di te e tua sorella» dice.

Dopo aver pronunciato l'ultima parola, esce dallo studio, lasciandomi sola a domandarmi come sia possibile che, nei suoi registri, la vita di due ragazze equivalga alla morte di un dio re.

CAPITOLO 6

EUYN

CITTÀ DI OUTTON, FALLOW

«Vostra Altezza» esordisce Mikail, accogliendomi con un cenno di saluto nello squallore delle stalle. La puzza di letame mi fa piegare le ginocchia quasi quanto il fatto di rivederlo.

Ha lo stesso aspetto di tre anni fa: alto e muscoloso, con profonde fossette sulle guance. Indossa pantaloni da equitazione marroni e una camicia blu troppo elegante per Fallow, per non parlare della costosa spada avvelenata che porta al fianco. Mikail spicca come una cascata nel deserto, e se non attira troppo l'attenzione è solo perché non prova a mimetizzarsi. Non ci prova mai.

È rasato di fresco, come sempre, le labbra carnose e la pelle di un bel marrone scuro. I capelli castani sono appena più lunghi del necessario, con le ciocche ondulate che paiono scompigliate ad arte. Da questo punto di vista, non è cambiato per niente.

Eppure c'è qualcosa di diverso in lui, qualcosa di più affilato. Un certo sguardo nei suoi occhi verde acqua. Gli zigomi sono incavati e il taglio della mascella netto. Sembra più crudele di prima, e vorrei poter dire che questo lo rende meno desiderabile.

Deglutisco, ammettendo tra me e me che semmai è vero il contrario.

«Sei in ritardo» aggiunge, facendo roteare la busta rossa che tiene in mano. «Credevo di doverti lasciare un altro biglietto». Se la rimette in tasca.

Mi fermo all'ombra della stalla, a circa due metri da lui. Come se la distanza mi garantisse una qualche sicurezza.

«Sapevo che mio fratello avrebbe mandato un assassino» dico. «Ma mi lusinga che abbia scelto il migliore».

Un uomo che potrebbe strapparmi il cuore con uno sguardo. Notevole quanto crudele, proprio il modo in cui opera Joon.

Mikail sbuffa. «Suvvia, Euyn. Sai bene che starei malissimo vestito di nero».

Appena sorride, mi torna in mente il ghigno che aveva da ragazzino. Quello di quando mi ha strizzato l'occhio per la prima volta, quando eravamo solo due adolescenti invincibili che si allenavano alle armi. Quello che mi ha fatto dopo che le nostre mani si sono accidentalmente sfiorate durante un'esibizione dell'orchestra nel frutteto del re. Quello di quando si è appoggiato sul mio cuscino, svuotato ma soddisfatto, come me. Quello che mi ha rivolto poco prima che mio fratello mi condannasse a morte.

«Facciamola finita» taglio corto.

Mi guardo intorno in cerca di soldati venuti a braccarmi, ma Mikail è solo. Per un attimo rimango interdetto, ma poi ricordo che non ha alcun bisogno di rinforzi. Non esiste un assassino più esperto di lui in tutto lo Yusan, o il Khitan, se è per questo. Anche se non sarebbe corretto definirlo assassino: Mikail è molto di più. È il maestro delle spie reali.

Mi chiedo come mi ucciderà, cosa userà e se mi farà la cortesia di una morte rapida e pulita. Lui si limita a fissarmi con un'espressione divertita che gli increspa le labbra piene.

«Sapevo che ce l'avresti fatta» dice. «Hai più spirito di sopravvivenza di quanto tu abbia mai creduto. E la barba ti dona».

Di nuovo quel sorriso. Come se stessimo facendo solo due chiacchiere innocue, e non fosse venuto nel territorio privo di leggi e padroni di Fallow per parlare con un uomo già morto. Eppure, nonostante tutto quello che è successo e tutto quello che so, mi fa ancora un certo effetto. Nonostante sia parte del motivo per cui sono stato sepolto vivo nel deserto, continua ad attrarmi. Ma Mikail sa sempre come arrivare a me. E a tutti gli altri. Ovunque. Fare la spia per il trono richiede, in ogni momento, una quantità sconvolgente di omicidi.

«Sei venuto fin qui per farmi i complimenti?» chiedo, esasperato. Ho trascorso le ultime sei campane terrorizzato dal suo biglietto. Il cuore mi martella contro le costole, e potrei disonorarmi perdendo i sensi in questa stalla ripugnante. Perché mi tormenta? Forse è stato Joon a ordinargli di prolungare la mia agonia.

«È troppo sperare che ci sia una sala da tè decente qui nei dintorni?» domanda Mikail, lanciando un'occhiata in giro.

«Tu cosa ne pensi?» Incrocio le braccia, con il corpo che stilla sudore e frustrazione.

«Penso che sei ancora permaloso come prima di lasciare il palazzo» risponde lui.

«Con 'lasciare il palazzo', ti riferisci a quando sono stato condannato a morte?»

Si stringe nelle spalle. «Mettila come vuoi».

Faccio un respiro profondo. Siamo all'ombra, ma fa comunque troppo caldo per questa conversazione. Anche se, a ben pensarci, sarebbe surreale ovunque. Ho sognato di rivedere Mikail tante volte, ma non andava mai così. Credevo che saremmo corsi l'uno incontro all'altro e ci saremmo abbracciati e baciati appassionatamente, con le lacrime che gli bagnavano le guance per avermi trovato ancora in vita. Certo non immaginavo di parlare di stronzate in una stalla, con la quasi certezza che stia per accoltellarmi.

«Potremmo andare nella tua stanza, alla locanda» suggerisce. Alzo le sopracciglia. O vuole parlare in privato o vuole uccidermi con discrezione. Non ne sono sicuro e, a dire il vero, potrebbero essere vere entrambe le cose. Ma, tutto sommato, suppongo sia meglio morire in una locanda che in una vecchia stalla polverosa. Quindi faccio un cenno di assenso.

Mi incammino e lui mi segue a passo leggero; all'improvviso il mercato di Outton sembra completamente diverso da qualche istante fa. I profumi sono più intensi, i colori più vivaci. L'aria è calda ma pulita, e il brusio degli affari sembra musica. Ma un uomo morto assapora sempre gli ultimi attimi, gli ultimi respiri. Me lo ricordo da quando sono stato bandito dal Palazzo di Qali.

Mi tengo pronto a ogni passo. Mi sbircio alle spalle. Sono sicuro che da un momento all'altro sentirò una lama avvelenata squarciarmi la schiena, anche se so che non è nello stile di Mikail. Certo, pugnalerebbe alle spalle chiunque senza pensarci due volte, ma ucciderebbe in pubblico solo se non avesse alternativa.

E lui un'alternativa fa sempre in modo di averla.

Quando arriviamo alla locanda mi fermo fuori dalla porta. Le mie gambe si rifiutano di collaborare e la solita, ostinata riluttanza a morire torna a impadronirsi di me. Cerco di escogitare una via di fuga. Al primo piano c'è un atrio: vecchi divani davanti a un caminetto che di giorno è puramente ornamentale e nelle fredde notti del deserto è disperatamente necessario. È abbastanza riservato per una conversazione privata, ma forse qualcuno interverrebbe se Mikail cercasse di tagliarmi la gola.

«Che stanza?» mi chiede. Ovviamente lo sa già: ha lasciato il biglietto fuori dalla mia porta all'alba. È un modo per lasciar intendere che non si accontenterà dell'atrio.

La cosa davvero strana è che non ho riconosciuto la grafia sul biglietto. Eppure saprei distinguere i suoi scarabocchi ovunque. Una volta aspettavo alla finestra che i messaggeri mi portassero le sue lettere in codice. Le stringevo al petto come non potevo fare con lui, che era da qualche parte in giro per il regno o nel Khitan o a Wei, in missione per conto di mio fratello. È una spia da quando aveva sedici anni, il che è illegale, ma d'altronde cos'è la legge per una spia?

Il biglietto, però, era in caratteri piccoli, fitti. Di certo qualcun altro l'ha scritto per lui, ma chi? E perché?

Mikail sta aspettando. A malincuore, entro nella locanda e salgo gli scricchiolanti gradini di legno fino alla mia stanza. Ho le gambe pesanti, vorrebbero ribellarsi a questa passeggiata verso il patibolo. Cerco di calmare i nervi dicendomi che se avesse avuto intenzione di uccidermi, l'avrebbe già fatto. Deve volere qualcos'altro, o qualcosa in aggiunta alla taglia sulla mia testa. Non so ancora cosa, ma dubito si tratti delle chiacchiere tra amanti che ho spesso immaginato.

È solo una morbosa curiosità a spingermi ad andare avanti. Be', quella e il desiderio di una morte discreta.

Arriviamo nella mia stanza all'angolo, sblocco il chiavistello.

Mikail mi sta appiccicato, facendomi rizzare i peli sul collo. Non riesco a capire se voglio che si avvicini o che si allontani.

«Non dimenticare la trappola sopra la porta» sussurra.

Lo fulmino con lo sguardo, anche se non dovrei. È stato Mikail a insegnarmi questi trucchi. Tutte le conoscenze pratiche che mi hanno tenuto in vita negli ultimi anni provengono da lui. Quando ero un principe, le uniche trappole di cui dovevo preoccuparmi erano quelle che usavo per cacciare.

Allungo la mano e faccio scorrere la puntina di lato. Se non l'avessi fatto, una mazza ci sarebbe piombata in testa appena avessimo varcato la soglia.

Mikail mi segue nella stanza angusta e ripenso all'ultima volta che siamo stati insieme, da soli. L'ultimo giorno dolceamaro della mia vita a palazzo. Le risate condivise mentre bevevamo vino dolce nella mia camera da letto, gettando via pietanze prelibate ancora quasi intonse, sudando tra le lenzuola di seta fino a essere entrambi esausti. Questo accadeva poco prima della mattina in cui sono stato svegliato dalle guardie del re e trascinato davanti al trono.

Dopo, ricordo di aver marciato avanti e indietro nella Prigione di Idle, la galera sotterranea sotto l'omonimo lago, aspettando che Mikail venisse a salvarmi, o almeno a darmi l'estremo saluto. Lui non si è mai fatto vedere. Poi sono stato trasportato come un animale per diversi luni sotto il sole battente, fino ad arrivare a Fallow. Tre intervalli di due settimane.

Quando mi hanno fatto uscire, le guardie avevano già scavato la fossa nella sabbia.

Mikail chiude la porta della mia stanza e la blocca con il chiavistello. Siamo troppo vicini. Sento il calore emanato dal suo petto. Il suo profumo mi riempie le narici. Tre anni di desiderio insoddisfatto mi soffocano. Vorrei afferrarlo e tirarmelo addosso, se non altro per stringerlo e assicurarmi che sia reale. Sono quasi impazzito a furia di sognarlo, di immaginarmelo qui. Nel sonno, sentivo il suo tocco leggero come una piuma eppure deciso sulle mie cosce. Ma faccio un passo indietro, perché la verità è che non dovrebbe essere qui. E il fatto che il mio corpo continui a desiderarlo mi fa infuriare.

«Quindi sei venuto fino a Fallow solo per rivedermi?» chiedo.

Il suo sorriso si allarga lentamente mentre si stravacca su una poltrona colorata. Le due sedie e il tavolino sono mal assortiti. Ma Mikail accavalla le lunghe gambe, a proprio agio come se si trovasse nel suo ufficio nell'Ala delle Spie. «Stavo aspettando l'occasione giusta».

Qualcosa nel modo in cui lo dice rende tutto più chiaro. Mi si chiude lo stomaco. «Quando hai scoperto che ero sopravvissuto?»

«Circa tre anni fa». Lo dice con disinvoltura. Come se questo non facesse saltare in aria la mia sicurezza immaginaria, come se il pavimento della stanza non mi stesse crollando sotto i piedi.

Sapeva di me, l'ha sempre saputo, per tutto questo tempo. Sapeva che sono riuscito a strisciare via dal Deserto di Amrock grazie alla benevolenza degli dèi. Si è scatenata una tempesta di sabbia solo una campana dopo che mi avevano seppellito fino al collo e lasciato lì a morire. Il vento ha smosso la duna abbastanza da permettermi di liberarmi, e poi ho incespicato nella tempesta fino a crollare. Per fortuna a quel punto mi trovavo ai margini di un'oasi. Lì sono stato salvato da una carovana di nomadi diretta a est, che mi ha portato a Outton. Un intero lunio affidato al loro buon cuore.

Una morsa mi stringe il petto e un milione di domande mi si affolla in testa, mentre sentimenti contrastanti pulsano dentro di me. Il fatto che non abbia avuto voglia di contattarmi negli ultimi tre anni mi colpisce, mi indigna, mi distrugge... ma vederlo qui, ora, accende una speranza.

All'improvviso, mi viene in mente che forse non sono più in pericolo. Forse Mikail è venuto a dirmi che sono di nuovo il benvenuto a palazzo. L'eccitazione e la fiducia mi ribollono dentro, ma si affievoliscono subito quando capisco che, se fosse stato quello il caso, me l'avrebbe detto subito. No. È qui per qualche altro motivo. Vorrei ridere. Vorrei urlare. Vorrei baciarlo un'ultima volta. Insomma: sono un disastro.

«Sei più un Euyn che un Donal. Nonostante la barba» aggiunge, spazzolandosi via la polvere dai pantaloni.

Scherzavo. Lo odio.

Sentire il mio vero nome mi fa raggelare. Deglutisco a fatica. «Mio fratello lo sa?»

Inarca un sopracciglio. «Credi che saresti ancora vivo se lo sapesse?»

Non è una risposta. Mikail è un vero esperto delle non-risposte che suonano sincere. Ma anche se non lo vedo da tre anni, lo conoscevo da sei prima che perfezionasse tutti questi trucchetti. Prima che facesse dell'onestà un'arma, come una spada avvelenata da usare con parsimonia.

«Gliel'hai detto?» chiedo.

Lui sorride. «No».

Lo scruto in faccia e lui solleva leggermente le sopracciglia. Sta dicendo la verità.

Finalmente mi concedo di appollaiarmi su una sedia, convinto che non sia venuto a uccidermi. Almeno non subito.

«Perché sei qui?» gli domando. «E che scusa hai rifilato a Joon?»

«Gli ho detto che andavo a seguire una pista per trovare l'Amuleto perduto del Signore dei Draghi» risponde Mikail con un vago gesto della mano. «Comunque, lo ripeto: ho una proposta per te. Un'offerta».

Lo guardo, sospettoso. «E perché tutti questi sotterfugi? Avresti potuto semplicemente presentarti da me e chiedermi di parlare».

Fa un sospiro. «Prima dovevo assicurarmi che fossi abbastanza disperato da prendere in considerazione la mia offerta. Una qualsiasi offerta».

Mi muovo sulla sedia, a disagio. «Di cosa si tratta, esattamente?»

Mikail si sporge in avanti. «Mi serve il tuo aiuto».

«Per?»

«Per uccidere tuo fratello».

Il silenzio cala sulla stanza come una coperta gettata in aria. Vola sopra di noi. Ci ricopre. Soffoca la conversazione. Mikail mi fissa con noncuranza, in attesa di una risposta.

«Non puoi fare sul serio» dico alla fine.

«Sì, invece».

Scoppio a ridere.

«Possiamo farcela» insiste lui, puntandomi in faccia i suoi intensi occhi verde acqua. «Nessuno conosce tuo fratello come noi due».

Allargo le mani, mimando i piatti di una bilancia immaginaria. «Mi vengono in mente giusto un paio di problemi...»

Il primo, e più importante, è che c'è un motivo se Joon è conosciuto come un dio re. Non è propriamente 'divino', ma potrebbe benissimo esserlo, visto che porta la corona dello Yusan. La corona è una reliquia del Signore dei Draghi e rende immortale chiunque la indossi.

Il secondo è che stare seduti qui, anche solo a parlarne, equivale a complottare un regicidio e un fratricidio, crimini a cui mio fratello non guarda con benevolenza. Entrambi sono punibili con il lingchi, un'esecuzione pubblica effettuata tramite cento tagli sul corpo.

Si aggiunga la taglia che pesa su di me, vivo o morto; e che siamo a Fallow, a più di un mese dalla capitale, Tamneki; e, infine, che Joon vive nel Palazzo di Qali, nel bel mezzo del Lago Idle. È il luogo più sicuro di tutto lo Yusan, forse secondo solo alla Prigione di Idle. Difficile a dirsi.

Insomma, non proprio la ricetta per il successo, come cerco di spiegare a Mikail.

Aspetto che lui sorrida o risponda con una battuta, invece si limita a fissarmi, sempre proteso in avanti. Dèi onnipotenti. È davvero venuto per questo, per complottare l'omicidio di mio fratello.

«Alla morte di Joon, tu rimarresti l'unico erede al trono dello Yusan» dice. «Saresti re. Aiutami, e la corona sarà tua».

La corona. Il trono. Una prospettiva allettante quanto irrealizzabile.

In quanto figlio minore del vecchio re, non mi sono mai aspettato di governare lo Yusan. Non davvero. Ma il nostro fratello di mezzo, il Principe Omin, è morto già da qualche tempo, e Joon non ha figli, dato che anche Naerium è morta da anni, quindi Mikail ha ragione. Io sono l'ultimo erede.

Ma da qui a ottenere la corona la strada è lunga.

Il re dello Yusan non se la toglie nemmeno per dormire. È una lezione imparata a sue spese da un sovrano del passato, pugnalato nel letto dal suo stesso figlio durante una campagna di guerra nel Khitan. Joon si separa dalla corona solo per brevissimi attimi quando si lava i capelli, ma in quei momenti, impossibili da prevedere, si assicura di essere sempre da solo.

Inoltre, cosa può spingere Mikail a proporre l'assassinio del re? È stato fedele alla mia famiglia per tutta la vita. Più leale a mio fratello che a me. In fondo, è stato proprio il suo accordo con Joon a segnare il mio destino nella sala del trono.

«E tu che cosa ci guadagneresti?» cerco di indagare.

Mikail distoglie lo sguardo, come inseguendo un pensiero lontano. «Qualcosa che desidero».

Mi appoggio allo schienale della sedia. Non vuole dirmelo, e nessuna supplica, nessuna lusinga o tortura riuscirebbe a estorcere informazioni che Mikail ha deciso di non dare. È una caratteristica imprescindibile per diventare maestro delle spie; non è stato difficile trovarla nel ragazzino picchiato quotidianamente dal padre, a volte con un motivo, molto più spesso senza. Una volta, quando gli ho chiesto delle sue cicatrici, l'unica risposta che ho ottenuto è stata: «La mia famiglia». Il resto l'ho dovuto ricostruire da solo.

«E a chi dovrei il mio trono?» chiedo.

Il sorriso di Mikail si allarga lentamente, come sempre quando dico qualcosa di furbo. Fingo che la cosa non mi colpisca. Che non mi piaccia farlo sorridere.

«Alla regina del Khitan».

Questo sì che mi coglie di sorpresa. Era da un pezzo che non sentivo nominare mia sorella.

CAPITOLO 7

AERI

CITTÀ DI UMBRIA, YUSAN

Fa molto freddo, a Umbria. Nonostante non sia tanto più a nord di Pyong, la mia città natale, per qualche motivo il clima è decisamente più rigido. E io lo odio, il freddo.

Ecco perché cammino avanti e indietro di fronte al caminetto della mia stanza, al Black Shoe Inn. Le fiamme sono alte, eppure non riesco a scaldarmi le dita delle mani e dei piedi. Medito di avvicinarmi ancora, ma qualche altro centimetro e le maniche del mio abito prenderebbero fuoco. E quest'abito mi piace. Adoro tutti i miei vestiti eleganti, anche se non sono abbastanza pesanti per Umbria... ma lo stile prima di tutto, no? E poi, è anche possibile che il freddo non sia colpa del vestito blu ma del mio nervosismo.

Già, sono decisamente nervosa.

Dove si è cacciato?

Forse non ha ricevuto il biglietto. Forse dovrei andare a cercarlo.

No. Devo avere pazienza. Purtroppo la pazienza non è il mio forte. Riprendo a camminare.

È quasi mezzanotte quando finalmente sento bussare alla porta. Sebbene stessi aspettando da due campane, sussulto. Che sciocca. Controllati, Aeri. Ovvio che Royo ha trovato il biglietto che gli hai messo in tasca: era proprio questo, lo scopo.

Mi guardo allo specchio per sistemarmi i capelli, chiedendomi come mi tratterà. Esito un attimo, preoccupata dalla prospettiva di affrontare quella montagna di muscoli. Ma prima, quando l'ho visto, sembrava abbastanza a posto. E poi è per questo che sono qui: per parlare con un assassino. Un po' emozionata e molto nervosa, apro la porta e subito mi acciglio. Non è lui. È un ragazzino che potrà avere al massimo dodici anni.

«Sì?» chiedo.

Per guardarmi deve reclinare la testa all'indietro. «Oh, ehm, perdonatemi, signorina. L'oste manda a dire che c'è un uomo che vuole vedervi. È giù nell'atrio».

«Grazie».

Il ragazzo non accenna a muoversi. Giusto. Vuole la mancia. Mi do uno schiaffo immaginario sulla fronte per essermene dimenticata, poi prendo il borsellino di velluto e gli consegno un mun d'argento. È una somma eccessiva, ma non ho voglia di frugare alla ricerca di monete di bronzo. E poi, che c'è di male?

Un sorriso raggiante illumina il volto lentigginoso del ragazzo, che a questo punto se ne va. È già sparito quando me ne rendo conto: avrei dovuto dirgli di riferire all'uomo che sarei scesa subito. No, non subito. Tra un attimo. Sì, così sarebbe suonato meglio.

Oh, be'...

Faccio un respiro profondo e mi accorgo che ho la schiena curva. Papà *odia* quando mi lascio andare così. Mi raddrizzo subito e spingo indietro le spalle. Molto meglio: alta e regale, maestosa. Ora sì che sembro una signora. Una signora con un'offerta allettante per un uomo molto pericoloso. Se acconsentisse, potrebbe cambiarmi la vita. Questo lavoro potrebbe sistemare tutto, e farmi finalmente ottenere l'approvazione di mio padre. Non dovrei più rubare per tirare avanti. Non dovrei più vivere nella solitudine. Non dovrei più congelare per strada.

Giusto. Posso farcela. Calma.

Scendo le scale, ma appena lo vedo mi fermo. Al Butcher & Ale ero seduta in un angolo, con la visuale limitata, ma ora posso studiare con calma l'uomo gigantesco che mi aspetta nell'atrio. Probabilmente Royo non è attraente nel senso tradizionale del termine. Se mi dicessero di chiudere gli occhi e pensare a un bell'uomo, non mi verrebbe di certo in mente lui. Però è molto più affascinante di come mi era sembrato all'inizio. Ha i capelli cortissimi, la mascella squadrata e il viso segnato. Un guerriero senza campo di battaglia.

Ma è anche qualcos'altro.

Al momento, Royo ha la giacca drappeggiata sul braccio e tiene in mano una statuetta. Tutto in lui lascerebbe pensare che abbia intenzione di polverizzare quell'uccellino di ceramica, e invece lo tiene con cura, con delicatezza, ammirandolo con lo stupore negli occhi. È uno spettacolo che fa tenerezza.

È lui quello giusto, quello di cui ho bisogno.

Sono quasi arrivata all'ultimo gradino, quando Royo alza lo sguardo. I suoi occhi sono leggermente distanziati, e del colore del miele. Quando scorrono rapidamente sul mio abito blu mi ritrovo a trattenere il fiato.

Lui non sorride.

Io sì. La tensione è troppa. E mia madre diceva sempre che con un bel sorriso si può rompere il ghiaccio del Mare del Nord.

«Ciao, Royo» dico.

Aggrotta la fronte.

Mi schiarisco la gola. Giusto. Troppa fretta. L'ho messo a disagio. «Grazie per avermi incontrata».

Forse avrei dovuto dire: «Grazie per aver trovato il tempo di incontrarmi». Non lo so. Non ho mai letto un manuale di galateo che spiega come assumere un picchiatore... o come sembrare nobile, o almeno ricca.

«Come hai avuto il mio nome?» La sua voce ha il riverbero di un tuono, e me ne ritrovo attratta come un fulmine.

Ma in quell'istante l'oste starnutisce, ricordandomi che non è proprio il momento per certi pensieri.

Siamo entrambi di fronte a lui. L'oste fa finta di non guardarci da dietro il bancone, ma è a circa due metri di distanza e nell'atrio non c'è letteralmente nessun altro. È ovvio, ci sta osservando. Devo stare più attenta.

«Huang, prenderemo il tè nel salotto, grazie» dico.

Lui annuisce e va in cucina, mentre io faccio cenno a Royo di seguirmi nella stanza dall'altra parte del camino. Non c'era nessuno quando l'ho ispezionata poco fa, e faccio un sospiro di sollievo trovandola ancora vuota. Dall'atrio non si vede altro che l'ingresso, quindi è il posto perfetto per parlare in privato.

Ci sediamo al tavolino in fondo, anche se è troppo basso per entrambi. Probabilmente Royo è più alto di me solo di qualche centimetro, ma ha un petto così largo che sembrano molti di più. Io sono un fuscello. Lui è una quercia.

Le nostre ginocchia cozzano e d'istinto lui si abbassa ad accarezzarmi la gamba. Poi però tira indietro la mano come se si fosse bruciato o qualcosa del genere. È... dolce. Gentile. A giudicare dalle voci che circolano su di lui, mi aspettavo qualcosa di completamente diverso. Un uomo cattivo. Un bruto. Ma non lo è. Insomma, sì, è un assassino violento, ma nessuno è perfetto.

Accavallo le gambe a lato del tavolo. Anche se fa finta di niente, aggiustando la giacca sullo schienale della sedia, noto che mi guarda le cosce. Interessante.

«Ecco. Così va meglio». Sorrido. «Prendiamoci un bel tè, come se fossimo già amici. Yuri ha recapitato il messaggio, quindi?»

«Sì, e ho ricevuto il tuo biglietto».

Una vampata di calore mi arrossa le guance. Non sembra particolarmente contento che io sia riuscita ad avvicinarmi senza che se ne accorgesse, ma non sapevo come altro fare per convincerlo a incontrarmi. Giocherello con l'orlo del vestito. «Credevo che altrimenti non saresti venuto».

«Chi sei?»

Certo. Giusto. Comincia dal nome, Aeri.

«Oh, scusa. Mi chiamo Aeri. Aeri Soo».

Gli tendo la mano. Lui aggrotta le sopracciglia nere e alla fine, con riluttanza, la avvolge nel suo palmo carnoso. Nell'istante in cui mi tocca, vengo attraversata da una scarica di emozioni. Le nostre mani si incastrano come chiave e serratura, ma c'è di più. Mi sento a casa.

All'improvviso mi ricordo che dovrei stringergli la mano, e mi affretto a farlo, ma finisco per agitare eccessivamente il braccio.

«Oh. Troppo. Scusa». Con una smorfia contrita mi infilo le mani sotto le cosce. Fantastico. Sto rendendo tutto imbarazzante.

Lui solleva un sopracciglio. Volevo evitare che mi trovasse strana, ma suppongo che non ci sia molto da fare per nascondere questa verità.

Royo intreccia le dita sul tavolo e si sporge in avanti come se volesse prendere il controllo della situazione. Il che è un bene. Qualcuno deve pur farlo. A un certo punto deve essersi rotto due nocche, che non sono mai state sistemate. Sulla mano destra ha una vecchia cicatrice, una ferita profonda e un altro segno, che sembra venire da una puntura. Sono le mani di un combattente, di un assassino, dell'uomo di cui ho sentito parlare.

«Che cosa è stato?» chiedo, indicando la cicatrice più grande.

«La vita» risponde.

Resto a bocca aperta. «È una risposta fantastica».

Si guarda intorno come in cerca di aiuto, poi cambia posizione sulla sedia, a disagio. «Mi sembra corretto avvertirti fin da subito che non accetterò il lavoro, se comporta fare del male a una ragazza».

Sbatto le palpebre. «Una ragazza? Oh, no, non c'entra nulla. Immagino che...» Mi interrompo, perché so fin troppo bene che la gente spesso vuole fare del male anche alle ragazze. «Te lo chiedono spesso?»

Lui si stringe nelle spalle. «A volte».

«E tu dici di no?»

Annuisce, senza esitare. Ma è sincero. Mi piace che tracci una linea. Ha dei princìpi e li rispetta. La maggior parte delle persone non lo fa. Non quando contrastano con i desideri.

Arriva il tè e sorrido all'oste. Lui ricambia, ma il suo sorriso si spegne quando guarda Royo. Non gli piace che sia qui, con me; e nemmeno Royo sembra entusiasta. Non va bene. Ho bisogno di lui. Devo conquistarlo.

Gli sorriderei di nuovo, ma ho la sensazione che lo infastidirebbe e basta.

Appena l'oste se ne va, servo da bere. Un profumo di ananas e tè verde si diffonde nell'aria. Nella mia tazza aggiungo una quantità oscena di miele.

«Comunque... no. Non voglio far del male a una ragazza» riprendo. «In effetti non ho bisogno che tu faccia del male a nessuno».

Non per forza, almeno.

«Allora mi sa che hai scelto la persona sbagliata». Si appoggia allo schienale, senza toccare il tè. Chiuso. L'incontro è finito.

Mi si serra lo stomaco e i palmi delle mani cominciano a prudere. Senza di lui, diventa tutto molto più difficile. Non che ora sia semplice. Batto nervosamente le dita sul tavolo di legno.

«Ho bisogno che mi porti a Tamneki» dico. O meglio, biascico. Tamneki è la capitale dello Yusan e sta a sud, sul Mare Orientale.

«Non sono una guida turistica» replica con la mascella serrata.

«Questo lo so. Ma mi serve protezione. C'è un... lavoro che devo fare, e ho bisogno di una scorta. Ho chiesto in giro, quando sono arrivata a Umbria, e mi hanno parlato di te».

«Sai quanto dista Tamneki da qui?» chiede lui. Non è una vera domanda, ma penso che risponderò.

«Una settimana sul Sol, se i venti sono favorevoli. Altrimenti di più. E poi un lunio verso est, in carrozza». Tanto semplice, quanto lungo e pericoloso.

Sembra pronto ad andarsene, ma il fatto che sia ancora seduto mi fa ben sperare. Qualcosa lo trattiene al suo posto. Devo solo capire cosa. Cosa gli serve.

Prendo la tazza. La mamma diceva sempre che mangiare o anche solo bere qualcosa con qualcuno favorisce un senso di intimità. Un legame. Bevo un sorso di tè ma mi scotto la lingua. Metto subito giù la tazza, agitando le mani. Che impiastro.

«Troppo caldo. Decisamente troppo caldo. Avrei dovuto aspettare. Lo faccio sempre». Sbatto la mano sul tavolo. «Avrò la lingua addormentata per una settimana».

Royo mi fissa. «Quanti anni hai?»

«Ventiquattro» rispondo.

Non so perché me lo chieda. Probabilmente perché sembro più giovane. Immagino che il caschetto non aiuti, ma a me piacciono i capelli corti. E comunque l'età è solo un numero.

«Allora, fammi capire bene» dice Royo, spostandosi di nuovo sulla sedia. «Vuoi che viaggi per un lunio e mezzo insieme a te?»

Annuisco con impazienza. «Sì. E poi che tu mi protegga mentre sono a Tamneki. Quindi, calcola un mese di lavoro in totale».

«E questo è tutto?»

«Sì».

Tormento l'orlo del vestito. Di' di sì. Di' di sì, Royo, così avrò una cosa in meno di cui preoccuparmi.

Lui mi scruta, sospettoso. «Perché venire da me, se ti serve solo una guardia del corpo?»

Questo non è un sì.

Non ha tutti i torti, però: lo Yusan è pieno di guardiani che, se ingaggiati, assicurano di proteggere persone, case o attività. Ma con questo intendono dire che si addormenteranno davanti o dietro all'edificio dove gli dirai di stare. Ho derubato un buon numero di gioiellieri 'difesi' da guardiani. Non basta. A me serve protezione vera.

«Non so quali pericoli incontreremo, soprattutto a Tamneki. E per una ragazza non è sicuro viaggiare da sola. In giro si dice che nessuno osa mettersi contro di te. Proprio quello di cui ho bisogno».

Si massaggia le tempie. «Ascolta, signorina, forse non sai come funziona. Io sono un picchiatore, muscoli a pagamento. Mi dicono il nome di qualcuno a cui vogliono dare una lezione e io me ne occupo. Prendo metà della tariffa in anticipo e metà a lavoro finito. Tutto qui. Non sono un guardiano. Non proteggo nessuno. Il contrario, semmai». Mima il gesto di spezzare un osso in due. La minaccia gli lampeggia negli occhi. È tanto sbagliato che lo trovi attraente?

Non importa. Non è questo il punto.

Rimaniamo in silenzio per un minuto intero. Valuto se rivelargli l'identità del bersaglio, ma poi penso che è l'ultima cosa che dovrei dirgli. Alla fine, però, opto per la verità.

«Il re» dico.

Lui aggrotta le sopracciglia. «Cosa?»

Giusto. Non mi ha sentito perché stavo borbottando. Se c'è una cosa che mio padre odia più della postura scomposta sono i borbottii. Fisso Royo negli occhi e parlo chiaramente. «L'obiettivo da colpire sarebbe il re».

«Perché?»

«Per una cosa che è successa molto tempo fa». Scaccio l'amarezza, la rabbia, perché lui non ha bisogno di sapere tutta la storia. «Per farla breve, per colpa di Re Joon ho perso tutto, e devo sistemare le cose».

«Questo è tradimento» mi avverte Royo, guardandosi intorno. «Basterebbe questa conversazione per farci rinchiudere nella Prigione di Idle. Potrebbe significare lingchi. Hai idea di cosa sia?»

Scuoto il capo.

«Il lingchi è un'esecuzione pubblica: ti asportano cento tagli di carne dal corpo, tenendoti in vita per farti provare dolore fino all'ultimo, in modo che gli hael non possano finirti... perché quella sarebbe misericordia. All'inizio nessuno pensa che implorerà la morte. Ma alla fine lo fanno tutti. Quindi no, non posso aiutarti».

Si alza. È andata... male. Dovrò trovare qualcun altro, ed è già mezzanotte. Senza contare che sono *sicura* che debba essere lui. Altri guardiani o picchiatori, per quanto capaci, potrebbero tradirmi o cercare di approfittarsi di me. Lui non è così. Si vergogna anche solo di guardarmi le gambe.

Insisto, accigliata: «Ti pagherei bene».

«Non mi interessa».

Ma qui intravedo una breccia: sta mentendo. Nei suoi occhi si è accesa una scintilla quando ho parlato del pagamento. Soldi. Con molti soldi, potrei farcela.

Infilo la mano nella borsa di velluto e metto sul tavolino un diamante grosso come una prugna. Subito mi pento di essermi separata da una gemma di questo valore – rubarla è stato un incubo – ma Royo si ferma con la giacca infilata a metà. Resta immobile.

Mossa azzeccata.

«Mi devi proteggere» gli ripeto. «Non posso perdere tempo preoccupandomi di un guardiano pigro o di un avido picchiatore disposto a vendermi per soldi. Se riuscirò a portare a termine il lavoro, la ricompensa sarà...» Abbasso la voce e mi sporgo in avanti. «Mezzo milione di mun d'oro. Quindi facciamo così: tu prendi questo e, in caso di successo, ti darò un ulteriore bonus di cinquantamila. Se invece dovessi fallire, a fine mese ti ritroveresti comunque con il diamante in mano».

Lentamente, Royo si rimette a sedere. Fissa la gemma senza toccarla. Si tiene a distanza, come se potesse trasformarsi in un serpente e morderlo.

Deglutisce a fatica, incapace di distogliere lo sguardo dalla pietra. «Cos'è?»

Che domanda strana. «È un diamante».

«Questo lo vedo, ma...»

«Vale cinquantamila mun d'oro» gli assicuro. «È tuo, che io abbia successo o meno. Se accetti di fare tutto ciò che è necessario, compreso uccidere, per tenermi al sicuro per un mese».

Sono un sacco di soldi, molti più di quanti dovrei offrirne, ma tanto li ho rubati, quindi che differenza fa?

«E *non* dovrò aiutarti a uccidere il re, giusto?» chiede a bassa voce.

Per gli dèi, come rispondere? Devo *proprio* rispondere? Mi sa di sì. Sarebbe peggio se facessi scena muta, e comunque gli ho già accennato al mio piano.

«Avrebbe davvero importanza?» chiedo, con una certa cautela. Siccome non batte ciglio, aggiungo: «Devo solo togliere la corona al re. Tutto qui».

I suoi occhi si muovono rapidamente quando è confuso, e mi rendo conto che il suo sguardo assomiglia a miele che cola.

«Perché?» domanda. «Per rubarla?»

«No, perché senza la sua corona Re Joon sarà mortale».

La fronte di Royo si corruga. «Joon non è un dio?»

Non riesco a trattenermi: faccio una smorfia esasperata. «No».

Lui serra le labbra. «Insomma... non ho mai creduto alla storia del dio sceso in terra, perché per quale motivo gli dèi dovrebbero preoccuparsi dello Yusan? Ma ho visto Re Joon sopravvivere a un assassinio».

«Davvero?»

Annuisce. «Anni fa è venuto in visita a Umbria, e io ero tra la folla ad assistere al suo discorso. All'improvviso abbiamo sentito un urlo, e poi si è scatenato il caos. Un dardo partito da una balestra lo ha colpito al collo... c'era sangue dappertutto. Avrebbe dovuto morire, invece no. Si è ritirato dal balcone con le sue forze, e l'assassino è stato condannato al lingchi. Da quel momento, mi sono convinto che quello che dicono nei templi è vero: il re non può morire».

«No. Be', è vero, non può, ma è a causa della corona».

Royo scuote la testa. «Come fa un pezzo di metallo ad avere questo potere?»

Vuole davvero che glielo spieghi? Tra tutte le cose che pensavo sarebbero successe questa sera, spiegare la magia degli dèi a un picchiatore non era nella lista.

Mi stringo nelle spalle. «Non saprei. Etherum».

Lui sbatte forte le palpebre. «Etherum? Ma non esiste la magia nello Yusan».

Questo è quello che crede la gente e, al di fuori delle reliquie del Signore dei Draghi, in effetti non esiste. Tutti sanno che il Signore dei Draghi ha unificato lo Yusan e l'ha governato per centinaia di anni. Ma solo i più vicini al trono sono al corrente delle cinque reliquie rimaste, tra cui la corona. La leggenda narra che il Signore dei Draghi diede la sua corona al primo re Baejkin, ma l'anello, lo scettro, la spada e l'amuleto caddero negli altri regni quando egli ascese ai Cieli. Credo che questa seconda parte sia solo per spiegare il motivo per cui non si trovano più nello Yusan.

Faccio di nuovo spallucce, alzando i palmi. «Non lo so, Royo. Ma la corona è di etherum».

«Come fai a saperlo?»

«Perché è quello che ha detto il maestro delle spie reali».

Si strofina il viso.

Giusto. Forse non avrei dovuto nominare Mikail così presto, ma è stato lui a propormi il lavoro. E sarebbe stato troppo difficile spiegarlo, altrimenti.

«Devi solo proteggermi» insisto. «Al resto ci penso io».

«Chi mi assicura che è autentico?» chiede Royo, indicando il diamante.

Glielo spingo davanti. «Prendilo, chiedi a chi vuoi».

Così dovrebbe bastare. Accetterà il lavoro e potremo partire domani.

I suoi occhi si muovono per la stanza. «Come fai a sapere che non sparirò con la pietra?»

«Se lo facessi, ti troverei e te la ruberei».

Sorrido, ma dalla sua espressione sembra che gli abbia appena dato un pugno in faccia. Non aveva ancora capito che sono una ladra? È... strano. Non importa. Non è per il cervello che mi serve.

«Come credi che abbia fatto a metterti in tasca quel biglietto?» domando, indicandogli il petto. «O che mi sia procurata il diamante?» Detto questo, finisco il tè e mi alzo. «Potresti darmi una risposta prima di domani a mezzogiorno? Ho detto a Huang che avrei lasciato la stanza a quell'ora. Non ti porterò rancore, se rifiuterai. Ma preferirei che accettassi il lavoro. Mi piaci».

Faccio un altro sorriso, anche se Royo sta scuotendo il capo. Ma alla fine dirà di sì. Me lo sento. È per questo che non se n'è ancora andato. Gli servono i soldi. Non so perché, e credo che non abbia importanza. Ma più ci pensa, più capisce che sarebbe un pazzo a rifiutare la cifra che gli sto offrendo. E Royo non è un pazzo. Devo solo sparire prima che possa dirmi di no.

Senza aggiungere altro, esco e lascio il diamante sul tavolino. Mi mordo il labbro mentre imbocco le scale, sperando di aver ragione: sarebbe una vera scocciatura, dovergli dare la caccia.

CAPITOLO 8

EUYN

CITTÀ DI OUTTON, FALLOW

Non esiste un buon momento per arrivare a Fallow. E a quanto pare, non esiste nemmeno un buon momento per andarsene. Di giorno, il sole e il caldo opprimente ti schiantano. Di notte, diventa più facile cadere in una fossa di serpenti. Senza contare che i samroc cacciano soprattutto al buio.

I samroc sono enormi uccelli neri che nel tempo hanno sviluppato una vera passione per la carne umana. Tanto grandi quanto astuti, possono portarsi via un uomo adulto con estrema facilità. Le vittime più fortunate muoiono in fretta, con un colpo di artiglio alla testa. Quelle sfortunate vengono trasportate vive nei nidi di montagna, per essere fatte a pezzi da giovani samroc che hanno appena imparato a uccidere. Nelle notti tranquille se ne sentono i lamenti strazianti e le suppliche di morte.

Prima di essere esiliato, pensavo che i samroc fossero solo una leggenda, un'esagerazione basata sugli hael carnivori dello Yusan. Anche gli hael si nutrono di carne umana e osservano famelici la nostra specie, ma i maschi raggiungono al massimo i settanta centimetri, e le femmine sono anche più piccole.

Possono uccidere un uomo, ma solo se è già in punto di morte. La prima volta che ho visto un samroc, le dimensioni dell'ombra che proiettava mi hanno quasi fatto perdere i sensi. Oscurava il sole.

Mikail decide di non aspettare il tramonto per andare via da Outton: in questo modo spera di raggiungere Tile, una città a est, prima che cali il buio. Il momento che precede il crepuscolo è anche noto come 'la fornace del giorno'. Ci saranno come minimo quaranta gradi, ma chissà come le temperature estreme non sembrano avere alcun effetto su Mikail, mentre cavalchiamo. Guida imperturbabile il cavallo carico della metà dei miei averi. L'altra metà è sul mio.

Ho dovuto abbandonare la maggior parte della roba, i primi oggetti che ho pagato con furti, abilità e duro lavoro. Li ho lasciati alla bella locandiera come tributo alla sua gentilezza, e lei me ne è stata grata. In un posto come Fallow, qualunque cosa può essere venduta di seconda o terza mano. E a una vedova come lei serve tutto l'aiuto possibile.

«Sembri particolarmente pensieroso» osserva Mikail. «Cos'è che ti turba?»

Lo dice come se fosse sorpreso dal fatto che ho molte cose per la testa.

«Oh, non so, forse il complotto per uccidere mio fratello?» ironizzo. «Tornare nel Paese dove c'è una taglia sulla mia testa? Lasciare l'unica sicurezza che mi sono costruito negli ultimi tre anni per quella che sembra a tutti gli effetti una missione suicida? Quisquilie come queste».

Alza un sopracciglio. «Qual era l'alternativa? Rimanere a Outton e aprire una sala da tè? Cercare di portarti a letto la locandiera? Sei un principe dello Yusan: questa per te è l'unica vita possibile. L'unica degna».

Cerco di non emozionarmi troppo per quell'ultima frase. Fallisco miseramente.

Ma non posso concentrarmi a lungo sulle sue parole, perché davanti a noi noto qualcosa. E a Fallow, quando si avvistano dei problemi, è già troppo tardi per evitarli.

Ci avviciniamo. Un carro rovesciato giace al centro della strada. Dal modo in cui blocca perfettamente il passaggio, è ovvio che non si tratta di un incidente. Pelle d'oca. Un brivido mi corre lungo la schiena, mentre il mondo intorno a me diventa più nitido e il tempo prende a scorrere più lentamente. Annuso l'aria come facevo durante le battute di caccia. Resto immobile, le orecchie tese al minimo suono.

Quando lancio un'occhiata a Mikail mi accorgo che anche lui è sul chi va là. Sto per chiedergli cosa ne pensa del carro quando sei uomini armati appaiono davanti alla barricata. Briganti, o una semplice banda di criminali... a Fallow non manca nessuna delle due cose.

Mi accascio su me stesso. Ma certo: siamo a due campane da Outton e ci siamo già imbattuti in una banda di ladri.

Con un cenno del capo, Mikail mi intima di coprirgli le spalle mentre si avvicina agli uomini. Già da adolescenti riuscivamo a comunicare senza bisogno di parole. Curioso, come certe vecchie abitudini non si dimentichino mai.

Sprona il cavallo con disinvoltura fino ad arrivare a tre metri di distanza dal carro. Procede come se fosse ignaro del pericolo, ma io so che non lo è.

«Fatemi indovinare: una rapina?» chiede Mikail, osservando la scena. Due uomini si scambiano un'occhiata confusa.

Un terzo, probabilmente il capobanda, si fa avanti. «Mani in alto. Consegnateci armi e cavalli, e ne uscirete vivi».

«Temo proprio che non sia possibile» risponde Mikail. «Tuttavia, ho una controproposta».

«Che roba è?» chiede un altro.

«È quando una persona rifiuta la tua offerta originale e suggerisce una soluzione alternativa» spiega Mikail con pazienza.

L'uomo sbatte le palpebre.

«Prendeteli» ordina il primo. Non fa in tempo a tirare il fiato che si ritrova con il pugnale di Mikail conficcato in gola. Io sono ancora impegnato a frugare nella bisaccia alla ricerca della balestra, e Mikail ha già mietuto la sua prima vittima.

Dèi onnipotenti, dove si è cacciata?

Il capobanda cade a terra e Mikail lo guarda con il distacco di chi ha appena abbattuto un albero. «Vi suggerisco caldamente di farci...»

In quell'istante gli arriva una freccia addosso, ma lui riesce a pararla con il fodero della spada. I suoi riflessi sono quelli di sempre: rapidi ai limiti del sovrannaturale.

«Be', che maleducati» dice. «Stavo parlando».

Anche l'arciere è morto: un'elsa gli spunta dal petto, sempre per gentile concessione di Mikail. Siamo a quota due cadaveri e io ho appena messo mano alla balestra. La appoggio alla spalla e giro il meccanismo per tendere la corda. I quattro uomini rimasti si affannano a prendere le armi, spade e coltelli sguainati, mazze che oscillano. Mikail sospira ed estrae la spada a sua volta. La lama avvelenata esplode in una fiammata non appena fende l'aria. Gli uomini si bloccano. Fissano l'arma come falene davanti a un fuoco.

«Signori» dice Mikail, e la sua voce rimbomba nel deserto. «Scappate subito o, che il Dio della Verità mi assista, vi scuoierò vivi uno per uno».

Gli uomini si danno alla macchia, correndo in quattro direzioni diverse. Mi avvicino a Mikail e per un attimo restiamo a guardarli.

«Null» sussurra lui.

Sgrano gli occhi e sento lo stomaco rivoltarsi. Significa zero. Zero testimoni, zero sopravvissuti. Basta quella parola per farmi capire la sua intenzione di massacrarli tutti. La fuga era solo un'illusione. Deglutisco a fatica e ricordo a me stesso che Mikail non è spietato, è realista. Non possiamo permettere che i briganti raccontino in giro di aver visto un uomo con una spada fiammeggiante. Le spade infuocate sono concesse solo dal re dello Yusan in persona. Questo rivelerebbe la presenza di Mikail, e forse anche la mia, dato che ce ne sono solo una decina in uso.

Eppure mi sembra sbagliato. Non siamo più in pericolo.

Mikail cavalca verso l'uomo più vicino e lo decapita con un fendente. Un attimo prima era vivo, respirava, e ora non è altro che un cadavere. Abbasso lo sguardo mentre la testa mozzata rotola più lontano del previsto. La fissiamo entrambi, fissiamo quegli occhi ancora aperti nella sabbia.

«Mmm. Curioso» commenta Mikail, prima di spronare il cavallo verso la vittima successiva.

Il secondo uomo corre in direzione di Outton. È veloce, ma anche se non fosse a piedi mancherebbero due campane alla città. Non so dove pensi di andare.

Nessuna speranza, nessuna pietà. Mikail lo abbatte con un colpo di spada. Il ladro cade a terra con un grido, e probabilmente è già morto, ma se così non fosse il veleno della spada lo finirà prima che possa morire dissanguato.

Il terzo uomo è fuggito verso nord. È come se non capissero di avere le fauci spalancate del deserto davanti e uno dei migliori assassini del mondo alle spalle. Il loro destino è stato segnato nel momento stesso in cui ci hanno bloccato il passaggio. Dovrebbero almeno avere la dignità di morire tranquilli. Ma quando si arriva al dunque, pochi uomini ce la fanno.

Mikail ferma il cavallo accanto al mio. Osservo il suo petto alzarsi e abbassarsi con regolarità. Punta lo sguardo attento sull'uomo che si inoltra tra le dune di sabbia sempre più alte. Dopo aver ripulito il sangue dalla lama, ripone la spada nel fodero. Poi allunga la mano e io gli lancio la balestra carica.

La distanza è molta, e c'è da calcolare la velocità dell'uomo, ma a Mikail basta un colpo per farlo crollare a terra.

La mira non era perfetta, però: anche se non andrà più da nessuna parte, l'uomo non è morto.

«Sei sempre stato più bravo tu, con la balestra» dice, accigliandosi.

Mi restituisce la mia arma e torna a estrarre la spada. Scintilla di nuovo, coperta d'olio.

Un'ultima vittima.

Mikail sorride, e la sete di sangue lo rende più attraente che mai. Il mio cuore accelera mentre lo guardo spronare il cavallo e superare il carro rovesciato con un balzo. Anni fa ero sicuro che avrei potuto ammirarlo così ogni giorno per il resto della vita, senza mai stancarmi. Purtroppo per me, ne sono ancora convinto. Quando combatte diventa ultraterreno. Paralizzante. Il Dio della Guerra incarnato. L'essere più affascinante dei tre regni.

Mikail galoppa fino a raggiungere l'ultimo brigante. Fa roteare la spada e lo trancia in due. Letteralmente. Solo un lamento sfugge dalla bocca dell'uomo, che subito tace in preda allo shock. La metà inferiore del corpo è stata troncata di netto.

Mikail si ferma, accigliato, per scuotere il sangue dalla spada. Poi smonta e finisce di pulire la lama sulla camicia del morto.

Mi avvicino.

«Idiota» dice, sputando per terra. Rimette l'arma nel fodero. Non so se si riferisca a se stesso o al ladro. «Vieni?»

Lo dice come se mi invitasse a ballare, mentre con un cenno indica il corpo fatto a pezzi. Ha lasciato che la sua sete di sangue prendesse il sopravvento: solo le spade usate a palazzo sono abbastanza affilate da tagliare in due un uomo in questo modo. Ora ci tocca seppellire le prove.

Mikail prende le braccia, io prendo le gambe e trasciniamo il corpo lontano dalla strada. Non è il primo cadavere che tocco, ma è la prima volta che mi capita di spostare delle gambe separate dal tronco.

Una volta sistemate le due metà in una fossa poco profonda, e dopo che Mikail ha sgozzato l'uomo ferito con il dardo di balestra, proseguiamo per Tile.

Il sudore fa brillare la fronte di Mikail per lo sforzo, ma c'è di più. Brilla anche per le vite che ha preso. Una parte di lui gode del massacro. Allo stesso modo in cui le folle si accalcano nell'Arena del Re per assistere ai campionati di tuhko, già sapendo che la squadra perdente sarà ritualmente e orrendamente sacrificata. Per qualche motivo, le persone amano vedere gli altri soffrire e morire. E Mikail ancora di più. Ma è comprensibile. È il gusto della morte a farci assaporare la nostra mortalità.

«Pensi mai a tutte le persone che hai ucciso?» gli chiedo.

«No. E tu?» Mi guarda di sbieco.

Non riesco a respirare, distolgo lo sguardo. La disinvoltura con cui ha ribaltato la domanda mi ha colto di sorpresa, ma so esattamente cosa intende. Mi sta dando dell'assassino. Del carnefice.

«Tu... tu credi a quella storia?» Stringo le redini di cuoio tra le dita.

Lui fa spallucce. «Ho la bizzarra tendenza a credere alle cose vere».

Crede che io abbia meritato la mia punizione, l'esilio e questi anni di sofferenza perché per lui non c'è il minimo dubbio: ho ucciso quegli uomini. Sono colpevole. Le accuse di mio fratello non erano inventate, ma reali.

Questa è la verità.

Ho la sensazione di avere un sasso incastrato in gola, a ostruire tutte le scuse che mi si affollano nel cervello. Ma tanto Mikail non vorrebbe sentirle.

Mi serve un attimo per ritrovare la parola.

«Lo sapevi?» chiedo.

Annuisce.

«Posso spiegare» comincio. «Loro... il fatto è che... noi...»

Scuote il capo. «Risparmiami i tentativi di razionalizzare. Fa troppo caldo, Euyn. Io so chi sei. L'ho sempre saputo. E so che tornando indietro faresti la stessa cosa... solo che non ti lasceresti scappare l'ultimo».

Chiudo di scatto la bocca, perché ha ragione. Ho pensato molte volte che avrei dovuto sparare a Chul in testa quando ne avevo la possibilità. Quanto sarebbe stata diversa la mia vita, se non avessi avuto quell'unico moto di pietà. La mia famiglia non è certo nota per la sua misericordia: mio fratello ha massacrato decine di migliaia di uomini, donne e bambini senza battere ciglio. E lui non è che un esempio della spietatezza dei Baejkin. Mia sorella è anche peggio.

«Le tue energie sarebbero meglio impiegate nell'avvistare i samroc» continua Mikail.

Dopo alcuni respiri trattenuti in cui le parole mi vengono meno, reclino la testa e scruto il cielo che si sta rapidamente oscurando. D'un tratto mi rendo conto che uccidere i briganti e seppellirne uno ci ha fatto perdere parecchio tempo. Non arriveremo mai a Tile prima del tramonto.

Presto le prede saremo noi.

CAPITOLO 9

SORA

CITTÀ DI GAIN, YUSAN

Arrivo alla villa del Conte in un altro splendido pomeriggio assolato, e ora sono felice di essere qui. Ammiro l'imponenza della tenuta. Il modo in cui, sorgendo in cima a un pendio terrazzato, assorbe i raggi del sole. La maggior parte delle case di Gain sono imbiancate a calce, mentre questa è fatta di scintillanti pietre candide. Quando le colpisce la luce pomeridiana, l'effetto è mozzafiato.

Ma il vero motivo per cui riesco a godermi lo spettacolo è che sono venuta a trovare mia sorella.

Irad è ancora più borioso e compassato del solito mentre mi accompagna nel parco. Cammina con il mento così alto che mi sorprende che non inciampi. Ci sono più specie botaniche nei giardini del Conte che in tutto il quartiere dei fiori. I ruscelletti gorgogliano, gli alberi sono perfettamente potati, i petali delicati e setosi. Sui sentieri di pietra o nei limpidi stagni di carpe koi non si vede nemmeno una foglia.

Mi siedo ad aspettare su una panchina di teak intagliato e chiudo gli occhi. Inspiro il dolce profumo degli aranci e dei ciliegi, ed espiro i miei crimini. Fingo di essere in un posto diverso, lontano da questa prigione di Gain, impresa per fortuna non troppo difficile, in un giardino tanto tranquillo. La mia anima non sarà mai pulita, ma quando arriva Daysum mi trova quasi in pace.

«Sora!» Corre verso di me tirandosi su le gonne: una scena a cui ormai assisto da più di dieci anni. Non è molto veloce, ma il tragitto dura solo qualche metro.

Apro le braccia e lei mi stringe. Il suo abbraccio sa di calore, di primavera, di felicità. Daysum è la parte di me che mi è stata strappata via quando avevo nove anni.

Ripenso spesso a quel giorno. Quando Seok si è presentato a casa nostra scortato da quattro uomini armati non avevo idea di cosa stava per succedere. Ciononostante, mi è venuto istintivo pararmi davanti alla mia sorellina piccola e cagionevole. Seok ha subito capito cosa significava per me, il legame che ci univa. Mi sono chiesta molte volte se Daysum sarebbe stata libera, se solo io non avessi scioccamente cercato di proteggerla.

Da allora ho fatto del mio meglio per rimediare a quell'errore, ogni singolo giorno.

Daysum appoggia la testa contro la mia spalla perché, nonostante io sia alta poco più di uno e sessantacinque, la supero di dieci centimetri buoni. Per via dei suoi molti malanni Daysum non è mai cresciuta granché, ma mi piace che resti piccola. Così come mi piacciono le striature di castano nei suoi capelli neri. Eppure oggi sembra più vecchia dell'ultima volta che l'ho vista. Del resto, nello Yusan tutti invecchiano in fretta.

Dopo un po' la lascio andare. Prendo il suo viso morbido tra le mani e lo studio. Ha l'aria molto più sana rispetto a un tempo; le sue guance sono rosee. Il suo respiro, però, è ancora un po' accelerato. Vorrei chiederle se sta bene, ma Daysum detesta quando la interrogo sulla sua salute.

Così le dico solo: «Sei bellissima».

Lei alza gli occhi al cielo. «Certo. Senti chi parla». Poi mi fa un sorriso, luminoso come il sole. «È un dono degli dèi, rivederti».

Mi si siede accanto, stringendomi le mani nelle sue. Sa che deve sedersi alla mia destra perché, da quando mi hanno somministrato l'Erling, dall'orecchio sinistro non sento bene.

«Come vanno le lezioni?» chiedo.

Pur avendo diciotto anni, l'età in cui nello Yusan si diventa adulti, mia sorella ha perso mesi di scuola a causa delle sue malattie. Il Conte ha sottolineato più volte che, se fosse rimasta con i nostri genitori, non sarebbe sopravvissuta. E anche se non potrò mai essergli riconoscente, devo ammettere che ha ragione. Nostro padre e nostra madre, che ci hanno vendute come schiave in cambio d'oro, non avrebbero potuto permettersi le medicine per salvarla. E se anche avessero potuto, non le avrebbero comprate. Ovviamente sono in debito con lui per ogni viaggio dallo speziale, ma questa è l'unica parte dell'obbligo che ho nei suoi confronti a non pesarmi.

La cosa strana è che ricordo di essermi sentita accudita dai nostri genitori. Eravamo poveri, come d'altronde tutti gli altri abitanti del villaggio, ma felici. Non ho mai dubitato di essere amata... fino al giorno in cui mi hanno venduta e hanno lasciato che Daysum venisse portata via. Ma suppongo che questa sia l'infanzia che mi piace immaginare, la bugia a cui voglio credere.

«Abbastanza bene» risponde Daysum. «Anche se non so ancora che cosa farò quando la scuola sarà finita».

Nemmeno io lo so. Non credevo che avremmo resistito tanto a lungo. Ma l'aria fresca, i pasti sostanziosi e la vita tranquilla hanno aiutato Daysum ad andare avanti. Quanto a me, è stato il desiderio testardo di rivederla a permettermi di sopravvivere all'accademia dei veleni.

«Sono certa che lo capirai. Puoi fare tutto quello che vuoi». Le accarezzo le lunghe ciocche per scostargliele dal viso. Abbiamo entrambe dei bei capelli, ma Daysum è ancora più pallida di me, e ha gli occhi marroni, non viola. Il contrasto tra la sua pelle bianca come il marmo e i capelli color ebano la rende bellissima. Se fosse stata più sana, non ho dubbi che il Conte avrebbe scelto anche lei, per l'addestramento al veleno.

Ma quando le sposto i capelli, la vedo. Una lunga cicatrice che le arriva alla spalla. Qui la sua pelle candida un tempo era rossa e lacerata. Adesso è di un marrone screziato. E la colpa è solo mia: tre anni fa ho cercato di fuggire, e mia sorella è stata frustata.

Subito dopo aver mietuto la mia prima vittima, non riuscivo a sopportare il senso di colpa, il pensiero di dover continuare a uccidere per il Conte fino al giorno della mia morte. Togliere la vita a uomini che non mi avevano fatto nulla, che non significavano niente per me e che supplicavano pietà. La prima volta avevo calcolato male la dose di veleno, e il poveretto aveva avuto il tempo di cadere in ginocchio e implorare. Ci aveva messo tre campane a morire.

Quella mattina avevo superato di corsa la linea degli alberi, il confine che non mi è concesso attraversare senza l'autorizzazione del

Conte. Ero fuggita nella foresta di Xingchi, ma i cani di Seok mi avevano braccata.

Quando mi avevano riportata alla villa ero certa che mi avrebbero picchiata, e invece non mi avevano torto un capello. Però ero stata costretta a guardare Daysum che veniva frustata davanti a tutta la famiglia del Conte. L'avevano colpita tre volte prima che io cadessi ai piedi di Seok, gli baciassi gli stivali e giurassi che non avrei mai più cercato di scappare. Mi ero anche fatta carico di un altro debito di cinquantamila mun d'oro per ripagare Sua Grazia degli sforzi per darmi la caccia.

Tra me e me ho giurato su tutte le stelle del firmamento che avrebbe pagato ogni frustata a un prezzo dieci volte maggiore. Ho trascorso una quantità allucinante di tempo a pianificare modi per ucciderlo. Per spingerlo sull'orlo della morte e poi rianimarlo, il più a lungo possibile. Giorni. Settimane. Luni. Implorerà la misericordia della morte, ma io lo terrò in vita con gli antidoti, per diciannove volte esatte: una per ogni ragazza morta nella sua accademia; una per Hana, uccisa da vergine velenosa; e una per Daysum. E poi frusterò Seok a morte, e lo farò per *me*.

«Forse per te sarebbe meglio, se io fossi morta» dice Daysum a bassa voce. Devo aver fissato la sua cicatrice un po' troppo a lungo.

Scuoto vigorosamente il capo. «No. Non dire così».

La guardo, nonostante abbia avuto lo stesso pensiero in alcuni momenti particolarmente bui e disperati. Soprattutto mentre gridava per le frustate. Ma non lo ammetterei mai in sua presenza.

Mia sorella sorride. «Perché? È vero. Se fossi morta, non avrebbero nulla con cui ricattarti. Saresti libera».

La mia mano si chiude a pugno. «Chi te l'ha detto?»

«Il mio cervello».

Sospiro. «È vero che se tu fossi morta loro non avrebbero più alcuna influenza su di me».

Daysum annuisce e si gira a guardare una cascatella. Le sue spalle si affossano leggermente, come peonie dopo una rapida pioggia. Con delicatezza, le riporto il mento nella mia direzione.

«Ma non avrei più una ragione per vivere» continuo. «Tu sei l'unica cosa che conta, in questa vita e nella prossima».

Sorride, nonostante i suoi occhi sembrino ancora tristi. In questi anni ho cercato di tenerla all'oscuro di molte cose. Ma sono andata a trovarla mentre avevo ancora il veleno in circolo o tremavo per i postumi. Non ho potuto nasconderle tutto ciò che mi hanno fatto. E lei sa che la sua vita dipende da me, dalla mia capacità di ripagare i nostri debiti. Non mi ha mai chiesto di spiegarle come faccio, ma ho la sensazione che lo sospetti. Tra le due, io sono sempre stata più forte e più sana, ma Daysum è la più intelligente.

Questo non è il normale svolgimento delle mie visite. Di solito ridiamo e scherziamo per dimenticare. Le nostre vite sono già pesanti di loro, non devono esserlo anche le nostre conversazioni. Ma questa potrebbe essere l'ultima volta che vengo a trovarla qui, nel bene e nel male. Quindi ho delle cose da dirle.

«Ho ricevuto un'offerta: la nostra libertà» dico.

Lei tace, inclina la testa e sbatte confusa le palpebre. Le sue lunghe ciglia fremono. «Da chi viene questa offerta?»

«Dal Conte».

Sussulta, poi mi stringe le mani. «Il Conte? E sei sicura che faccia sul serio?»

«Non scherza mai, quando si tratta di affari».

Daysum si appoggia allo schienale della panchina, stupita. Sorride, ridacchia persino, e vorrei poter condividere la sua gioia anche solo per un istante. Prima che possa dire una parola, però, torna seria. Un'intera vita da reclusa le ha insegnato che tutto ciò che è bello ha un prezzo, per le ragazze come noi.

«Sora... ti ha chiesto di fare qualcosa di impossibile, non è vero?» Mi scruta con i suoi occhioni da cerbiatto. Sa intuire cosa passa nella mente delle persone meglio di chiunque altro abbia mai conosciuto.

Annuisco. Per quanto mi sforzi di tenerle nascoste delle cose, non mento mai a mia sorella. Non direttamente.

«E se dovessi fallire, se la prenderebbero con me?» È una domanda, ma la risposta la conosce già, quindi la pronuncia come un'affermazione.

«Se dovessi fallire venderebbe il tuo debito a Lord Sterling». Evito di specificare che il fallimento significherebbe anche che finirei torturata nella Prigione di Idle o, auspicabilmente, morta. «Vuoi che cerchi di ottenere la nostra libertà?»

Daysum cerca di reprimere il brivido che la scuote. Poi si dà un contegno, raddrizzando le spalle. Deglutisce e fa un cenno di assenso con la testa.

La mia ragazza coraggiosa. Sono così fiera della donna che è diventata.

«Vuoi raccontarmi di cosa si tratta?» mi chiede. «Che cosa devi fare?»

Scuoto il capo.

«Va bene» dice lei.

E così smette di farmi domande. I miei segreti non l'hanno mai infastidita oppure è brava a mascherarlo.

«Starò via per un po'» annuncio. «Probabilmente non ci vedremo per un mese o due».

«Sora, non vederti per mesi è la norma». Fa un sorriso triste.

Ha ragione. Mi concedono di incontrarla solo dopo aver portato a termine le missioni. Da quando ho cercato di fuggire, Daysum è stata relegata da qualche parte lontano da Gain e spostata spesso, così da impedirci di scappare insieme. Sospetto che attualmente risieda nella tenuta di campagna del Conte, in una cittadina chiamata Pastor, ma non posso esserne certa. Seok la porta alla villa solo per farmela vedere. E questa sarà l'ultima volta.

Prendo fiato. «Potrebbero volerci più di due mesi».

Quello che sto cercando di dirle è che potrei non tornare. Anche se riuscissi a sorprendere il re da solo e trovare il modo di avvelenarlo, probabilmente finirei ammazzata prima di lasciare il palazzo. Lui non è come gli ingenui aristocratici che ho ucciso finora. È l'uomo più protetto di tutto lo Yusan, oltre che un dio. Più ci penso, più mi pare impossibile uscirne viva. Devo solo sperare e pregare di trascinarmelo dietro nel Regno degli Inferi. In qualche modo, Daysum sarebbe libera.

Le trema il mento quando annuisce.

«Tesoro mio, ti prometto che presto staremo insieme tutti i giorni» le dico. Sono anni che non la chiamo più 'tesoro mio', ma non riesco a trattenermi. Le stringo forte le mani.

I miei occhi si riempiono di lacrime perché non so se sia vero. Non so se è una promessa che riuscirò a mantenere, ma quel che è certo è che posso provarci. Farò tutto ciò che è in mio potere per rivederla.

«Ti credo» dice. Si alza, fa un respiro profondo e si liscia le pieghe dell'abito. «Vieni. Passeggiamo e non parliamo più di queste cose. Perché invece non mi descrivi tutti gli uomini affascinanti che hai incontrato di recente?»

Scoppio in una risata, finalmente sincera. «Dot è molto bello».

«Dot... è un gatto, Sora». Si acciglia. «Suvvia. Ci deve pur essere qualcuno di interessante. L'uomo più bello che vedo io è Irad. Capisci che non è proprio il massimo».

Sorrido e scuoto il capo. «Assolutamente no. Ma purtroppo non ho spasimanti di bell'aspetto da segnalare».

Lei solleva un sopracciglio, scettica. Però è la verità. Il romanticismo non mi interessa più, almeno da quando il Conte ha ucciso l'amore della mia vita. Sentimenti di quel tipo sarebbero solo un'altra cosa che Seok potrebbe usare per ricattarmi. Nient'altro che un ostacolo.

Per un po' camminiamo in silenzio, godendoci la reciproca compagnia. Continuo ad avere l'impressione che respiri più affannosamente del dovuto, ma è anche vero che, nonostante il caldo di Gain, mia sorella indossa strati e strati di gonne pesanti per seguire la moda del momento.

«D'accordo, ascolta: se fossi la regina dello Yusan, qual è la prima cosa che faresti?» mi chiede.

È un gioco che facevamo sempre: immaginare le nostre vite da regine. Il tipico sogno a occhi aperti dei bambini più poveri del regno.

«Per prima cosa ci libererei da tutti i debiti, e poi andrei in un posto sicuro, dove potremmo stare solo io e te» rispondo. «Avremmo dei servitori pagati per darci da mangiare ghiaccio aromatizzato ai fiori di ciliegio e sventagliarci con piume di pavone nei caldi mesi estivi. Mentre in inverno ce ne staremmo avvolte nelle pellicce a sorseggiare cioccolata».

«Dopo aver ucciso il re» dice Daysum.

Rischio di inciampare, ma mi raddrizzo in tempo. Il cuore mi batte forte sotto il vestito aderente. «Come hai detto, scusa?»

«Dovresti uccidere il re, per annullare i nostri debiti in una volta sola. Alla fin fine, dipendono tutti dai Baejkin».

Mi ci vuole un secondo per riprendermi, ed è un secondo di troppo. Lo sguardo di mia sorella si fa sospettoso.

«Be', allora suppongo che mi assicurerei che muoia per cause naturali». Sorrido. «O in qualunque altra maniera passi a miglior vita un dio re».

«Come la regina del Khitan?» chiede lei.

Mi volto a fissarla.

«Ho sentito la Contessa che ne parlava con il Conte. Il re del Khitan è morto, e la regina sta governando come reggente in vece del figlio, ancora troppo giovane. Dicono che il re sia morto per cause naturali, ma qualcuno mormora che sia stata lei a ucciderlo, e che ora porti l'anello».

Sorrido. La mia sorellina deve aver imparato a origliare. Il Conte non avrebbe mai parlato di queste cose in sua presenza. Ma forse la Contessa è meno prudente. La vedo raramente e dubito che lei e Seok si piacciano molto, pur essendo marito e moglie. Sta lontana da Gain e viaggia spesso con Daysum. Mia sorella la descrive come una donna severa ma gentile, e le sono grata per questo.

«Non sapevo che ti interessassero i pettegolezzi di corte, Day» la prendo in giro.

«Tengo le orecchie aperte». Fa spallucce con un mezzo sorriso.

Poi si ferma e mi guarda intensamente; è evidente che vorrebbe chiedere. Li ha sentiti sussurrare abbastanza da intuire parte di quello che faccio, se non tutto. E questa potrebbe essere la sua ultima occasione per pormi le domande che le si affollano in testa: come, perché, chi. Mi faccio forza, determinata a darle tutte le risposte necessarie.

Daysum distoglie lo sguardo e quando i nostri occhi tornano a incontrarsi, ogni accenno di domanda sembra essere sparito. «Ti voglio bene, Sora. Te ne vorrò sempre, qualunque cosa succeda. In questa vita e nella prossima».

Le mie spalle si rilassano. «Anche io».

Nell'ampio patio in pietra della villa appare Irad, che scruta il giardino per cercarci. Chissà come, il nostro tempo è già scaduto. Vorrei afferrare mia sorella per il braccio e scappare via. Lo immagino tutte le volte. Ma oggi il desiderio di fuggire è così forte che mi fanno male i muscoli.

«Io...» comincio, improvvisamente in preda al panico. Il cuore sembra deciso a uscirmi dal petto. Mi cedono le ginocchia. Non so come dirle addio. Non ora. Non l'ho fatto nemmeno quando aveva sei anni e me l'hanno strappata dalle braccia. Ho solo urlato il suo nome fino a farmi andare via la voce. Ma da allora sono passati dodici anni. Sono un'adulta, ormai. Dovrei sapere cosa dire, come salutarla. Eppure non ci riesco.

«Ci vediamo presto» dice Daysum.

È quello che le dico sempre io. Sospiro. È così matura. Così ferma e coraggiosa.

Mentre ci abbracciamo cerco di scrollarmi di dosso il terrore che mi attanaglia lo stomaco. Ma poi Daysum mi bacia sulla guancia e nel frattempo mi sussurra qualcosa all'orecchio sinistro. Mi pare di aver sentito bene. Mi pare che abbia detto: «Penso che sia giunta l'ora». Solo che dalla sua espressione non si direbbe. Vorrei chiederle una spiegazione, ma arrivano le guardie per portarla via. Mia sorella si limita a sorridere e a salutarmi.

Resto ad arrovellarmi sul significato di quella frase. Forse intendeva dire che il nostro tempo insieme era scaduto, ma lo sapevamo già. Quando Irad si avvicina smetto di interrogarmi. Metto su la mia faccia più sprezzante mentre gli passo accanto, pur avendo la brutta sensazione di essermi persa qualcosa di vitale importanza.

CAPITOLO 10

EUYN

SOBBORGHI DI TILE, FALLOW

I modi per morire sono troppi.

Diventa evidente appena sulla strada per Tile cala il buio. Il crepuscolo è passato, ormai cavalchiamo nella notte fonda. Viaggiamo alla massima velocità consentita da questi miserabili incroci tra cavalli e cammelli, e tuttavia non è abbastanza. Non sono animali di razza. Non sono nemmeno i cavalli con cui siamo usciti da Outton. Sono kamal, il meglio che siamo riusciti a ottenere da una carovana errante in cambio dei nostri destrieri. Ci hanno ingannati, ne sono sicuro. Ma i cavalli erano troppo stravolti dal caldo per proseguire, quindi non avevamo scelta. Suppongo che i nomadi avessero queste bestie proprio perché nessun altro le voleva.

Io e Mikail non parliamo. Non osiamo neppure accendere una lanterna. Le luci di Tile brillano in lontananza, quindi per lo meno sappiamo che stiamo andando nella direzione giusta, e la luna e le stelle ci aiutano a orientarci lungo il sentiero. Ma è pericolosissimo stare all'aperto a quest'ora... così lontano dai centri urbani, poi.

Ogni muscolo del mio corpo è teso mentre scruto il cielo. Individuare un uccello nero in una notte blu scuro non è facile. Sussulto al minimo rumore, con il cuore che mi pulsa in gola. Eppure, nonostante i nervi a fior di pelle, stiamo facendo progressi, un misero passo alla volta. Le luci si avvicinano sempre di più, fino a quando non resta da percorrere che un chilometro.

Forse ce la faremo.

Nell'istante stesso in cui questo pensiero mi attraversa, da un punto imprecisato verso sud proviene un gracchiare assordante che mi fa rivoltare lo stomaco.

Samroc.

Un brivido mi percorre la schiena mentre io e Mikail ci scambiamo un'occhiata. Lui non apre bocca: la situazione dev'essere grave. Avevo ragione a farmi prendere dal panico.

Non riesco a capire quanto sia vicino il samroc, ma tanto, con un'apertura alare di nove metri, questi uccelli maledetti possono percorrere un chilometro senza fatica. Proprio a causa delle loro dimensioni, molto tempo fa un tizio ha cercato di addomesticarli. Lo stolto era convinto che se avesse potuto cavalcare un samroc, se avesse avuto un destriero volante, sarebbe stato invincibile. Secondo la leggenda, fu lui il motivo per cui i rapaci svilupparono il gusto per la carne umana. Lo divorarono e poi andarono a prendere anche la sua famiglia. Probabilmente quest'ultima parte è un'esagerazione. Il resto, non credo.

«Smonta» sussurra Mikail.

«Sul kamal sarò più veloce» ribatto.

«O sarà più facile per il samroc agguantarti e portarti via?»

«No, voglio dire che potremmo arrivare a Tile...»

Mikail sospira. «Vuoi continuare a chiacchierare o darmi una mano a salvarci la pelle?»

Si dice che i samroc abbiano un udito eccellente. Se in questo momento non fossi terrorizzato, mi godrei la caccia. Finalmente una preda degna delle mie abilità.

Per quanto ne so, nessun uomo è mai riuscito ad abbattere uno di questi uccelli. Le loro piume sono lunghissime e si dice che non possano essere trapassate dalle armi. Un po' come i cingherri, che hanno una pellaccia così spessa che le frecce, anche se scagliate a distanza ravvicinata, ci rimbalzano sopra. Si possono solo infilzare, ma per farlo bisogna rischiare la propria, di pelle. Suppongo che anche per i samroc valga la stessa cosa, dato che non esiste un essere veramente impenetrabile, ma non ho mai voluto scoprirlo.

Tengo la balestra pronta. Con un animale di queste dimensioni, un'arma può infondere un falso senso di sicurezza, ma un tempo ero il miglior tiratore di tutto lo Yusan. So ammazzare uomini e bestie.

Di nuovo quel gracchiare raccapricciante. Questa volta sembra più un grido di guerra. Mikail e io ci voltiamo nella direzione da cui proviene. Sempre a sud-est, ma molto più vicino rispetto a prima.

Sta venendo verso di noi.

Smonto rapidamente e corro strattonando le redini del mio kamal, che procede a lentezza esasperante. Mikail mi segue a ruota.

Con gambe e braccia che mulinano procedo a falcate così ampie da farmi bruciare i polmoni, ma la verità è che non arriveremo mai a Tile. Non con un samroc alle calcagna. Non trascinandoci dietro i kamal.

Dèi onnipotenti, com'è possibile che siamo più veloci di loro?

A quanto pare io e Mikail giungiamo alla medesima conclusione, perché lasciamo andare le briglie nello stesso istante. Corriamo più liberi, ma riusciamo ad allontanarci giusto di qualche passo dagli animali quando uno strepito assordante mi trapassa il cranio. Il verso disperato del mio kamal squarcia la notte, gelandomi la spina dorsale. Il raglio e l'odore del sangue riempiono l'aria. Un sacco di sangue, caldo a contrasto con la notte fresca del deserto. Mi lancio una rapida occhiata alle spalle mentre corro.

Che spettacolo orrendo. Il samroc ha afferrato il kamal, ma nemmeno lui riesce a sollevare un esemplare adulto, quindi la povera bestia continua a lottare per sopravvivere, con la carne che si lacera mentre cerca di scappare. Un fiotto di bile mi risale in gola. Torno a voltarmi, concentrandomi solo sulle porte di Tile.

Mikail mi agguanta per un braccio e inizia a correre verso nord, lontano dalla strada. Io protesto. Non c'è niente, a nord. Voglio almeno *provare* ad arrivare a Tile sano e salvo. I samroc girano alla larga dai centri urbani. Senza contare che forse, più avanti, potremmo incontrare qualcuno che ci aiuti.

«Vuoi smetterla di opporre resistenza mentre cerco di salvarti il culo?» sbotta Mikail. «Laggiù c'è una galleria».

Aguzzo la vista e scruto tra le rocce fino a individuare l'apertura. È così lontana che riesco a malapena a vederla. Lontana, certo, ma molto meno di Tile.

Corriamo come matti sulla sabbia. Posso solo sperare che dopo il kamal l'uccello abbia lo stomaco pieno. Sento ancora il raglio della bestia – sempre più flebile mentre viene divorata viva – a cui si aggiunge il tubare soddisfatto del samroc che digerisce il suo pasto.

È il suono peggiore che abbia mai sentito in vita mia. Se fossi stato appena più debole, me la sarei fatta nei calzoni.

La sabbia sotto i nostri piedi è cedevole e profonda, vola in ogni direzione. Cosa non darei per un terreno compatto o persino per un manto d'erba spugnoso. Ma ci stiamo avvicinando. Ormai riesco a distinguere senza sforzo l'entrata della galleria, a una decina di metri di distanza.

L'aria cambia all'improvviso. Delle ali calano su di noi in una folata di lezzo animalesco. Un secondo samroc. Maledizione. Credevo fossero creature solitarie. Mi avevano detto che cacciavano da soli.

Quando Mikail grida, sento lame affilate che mi scorrono nelle vene. Cade in avanti e rotola via mentre un samroc tenta di afferrarlo.

Dèi onnipotenti, quell'odore. Un misto orrendo di sterco d'uccello e sangue. Come morte volante. E adesso uno ha quasi agguantato Mikail. Per ora è riuscito a sfuggirgli, ma la creatura è atterrata.

Sollevo la balestra e cerco di ritrovare il controllo. Tiro il meccanismo, punto al cuore della bestia e lancio. Mi aspetto che cada, che gridi.

Niente.

Il dardo rimbalza sul petto dell'uccello, senza provocare il minimo danno. Resto a bocca aperta. Dunque i racconti degli ubriaconi nelle taverne di Outton erano veri: le piume dei samroc sono impenetrabili. Ma non è possibile. Non ci separano che quattro metri, al massimo. Il dardo avrebbe dovuto attraversarlo da parte a parte.

Ho attirato l'attenzione della creatura, che lascia Mikail steso a terra. Lui si lamenta, è ferito, ma tiro comunque un sospiro di sollievo. È vivo. Per ora, almeno. Voglio che strisci via. Voglio che si dia una mossa, che raggiunga l'ingresso della galleria, ma non so se può farcela da solo. In ogni caso, posso cercare di distrarre il samroc e fargli guadagnare tempo.

Arretro di un altro passo e ricarico. Poi mi rimetto la balestra in spalla. Espiro e sparo. Questa volta lo colpisco al collo. È un colpo netto, che avrebbe quasi sicuramente abbattuto qualunque altra creatura. Al samroc, però, non fa nulla.

Incredulità e shock mi attraversano a ondate. Sono vicinissimo, eppure il dardo cade a terra, inutile. L'uccello fa un passo nella mia direzione. Arretro, ma non corro. Non posso. Voglio che rimanga concentrato su di me, anche se in questo momento mi sento particolarmente mortale.

Ma poi Mikail emette un gemito e l'uccello inclina la testa di lato. Le piume iridescenti sul suo collo brillano alla luce della luna: è una madre. Il maschio si è accontentato di sbranare il kamal, ma lei vuole portare Mikail al nido. Vivo.

No.

Il sangue mi scorre nelle vene come fuoco. Mi guardo intorno alla ricerca di un'altra arma. Un diversivo. Qualsiasi cosa.

Io. Ci sono solo io.

«Ehi! Ehi, bestia orrenda!» Urlo, agito le braccia, salto su e giù, sparo di nuovo. Miro all'ala piegata, sperando che alle giunture le piume siano più sottili. Di nuovo, niente.

Mikail striscia via. Riesce a percorrere circa due metri, ma con un solo passo l'uccello torna a ridurre la distanza tra loro. Spalanca il becco.

No.

Disperato, ricarico di nuovo anche se i miei dardi non servono a nulla. Sprofondo nello sconforto più assoluto, con la bocca dello stomaco serrata per il senso di inutilità. Sono inutile. L'uccello, al contrario, è armato fino ai denti... be', fino al becco. Non c'è nessun posto dove possa ferirlo. Ho tentato ogni punto debole che riuscivo a immaginare. Un attimo, però: gli occhi. Gli occhi non hanno protezioni. Ma dovrei centrare un occhio nero circondato da piume nere, di notte, e molto al di sopra della mia testa. È un colpo impossibile.

Con il dorso della mano mi asciugo il sudore dalla fronte e faccio un respiro per calmarmi. Espiro. Siamo solo io, la balestra e il mio cuore impazzito. Il vento leggero. Il cielo limpido. E un mostro. No, un bersaglio. Cerco il riflesso della luna nell'occhio del samroc. Appena lo trovo, prendo la mira e sparo.

Segue un suono terrificante. Il grido si riverbera dentro di me, scuotendomi fin nel midollo. È così forte che crollo per terra e mi porto le mani sulle orecchie. Il dolore è assurdo, intollerabile. Finalmente l'urlo si placa, lasciandosi dietro solo un fischio.

Alzo lo sguardo. Ce l'ho fatta! Ho colpito il samroc dritto nell'occhio. Vengo attraversato dal familiare brivido del cacciatore. Ci sono riuscito. Vittoria. Ma la soddisfazione viene rapidamente sostituita dal terrore, perché il samroc è ancora decisamente vivo. Il dardo, pur avendolo colpito nell'occhio, non l'ha ucciso. L'ha solo fatto arrabbiare. E ora ho l'attenzione della femmina *e* del suo compagno.

Dèi onnipotenti.

Getto la balestra e scatto in piedi. Cerco di fuggire, con la sabbia che vola dappertutto. Mikail. Devo raggiungerlo. Ogni straziante metro che ci separa sembra un chilometro, come se ci volesse un anno per arrivare da lui. Finalmente ci riesco, e me lo isso in spalla. È davvero, davvero pesante. D'altronde è più alto di me di dieci centimetri buoni, e parecchio più muscoloso.

Ciononostante, corro con lui sulla schiena fino all'imbocco della galleria. È molto lontano. Ma ordino alle gambe di muoversi, di spingere. Sei metri all'ingesso. Tre metri. Due. Il fetore dell'uccello e della morte mi perseguitano. Ma ci sono quasi.

Uno.

Senza né grazia né premura, lancio Mikail oltre l'ingresso e cerco di tuffarmi subito dietro di lui, ma l'uccello mi afferra il retro della camicia con il becco. Il calore e la puzza del suo fiato sono insopportabili. Mi ha in pugno. Ma poi sento le braccia di Mikail che mi stringono. Quando mi tira a sé, la camicia si strappa. Sono libero.

Rotoliamo, in un groviglio di gambe e braccia, giù per il tunnel in pendenza fino a fermarci contro un muro. Il samroc femmina tenta di infilare la testa oltre l'ingresso, ma l'apertura è troppo stretta. Non può raggiungerci, qui.

In preda alla frustrazione, la bestia lancia un grido che scuote le pareti della galleria. Ci copriamo le orecchie, ma è quasi del tutto inutile. Il rumore straziante è amplificato dallo spazio vuoto. Non bastano i palmi delle mani per proteggersi.

Finalmente il rumore cessa e l'uccello oscura il cielo notturno scrutandoci con l'unico occhio che gli è rimasto. È uno spettacolo orribile, da far accapponare la pelle. Ho l'inquietante sensazione che si ricorderà di me. Che la leggenda sui samroc tornati a prendere l'intera famiglia di quell'uomo, in fin dei conti, fosse vera.

CAPITOLO 11

MIKAIL

LE GALLERIE, FALLOW

Sapete, tutto sommato non credo di essere un grande amante dei samroc.

Mi ritrovo sdraiato su un fianco nella grotta sabbiosa, sanguinante e distrutto. Il corpo di Euyn è accanto al mio, e vedo che respira a fatica.

Mi ha salvato. Ha rischiato la vita per distrarre la bestia e permettermi di tentare la fuga, poi, dato che non riuscivo a camminare, mi ha portato in spalla.

Mai sottovalutare la capacità di una persona di sorprendervi.

Posso affermare con assoluta certezza che il principe che conoscevo non avrebbe mai dato la sua vita in cambio della mia. Eppure stanotte Euyn l'ha offerta agli dèi. E ora eccoci qui.

Non so quante altre volte riuscirò a ingannare la morte. Mi auguro che siano più di quelle in cui l'ho già fatto, anche se a questo punto suppongo di essere a quota sette o otto. Alla fine Lord Yama, il Re degli Inferi, avrà la meglio. Ma non stasera.

«Mikail... Mikail, stai bene?» chiede Euyn. Nel suo tono c'è una disperazione, un'urgenza, che non ho mai sentito prima. Essere bandito a Fallow e aver rischiato più volte di essere ucciso l'ha davvero cambiato.

Chi l'avrebbe mai detto, che sarebbe bastato così poco?

«Alla grande» dico. Ho la voce roca, non so se per la sabbia del deserto o per il faccia a faccia con la morte. D'accordo, potrebbero essere entrambe le cose.

Riesco quasi a sentirlo aggrottare le sopracciglia. A Euyn non piace che scherzi su certe cose. Ma per poco non siamo diventati mangime per uccelli, e ora sto morendo dissanguato in una galleria buia che, per quanto ne sappiamo, potrebbe tranquillamente essere la tana di un altro animale. Non c'è niente da ridere, ed è proprio per questo che bisogna farlo.

«Dico sul serio: come stai?» chiede di nuovo.

«Sono molto preoccupato che queste artigliate compromettano la mia straordinaria bellezza» rispondo.

Faccio per alzarmi in piedi e, *per le stelle*, non è una bella sensazione.

«Aspetta, non ti alzare» mi intima lui.

Ha ragione a preoccuparsi. Sono intontito e il dolore è così acuto che quasi non lo sento. Ho la schiena fradicia, come se stesse piovendo, ma so che non è così. È solo il mio sangue caldo. Insomma, la situazione è piuttosto sconfortante. Ma ne ho passate di peggiori, e alla fine sono sempre sopravvissuto. Supererò anche questo.

Estraggo la spada. Pesa come i Dieci Inferni, ma la fiamma affidabile della lama illumina lo spazio che ci circonda: un'intera caverna. L'ha scavata qualcosa, o qualcuno. Il che ha senso, con quelle bestiacce che cacciano dall'alto. Spero solo che non ci sia nient'altro, qui sotto. Al momento non sono dell'umore giusto nemmeno per combattere un minuscolo gufo lunare.

Rabbrividisco. Essere inseguiti come prede qualunque... non è stato piacevole.

Per fortuna, Euyn è più in forma di me. Arranca verso una torcia appesa al muro e usa la mia spada per accenderla prima che il fuoco si esaurisca. L'olio avvelenato nel fodero fa sì che la lama fiammeggi per circa sessanta secondi prima di spegnersi: a differenza della vera Spada Fiammeggiante del Signore dei Draghi, dietro la mia c'è un trucco, nascosto nel fodero.

Sono sollevato di non dover più reggere il peso dell'arma, perché il mio braccio cominciava a tremare. E tuttavia è un buon segno che io riesca anche solo a muoverli, gli arti.

Ora che la caverna è illuminata, posso guardarmi intorno. Persino in un luogo privo di regole e leggi come Fallow, qualcuno ha avuto il buon cuore di lasciare torce e anfore piene d'acqua nel tunnel, così che chi fosse venuto dopo potesse vivere. È una gentilezza gratuita. Il tipo migliore.

Fisso con desiderio le anfore d'acqua prima di crollare in ginocchio. Ho perso troppo sangue. La caverna mi gira tutto attorno come una trottola.

«Mikail!» grida Euyn.

Lo guardo dal pavimento mentre fruga nella mia tracolla e trova l'equipaggiamento di sopravvivenza. Tutti i soldati ce l'hanno. Laoli per il dolore, lacci emostatici, bende, una fiaschetta di spirito per disinfettare le ferite e, cosa più importante al momento, ago e filo per ricucire la pelle lacerata. Sto scherzando, ovviamente. Il laoli è la cosa più importante.

Euyn mi consegna l'astuccio con la droga. È un antidolorifico potentissimo, ricavato dalla pianta di amuleto che cresce solo su Gaya. Mi tremano le mani, tanto sono impaziente di provare il sollievo che regala. Di solito me ne tengo alla larga, ma questo non è il momento di ascoltare la coscienza. In effetti, ora che ci penso, i momenti in cui ascoltare la coscienza sono pochi.

Dopo aver aspirato la polvere, cerco di rilassarmi. Stringo il sacchetto di velluto tra le dita.

«Così va meglio» dico.

Euyn aspetta qualche minuto che la droga faccia effetto, camminando avanti e indietro in preda all'angoscia. Non solo è preoccupato per me, ma sussulta e si spaventa a ogni minimo rumore. Quindi la sua paranoia nevrotica è sopravvissuta all'esilio. Ora che ci vedo meglio, noto che la caverna è quasi sigillata. Qualsiasi creatura abbastanza piccola da passare attraverso le aperture non avrebbe dimensioni tali da costituire una minaccia, e sarebbe facilmente alla nostra mercé. Siamo al sicuro, qui.

Credo.

«Sei pronto?» chiede.

«Mai stato più pronto di così» rispondo.

«No, voglio dire: ha fatto effetto?» Euyn cerca di visitarmi, pur non essendo un guaritore.

«Null» dico. In questo caso, significa che non sento dolore. Non è vero, naturalmente. Purtroppo reggo bene il laoli, ma Euyn ci casca. Tende a credere alle mie bugie.

Il principe strappa ciò che resta della mia camicia, quindi versa buona parte dell'acqua contenuta in un'anfora sulle ferite per pulirle. Dire che è sgradevole è un eufemismo. Le mie dita affondano nella terra, lasciando segni di artigli simili a quelli di un animale che lotta per la vita. Ma finalmente il laoli che ho in corpo comincia ad annebbiarmi i sensi. È solo che servirebbe molto più di una dose per darmi il sollievo di cui ho davvero bisogno.

La pianta di amuleto è al contempo una benedizione e una maledizione. Il potere di alleviare l'agonia è senza dubbio un dono degli dèi, ma alla fin fine ha condannato la mia patria. Gaya è stata colonizzata proprio per via della pianta di amuleto. E poiché quest'ultima si rifiuta di crescere al di fuori dell'isola, lo Yusan non la lascerà mai. Ecco spiegate la povertà e la violenza che vi imperversano.

Ma il polline della pianta provoca solo un leggero intontimento. Sono la distillazione e la fermentazione a creare il laoli, una droga che oltre ad alleviare il dolore crea dipendenza. La produzione di laoli riempie le casse del re, che dunque non ha alcun interesse a tenerla sotto controllo. Anzi, Re Joon la incoraggia. Non a caso, il laoli fa parte dell'equipaggiamento di sopravvivenza dei soldati.

Naturalmente, Euyn non sa che io sono originario di Gaya. O che suo fratello, quando ha sedato la ribellione sull'isola diciannove anni fa, ha massacrato la mia famiglia. Pensa che io sia dello Yusan, proprio come lui. Nessuno ha idea di chi sono veramente perché ho mentito per tutta la vita, soprattutto a Euyn. A volte mi chiedo se mi amerebbe lo stesso se conoscesse la verità, ma ci sono domande che è meglio lasciare senza risposta.

Euyn mi versa un po' di spirito sulle ferite, quindi passa l'ago sulla fiamma per sterilizzarlo e poi si mette a ricucire i danni provocati dal samroc.

«Sono ancora bello come un demone?» chiedo, tanto per rompere il silenzio.

«Molto di più» risponde lui. Poi si schiarisce la gola e si rimette al lavoro.

Ah, dunque non mi ha ancora perdonato.

Il problema di Euyn non è che non si fida di me. Francamente, non vedo perché dovrebbe. No, il suo problema è che ce l'ha con me, perché è un romantico sognatore. In quanto figlio più giovane e bello del vecchio re, Euyn è stato vezzeggiato e viziato. Credeva che l'amore fosse come nei libri di fiabe, come nelle commedie di corte.

Anche se dubito che lo ammetterebbe, si aspettava che io prendessi d'assalto la Prigione di Idle – il carcere per prigionieri politici che sorge sotto un lago infestato da mostri, letteralmente il luogo più sicuro di tutto lo Yusan – e lo salvassi. E quando non l'ho fatto, ne ha dedotto che non lo amavo abbastanza.

Da parte mia, non capisco perché avremmo dovuto morire entrambi. A volte la vendetta è un gioco lento e, per quanto si possa desiderare una piccola rivincita subito, la vera vittoria ha bisogno di tempo per manifestarsi.

Sono un uomo con poche virtù, ma la pazienza è una di queste.

Nel giro di poco, Euyn ha finito di ricucirmi e sono tornato come nuovo. Non è vero, ovviamente. Sono tutto bendato e pieno di punti, ma almeno non morirò dissanguato, credo. E, nei fumi del laoli, la considero una vittoria.

Siccome da bambino giocavo nei campi di amuleto, ho sviluppato una certa tolleranza al suo polline, ma ormai è trascorso così tanto tempo dall'ultima volta che ne ho assunto una dose che l'effetto è comunque potente. Un uso prolungato del laoli può farti impazzire, ma non mi preoccupa. Dubito che vivrò abbastanza per correre questo rischio.

«Credi abbia senso uscire a recuperare le nostre cose?» domanda Euyn. Lancia un'occhiata all'apertura del tunnel.

Mi aspetto che rida, invece sembra serio. Strano. Da giovane, il principe dello Yusan non si sarebbe mai curato di qualche arma, una padella e un mucchio di vecchi vestiti; ora sì. Eccome. Devo dire che, sebbene al momento risulti del tutto irragionevole, questa nuova versione di Euyn mi piace più di quella vecchia.

«Vuoi fare un altro giro con i samroc?» chiedo. Lui rabbrividisce e mi fulmina con lo sguardo. «Almeno aspetta l'alba».

«E che facciamo fino ad allora?» vuole sapere.

«Giochiamo a tuhko» scherzo. Euyn scuote il capo. A quanto pare fatica ancora a trovare il senso dell'umorismo nelle situazioni di tensione. «Dormi, Euyn. Dormiamo».

«Tu dormi» ribatte. «Io... faccio la guardia».

A un certo punto del suo esilio, Euyn deve aver imparato a prendersi veramente cura di un'altra persona. Continua a sorprendermi. D'altronde, è uno dei motivi per cui mi sono innamorato di lui.

Naturalmente, questa era l'ultima cosa che volevo. Per quanto lo trovassi attraente, a palazzo era un tale sbruffone: non ho mai pensato che mi sarei lasciato sedurre da lui. Ma l'amore ha uno strano modo di insinuarsi nella mente delle persone. Sono passato da un'attrazione puramente fisica a pensare a lui tutto il giorno. Mi piaceva l'idea che, per quanto potessi studiarlo, era impossibile prevedere le sue reazioni. Ogni volta che si rivelava premuroso, gentile o sensibile, la cosa mi spiazzava e la mia infatuazione cresceva. In un attimo, ero innamorato. Non mi disturbava nemmeno che fosse un uomo crudele, perché in fondo non lo siamo forse tutti?

Mi si siede accanto con le gambe allungate. «Appoggia pure la testa sulle mie ginocchia».

Alzo un sopracciglio. «Questa l'ho già sentita».

Lui alza gli occhi al cielo. «Starai più comodo. Non dovresti dormire con l'orecchio nella polvere».

Con il suo aiuto, gli appoggio la testa sulle gambe. Ha ragione: è più comodo.

Sono a pancia in giù, ma riesco comunque a guardarlo. «Mi sei mancato, sai».

Mi lancia un'occhiata scettica, ma non riesce a non passarmi una mano tra i capelli. «Riposati un po'».

Poi toglie rapidamente la mano, come se non volesse concedersi alcun contatto con me. Pensa che sia io, il cattivo della nostra storia. È convinto che lo tradirò solo perché l'ho già fatto in passato. Perché mento con la stessa facilità con cui respiro. Mi sembra un'ingiusta stroncatura.

Accurata, certo, ma ingiusta.

Tra Euyn e il laoli in circolo mi addormento, bendato e sopravvissuto alla notte. Per ora ci siamo salvati a vicenda. Domani potremmo pugnalarci alle spalle.

Chi lo sa.

CAPITOLO 12

ROYO

CITTÀ DI UMBRIA, YUSAN

Ho fatto valutare il diamante che Aeri ha lasciato sul tavolo.

Siccome stanotte non riuscivo a dormire, all'alba l'ho portato da un tizio di cui mi fido nel quartiere delle gemme. Mi ha assicurato che vale cinquantamila mun. E poi me ne ha offerti quarantamila. Stronzo. L'ho restituito a malincuore ad Aeri quando l'ho incontrata al Black Shoe Inn, una campana fa. Devo ammettere che non è facile separarsi da una fortuna simile. Ma le ho creduto quando ha detto che tanto me l'avrebbe rubato di nuovo. E poi, forse, ero curioso di conoscerla meglio.

Quando ho accettato di accompagnarla a Tamneki, Aeri mi è corsa tra le braccia e il suo corpo flessuoso si è aggrappato al mio come edera a un muro di mattoni. È stata una sensazione… non importa. L'ho spinta via, perché chi si comporta così? Ma lei ha continuato a saltellare su e giù. Felice. Sorridente. Spumeggiante. C'è qualcosa che non va. Nessuno è spumeggiante, a Umbria.

«È una fortuna che tu sia in anticipo» ha detto. «Mi servirebbe il tuo aiuto per una *cosa*».

Ho messo subito mano alla lama, pronto, ma poi ho visto i cinque bauli che attendevano nell'atrio. Cinque. Ognuno delle dimensioni di un uomo adulto. Il mio aiuto le serviva per trasportarli.

Meriterei di essere pagato di più, per questo lavoro.

Eppure eccoci qui, in una carrozza diretta a Succession Point, il porto da cui salpano i battelli di lusso. Non è lontano – sta all'estremità meridionale di Umbria, a quindici o venti minuti a piedi dalla locanda – ma con tutta la robaccia che Aeri si porta dietro, camminare è fuori discussione.

Non mi capita spesso di viaggiare in una carrozza, soprattutto privata. I sedili di velluto sono abbastanza comodi, anche se un po' troppo molleggiati.

Ogni tanto ci sono dei clienti che preferiscono incontrarmi a bordo di una carrozza per non rischiare di essere visti in mia compagnia, ma succede di rado. Diciamo che non sono mai salito su uno di questi trabiccoli solo per il gusto di farlo. D'altronde, nulla di ciò che è successo da quando ho conosciuto Aeri è stato normale.

Di solito i lavori mi vengono offerti da uomini infagottati in lunghi mantelli che si guardano costantemente alle spalle, non certo da ragazze in morbidi abiti blu che mi invitano a prendere il tè a mezzanotte.

Credo si possa dire che è carina. Oltre a essere stranissima e fin troppo amichevole. Mi guardo intorno nell'abitacolo finché, per caso, mi capita di incrociare il suo sguardo.

«Hai degli animali domestici?» chiede lei.

Cosa? «Perché?»

Fa spallucce. «Per compagnia, credo. Non lo so». Si tamburella le labbra con un dito. Ha la bocca piccola, con il labbro inferiore sporgente e morbido. I suoi occhi allungati si inclinano verso l'alto. Sono bellissimi. Non che abbia importanza. Solo per dire che Yuri aveva ragione, sul suo conto.

«Per cacciare i topi, se è un gatto?» ipotizza. «O se è un cane per fare la guardia, forse?»

«No, intendevo perché me lo chiedi». Incrocio le braccia sul petto e mi appoggio allo schienale.

«Oh così, tanto per sapere». Si mette le mani in grembo, ma non riesce a stare ferma, così fa scorrere i palmi sul vestito color crema. Cerco di non guardare, ma è impossibile. Come ieri, porta un abito aderente. È corto e lascia di nuovo scoperte le gambe, però ha il collo alto. Immagino sia la moda del luogo da cui proviene. Ho visto di peggio.

«Non ho animali» dico. Grugnisco, più che altro.

«Neanche io». Fissa sognante fuori dal finestrino. «Ma se potessi ne prenderei qualcuno. Probabilmente due cani e un gatto. Forse due gatti, oltre ai cani. Se avessi una casa fissa, sai? Magari alla fine di questo lavoro».

Dato che siamo soli nella carrozza, mi sembra un buon momento per chiedere.

Mi sporgo in avanti, i gomiti appoggiati sulle ginocchia. «Allora, fammi capire bene. Il tuo piano è attraversare il Lago Idle senza essere vista, il che significa nuotare e sopravvivere in qualche modo agli iku dentro l'acqua, poi superare le mille guardie del Palazzo di Qali, trovare il re, togliergli la corona... e *andartene*?»

Ho stabilito che non era un mio problema la notte scorsa, mentre contavo il mio oro per la seconda volta. Visto che non riuscivo a dormire, l'ho contato tutto. Più di cinquantamila pezzi. Ma mentre impilavo le monete, mi sono imposto di non preoccuparmi per lei o per qualunque lavoro debba svolgere. Non mi riguarda. Avrò i cinquantamila in ogni caso, ed è esattamente ciò di cui ho bisogno. Ma Aeri si è offerta di darmene il doppio se le riuscirà il colpo, e la possibilità di mettere le mani su centomila mun d'oro mi costringe a informarmi sulle probabilità di successo. Centomila mun cancellerebbero i miei debiti *e* cambierebbero il mio destino per sempre.

Aeri scuote il capo. «No, no, il palazzo non va bene».

«E dove, allora?» chiedo.

Dopo l'attentato a Umbria, il re non esce quasi mai dal palazzo. La corona lo renderà anche immortale, ma suppongo che possa comunque provare dolore. E tra l'essere immortale e l'essere un dio c'è ancora una bella differenza. Per questo rimane per lo più dentro il Palazzo di Qali, dove è impossibile raggiungerlo. È un bene che Aeri non pensi di andarci. Ma se non a palazzo, dove?

Si stringe di nuovo nelle spalle. «Non ne sono sicura».

Mi prendo il volto tra le mani.

«Lo *saprò*» si affretta a specificare. «Solo che non lo so *ancora*. Quando incontreremo il maestro delle spie, ce lo dirà».

«Stiamo andando dal maestro delle spie reali?» Le mie sopracciglia schizzano in alto così velocemente che mi fanno male gli occhi. Questa è nuova.

Aeri si limita a osservarmi sbattendo le palpebre. «Sì. Il piano è suo. Io sono solo una ragazza... non posso uccidere un re».

Cerco di trovare un modo per ribattere, ma è l'affermazione più intelligente che le sia uscita di bocca finora. Eppure non mi piace l'idea che altre persone sappiano cosa stiamo facendo, soprattutto una spia fidata del trono. E se fosse una trappola?

«C'è qualcun altro coinvolto?» chiedo.

«Non so» risponde lei con un'alzata di spalle.

Ecco che sembra di nuovo una ragazzaccia di strada. L'ho notata anche ieri sera, questa sua capacità di passare in un batter d'occhio da timida fanciulla a ladruncola spavalda, e viceversa. C'è qualcosa che non mi convince in lei, ma per centomila mun credo proprio di poter chiudere un occhio.

«Per quanto mi riguarda, suppongo che uccidere un re richieda più di due persone» aggiunge. «Ma dovrai domandarlo a lui».

«E se il maestro delle spie ti tradisce?»

Lei inclina la testa. «È per questo che sei qui».

Un suono gutturale mi sfugge dalla gola, e stringo le mani a pugno. Assassinare il maestro delle spie, oltre a essere quasi impossibile, significherebbe vivere braccato, costantemente in fuga. D'altra parte, suppongo sia per questo che Aeri è disposta a pagare tanto. Però non mi piace essere preso alla sprovvista.

Scuoto il capo. «Non ti è venuto in mente di fare qualche domanda, dopo che ti hanno offerto mezzo milione di mun per un solo lavoro?»

Lei mi guarda dritto negli occhi. «Perché, *tu* quante domande hai fatto?»

Chiudo di scatto la bocca. Mi ha fregato. Una sensazione strisciante mi risale la spina dorsale. Un accenno di rispetto. Sono colpito dalla sua audacia: non ha paura di me. E ha ragione, non ho fatto abbastanza domande. Prima che possa inventarmi un modo per ribattere, la carrozza si ferma. Il breve tragitto fino a Succession Point è finito.

«Ho sempre voluto salire su un battello fluviale! Sarà divertente» esclama.

Poi mi fa l'occhiolino, lasciandomi a fissarla a bocca aperta.

Io... cosa?

Aeri salta giù dalla carrozza, ignorando la mano tesa del conducente. L'uomo mi rivolge uno sguardo confuso. Chiudo la bocca con un'alzata di spalle, poi scendo anch'io. Mi paga una fortuna per proteggerla. Una fortuna rubata, ma fa niente. E poi... voglio seguirla. Per inquadrarla meglio. Nient'altro.

Aeri sguscia agilmente tra la folla, tanto che è difficile starle dietro. Si muove tra la gente come se fosse fatta d'acqua. Provo a imitarla, ma urto i passanti ogni due metri, e ne faccio anche cadere un paio. All'inizio sono infastiditi, ma appena alzano lo sguardo e mi vedono bene mormorano delle scuse e si allontanano in fretta.

Individuo un facchino e gli dico di portare i bauli nella nostra stanza sul battello... perché a quanto pare abbiamo *una* stanza. Aeri mi ha già detto che dovrò dormire in camera sua, perché la notte è il momento in cui è più vulnerabile. Non ha tutti i torti, ma io non ho mai diviso la stanza con una donna. Mai.

E ora dovrò farlo per un'intera settimana. È il tempo che serve per percorrere il Sol fino a Rahway, ma può volerci anche di più, a seconda delle condizioni. Il fiume ci porterà più a ovest di dove siamo diretti, ma spostarci via terra sarebbe stato meno rapido.

«Salve! Io sono Aeri. Tu come ti chiami?» chiede quando saliamo sulla passerella della nave.

Il bigliettaio aggrotta le sopracciglia, quindi la scruta dall'alto in basso. Fa per dire qualcosa, ma poi si accorge di me e chiude il becco. Bene. Prende i biglietti e fa cenno a un altro uomo. Un vecchio in tenuta da facchino ci fa un inchino e ci accompagna a una delle camere sopra il ponte.

Quando apre la porta non credo ai miei occhi. Mi guardo intorno inebetito. La stanza è lussuosa, più grande di casa mia, con un divano damascato, un letto, una scrivania, un tavolo da pranzo e un bagno. Ci sono dei quadri alle pareti e il vecchio dichiara che sarà il nostro servitore per tutta la durata del viaggio. Aeri gli dà un paio di mun d'argento per non aver fatto nulla e lui, dopo essersi prodotto in una sequenza smisurata di inchini, se ne va.

Aeri si butta sul materasso. «Ora sì che ci siamo!»

Cerco di non guardarla mentre è sdraiata sul letto... non troppo, almeno. Invece, studio la stanza e controllo le porte. Per fortuna c'è un divano su cui posso dormire. Premo la mano sui cuscini. Può andare: di sicuro è molto meglio del pavimento.

Fuori dalla stanza c'è un balconcino privato. Esco e osservo la barca e le persone che salgono a bordo. Ci sono solo otto stanze come questa sulla nave, oltre all'alloggio del capitano. Tutti gli altri passeggeri dormiranno su amache e cuccette sottocoperta. Questa camera dev'essere costata un centinaio di mun d'oro. Forse persino di più.

La ragazza sembra spendere i suoi soldi con estrema disinvoltura ma, d'altra parte, se è in grado di rubare diamanti da cinquantamila mun, credo possa permettersi una bella stanza. Eppure, qualcosa continua a sfuggirmi. Perché il maestro delle spie ha bisogno di lei? Certo, è una ladra migliore di quelle che ho visto in giro, ma i conti non tornano.

Non avrei dovuto accettare il lavoro così facilmente. L'ho fatto per i soldi. Solo per i soldi. Non c'entra niente il suo sorriso, o il fatto che mi ha detto che le piacevo o altro. Per centomila mun accetterei un incarico dal Re degli Inferi in persona.

Mi aggrappo alla ringhiera e sospiro. Una parte di me vorrebbe scappare. Rimanere a Umbria. Tamneki è un posto troppo pericoloso per non sapere a cosa si va incontro, e non posso fidarmi di questa ragazza.

Ma quando tornerò in città avrò cinquantamila pezzi d'oro da aggiungere ai cinquantamila che ho da poco cambiato in lingotti. Sono nella borsa che porto sulla schiena. Centomila garantiti in meno di dieci anni sono un miracolo per uno come me, e tanto basta... se riuscirò a darli a Savio in tempo, ovviamente.

Presto, fin troppo, gli ormeggi vengono sciolti e la passerella tirata su. Ci allontaniamo dal molo mentre gli uomini dell'equipaggio corrono a spiegare le enormi vele bianche. Il tessuto si gonfia appena prende vento, trascinandoci fuori dal porto. Poi andiamo alla deriva sull'acqua marrone e fangosa.

Mentre la città scompare in lontananza, ho la sensazione che questa sarà l'ultima volta che vedrò Umbria. Rientro in camera con una scrollata di spalle.

CAPITOLO 13

SORA

CITTÀ DI GAIN, YUSAN

Come ci si veste per andare a uccidere un re immortale?

Piantata davanti all'armadio, mi tamburello un dito sul mento. Poi riempio il baule con i miei abiti e veli migliori, meravigliandomi io stessa di un simile assemblaggio di seta, raso e tulle, infine ripongo con cura i veleni ad azione rapida. Veleno dolce per dessert e vino, veleno insapore e inodore per le altre pietanze, e poi i più efficaci rossetti avvelenati. Scelgo in assoluto i più tossici ed esotici di cui dispongo, quelli che non hanno un antidoto conosciuto, anche se do per scontato che da qualche parte a palazzo siano custoditi antidoti per ogni veleno. Dovrò sorprendere il re da solo, preferibilmente fuori da Qali, per avere anche solo una minima possibilità di uscirne viva.

Il baule è ancora aperto, ma mi siedo sul letto con la testa tra le mani. Non c'è speranza. Devo mettermi il cuore in pace e accettare che non riuscirò a sopravvivere. Non vedrò mai più Daysum. Ma lei sarà libera. Mi piacerebbe solo sapere cosa mi ha sussurrato prima di andarsene.

Dot mi salta in braccio. Mi strofina il muso sulla faccia mentre lo bacio e me lo stringo al petto. Ho assunto Gli per badare a lui mentre sono via: qualche mun per lei e un po' di compagnia per Dot. Spero che continuerà a prendersene cura anche dopo la mia morte, ma nulla è certo, a questo mondo.

Chiudo i veleni che non mi servono in un forziere che poi spingo in cima all'armadio, nel caso Gli fosse un tipetto curioso. Per un attimo l'idea di lasciare qui sostanze tanto pericolose mi preoccupa, ma poi penso che il Conte farà di sicuro sgombrare la casa, una volta che me ne sarò andata. In fin dei conti ogni cosa, qui, appartiene a lui.

A mezzogiorno in punto bussano alla porta. Tiyung. Rivolgo una smorfia complice a Dot e gli faccio le ultime coccole per salutarlo. So che starà bene, è un sopravvissuto. Non posso dire lo stesso di me.

Apro la porta e mi ritrovo davanti l'unico figlio del Conte. Un metro e ottanta, capelli neri, stesso naso e stessa aria arrogante del padre. Però gli occhi azzurri sono quelli della madre, e rispetto al Conte ha la pelle di un marrone più chiaro e un viso dai tratti più morbidi. Ha ventidue anni, uno più di me, e una bellezza in grado di offuscare la sua crudeltà.

«Di' al tuo uomo di prendere il baule» ordino.

«Buongiorno a te, Sora» risponde Tiyung.

Faccio un respiro profondo. Potrei davvero ucciderlo senza violare il mio accordo con il Conte, ma sono sicura che Seok troverebbe una punizione adeguata per aver distrutto la sua dinastia.

Nello Yusan, solo i maschi possono ereditare terre e titoli. Se un nobile muore senza lasciare figli, tutto torna nelle casse reali. Madama Iseul ci ha spiegato che siamo state fortunate a essere vendute dalle nostre famiglie, perché come popolane non avremmo avuto alcun valore.

Ci ha raccontato un sacco di bugie affascinanti.

«Partiamo entro oggi o hai intenzione di continuare a fissarmi?» Alzo un sopracciglio, con la mano sul fianco.

Tiyung si riprende dal torpore. «D'accordo. Vieni».

Il suo cameriere apre la porta della carrozza e va a recuperare il mio baule. Lancio un'ultima occhiata alla villetta che negli ultimi tre anni è stata il mio rifugio. Il posto più vicino a una casa su cui ho potuto contare da adulta. Poi saluto Madama Balam, la mia vicina, che mi scruta dalla finestra. Questi ficcanaso credono che io sia la puttana del Conte. Non hanno tutti i torti.

Tiyung allunga la mano per aiutarmi a salire sulla carrozza blu notte. Lo ignoro. Non voglio toccarlo. Per nessun motivo. Salgo e mi siedo rivolta in avanti, costringendo il figlio di Seok a viaggiare dando le spalle al conducente. Ma mentre mi accomodo, noto che non siamo soli e sussulto. Di fronte a me c'è un uomo privo di sensi e l'abitacolo puzza terribilmente di alcol e profumo.

Tiyung mi si mette di fronte e segue il mio sguardo.

«Una lunga notte nel quartiere del piacere» dice, con un cenno allo sconosciuto.

Storco il naso. Non riesco proprio a trattenere il disgusto nei confronti dei figli dei nobili che sfruttano i loro sottoposti per il proprio piacere. Hanno tutto quello che vogliono, eppure devono comunque approfittare di persone che non possono dire di no. Di ragazzi e ragazze come Daysum che sono stati venduti alle case di piacere.

Poi però mi ricordo che questo a Daysum non capiterà mai. Non finché io sarò viva.

«Stamattina ho fatto visita a mio zio e ho trovato Duri riverso in poltrona, ubriaco fradicio» racconta Tiyung. «Ho pensato di riportarlo a casa sano e salvo».

«Sì, sarebbe davvero spiacevole se qualcuno si approfittasse di lui quand'è così vulnerabile».

«Esatto, sarebbe come avvelenare un uomo ignaro» dice Tiyung.

Lo fisso e poi guardo fuori dal finestrino. È un vero peccato non poterlo uccidere.

Usciamo da Gain e raggiungiamo una villa. Sebbene non sia neanche lontanamente grandiosa come la tenuta del Conte, appartiene chiaramente a una famiglia nobile. Quando la carrozza si ferma sotto il portico, Tiyung dà un calcio al suo amico per svegliarlo. Ci mette così tanta forza che sussulto: deve avergli fatto parecchio male.

«Alzati. Sei a casa» sbotta.

Duri solleva lentamente la testa, sbatte le palpebre, poi mi fissa come se gli fosse stato fatto un regalo fantastico.

«Ehilà, bambolina» dice, raddrizzando la schiena. I suoi capelli castani sono un groviglio disordinato, e mi divora con gli occhi iniettati di sangue.

«Lei appartiene a mio padre» lo avverte Tiyung. «E comunque dobbiamo metterci in viaggio».

Duri si strofina gli occhi rossi. La camicia bianca mezza sbottonata fa risaltare la sua pelle marrone scuro. Immagino che avesse anche una giacca, ma è andata perduta.

«Eh?» dice intontito.

«Vattene» gli ordina Tiyung. Fissa su di me il suo sguardo gelido, facendomi rabbrividire. È identico al Conte.

Duri alza le mani. «Grazie del passaggio».

«Cerca di comportarti in maniera più onorevole» gli suggerisce Tiyung. «Non vorrai che la cosa arrivi alle orecchie di Lord Kang».

Presumo si tratti di suo padre, perché la minaccia è chiara. Duri si fa serio e china il capo. «Tiyung-si».

Il 'si' viene aggiunto ai nomi dei nobili, in segno di rispetto. Quasi mai è meritato.

Appena Duri scende dalla carrozza, ripartiamo.

«Un vero signore» borbotta Tiyung.

«Bell'amico, che hai» commento.

«Non è mio amico. È solo un altro nobile».

Tiyung si toglie la giacca e la appoggia sul sedile ormai vuoto. Sono sorpresa da quanto sia cambiato il suo corpo. Tutti i maschi dello Yusan devono prestare servizio militare per due anni. Tiyung è tornato solo di recente e, rispetto al ragazzetto che era quand'è partito, si è fatto molto più uomo. Come il Conte, sono certa che molte persone possano trovarlo attraente; io, però, conosco il verme che è in fondo.

«Perché non lo hai lasciato ubriaco fradicio nella casa di piacere di tuo zio, visto che non è tuo amico?» gli chiedo.

«Perché ora sarà in debito con me per averlo portato a casa con discrezione. Io non ho veri amici, Sora. L'amicizia richiede fiducia».

«Io una volta ne avevo» dico. Nel mio villaggio su al nord, poi all'accademia dei veleni. «Tuo padre li ha fatti sparire tutti».

Tiyung si china in avanti, appoggiando i gomiti sulle ginocchia. «Non capisco perché pensi che per me sia diverso. Stare a casa è un promemoria costante».

I suoi occhi azzurri vengono attraversati da un lampo che subito scompare, sostituito dalla solita espressione indolente. C'è qualcosa nel modo in cui l'ha detto... qualcosa che mi dà l'impressione di riuscire a comprenderlo. Ma poi mi rendo conto di stare esagerando. Non ci si può aspettare di trovare chissà quali profondità nascoste in una pozzanghera.

«Meglio evitare Use, sulla strada per Tamneki» dico, fissando fuori dal finestrino.

«Perché?»

Liquido la domanda con un gesto. Tiyung non può non sapere che sono una vergine velenosa. Sa che sono di proprietà di suo padre, come Daysum, e che uccido per suo conto. Ma non conosce i dettagli. E nemmeno gli interessano.

«Questioni in sospeso a Use?» mi chiede.

Mi limito a fissarlo.

«Non importa» dice, agitando la mano. «Tanto non andiamo a est. Stiamo andando a nord».

Gain e Tamneki sorgono entrambe sulla costa curvilinea dello Yusan. Gain affaccia sul Mare Occidentale, Tamneki è leggermente più a nord, sul Mare Orientale, mentre Leep sta proprio nel mezzo.

«Leep, quindi?» domando.

«Rahway».

Inclino il capo, certa di non aver sentito bene. Non può aver detto Rahway.

«Rahway?» ripeto.

Annuisce.

Sia Rahway che Leep sono a nord di Gain, ma Rahway si trova un intero lunio a ovest di Tamneki. Non ho idea del perché ci stiamo andando. Non ha alcun senso.

«Mio padre mi ha ordinato di andare a Rahway e attendere istruzioni» spiega.

Ma certo. Mi agito sul sedile. Non mi piace. Non mi piace che i piani cambino a mia insaputa. Già mi tocca capire come uccidere un dio re; non ho bisogno di altri enigmi.

«Come mai?» chiedo.

«Sora, proprio tu dovresti sapere che mio padre non dà spiegazioni. Noi dobbiamo solo eseguire e obbedire».

«Ti comporti come se non avessi scelta» commento.

«Ne ho meno di quanto pensi». Mi sorride, e qualcosa nel suo volto mi convince. Il dolore nei suoi occhi, suppongo.

Lascio cadere la conversazione quando mi ricordo che non dovrei empatizzare con Tiyung. Odio il modo in cui finge di essere affascinante e gentile, i suoi tentativi di relazionarsi con me. E odio il fatto che le sue belle spalle e la sua mascella squadrata mi abbiano quasi convinta a cascarci. Anche se potrebbe essere colpa del disperato desiderio di trovarmi un amico.

Lui, però, non potrà mai essere mio amico. Il motivo per cui ho perso tutto è che il Conte voleva accrescere la ricchezza di suo figlio, la sua eredità. Ed è stato proprio Tiyung ad afferrarmi per il braccio e a trascinarmi attraverso la foresta di Xingchi mentre lo imploravo di lasciarmi andare. Mentre gli raccontavo di come suo padre avesse acquistato venti ragazze – venti! – per poi avvelenarle e vendere i loro fratelli e sorelle ai bordelli, non appena morivano. Di come io fossi una delle poche sopravvissute. Non posso dimenticare la sua indifferenza. Il fatto che non abbia detto nulla, limitandosi a camminare fino alle porte di Gain.

Eppure so bene che ognuno di noi è chiamato a obbedire a degli ordini. Potrei persino perdonarlo per questo, per aver eseguito le disposizioni di suo padre. È quello che ha fatto quando siamo arrivati alla villa che gli varrà il mio odio imperituro.

Perché è stato lui a frustare Daysum. È stato lui a dire «Tutto qui?» quando il Conte gli ha ordinato di fermarsi.

Dunque è deciso: una volta che Daysum sarà libera, ucciderò Tiyung e manderò la sua testa al Conte, dentro un cesto.

CAPITOLO 14

EUYN

VILLAGGIO DI TILE, FALLOW

Mi sveglio al Boat Inn di Tile che è già pomeriggio inoltrato. Ero talmente esausto che sono crollato sul letto e sono svenuto subito, sprofondando in un sonno senza sogni. Ma sospetto che il samroc infesterà i miei incubi per anni, ammesso che io viva tanto a lungo. Per come stanno andando le cose, dubito di dovermene preoccupare.

La stanza è a tema nautico. Immagino che l'oste non si curi del fatto che non potremmo essere più lontani dall'acqua. Mi volto, aspettandomi di vedere Mikail accasciato sull'altro letto, che invece è vuoto, con le lenzuola ben tese. Stupito, mi alzo a sedere e mi guardo intorno.

Dove si è cacciato? Gli sarà successo qualcosa? L'avranno rapito? O peggio, mi avrà abbandonato di nuovo?

Il cuore mi batte forte, ma faccio un sospiro di sollievo quando lo vedo seduto sul divano vicino al tavolo. Appena i nostri occhi si incontrano sorride e d'un tratto mi assale il ricordo dell'attimo in cui il samroc l'ha afferrato. Lì per lì non ho avuto il tempo di elaborare ciò che stava succedendo, ma ora capisco che ho rischiato di perderlo per sempre. E anche se non potevo essere certo che ci saremmo visti di nuovo, una parte di me ha sempre saputo che sarebbe accaduto. Sapevo che la nostra storia non era ancora finita. Eppure ieri notte una bestia l'ha quasi stroncata. Se non avesse avuto il suo equipaggiamento da soldato o i suoi riflessi sovrannaturali, se la mia mira non fosse stata così buona, se fossi stato appena un poco più lento, un poco più debole, avrebbe potuto morire dissanguato o essere portato via dalla creatura. A quel punto che senso avrebbe avuto la mia vita?

Nessuno. Senza di lui, la mia vita non significa nulla.

Dèi onnipotenti, lo amo ancora. Proprio come un tempo. Forse persino di più. Mi lascio sfuggire un verso disperato. Solo io, il più grande cacciatore di tutto lo Yusan, potevo innamorarmi irrimediabilmente di un uomo che non può essere catturato, un uomo che non apparterrà mai a nessuno.

Ironia della sorte.

«Buongiorno, splendore» dice Mikail. «Ho trovato da mangiare, delle bende pulite e, soprattutto, altro laoli». Scuote due sacchetti di velluto pieni di droga.

Il laoli crea una forte dipendenza. Quando avevo quindici anni ho chiesto a Joon perché facesse parte dell'equipaggiamento dei nostri soldati, e tutto ciò che mi ha risposto è stato: «Occupati delle tue battute di caccia, Euyn. Il Paese lascialo a me». Poi l'ho sentito dire a nostra sorella che, se avessi avuto un solo pensiero in testa a parte quello di chi portarmi a letto, sarei stato pericoloso. Lei ha riso come per una battuta geniale. Ipocriti.

In realtà dovrei dire il mio fratellastro e la mia sorellastra. Mia madre era la seconda moglie del re, l'ha sposata dopo la morte della Grande Regina. È per questo che ho vent'anni meno di Joon. Ed è anche il motivo per cui Joon e Quilimar non mi hanno mai rispettato.

Ben prima che arrivassi, il trono aveva già un erede – Joon – e una riserva, Omin. Io ero solo un'eccedenza, cosa che i miei fratelli non hanno mai mancato di farmi dolorosamente notare.

Dopo di che... non lo so. Dato che tutti mi avrebbero comunque considerato un principe pigro e indolente, a che pro sforzarsi di essere qualcosa di diverso? Perché prendere la vita anche solo con un briciolo di serietà?

Ma poi è arrivato Mikail.

«Fai attenzione, con quello» lo ammonisco, fissando il sacchetto della droga.

«Con il pranzo, intendi? Si dà il caso che io sia un esperto di pranzi» ribatte Mikail. Sorride, ma non è del tutto sincero. Deve avere un male cane. Quando gli ho ricucito le ferite ho cercato di fare un lavoro pulito, ma non sono un guaritore professionista e poi stavo lavorando alla luce delle torce.

«Be', tecnicamente è *davvero* ora di mangiare» aggiunge.

Guardo l'orologio. Dèi onnipotenti, sono le cinque del pomeriggio.

Ho vegliato tutta la notte e un paio di volte, sentendo dei suoni riecheggiare nei tunnel collegati alla caverna, ho anche pensato di svegliare Mikail. Ma per quanto abbia aspettato con il fiato sospeso e la spada in mano, alla fine non è arrivato nessuno, e così l'ho lasciato dormire.

All'alba sono riuscito a trovare il suo kamal. Non so come, è uscito indenne dall'attacco del samroc, e giuro che l'avrei baciato mentre lo afferravo per le redini. Tutte le cose di Mikail e metà delle mie erano salve, e sepolta nella sabbia ho trovato anche la mia balestra. Dell'altro kamal, invece, era rimasta solo la carcassa. Quando sono uscito dalla grotta, gli avvoltoi del deserto la stavano facendo a pezzi. Li ho scacciati, a costo di sembrare uno di quei pazzi che urlano contro gli uccelli. Ma le cose che avevo nella bisaccia erano troppo intrise di sangue per essere utilizzabili. Ho dovuto lasciare tutto lì.

Mikail si è svegliato quando sono tornato dentro, ma soffriva così tanto che riusciva a malapena a muoversi.

«I postumi sono ancora peggio» ha detto a denti stretti.

Ho sentito una stretta al petto e mi sono chinato per aiutarlo.

Con grande sforzo, sono riuscito a trascinarlo fuori dalla grotta, ma issarlo in groppa al kamal era un altro discorso. Alla fine, comunque, ce l'ho fatta e ho condotto la bestia fino a Tile. Per prima cosa ho fatto tappa da uno speziale per procurargli altro laoli. Non potevo sopportare di vederlo soffrire, e la droga funzionava. A quanto pare, è andato a rimediarne dell'altra mentre io dormivo. Altre due dosi. Se stessimo parlando di una persona diversa mi preoccuperei, ma Mikail non lascerebbe mai che una sostanza avesse la meglio su di lui.

Appena mi alzo a sedere mi accorgo di essere affamato. Non mangiamo da prima di lasciare Outton. Mikail ha sempre avuto un appetito fuori dal comune, ma ora sembriamo fare a gara per chi divora più in fretta quello che c'è sul tavolo.

«Ti rendi conto che ti sei appena spazzolato la crostata alla crema, le patate salate *e* una bistecca di struzzo?» mi chiede.

Faccio un sorrisetto colpevole. «Avevo fame».

Il cibo è solo una delle tante cose che davo per scontate quando abitavo a palazzo. E quello che Mikail è riuscito a mettere insieme per cena è infinitamente migliore dell'offerta culinaria della locanda che ho chiamato casa negli ultimi tre anni.

Mi studia e poi annuisce. «Mi fa piacere».

Siamo seduti così vicini che le nostre gambe si sfiorano. Io sono in canotta e pantaloni di tessuto grezzo. Lui indossa camicia e calzoni larghi. Questo è proprio il tipo di vita che immaginavo per noi mentre ero a Outton, escluso l'attacco dei samroc decisi a banchettare della nostra carne. Ho sognato così spesso una quotidianità tranquilla con Mikail. Ero certo che insieme avremmo potuto essere felici. Ma visto come vanno le cose... non lo so più.

Ripenso a quando, drogato e zuppo di sangue, mi ha detto che gli sono mancato. Delle scosse mi attraversano il petto, raccogliendosi alla bocca dello stomaco. Lo desidero ancora. Nonostante tutto il tempo che è passato. Nonostante anche lui fosse d'accordo con la mia condanna a morte.

Caspita: quanto a uomini di cui innamorarmi, farei proprio meglio ad alzare i miei standard.

Mikail batte le mani dopo essersi pulito la bocca. «Allora, prima di sentire le brutte notizie vuoi ripulire il piatto, o sei pronto adesso?»

Abbasso lo sguardo. Il mio piatto è già perfettamente pulito.

«Non lo leccherò, se è questo che intendi» dico.

Lui mi lancia un'occhiata furba. «Lungi da me impedirti di usare la lingua».

Rischio di strozzarmi con l'acqua e avvampo.

Mikail alza le sopracciglia. «Sai, sei terribilmente pudico per un uomo che si è portato a letto mezza corte».

Sta esagerando. Almeno un po'.

«Non avevi delle brutte notizie da darmi?» replico. Preferirei non pensare a tutte le volte che la mia lingua è stata su di lui.

Sorride, spinge da parte i piatti e srotola una mappa. È una miniatura di quella appesa nella biblioteca del palazzo. Senza dubbio ne ha fatto una copia di nascosto. Mikail è un artista di talento. Ammiro il suo tratto mentre lo ascolto parlare.

«Mancano almeno altri due giorni di marcia al confine, ma dobbiamo scegliere il punto da cui entrare senza farci vedere» dice. «In base a questo determineremo il tragitto, dato che, come hai visto, non abbiamo tutto il tempo del mondo, se vogliamo evitare gli uccelli. L'unica zona del confine a non essere regolarmente pattugliata è quella dei Monti Tangun».

«Bene, allora andremo lì. Ci sarà di sicuro un passaggio» dico.

«Infatti c'è, ma non abbiamo la certezza che non ci siano nidi di samroc tra le montagne».

Mi massaggio le palpebre mentre cerco di reprimere un brivido. Non voglio mai più sentire il fetore di quelle bestie o il loro verso. «Allora viaggeremo di giorno».

Mikail fa una smorfia. «Per attraversare il passo più breve ci vogliono quindici campane a dorso d'asino. Di più, a piedi».

«E a cavallo?»

Scuote il capo. «Il terreno laggiù è troppo accidentato per i cavalli».

So dove vuole arrivare, ma non voglio accettare la verità. Fisso il tavolo, desiderando solo che compaiano altre fette di crostata calda alla crema. «E quante campane di luce ci sono?»

«Dodici. Solo dodici, Euyn».

Chiudo gli occhi lentamente, ricordando il samroc che ho colpito. Il modo in cui ci scrutava nel tunnel. Verranno a prenderci. Lo sento. Mi strofino la barba. «Hai anche qualche buona notizia?»

«Sì. Ai piedi dei Monti Tangun c'è una città di Fallow chiamata Lark: potremo partire per il passo proprio all'alba del giorno in cui decidiamo di attraversarlo. Così facendo, saremmo in pericolo per meno di tre campane. E dopo essere arrivati nello Yusan, andremo a Rahway, a incontrare una ragazza che può aiutarci nella nostra piccola impresa».

Storco il naso. «Una ragazza?»

«Sì, gli dèi creano anche quelle».

«Ma un uomo non...»

Alza le sopracciglia. «Vedo che hai ereditato lo stesso disprezzo per il sesso femminile di tuo fratello. Sorprendente, visto quante te ne sei portate a letto».

Serro le labbra. Suppongo che abbia ragione. Joon non ha una grande considerazione delle ragazze. Cinque anni fa ha persino venduto Quilimar per mediare la pace con il re del Khitan. Lei non era contenta, ma non ha avuto scelta. Nello Yusan, le donne non possono ereditare. Una volta morto nostro padre, è stata alla mercé di Joon, che non è certo noto per la sua magnanimità.

«La ragazza di cui parlo ha delle capacità che non avevo mai visto» dice Mikail.

Interessante. Mikail ha visto di tutto. Eppure, non capisco a cosa mai potrebbe servirci l'aiuto di una ragazza per uccidere mio fratello. Cosa può avere da offrirci?

«Non lo so...» mormoro.

«Puoi non fidarti di me nelle questioni di cuore» mi interrompe. «Ma devi ammettere che a complottare sono imbattibile». Si alza con cautela, facendo una smorfia di dolore.

Lo raggiungo e gli cingo il polso con la mano. Odio vederlo soffrire. Mi batterei contro il Dio della Salute in persona, per porre fine a tutto questo. Mikail abbassa lo sguardo sulle mie dita. Toccarlo mi è sembrato così naturale che non ci ho pensato due volte, ma adesso lo lascio andare.

«Ora, se puoi farmi la cortesia di cambiarmi le bende e spalmarmi un po' di pomata sulle ferite, dopo andrò a drogarmi fino a domani mattina» dice.

Annuisco.

Cerco di non fissarlo mentre si toglie la camicia, ma i suoi muscoli e le linee lungo il torace catturano la mia attenzione. Nonostante la fasciatura, è ancora irragionevolmente bello. Ricordo quando assaporavo la sua pelle salata, quando esploravamo reciprocamente i nostri corpi fino a imparare i trucchi che ci facevano tremare di piacere a vicenda. Come eravamo bramosi, all'epoca. Come eravamo innocenti. E poi, come siamo diventati esperti. Non c'è mai stato nessuno che abbia voluto nel mio letto più di Mikail.

Abbassa la mano e passa lentamente il pollice sul mio labbro inferiore. Un'esplosione di scintille si accende alla base della mia spina dorsale.

«Sembri affamato, Euyn» dice. «Devo cercare altro cibo? O forse hai voglia di qualcosa di diverso?»

Sospiro e mi alzo per prendere la pomata.

Di tutti gli uomini che avrei potuto amare, gli dèi mi hanno maledetto con questo.

CAPITOLO 15

ROYO

FIUME SOL, YUSAN

Ho mal di testa e lei è seduta di fronte a me.

Aeri ha ordinato il servizio in camera per un pranzo oltre orario: bistecche pregiate, bok choy croccante, mezzo pollo e patate salate dei Monti Tangun, il tutto servito su vassoi d'argento. Sono in una stanza di lusso e davanti a me c'è una bella ragazza, che però non la vuole smettere di cianciare. Non mi spingerei a buttarla in acqua (anche se non riesco a non pensare agli schizzi che solleverebbe), ma non posso nemmeno dire che mi tufferei a salvarla se dovesse cadere.

D'accordo, la salverei. Ma per i mun. Solo per i mun.

Siamo su questa nave da ieri pomeriggio e verso le nove campane della sera lei era già stufa. Da allora non ho più trovato pace. È la persona più insistente e irritante che abbia mai conosciuto. Abbiamo fatto più passeggiate sul ponte di quante ne possa contare, poi ha preso un libro e ha insistito perché ne leggessi qualche passaggio, ma per lo più si è limitata a blaterare.

«Quindi, non so, credo che la cioccolata di Gaya sia meglio del ghiaccio d'acqua» dice. «Anche se d'estate non c'è niente di meglio del ghiaccio d'acqua, per quanto caro. Perciò forse dipende dalle stagioni».

Non gliel'avevo chiesto. Giuro. Non le avevo fatto una singola domanda.

Grugnisco mentre mastico l'ultimo boccone di bistecca. Riusciamo a mangiare in silenzio per un meraviglioso minuto. Oggi indossa un altro abito a collo alto. Questo è giallo con le maniche a sbuffo, ma mette in mostra le sue gambe lunghe. Non che io le stia guardando.

«Comunque, chi è Lora?» chiede a un certo punto.

Il nome squarcia il silenzio. Lascio andare il coltello da bistecca, che cade tintinnando nel piatto. Afferro la birra perché all'improvviso ho la gola secca. Aeri mi guarda incuriosita. Come se finalmente avesse ottenuto quello che voleva.

«Cosa?» rispondo, dopo aver deglutito a fatica. Mi sembra di avere troppo caldo e troppo freddo contemporaneamente, come quando ho la febbre. Ma devo aver sentito male. Non può averlo detto davvero. «Come hai detto, scusa?»

«Lora... chi è?» domanda Aeri.

«Dove hai sentito questo nome?» Ogni volta che lo pronuncia avvampo. Detesto sentirlo uscire dalla sua bocca. O dalla bocca di chiunque, in effetti.

Lei si acciglia. «Non dovresti rispondere a una domanda con un'altra domanda, altrimenti la gente crederà che hai qualcosa da nascondere».

Prima che possa pensarci due volte, la mia mano si chiude attorno al manico liscio del coltello. «Te lo chiederò ancora una volta, gentilmente: dove hai sentito questo nome?»

Alza le sopracciglia, e un lampo di paura le attraversa il volto. Mi rendo conto di aver esagerato e lascio cadere il coltello.

«L'hai detto tu» risponde.

Impossibile.

Scuoto il capo, con il cuore che martella sotto la camicia. «Non l'ho mai detto».

«Sì invece. Molte volte. Nel sonno, ieri notte. Hai detto: 'Lora, mi dispiace tanto'. Sembrava una cosa importante, per questo te l'ho chiesto». Fa spallucce, ma continua a guardare il coltello. Diffidente.

Mi alzo per allontanarmi dal tavolo e i suoi occhi marroni mi seguono.

«Vado a fare due passi» annuncio.

Guarda il cibo avanzato. «Ma abbiamo appena... d'accordo, mi va una passeggiata».

«Da solo». Serro i pugni. Sto resistendo a malapena: se mi spezzo, andrà tutto a rotoli. Mi licenzierà e non avrò i soldi per liberare Hwan. E lui morirà.

Si acciglia. «Hai promesso di non lasciarmi sola».

Cazzo.

«Starò sul balcone, allora».

Mi avvio a grandi passi verso la porta a vetri e la richiudo sbattendola. Mi tremano le mani, cammino avanti e indietro come un animale in gabbia. Mi sembra di stare per esplodere.

Il balcone sarà lungo al massimo tre metri, quindi faccio una cinquantina di giri, respirando a fatica. Ma almeno l'aria è fredda, e lo shock termico mi fa bene. Siamo così lontani da Umbria che il Sol sembra davvero pulito. Niente, in quella città, lo è.

Tranne Lora. Lora lo era.

Non posso credere di aver pronunciato il suo nome, eppure, in effetti non c'è altro modo in cui Aeri possa sapere di lei. Ci sono persone a Umbria che potrebbero aver menzionato una ragazza di nome Allora, ma io ero l'unico a chiamarla Lora.

E poi l'ho uccisa.

Mi giro di scatto al rumore della porta del balcone che scorre. Aeri è ferma sulla soglia. «Royo, mi dispiace. Non volevo turbarti. Davvero, non era mia intenzione».

Vorrei rimanere arrabbiato, ma il suo tono per qualche motivo mi provoca una stretta al petto. Senso di colpa, forse. Possibile. In fondo, non sapeva di stare toccando una ferita aperta. Come avrebbe potuto?

«Ho solo bisogno di tempo» dico.

«Va bene». Esce anche lei sul balcone, lasciandomi tutto lo spazio possibile. Si appoggia alla ringhiera. Aspetto con le spalle tese: se pronuncerà di nuovo quel nome, penso proprio che mi tufferò in acqua.

Invece tace. Per la prima volta riusciamo a mantenere il silenzio per più di un minuto. Così tanto che finalmente posso ricominciare a pensare.

Come ho potuto pronunciare il nome di Lora? Sono trascorsi otto anni dall'ultima volta che l'ho fatto, eppure non è passato un giorno senza che pensassi a lei. Il mio primo amore. Il mio unico amore.

Alla fine il silenzio dura così a lungo che guardo verso il punto in cui si trovava Aeri. Forse è tornata dentro e non me ne sono accorto. Ma no, è ancora lì, intenta a osservare l'acqua.

«È tua madre?» sussurra. Mi guarda di sottecchi. «Io... io non parlo molto della mia».

Tiene il mento alto, ma nella sua voce riconosco la sofferenza, oltre a un altro sentimento a me familiare: il senso di colpa. Qualcosa nel suo tono e nella sua espressione mi fa pensare che Aeri capisca la sensazione di perdere qualcuno e di essere l'unica responsabile.

«No. Mia madre è morta dieci anni fa» rispondo.

Evito di specificare che è morta a Tamneki e che mio padre se l'era già filata quando ero solo un bambino, così fin dall'età di quindici anni sono stato costretto a cavarmela da solo. Per garantirmi un tetto sulla testa e del cibo nel piatto ho sfruttato il mio talento per la violenza. Ma non c'è bisogno che Aeri sappia tutto questo; quanto a me, non amo le storie strappalacrime.

Cala di nuovo il silenzio, rotto solo dal lontano mormorio dei passeggeri e dell'equipaggio e dal fischiare impetuoso del vento. Deve avere freddo, con quel vestito, ma resta immobile sul balcone. Perché... le importa. Ha intuito che qualcosa non va, e le importa abbastanza da volere che io stia meglio. Per un attimo sento un calore espandermisi nel petto, ma poi me lo scrollo di dosso. Non dovrebbe importarle. Penso a quello che è successo all'ultima ragazza che si è preoccupata per me. Assassinata mentre io me ne andavo. Non l'ho pugnalata io, ma era me che cercavano, e tanto valeva ucciderla con le mie mani, dato che non ho fatto nulla per impedire che morisse.

«Era... un'amica» dico.

Gli occhi di Aeri si posano su di me. «Capisco».

Non è affatto convinta della mia risposta, ma è abbastanza gentile da non farmelo pesare. La verità è che non voglio dirle cosa è stata Lora per me. Non riguarda nessun altro, solo noi due.

«La conoscevo, qualche tempo fa» aggiungo.

Quello che non racconto è che un giorno, quando avevo sedici anni, ho visto una ragazzina che veniva presa di mira da uno stronzo riccone. Ci sono uomini convinti di poter avere tutto quello che vogliono solo perché sono più grandi, più forti o più potenti degli altri. Li odio, cazzo: prendetevela con qualcuno della vostra stessa taglia. Qualcuno che può farvi male sul serio.

Ma questo topo di fogna aveva messo Lora con le spalle al muro e la stava palpeggiando mentre lei cercava di divincolarsi. La paura e il dolore nei suoi occhi mi hanno invocato come delle sirene, così ho afferrato il tizio che le stava addosso e gli ho rotto la mano... e Lora mi ha guardato come se fossi un eroe. Per un attimo lo sono stato davvero, credo.

Avrebbe dovuto finire lì. Invece abbiamo continuato a vederci di nascosto, anche se ogni volta ero convinto che si sarebbe ricreduta e non avrebbe più voluto avere niente a che fare con me. Lei era figlia di un ricco commerciante. Io un delinquentello di strada. Non eravamo fatti per stare insieme. Ma assaporavo ogni secondo della nostra storia. Ogni singolo bacio. Ogni sveltina, quando era a casa da sola. Sapevo che non poteva durare, eppure mi sono innamorato lo stesso.

Sono stato uno stupido.

«Ma perché nel sogno le dicevi che ti dispiace tanto?» mi domanda Aeri, riportandomi al presente.

Il cuore mi rimbomba dentro la gola. Per cos'è che mi dispiace?

Mi dispiace che Lora mi abbia conosciuto. Mi dispiace che si sia innamorata di me. Mi dispiace aver conosciuto suo padre. Mi dispiace che Hwan mi abbia trattato come se valessi qualcosa. Mi dispiace che sia diventato come un padre anche per me, il perfetto modello dell'uomo che si è fatto da solo. Possedeva un negozio di tè e una casa dello zucchero, ma sono state le due case da gioco a renderlo ricco.

Mi dispiace aver rifiutato l'offerta di Hwan di fargli da guardiano. Mi dispiace aver accettato il lavoro sbagliato e aver ucciso il membro di una banda. Mi dispiace che non mi abbiano fatto fuori come veri uomini.

«È morta... per colpa mia» rispondo. In qualche modo riesco a cacciar fuori le parole. Mi sembrano granulose, ruvide, ma c'è un che di purificante nel pronunciarle ad alta voce.

Aeri sgrana gli occhi. «Vuoi dire che... l'hai uccisa?»

Scuoto il capo. «No. Due scagnozzi di una banda mi hanno seguito fino a casa sua. Era me che volevano, ma io me ne sono andato proprio... proprio mentre la uccidevano».

Aeri sbianca, e mi accorgo che sta cercando di non giudicarmi.

Dovrebbe farlo, però. Io mi giudico eccome.

Stavamo scopando, quella notte, quando abbiamo sentito qualcuno al portone. Abbiamo pensato che fosse suo padre che tornava a casa prima del previsto. E così mi sono arrampicato fuori dalla finestra di camera sua.

Quella è stata l'ultima volta che l'ho vista.

«Cosa vuol dire che te ne sei andato proprio mentre la uccidevano?» sussurra Aeri. Si è avvicinata di qualche centimetro a me.

«Ero... ero a casa sua, ma me ne sono andato. E poi, arrivato a un isolato di distanza, forse due, ho sentito un urlo». Faccio una pausa e deglutisco a fatica. Ancora lo sento, nei miei incubi: un lamento forte, acuto, di vero dolore. È andato tutto storto. Quella notte mi sono fermato e ho teso le orecchie, ma non c'è stato alcun altro suono. A un certo punto non ero nemmeno più sicuro di aver sentito bene la prima volta. «Non immaginavo fosse lei perché l'avevo appena vista. Così ho continuato a camminare».

In fondo ero a Umbria. Succedevano cose brutte in continuazione. Le ragazze urlavano. E io credevo che Lora fosse al sicuro insieme a suo padre. Eppure, pochi passi dopo, per qualche motivo mi sono voltato verso casa sua. Qualcosa nel mio cervello mi ha detto di tornare indietro. Ma dopo qualche secondo ho scrollato le spalle e me ne sono andato per la mia strada.

Perché cazzo l'ho fatto? La cosa più triste è che non avevo nemmeno un posto dove andare.

Se potessi cambiare una cosa, una cosa sola di tutta la mia vita, sarebbe quella. Correrei a casa sua. La salverei.

Solo il giorno dopo ho scoperto che era stata assassinata nel suo letto. Trenta coltellate. E Hwan era stato arrestato come colpevole. L'avevano trovato coperto di sangue, con un pugnale in mano. Lui sosteneva che qualcuno era entrato in casa e che lui aveva trovato la figlia e l'arma, ma nessuno gli aveva creduto.

Io ho capito subito che non era stato Hwan. Non solo non avrebbe mai torto un capello a Lora; soprattutto, non era tornato a casa prima delle nove di sera e noi avevamo sentito il portone aprirsi alle otto.

«Ma... Royo, non potevi saperlo» dice Aeri con dolcezza, nonostante abbia gli occhi lucidi. Non so se per compassione o per paura.

Una morsa mi serra la gola. Mi schiarisco la voce. «No, ma avrei dovuto capirlo».

Sapevo di essere colpevole, ma solo più tardi ho scoperto fino a che punto. Hwan stava già scontando l'ergastolo nella prigione di Salt quando due ragazzi mi hanno aggredito in un vicolo. Ero talmente distrutto per il destino di Lora e di suo padre che mi ero messo a vagare senza meta per le strade. In un certo senso desideravo la morte, perché credevo che in quel modo avrei rivisto Lora. Mi hanno tagliato la faccia a metà, mi hanno infilzato la mano con un coltello, e io ero pronto ad andare nei Dieci Inferni. Solo che poi hanno pronunciato il nome di Lora. Si sono messi a scherzare sul modo in cui aveva gridato il mio nome mentre la pugnalavano, ancora e ancora. Su come mi avevano seguito a casa sua quella notte. Sul fatto che in realtà avrebbero voluto uccidere me ma, non trovandomi, si erano accontentati di ammazzare lei, e l'avevano fatto con gran gusto.

Mi è scattato qualcosa dentro. Li ho presi per il collo e li ho sbattuti testa contro testa. Hanno perso i sensi e io ne ho approfittato per imbavagliarli, come loro avevano fatto con Lora. Poi li ho uccisi lentamente, li ho fatti a pezzi mentre erano ancora vivi e ho mostrato loro le parti mozzate. Quindi li ho lasciati lì, un regalino per gli hael. La mattina dopo, ho spedito i loro cuori in decomposizione ai capibanda. A quel punto mi hanno lasciato in pace. Non so se perché ero troppo disposto a morire o troppo disposto a uccidere. O forse la scena macabra che mi ero lasciato alle spalle li aveva spaventati. La verità è che non me ne è mai fregato un cazzo.

Vorrei poter dire che questo ha reso più facile gestire il senso di colpa. Non è così.

«Io... io sto solo... sto cercando di sistemare le cose» dico.

Smetto di blaterare e vengo assalito dal rimpianto. Perché le ho detto tutte queste cose? Non avrei dovuto. D'altronde... me l'ha chiesto. E sembrava capire. Ma adesso come potrebbe volere che continui a farle da guardia del corpo? Mi preparo psicologicamente: mi sospenderà dall'incarico. Mi chiederà di andarmene. Ho mandato tutto all'aria, e solo perché non sono riuscito a tenere la boccaccia chiusa.

Aeri annuisce, gli occhi ancora incollati all'acqua. «Capisco. Anche se alcuni errori non si possono cancellare, dobbiamo tentare di rimediare, a ogni costo».

Lo shock è tale da farmi rimanere in silenzio. Lei... non solo non mi ha licenziato, ma sembra davvero che capisca.

Tentare di rimediare è *proprio* quello che sto facendo. Per un po' ho pensato di poter annegare i miei dolori nella birra, ma poi ho trovato Savio, una guardia disposta, in cambio di una fortuna, a far evadere Hwan. Mettere insieme i centomila mun da dargli mi ha restituito uno scopo nella vita. La vedo come un'opportunità, un modo per sistemare le cose. Per quanto possibile.

Ma devo sbrigarmi. Re Joon ha dato ordine di impiccare i prigionieri detenuti da più tempo nelle carceri del Paese. E sebbene Savio mi abbia assicurato che avrebbe messo Hwan in fondo alla lista, questo ci farà guadagnare al massimo due mesi.

Due mesi. È il tempo che ho a disposizione prima che Hwan vada al patibolo. Prima che tutto ciò per cui ho lavorato vada in fumo. Ma due mesi possono bastare, se tutto procede secondo i piani.

Il problema è che Aeri, i piani, non sa proprio cosa siano.

La guardo: si è avvicinata un altro po' e ha appoggiato il braccio a pochi millimetri dal mio. Non avrei dovuto dire nulla. Ma... la verità è che, per la prima volta in otto anni, ho la sensazione di essermi tolto un peso dal petto. Come se il solo fatto di aver raccontato la storia a qualcuno potesse rendere meno atroce il senso di colpa. E sì, credo che lei in qualche modo abbia capito. Lei è... diversa. «Vuoi parlarmi di tua madre?» le chiedo.

«Io...» comincia. Ma poi fissa l'orizzonte con gli occhi socchiusi.

Abbasso lo sguardo sull'acqua. Ed è in quel momento che lo vedo: un tremolio lontano. Una nave incendiaria.

E una nave incendiaria può significare solo una cosa. Stiamo per essere attaccati dai pirati.

Tanti saluti ai miei cazzo di piani.

CAPITOLO 16

SORA

CAMMINO SETTENTRIONALE, YUSAN

In carrozza cerco di sonnecchiare, ma è quasi impossibile. I problemi sono tanti: ho dormito una notte intera, è passato troppo tempo dall'ultima volta che abbiamo mangiato e continuo a lambiccarmi il cervello per capire come uccidere un re immortale. In breve: sono sveglia, affamata e spacciata.

«Tuo padre ti ha detto perché stiamo andando a Tamneki?» chiedo.

Tiyung sussulta. Era sveglio, ma immagino non si aspettasse che gli rivolgessi la parola. Non lo faccio da circa sette campane. Sbatte le palpebre, con le lunghe ciglia che fanno su e giù.

«No» risponde, con voce bassa e roca. «Suppongo che voglia lasciarmi all'oscuro dei suoi piani, nel caso qualcuno dovesse interrogarmi».

«Ma tu l'hai capito lo stesso» ipotizzo.

Lui fa un respiro profondo. È un sì.

«Mi ha dato il compito di bruciare il tuo contratto, alla morte del re» dice. «Non credo stia facendo solo delle ipotesi su quando questo avverrà».

«Esatto, alla morte di Re Joon riavrò la mia libertà e quella di mia sorella... non dovrò far altro che uccidere un dio» confermo, cambiando posizione sullo scomodo sedile.

Tiyung resta in silenzio per qualche secondo. «Dubito che sia un dio».

Sollevo un sopracciglio. I nobili potranno anche pensare che sia solo un uomo, ma per il popolo è un dio re. «È passato un po' di tempo dall'ultima volta che sono stata nel Tempio Divino dei Re, ma sono abbastanza sicura che quella che hai appena pronunciato sia una bestemmia».

Tiyung si stringe nelle spalle. «Gli dèi non si nascondono. Se fosse un dio, lascerebbe liberamente il Palazzo di Qali. Invece non lo fa. Non lo fa da quando il Conte di Umbria ha cercato di farlo uccidere».

Le mie sopracciglia schizzano in alto. «Il conte settentrionale voleva uccidere il re?»

Ci sono quattro conti – settentrionale, meridionale, occidentale e orientale – che governano rispettivamente le quattro regioni attorno a Umbria, Gain, Rahway e Tamneki. Le quattro città più grandi dello Yusan. Le capitali di quattro antiche nazioni, prima che diventassimo un unico Yusan quindici secoli fa, quando il Signore dei Draghi riunificò il Paese.

I quattro conti sono gli *uomini* più potenti dello stato. Ma sopra di loro c'è il sovrano, un dio. Quindi è notevole che un conte volesse la morte del re. E ora il suo omologo meridionale, Seok, sta tentando di raggiungere il medesimo obiettivo.

Tiyung annuisce, battendosi distrattamente le dita sul ginocchio. «Circa undici anni fa. Certo, non è stato il Conte Bay Chin a sparare con la balestra – ha dato ordine a qualcun altro di farlo – ma a Umbria non succede nulla senza l'approvazione del conte».

«E lo stesso vale per Gain».

«Esattamente».

«Ma il tentativo è fallito» mormoro.

«Perché non c'eri tu» dice Tiyung. «Tu sei speciale. C'è un motivo se mio padre ti favorisce».

Scoppio in una risata sguaiata. «E questo per te sarebbe favorire?»

Tiyung distoglie lo sguardo. Non mi è mai parso particolarmente intelligente, ma non lo credevo un ottuso. Io sono solo la schiava del Conte: questo non vuol dire rientrare nei suoi favori.

Si sta facendo buio, mi stiracchio sul sedile. Sebbene tenti di trattenersi, lo sguardo di Tiyung cade sul mio corpo. Lo sorprendo e alzo un sopracciglio.

«Tra non molto ci fermeremo: per stanotte saremo ospiti di Lord Shan» dice Tiyung, rivolto verso il finestrino. «Lui è in viaggio, quindi avremo il maniero tutto per noi».

Annuisco, sollevata. Stasera non avrei avuto la pazienza necessaria a sopportare la compagnia di uomini ricchi. Ma se non si è obbligati ad avere a che fare con un lord, alloggiare in un maniero è sicuramente meglio che in una bettola.

Ci lasciamo alle spalle il Cammino Settentrionale e imbocchiamo il sentiero di terra battuta che porta alla tenuta di Lord Shan. Non è grandiosa come la villa del Conte, ma si estende in aperta campagna. Ci accostiamo alla porta e il maggiordomo del lord si precipita ad accoglierci.

«Tiyung-si» esordisce l'uomo, producendosi in un profondo inchino. «Siamo onorati di ospitarvi questa sera. Io sono Hada, il maggiordomo».

«Grazie, Hada» dice Tiyung.

Ancora una volta, Tiyung mi tende la mano per aiutarmi a scendere dalla carrozza. Ancora una volta, la rifiuto.

«Mia signora» dice Hada con un secondo inchino. Ha circa cinquantacinque anni e in cima alla testa porta una parrucca elaborata che in qualche modo rimane al suo posto mentre si piega in avanti. Sorrido. Irad avrebbe molto da imparare dalle sue buone maniere.

Veniamo accompagnati all'interno. All'ingresso ci troviamo di fronte a un gigantesco lampadario di cristallo e a pavimenti di piastrelle lucide con intarsi in legno tutt'attorno, che però impallidiscono in confronto allo sfarzo della villa del Conte.

«Per favore, dite in cucina di preparare la cena il prima possibile» ordina Tiyung.

«Ma certo. Subito». Hada fa un cenno a una giovane serva con una folta treccia nera, e questa corre verso la cucina.

«Hai davvero il coraggio di cenare insieme a me?» sussurro a Tiyung.

«Me la caverò... non sprecheresti del buon veleno per me» replica lui.

La risposta è così azzeccata che non posso fare a meno di ridere. Tiyung sorride compiaciuto, e io mi pento all'istante del mio senso dell'umorismo.

Hada ci guarda, confuso.

«Da questa parte, mia signora» dice poi. Mi conduce in una sontuosa camera da letto arredata con sete rosse.

Prima di entrare, mi volto. Tiyung mi sta fissando. Ho già visto quello sguardo. È la stessa identica espressione che aveva da ragazzo, quando il Conte mi ha comprata dai miei genitori. Non è un sorriso. Non è uno sguardo indifferente. Non l'ho capito allora. Non lo capisco adesso. E, alla fine, non ha nessuna importanza.

Chiudo la porta e mi stendo sul materasso di piume. Mi stiracchio e osservo il baldacchino, il raso morbido, le sete e i legni costosi. Prima di essere comprate dal Conte, io e Daysum, come molti bambini poveri, dormivamo su stuoie intrecciate. Di notte ci stringevamo l'una all'altra, rannicchiandoci per riscaldarci.

Nulla a che vedere con tutto questo.

Ma devo ammettere che queste magioni sono molto più godibili, quando non ho il compito di assassinarne il proprietario. Quando esco dalla sala da bagno dopo essermi lavata trovo ad attendermi il baule. Siccome ho tenuto un abito da viaggio per tutto il giorno, decido di cambiarmi per cena. Mi profumo i capelli e mi inciprio il corpo, con movimenti precisi e allenati. Ogni volta che mi vesto, ho la sensazione di indossare un'armatura, per quanto invisibile.

Non molto tempo dopo essere scivolata dentro un abito filato d'oro, vedo la giovane serva di prima che si presenta alla mia porta a capo chino.

«Mia signora» dice sollevando il mento. Mi fissa inebetita. Lo fanno quasi tutti.

La seguo nella sala da pranzo, osservando la treccia che le scende dritta e immobile tra le scapole. Sul tavolo di legno lucido sono già disposti otto piatti, e c'è ancora spazio per altre pietanze. Mi pianto le unghie nel palmo della mano. Otto. E pensare che ci sono bambini come Gli, costretti a battere il prato palmo a palmo alla ricerca di cibo.

Tiyung si presenta con una camicia bianca pulita e dei pantaloni blu. Il primo bottone è slacciato e i suoi occhi di zaffiro scintillano. Che spreco di bellezza.

Anche se mi divora con lo sguardo, parla rivolgendosi alla cameriera.

«Per favore, di' in cucina che questo cibo sarà sufficiente» dice.

La ragazza annuisce e se ne va.

Strano. Per i nobili niente è mai abbastanza. Sono pronti a sfinire i loro servitori pur di far colpo gli uni sugli altri. Ma Tiyung mi invita ad accomodarmi con un cenno, quindi appoggia le mani sullo schienale di una sedia.

Sto per sedermi quando Hada entra di corsa in sala da pranzo e fa un inchino profondo. «C'è qualche problema con la cena?»

«Niente affatto» risponde Tiyung. «Ma non ci serve altro. Apprezziamo la generosità di Lord Shan. Scriverò a mio padre di questa fantastica accoglienza».

Hada sembra stupito. «Ma... ma, mio signore, la cucina sta preparando sei portate principali. Vere prelibatezze. Saranno deliziose, ve l'assicuro».

«Non ne dubito, e lo apprezzo molto. Ma ti prego di destinarle alla servitù. Noi abbiamo viaggiato tutto il giorno, mangeremo poco. Mi rendo conto che avrei dovuto informarti quando siamo arrivati».

Io mi limito a fissarlo, e lo stesso fa Hada. Alla fine il maggiordomo si inchina di nuovo e lascia la stanza.

«Immagino che tu possa accontentarti di questa cena frugale» dice Tiyung. Mi sta ancora tenendo la sedia.

«Sì, me la farò bastare» confermo, mentre mi accomodo.

«Sei splendida». La sua voce rimbomba nel mio orecchio buono prima che lui accompagni la mia sedia sotto al tavolo. Un brivido mi attraversa la schiena. Me lo scrollo di dosso.

«Questa non è una cena romantica» metto in chiaro.

Tiyung si siede alla mia destra, a capotavola, e il suo sguardo si intreccia col mio. «Visto come si concludono di solito le tue cene romantiche, mi considero fortunato».

Trattengo un sorriso.

Compare di nuovo la serva, che ci versa due generosi calici di vino. Senz'altro si tratta della migliore bottiglia che Lord Shan aveva in cantina.

«Grazie. È tutto» la congeda Tiyung. La ragazza gli rivolge lo stesso sguardo confuso di Hada, lisciandosi la folta treccia con le dita prima di riprendersi. Stringe le mani e scompare il più in fretta possibile.

«Alla tua, Sora» dice Tiyung, alzando il bicchiere.

«A una degna conclusione dei nostri affari». Sollevo a mia volta il bicchiere, ma non bevo. Niente alcolici per me. Non vedo perché avvelenarmi quando non è necessario.

Quando rimetto giù il calice, un po' di vino si rovescia, gocciolando come sangue lungo lo stelo. Ancora una volta, immagino la testa mozzata di Tiyung dentro un cesto, recapitata all'ufficio di suo padre. Le urla di Seok che riecheggiano per tutta la grande villa. Tante torture, omicidi e tradimenti, per niente. Quando un nobile muore senza lasciare eredi, i suoi possedimenti vanno al re. Per quanto, se davvero Joon dovesse essere assassinato, e visto che i suoi fratelli sono già deceduti, non sono sicura di chi potrebbe essere. Forse il punto è proprio questo. Forse il Conte brama il trono. A me non interessa chi governa lo Yusan, purché io e Daysum siamo libere. Certo, preferirei che non fosse Seok.

Ma siccome non posso controllare nulla di tutto ciò, mi limito a mangiare.

Le frittelle al kimchi sono saporite. C'è del granchio passato nel burro, zuppa di uova e miso, maiale piccante, torte di riso, japchae affogato nella salsa, bistecche appena scottate e tofu fritto. Come se non bastasse, un mucchietto di soffice riso bianco e un cestino di erbette amare.

Mi sto servendo di vari assaggi delle pietanze quando mi accorgo che Tiyung mi fissa, un piatto vuoto tra le mani.

«Non ti servirò da mangiare» dichiaro.

Non essendoci un cameriere, spetterebbe a me. Anche se fossimo alla pari, è costume che le donne servano gli uomini e poi mangino i loro avanzi.

«Non mi aspettavo che lo facessi» risponde lui. «Stavo aspettando che scegliessi quello che volevi».

Lo guardo di sbieco. «E perché mai?»

«Perché penso che le cose funzionino al contrario di come dovrebbero, nello Yusan. Sono del parere che le signore andrebbero servite per prime».

«Molto progressista da parte tua» commento, alzando gli occhi al cielo.

In effetti... lo è davvero. Non ho mai sentito un uomo parlare così. D'altronde, i nobili che ho conosciuto erano troppo impegnati a strapparmi il vestito di dosso per dilungarsi in conversazioni.

Ognuno riempie il proprio piatto. È una situazione strana, ma ci ho fatto l'abitudine.

«Dove andrai al termine della missione?» mi chiede.

«Ovunque, basta che sia lontano da te». Gli rivolgo un sorriso smagliante mentre mescolo un po' di granchio al burro con della cicoria.

«Io non sono tuo nemico, Sora» dice lui.

Appoggio il boccone di granchio sul piatto. «Ah, certo. Dimenticavo che io e te siamo vecchi amici».

«Ti conosco da più di dieci anni e... sì, vorrei che fossimo amici. O per lo meno alleati...» I suoi occhi blu mi fissano. Non capisco il motivo di questa farsa, vorrei solo che la piantasse di recitare.

Noi non siamo amici. Non siamo alleati. Non lo saremo mai.

Mi pulisco la bocca con il tovagliolo. «Ti pregherei di farmi mangiare in pace».

«Molto bene, Sora». Butta giù un sorso di vino e si mette a tagliare la bistecca.

Proseguiamo la cena in un silenzio rotto soltanto dall'acciottolio dei piatti, finché non siamo entrambi sazi. In tavola c'è ancora più della metà del cibo. È un vero spreco... con i nobili va sempre così.

Tiyung mi ha lanciato occhiate da sopra il suo calice di vino almeno cinque o sei volte. Ma io non voglio incrociare lo sguardo combattuto sul suo volto. Non mi interessa cos'altro ha da dire. Non lo perdonerò mai per aver frustato Daysum. Non dimenticherò mai. E quando sarà il momento, lo ucciderò.

Mi alzo dal tavolo senza aggiungere altro.

CAPITOLO 17

ROYO

FIUME SOL, YUSAN

Pirati. Maledetti pirati del cazzo.

Mi sporgo dal parapetto per vedere meglio, ma non c'è dubbio: una nave incendiaria sta facendo rotta verso di noi.

Il Conte di Umbria e il Conte di Rahway non riescono a decidere a chi spetti il compito di proteggere il Sol, così, mentre loro due non fanno un cazzo di niente, una banda ha preso il comando. Si fanno chiamare pirati, ma non sono come i pirati che navigano per il Mare Orientale. Quelli sono uomini senza patria. Questa banda è yusaniana, e preda altri yusaniani.

Ho sentito delle storie sulle navi incendiarie: imbarcazioni dotate di una sorta di rivestimento che permette loro di bruciare senza consumarsi. Non so come funzioni, ma non ha importanza: quelle fiamme significano morte. E il battello è un bersaglio grande e grosso. Non abbiamo scampo, perché a bordo ci sono troppi soldi e nemmeno una guardia reale.

All'inizio i pirati si limitavano a razziare mun e merci, ma non avendo nessuno a controllarli, hanno iniziato a cercare giovani e ragazze da vendere: esattamente quello che sono stato assunto per impedire.

Per i Dieci Inferni. Devo far scendere Aeri dal battello. Subito.

La lascio sul balcone e torno di corsa in camera, guardandomi intorno alla ricerca di qualcosa che potremmo usare per calarci in acqua.

Non c'è molto. Ci toccherà saltare.

«Dobbiamo scendere da questa nave» dico.

Aeri mi ha seguito in cabina. Spalanca la bocca. «Cosa?»

«Stanno arrivando i pirati. Dobbiamo abbandonare la nave. Ora».

Lei sbatte le palpebre come se non capisse. Sento il petto gonfiarsi di frustrazione. Non c'è tempo per essere ottusi.

«Ehm, d'accordo, lasciami prendere le mie cose».

Le sue cose? Quali cose?

Si avvicina al baule e comincia a tirarlo per la maniglia. Non si muove di un centimetro.

Per i Dieci Inferni, intende *tutte* le sue cose.

«Qual è il tuo piano? Facciamo galleggiare cinque bauli lungo il fiume?» Scuoto la testa. «Lascia perdere quella merda. Dov'è il diamante?»

«Ce l'ho, ma...» Si mordicchia il labbro e resta impalata.

Lord Yama, non abbiamo tempo per questo. Non sembra capire quello che le dico, e non posso perderla. Non posso tornare a Umbria a mani vuote. Devo portare Aeri al sicuro. Subito.

«D'accordo, allora andiamo» insisto. Faccio un gesto con il braccio verso la porta a vetri.

«Ma i miei bauli...»

Non ho idea di cosa ci sia dentro. Finora ho visto solo libri, tè e una quantità spropositata di vestiti. Nulla di importante. Di certo nulla per cui valga la pena morire.

Mi accorgo che sto diventando paonazzo, e sento la vena sulla tempia pulsare. La vena che fa indietreggiare la gente. Forse la dura verità riuscirà a convincerla. «Quando i pirati arriveranno qui, prenderanno tutto e *tutti*. Vuoi essere venduta insieme ai tuoi bauli?»

I suoi occhi si spalancano, e diventa più pallida di me. «No».

«Bene. Allora prendi quello di cui non puoi assolutamente fare a meno e *andiamo*, cazzo».

Mi butto la sacca sulla spalla e me la lego stretta. Dentro ci sono pugnali, coltelli, tirapugni, un kit medico, qualche vestito e, naturalmente, i lingotti d'oro. Aeri arraffa una borsa di velluto da uno dei suoi bauli e io in pratica la trascino sul balcone. Si era messa a scegliere gli abiti. Gli abiti!

Usciamo dalla porta a vetri scorrevole. Sembrano passati anni dalla conversazione sul passato che abbiamo appena avuto, perché ora l'unica cosa che conta è sopravvivere ai prossimi minuti.

«Sai nuotare?» le chiedo.

Il suo sguardo si sposta di lato. Bene, questo sì che mi rassicura. Probabilmente mi toccherà nuotare nel fiume gelido per entrambi.

Soffia una brezza fredda che la fa rabbrividire. In realtà qui fa più caldo che a Umbria, ma questo non significa molto. L'acqua a questa temperatura può uccidere, soprattutto perché Aeri ha le gambe nude ed è molto esile.

«Lo giuro sugli dèi, Aeri: meglio per te che mi arrivi quell'extra, quando avrai finito con la tua missione». Salgo sul parapetto che mi arriva alla vita.

Lei annuisce, ma non si muove.

«Dobbiamo tuffarci in acqua?» chiede. Poi cerca di arrampicarsi di fianco a me, ma le sue scarpe non fanno presa sul legno liscio. La afferro per il polso e la tiro su con forza, ma senza farle male. È solo spaventata. Lo so. Certo, sarebbe bello se potesse rendere le cose un po' più semplici.

Faccio un gesto con la mano. «Hai un'idea migliore su come scendere da una nave?»

Lei si guarda intorno. «Ci sono delle scialuppe proprio sotto di noi. Sicuramente una di quelle...»

«Devi proprio metterti a discutere quando sto cercando di salvarti? Su una barca a remi ci vedrebbero, cercherebbero di investirci o di darci fuoco. Andiamo. Adesso. Salto prima io, poi tu...»

Ma vengo interrotto da una freccia che si conficca nel ponte del battello. Il metallo penetra nel legno con un tonfo. E poi venti, trenta altre frecce cadono a pioggia, fischiando nell'aria.

Guardo il punto da cui provengono. La nave incendiaria è a un centinaio di metri di distanza – meno, facciamo pure cinquanta – e si sta avvicinando in fretta. I pirati, armati di lunghi archi, continuano a sparare dal loro ponte. Le fiamme della nave ardono nel grigiore del crepuscolo. Ci saranno almeno cinquanta pirati a bordo, che urlano brandendo le armi.

Cazzo.

I passeggeri del battello si agitano. Alcuni sanguinano, molti gridano. Ma Aeri si limita a tremare e coprirsi la testa.

A un tratto l'ondata di frecce cessa. Un attimo di sollievo prima che i rampini atterrino sulla prua. Stiamo per essere abbordati.

«Cazzo, non c'è più tempo» esclamo, passandomi una mano sulla testa. «Perché *tu* ti sei messa a discutere».

Non ho la minima idea di cosa fare. A parte sgridarla, direi. Aeri è proprio il tipo di ragazza che i pirati rapirebbero volentieri per rivenderla a un bordello in un'altra città. Se accadesse io non otterrei nulla. Niente diamante, niente extra; e senza i soldi per pagare Savio, Hwan morirà.

No. Devo trovare un'altra via d'uscita. Non posso fallire. Non fallirò. Non quando ho finalmente trovato un modo per sistemare tutto. Non dopo quello che ho dovuto fare per otto anni e che mi ha portato fin qui.

Solo che non mi viene in mente nulla, a parte le mie mani. Sono già strette a pugno, pronte per il sangue. Suppongo che per farci uscire da qui dovrò lottare, oppure morire provandoci. Forse, almeno, rivedrò Lora.

«Saltiamo» dice Aeri.

Mi passo una mano sul viso. Adesso? La Signorina Indecisione Perenne è finalmente riuscita a decidersi?

«Ora non possiamo. Ci vedrebbero» rispondo. «E ci inseguirebbero».

Alcuni passeggeri hanno già provato a tuffarsi; le frecce li hanno accolti nell'acqua.

«Dobbiamo provare» insiste lei.

Proprio mentre guardo oltre il parapetto, soppesando le nostre possibilità, la porta della nostra stanza cede sotto i calci dei pirati. Devono essere saliti dall'altro lato della nave, ma ovviamente passano prima in rassegna le cabine più lussuose.

Scendo dalla ringhiera, mentre Aeri ci rimane appollaiata sopra.

«Resta dietro di me» le ordino. «E se succede qualcosa, non provare ad aiutarmi. Intesi? Tuffati in acqua e corri il rischio. Non voltarti indietro. Chiaro?»

«Cosa vuoi fare?» chiede lei con voce tremante.

«Uccidere qualche pirata».

Occupo il balcone nascondendola dietro il mio corpo e tiro fuori due lame: quella che tengo legata al petto e quella nascosta sotto la gamba dei pantaloni. Le altre sono irraggiungibili, nella sacca chiusa che ho sulla schiena. Tre pirati stanno mettendo a soqquadro la stanza. Sulla nave regna il caos. Ma non ci hanno ancora visti, impegnati come sono a rovistare nei bauli. Aspetto. Quando si accorgeranno di me, dovranno passare dalla porta scorrevole uno alla volta. A quel punto i numeri non significheranno più nulla.

Nell'istante in cui quel pensiero mi attraversa la mente, i pirati mi individuano al di là del vetro. Uno è un tizio allampanato che mi supera di tutta la testa. Il secondo è di corporatura normale. L'ultimo è piuttosto basso.

Si precipitano tutti insieme verso il balcone, ma poi si fermano, capendo che qualcuno dovrà passare per primo. Venite a prendermi. Alla fine è il più basso ad aprire la porta. Prima che faccia un solo passo fuori, lo pugnalo al collo. Nessuna esitazione: un colpo mortale.

L'uomo crolla in ginocchio, aggrappandosi disperatamente alla mia arma. Se la estrae, morirà. Se la lascia dentro morirà, ma più lentamente. Magari per lui è lo stesso, ma io preferirei riprendermi il pugnale, perché il pirata successivo ha già varcato la porta. Aeri sussulta, ma ho la situazione sotto controllo. Mi giro e trafiggo il pirata numero due, poi gli tiro un calcio che lo manda a sbattere contro quello più alto. Si stanno rimettendo in piedi quando mi butto su di loro. Il parapetto è basso, e i due cadono in acqua prima che riesca a ucciderli.

Sfortunatamente, urlano entrambi mentre il Sol li inghiotte tra gli schizzi.

Figli di puttana.

Attireranno l'attenzione, proprio l'ultima cosa che ci serve.

Ma Aeri è ancora sana e salva sul suo trespolo quando altri due pirati si precipitano nella cabina.

Mi serve un'altra arma. Dopo essermi guardato intorno, strappo il pugnale dalla gola della prima vittima. Il sangue esce a fiotti.

«Royo!» grida Aeri. «A sinistra!»

Mi sposto appena in tempo per schivare un dardo di balestra. Sciocco. Avrebbe dovuto sparare attraverso il vetro, tenendosi a distanza. Faccio un giro su me stesso e sferro un calcio alla gamba del mio avversario per fargli perdere l'equilibrio. Poi gli afferro il braccio e lo spezzo, appropriandomi della sua arma.

Dopo aver ricaricato, sparo all'altro pirata, che nel frattempo è quasi riuscito a raggiungere Aeri. Purtroppo per lui, sono un ottimo tiratore. Lo colpisco dritto all'uccello, e un po' mi sento in colpa. L'uomo ulula tenendosi l'inguine. Per i Dieci Inferni. Mi getto su di lui e gli taglio la gola. Solo che adesso tocca al balestriere gridare di dolore.

Frignoni del cazzo. Con questo baccano maledetto, tra un attimo saranno tutti in questa stanza. Mi chino e torco il collo del pirata per porre fine alla sua sofferenza. Uno scatto e si affloscia sul ponte.

Tre morti, un moribondo e un altro che si dibatte nel Sol.

Con il respiro affannato, lancio uno sguardo ad Aeri. Per un attimo mi fissa a bocca aperta, ma poi i suoi occhi si spostano su qualcosa in lontananza.

«Dobbiamo andare» dice.

Li sento: passi di uomini in avvicinamento. Deve averli visti, da lassù sulla ringhiera.

«Inutile» rispondo.

«Dobbiamo provare» insiste lei.

Scuoto il capo. «Ci vedranno».

«Per gli dèi, Royo! Ora chi è che discute?»

Mi prende la mano e la stringe forte. Proprio mentre lo shock del contatto mi investe, lei si tuffa in modo brusco. Vale a dire che in pratica fa un salto mortale all'indietro tenendosi saldamente al mio braccio. Questo fa sì che entrambi voliamo oltre il parapetto.

Trattengo il respiro aspettandomi l'impatto col fiume, la pugnalata dell'acqua gelida. E invece mi ritrovo in una barca.

Cosa cazzo...?

Sbatto le palpebre, confuso. Cos'è successo? Sono sdraiato sulla schiena e guardo il cielo che sta iniziando a scurirsi. Quindi è sempre la stessa ora: circa le sei campane. Starò sognando. Per forza. Probabilmente nella realtà galleggio a faccia in giù nel fiume con una freccia piantata nel collo, o qualcosa del genere. Ma no. Il collo è a posto e non c'è sangue. O meglio, del sangue c'è, sulla mia mano, ma è di prima. Quel che è certo è che non sono nell'acqua gelata del Sol. Dovrei esserlo, ma non lo sono.

Mi sforzo di mettermi a sedere, nonostante il dolore lancinante alla testa e alla schiena. Alla fine mi arrendo e rimango sdraiato. Ho la sensazione che la testa stia per spaccarmisi in due, come se avessi colpito qualcosa così forte da perdere i sensi. Forse è successo. Forse i pirati mi hanno preso e mi hanno dato una botta in testa. Avrebbe senso. Eppure l'ultima cosa che ricordo è Aeri che fa una cazzo di capriola all'indietro e mi trascina in acqua.

No! Aeri! Dove diavolo è? L'ho persa? È annegata? L'hanno presa i pirati?

Disperato, mi alzo a sedere malgrado le fitte atroci alla testa. Il cuore mi martella nel petto come un pugno su una porta. La ritroverò, anche a costo di affrontare da solo tutti i pirati sulla nave. Ma no. Un attimo. Eccola, di fronte a me. Siamo in una scialuppa e lei sta remando con calma. Nemmeno fossimo una coppietta in gita pomeridiana sul Sol.

Come? Non può essere. Ho le allucinazioni. Oppure siamo morti. Sì, è la cosa più sensata. Siamo morti, e io sono bloccato in uno degli inferni insieme a lei.

Figuriamoci.

Ma perché il Regno degli Inferi puzza come il cazzo di Sol?

«Cosa diavolo succede?» chiedo.

Aeri smette di remare. Il sudore le luccica sulla fronte e sembra esausta, ma sorride. «Oh, bene, ti sei svegliato finalmente. Tieni, rema un po' anche tu».

E mi allunga l'impugnatura di un remo. La afferro, ma continuo a non capire cosa sta succedendo.

D'accordo, d'accordo. Devo essere svenuto quando ci siamo tuffati dal battello, avrò sbattuto contro qualcosa, e poi, in qualche modo, lei ci ha fatti salire su una scialuppa. Ha abbastanza senso.

In realtà no, non ce l'ha.

Fisso il remo tra le mie mani. Questa ragazza con degli spaghetti al posto delle braccia non è in grado di spostarmi, di sicuro non può aver issato il mio peso morto a bordo di una barca. Non so nemmeno come abbia fatto a buttarci in mare, a parte il fatto che ero sbilanciato e il parapetto era piuttosto basso. Eppure, no. Sono completamente asciutto. Mi tocco la camicia e i pantaloni. Asciutti. Lo stesso le mutande. E anche il suo vestito giallo non sembra bagnato. Non che io la stia guardando. Va bene, in realtà sì. Ma solo per vedere se è bagnata.

Solo che lei mi becca.

«Rema, Royo. Non siamo ancora fuori pericolo» dice.

Sta fissando qualcosa alle mie spalle. I suoi occhi marroni si spalancano, attraversati da un lampo di paura.

Mi volto. Ora le navi in fiamme sono due: quella incendiaria e il battello. Non so chi o cosa abbiano preso. Non so come abbiamo fatto a scappare. E non ho tempo di indagare. L'unica cosa che conta, adesso, è allontanarci da loro.

Prendo il secondo remo e mi siedo al suo posto. Ignorando il mal di testa, inizio a remare con forza. I muscoli delle braccia pompano, il petto si tende e le spalle ruotano mentre impiego tutta la mia energia nel farci discendere il fiume. Sono così concentrato a portarci in salvo che solo quando ci siamo allontanati di un altro chilometro riesco a porgerle una domanda.

«Mi spieghi come cazzo facciamo a essere vivi?»

«Ci ho salvati io. Non c'è di che» risponde. «Continua a remare».

Ubbidisco. Perché da un momento all'altro i pirati si accorgeranno della nostra fuga.

CAPITOLO 18

MIKAIL

CITTÀ DI LARK, FALLOW

Devo dire che oggi non sono proprio ansioso di imbarcarmi in un'altra avventura. A quanto pare essere quasi divorati da un uccello gigante mentre si viaggia riesce a scoraggiare anche un giramondo come me.

Mi fa male la schiena. Brucia e pulsa come se si lacerasse di nuovo ogni volta che mi muovo. Vorrei altro laoli e non lasciare una città sicura con la prospettiva di ritrovarmi in campo aperto, di notte. Ma suppongo di avere una lista di desideri piuttosto lunga. E il laoli, ahimè, in questo momento figura al primo posto.

Preferirei di gran lunga rimanere a Lark nell'estasi della droga, piuttosto che fare qualunque altra cosa. Sarebbe così piacevole: trascorrere il giorno immerso in una bella nebbia allucinata, priva di dolore o violenza. Magari attirare Euyn di nuovo a letto con me (anche se sembra proprio deciso a fare il guastafeste e a tenersi lontano dalle mie lenzuola). Oltre a ridurre il dolore, il laoli aumenta il piacere. Una giornata intera a letto con Euyn sarebbe come raggiungere i Cieli. Ma è da quando l'ho ritrovato a Outton che mantiene le distanze. Non fa niente: la droga è una tentazione sufficiente per voler restare. È urgente quasi quanto la vendetta.

Sacre stelle, che sto dicendo? Nulla è più urgente della vendetta.

Mi strofino il viso appiccicaticcio. Non è ancora sorto il sole e sto già sudando freddo. Sono in crisi d'astinenza. Non credevo bastassero così poche dosi per far precipitare la situazione fino a questo punto. Invece è come se i polmoni lottassero per uscirmi dal petto e andare a procurarsi una dose. E mentre il mio corpo brama il sollievo del laoli, la mia mente ne è prigioniera.

Cerco di imporre a me stesso di smettere di desiderarlo, di decidere che non lo prenderò più. Ma non è facile come dire 'basta'. Senza contare che Euyn sta mettendo alla prova la mia pazienza già piuttosto limitata.

«Deciditi» gli dico.

Smette di valutare gli asini e mi guarda. Di solito non uso questo tono brusco con lui. Ma non mi sento bene. Le mani mi tremano, e vorrei solo che ci sbrigassimo. Eppure cerco il più possibile di non darlo a vedere.

«Ti prego, continua pure a contrattare e ritardare la partenza. Sono certo che il samroc apprezzerà». Sorrido, anche se mi costa non poca fatica.

Euyn impallidisce e finalmente accetta di salire sul suo asino; possiamo iniziare il lungo viaggio verso il valico. Non è comodo, attraversare un passo di montagna per lo più strettissimo e chiuso da pareti di roccia su entrambi i lati. Non si può scappare, non ci si può nascondere. Siamo nel punto in assoluto più basso della regione. Ma io ho la mia spada, ed Euyn ha raccolto un arsenale di dardi da balestra a Lark. Tra tutti e due, abbiamo armi a volontà e un numero impressionante di cadaveri sulla coscienza. Io ho ucciso decine di persone per la corona. Quanto a lui, era conosciuto come il Macellaio della Foresta Occidentale.

Trovo assurdo che Euyn fosse davvero convinto che io, il maestro delle spie del re, non sapessi cosa stava combinando. Tutto è iniziato come uno scherzo. Un nobile deve aver detto qualcosa tipo: «Sarete anche bravo a inseguire le bestie, ma che dire di una creatura astuta come un uomo?» La sfida è nata lì. Naturalmente, Euyn non ha ucciso il nobile: gli ha dato la caccia nel bosco per una campana e ha vinto la scommessa sparandogli al cappello. Ma per Euyn è stata un'esperienza nuova. Che gli è piaciuta troppo.

La vita a palazzo per lui significava avere sempre tutto e tutti, senza nemmeno la responsabilità del governo o il giogo dell'autorità. Una cosa del genere cambia radicalmente una persona. Spesso mi dico che se fosse nato sotto altre stelle, Euyn sarebbe stato un brav'uomo. E anche se a volte la mia convinzione vacilla, per lo più credo che il palazzo potrebbe davvero corrompere chiunque.

Euyn, sempre all'erta, scruta le pendici della montagna.

«Stai cercando persone o samroc?» chiedo.

«Entrambi» risponde.

«Perché hai lasciato andare l'ultimo?»

Lui inclina la testa. «Parli del samroc?»

«Di Chul» specifico.

Euyn impallidisce, si aggrappa alla sella. Suppongo che avrei dovuto prepararlo in qualche modo prima di sparare una domanda simile, ma in questo momento non mi sento abbastanza misericordioso. Tengo le mani occupate con le redini per resistere alla tentazione di aprire l'astuccio di laoli che so essere nel taschino della mia camicia. Ma ho passato di peggio. Ce la farò.

Mi costringo ad aspettare con calma la risposta di Euyn.

Lui deglutisce a fatica, il pomo d'Adamo va su e giù. Io resto semplicemente zitto. Il silenzio è uno strumento fantastico per arrivare alla verità, soprattutto quando si è pazienti.

«Io... erano prigionieri, Mikail. Condannati all'ergastolo nel buio della Prigione di Idle, oppure in attesa di essere giustiziati o, peggio ancora, del lingchi. Erano tutti colpevoli».

«Come lo eri tu» dico.

Fa un respiro affannoso.

«Quasi tutte le persone rinchiuse nella Prigione di Idle sono nemici politici di Joon» continuo. «Questo lo sai. Scontano una condanna per tradimento o cospirazione, di solito non per l'omicidio di tredici uomini».

Questo è il numero di vittime delle battute di caccia di Euyn, almeno secondo le guardie carcerarie che sono state torturate e a cui è stata promessa la morte per le loro confessioni. Francamente, penso che il numero sia un po' basso. Credo avessero paura di ciò che Euyn avrebbe potuto fare alle loro famiglie se avessero detto la verità. Probabilmente erano più di venti. Ho controllato i registri.

«Ho sempre dato loro la possibilità di scappare» dice. «Era tutto legale».

Alzo gli occhi al cielo. Gli yusaniani e i loro contratti. Credono davvero che siano sufficienti a legittimare qualunque cosa, purché la forma sia corretta. La schiavitù vera e propria è illegale semplicemente perché non prevede un compenso in cambio del lavoro, né una scadenza dell'impiego; altrimenti sarebbe accettata, come a Wei. È strano come a separare il nostro Paese dal completo collasso morale siano dei banali pezzi di carta.

«Tuo fratello non ha firmato quei contratti» dico. «E solo lui aveva il potere di liberare i prigionieri».

Euyn raggela per un istante, poi espira. «Non credevo che qualcuno potesse sopravvivere per più di una campana».

«Oh, bene. Siamo tornati alla mia domanda. Perché hai lasciato andare Chul?»

«L'ho mancato». Il suo sguardo sfreccia di lato.

Sì, come no. «Ormai dovresti aver imparato a mentire, Euyn. Sei imbarazzante».

Sospira, mi guarda.

«Tu non manchi mai un bersaglio» dico. «Non l'hai mancato nemmeno in piena notte, con degli uccelli mostruosi che stavano per divorarci. Di certo non puoi averlo mancato nella foresta».

La Foresta Occidentale si trova tra il palazzo e Tamneki. È una riserva di caccia reale, e Euyn la conosce come le sue tasche.

Dopo un minuto intero di silenzio, finalmente apre bocca. Ma gli ci vogliono un paio di tentativi.

«Lui... non lo so» ammette alla fine.

«Ragionamento inappuntabile, signore».

Mi fissa, per nulla divertito. «Era nella Prigione di Idle solo perché anni prima aveva ucciso il magistrato che aveva lasciato portar via le sue figlie. Sono state vendute a delle case di piacere».

Storco il naso. Non mi piacciono quei posti. Non capisco come faccia la gente a soddisfare le proprie voglie con ragazzi e ragazze non consenzienti e, di solito, drogati. Ma non è da Euyn interessarsi a queste storie. Cosa mi sta nascondendo?

«Da quando in qua ti preoccupi del destino delle giovani popolane?» gli chiedo.

I nobili non possono essere venduti, quindi doveva trattarsi di persone comuni.

«In realtà non mi interessava» ammette Euyn. «È che... Chul non era pentito di quel che aveva fatto, solo dispiaciuto perché era stato catturato. Il suo unico rimpianto era di non poter continuare a cercare le sue figlie. Ho ammirato la sua dedizione, credo. Dava l'impressione che nulla avrebbe potuto fermarlo. E poi, aveva resistito quasi una campana intera, molto più di chiunque altro. Quando finalmente l'ho preso e gli ho chiesto se avesse un ultimo desiderio, mi ha risposto: 'Sì: di' alle mie ragazze che sono morto per cercarle'. E mi ha fissato, pronto. Io... non sono riuscito a colpirlo».

Mi ha ammutolito. Niente di tutto questo è da Euyn. Non l'Euyn che conoscevo, per lo meno, il ragazzo bello e superficiale. Eppure, resta il peggior bugiardo dei tre regni. È una cosa che mi è sempre piaciuta di lui: mentire non gli viene naturale, perciò non ha mai imparato a farlo. In questo momento, dunque, sta dicendo la verità. La storia è andata così, è davvero questo il motivo per cui non ha ucciso Chul: lo rispettava come padre.

E sebbene mi sorprenda, forse non dovrebbe.

Euyn non ha mai conosciuto il suo, di padre. Il vecchio re è morto quando lui aveva quattro anni. È l'unica cosa che voleva e che non ha mai potuto avere.

Da tempo covo il sospetto che Joon c'entri qualcosa con la morte di Re Theum, anche se non posso provarlo. Il mio dubbio deriva dal fatto che i re Baejkin, con la corona, vivono facilmente fino a cento anni, mentre il loro padre è morto a sessanta. Joon aveva venticinque anni quando è salito al trono. Il sovrano più precoce da secoli.

Si dice che Re Theum abbia avuto un attacco di cuore che l'ha ucciso mentre si lavava. A me pare un tempismo un po' troppo perfetto. Certo, adesso il mio problema è uccidere il re attuale, non risolvere l'omicidio di quello passato. Gaya era una colonia sotto Theum come lo è sotto Joon. Ma sono stati il cambio di potere e le nuove tasse di Joon a far scoppiare le rivolte sull'isola. Ed è stato Joon a ordinare di non fare prigionieri. Nessuno è sopravvissuto ai suoi sforzi di sedare la ribellione. Sono stati massacrati dal primo all'ultimo. Nemmeno io avrei dovuto sopravvivere, ma un soldato è venuto meno agli ordini, non trovando il coraggio di uccidermi. Invece, mi ha fatto attraversare di nascosto lo Stretto dei Denti, da Gaya allo Yusan, e poi mi ha cresciuto come se fossi suo.

Mio padre.

La mia vita sarebbe potuta andare in tanti altri modi. Sarei potuto morire a Gaya oppure essere comprato come schiavo. Un uomo violento avrebbe potuto approfittarsi di me, ammazzarmi, perché in fondo non avrei dovuto essere qui. Ma mio padre mi ha adottato, mi ha reso suo figlio. È stato gentile. Mi ha amato anche se nessuno lo obbligava. E per questo gli sarò sempre grato.

Eppure, quando mi chiedono delle cicatrici sul mio corpo, lascio intendere che sia stato lui. Dico 'la mia famiglia', solo perché così la gente smette subito di indagare. Non è una cosa onorevole, infangare il suo buon nome, ma a mio padre non importa. Dice che se lo merita per quello che ha fatto a Gaya. Non ha mai specificato cosa intende, e io non insisto per sapere. Noi due ci troviamo perfettamente a nostro agio nello spazio del muto rimpianto.

Almeno d'ora in avanti potrò dire che le cicatrici le devo a un samroc: bel miglioramento!

Man mano che ci addentriamo nel passo, l'ipotesi di tornare indietro diventa sempre più impraticabile. Anche se, in effetti, forse non è mai esistita.

Da quando mi è stato proposto il piano per uccidere Joon, mi sono prefissato un percorso. C'è una ragione per cui sono sopravvissuto alla Rivolta dell'Amuleto: porre fine alla vita di Joon e al dominio dello Yusan su Gaya. Devo andare fino in fondo e sperare di salvare la pelle, mia e di Euyn.

Ma se solo uno di noi potrà farcela, dovrà essere Euyn. Senza di lui, non esisterebbe più nessuno da mettere sul trono. Il Paese verrebbe gettato nel caos e i nobili si farebbero la guerra per accaparrarsi la corona. Oppure si farebbe avanti Wei e ci sarebbe un altro massacro. Ho già visto il costo della guerra. È un prezzo troppo alto, che grava sulle spalle delle persone che ne traggono minor beneficio.

Perciò farò tutto il necessario per proteggere Euyn. Anche a costo della mia vita.

Prima o poi, però, questa determinazione potrebbe essere messa alla prova. Non è ancora buio, eppure un urlo riecheggia in lontananza lungo le pareti del canyon. Afferro la spada.

CAPITOLO 19

AERI

FIUME SOL, YUSAN

Ho perso tutti i miei vestiti, tutti i trucchi e tutti i libri. Sono in una barca a remi. Fa un freddo cane e il buio sta calando in fretta. Devo dire che ho vissuto momenti migliori.

Ma ho ancora la mia libertà, una guardia del corpo incredibilmente coraggiosa e i diamanti, al sicuro nella borsa. Tutto sommato poteva andare peggio, anche se ho dovuto rinunciare alle mie scarpe preferite. Accidenti. Non troverò mai un altro paio di tacchi così. Eppure, dovrei essere grata. Altri passeggeri del battello non sono stati fortunati quanto me.

Già, perché è stato davvero un colpo di fortuna riuscire a saltare nella scialuppa. Qualche metro più in là e saremmo caduti nel fiume. Forse saremmo sopravvissuti, forse no. Ma così è la vita. Un minimo di ritardo, un attimo prima o un attimo dopo, un pelo troppo presto o troppo tardi, e tutto va diversamente. La vita è tempismo, e il tempismo è fortuna.

Royo ha remato per chilometri. È incredibile vedere le sue spalle larghe al lavoro. Non si stanca mai, anche se fa muovere la barca cinque volte più in fretta di me, che pure ce la mettevo tutta. È fortissimo, e nemmeno se ne rende conto. E il modo in cui ha affrontato i pirati, il modo in cui ha ucciso, solo per proteggermi, è stato… be'.

Accavallo le gambe. Non è il momento di bagnarsi le mutande. E comunque, probabilmente non dovrei lasciarmi eccitare da uno spietato omicida. Ma è inutile concentrarsi sui 'non dovrei'. Non è come dire 'non lo farò'.

«C'è un'isola, più avanti» annuncia Royo. «Possiamo fermarci lì per la notte».

Mi volto e scruto l'orizzonte, emozionata all'idea di un rifugio sicuro. Ma non vedo nessun'isola. Di cosa sta parlando? Aguzzo la vista. Niente, a meno che per 'isola' non si intenda un insieme di scogli che supera a malapena il livello dell'acqua. Non può parlare di quello.

Sta parlando di quello.

«Andiamo a riva» propongo, indicando la sponda del fiume. Ci saranno sicuramente delle locande o qualcosa del genere, nelle vicinanze.

Ma lui scuote il capo. «L'isola è più sicura».

«È un ammasso di rocce».

«È un banco di sabbia».

«Tu sì che sai essere generoso. Non è molto più grande di questa scialuppa». Allargo le braccia.

Lui si acciglia. Vale a dire, dato che il cipiglio è la sua espressione naturale, che aggrotta le sopracciglia *ancora di più.* «Continua pure a discutere con me. L'ultima volta è andata così bene».

Abbiamo bisticciato spesso, ma questa volta non ne ha nessuna voglia. La testa deve fargli male, anche se gli ho già chiesto una decina di volte se si sente bene e lui mi ha sempre risposto di sì. Ha battuto forte sulla panca, quando siamo caduti nella barca. Probabilmente ha solo bisogno di riposare.

«Ma non dovremmo scendere a terra?» Il mio tono è più gentile, formulo la frase come se fosse una domanda. Mia madre mi ha detto che gli uomini preferiscono ricevere suggerimenti che ordini. È il gioco dell'ego che a volte mi tocca fare.

«Non ci sono porti importanti tra Umbria e Rahway» risponde. «Non ci sono fermate per i battelli, e noleggiando una barca più piccola ci metteremmo un'eternità».

Ha ragione, ma non è l'unico modo per arrivare a Rahway. «Non potremmo trovare dei cavalli e prendere il Cammino Settentrionale?»

Scuote la testa e sussulta, serrando la mascella. Allungo la mano per toccargli le tempie. Mi fissa come un animale selvatico: i suoi occhi mi sfidano e al contempo mi mettono in guardia. Lascio cadere il braccio. Lui sospira, sembra sollevato. Mi ero illusa che la conversazione sul balcone ci avesse avvicinati, ma ormai sembrano passati mesi.

«Il fiume è ancora la via più rapida» dice. «Il Cammino Settentrionale devia verso ovest, e raggiungere la riva non è una passeggiata. Guarda gli argini».

In questo momento dell'anno, quando manca un mese alla stagione dei monsoni, il livello del fiume è al minimo. Quando arriveranno le piogge l'acqua si alzerà di tre metri, quindi gli argini sono particolarmente ripidi. È quasi un burrone. Eppure...

«Una barca a remi non può essere il mezzo più veloce» protesto.

«Infatti non lo è. Ma se restiamo sull'acqua, domani partirà un altro battello da Umbria: è possibile che riconoscendo una delle sue scialuppe ci salverà. Prendere il Cammino Settentrionale allungherebbe il viaggio di quasi un lunio».

In altre parole: abbiamo solo opzioni di merda. Non posso permettermi di perdere un lunio per arrivare a Rahway. Il maestro delle spie non aspetterà così a lungo. Mi darà per morta, o penserà che mi abbiano catturata e si rivolgerà a qualcun altro. E allora non avrò nulla. Dovrò andare da mio padre a mani vuote... se mai mi riceverà. Dopo avermi ripudiata, non mi ha mai riaccolta indietro. E lui è tutto ciò che ho.

«Va bene» dico.

«Cosa?» Royo sbatte le palpebre lentamente.

«Ho detto che va bene. Vada per l'isola. Se domani nessuno passerà a prenderci, torneremo a terra. D'accordo?»

Lui fa una smorfia ma alla fine annuisce. «D'accordo».

Pochi minuti dopo, approdiamo sull'*isola*. Ci tengo a ribadire che si tratta di un termine alquanto generoso per definire quello che sto vedendo. Scogli neri e lucidi circondano una chiazza di sabbia e ghiaia. In totale sarà lunga sei metri e larga, forse, tre. Tra un mese, quando arriveranno le piogge, scomparirà sott'acqua. Ma siamo ancora nella stagione secca, quindi per adesso c'è... questo.

Niente legna da ardere. Credevo che avremmo trovato qualche ciocco, o almeno legnetti sufficienti per accendere un modesto fuoco, invece non c'è nulla. Nulla che possa tenerci al caldo stanotte. Congelerò. Ho già perso la sensibilità alle gambe. Poi mi ricordo: nella borsa ho un mantello.

«Possiamo coprirci con questo». Tiro fuori il mantello con un sorriso.

Royo mi guarda aggrottando le sopracciglia. Non mi aspettavo che svenisse per la gratitudine, ma una qualche reazione sarebbe stata gradita.

«Possiamo? Noi?» chiede.

Quante altre persone ci sono su quest'isola, Royo?

Si mette le mani in tasca. «Copriti tu. Io me la cavo».

È ovvio che lui può stringere i denti. Ma senza un fuoco o una qualche fonte di calore, io non supererò la notte. Mi è già capitato di avere un freddo cane e non sapere cosa fare, di raggomitolarmi su me stessa per riscaldarmi; ho già rischiato di morire congelata. Non ho intenzione di farlo di nuovo.

«Mi serve il calore del tuo corpo» obietto. «Oppure dovremo andarcene da questa roccia».

«Non giacerò con te». Incrocia le braccia sul petto. Per essere uno che di recente mi ha fissato le cosce, sembra davvero indignato

«Oh, va bene, allora mi trasformerò in un pezzo di ghiaccio e morirò. Ottimo piano».

«Non morirai. Non fa abbastanza freddo».

«No, infatti, andrò in ipotermia e poi mi verrà la febbre. Sono molto simpatica, quando ho la febbre. Chiacchiero un sacco».

Stringe le mani a pugno lungo i fianchi ed emette un verso che è una via di mezzo tra il sospiro più sconsolato dei tre regni e un gemito. Poi si allontana per andare a sedersi su uno scoglio.

Forse mi sono giocata male le mie carte.

Il vento ulula su di noi, del tutto privi di riparo. Non ho scelta: il gelo mi entrerà nelle ossa. Mi getto il mantello sulle spalle: va un po' meglio, ma so già che non basterà. Devo capire come convincerlo a sdraiarsi accanto a me, anche se al momento preferirebbe essere nel Khitan.

Non ho davvero idee. Ma sul balcone il silenzio lo ha fatto parlare, quindi forse posso tentare la stessa strategia.

«Royo?» lo chiamo. D'accordo, il silenzio non è il mio forte.

«Mi serve un secondo».

Non ho mai salvato la vita a qualcuno prima d'ora, ma m'illudevo che mi avrebbe fatto guadagnare un po' di gratitudine. Giusto un pizzico. Invece no. D'altronde, anche lui ha salvato la vita a me. Già un sacco di volte, se ne contiamo una per ogni pirata. E ne ha passate tante. Sono certo che Lora non fosse una sua 'amica', ma la ragazza che amava. L'ho capito dal dolore sul suo volto. Nessuno ha mai reagito in modo così viscerale al mio nome. Ma forse un giorno succederà. Se porterò a termine questo lavoro. Se sopravvivrò abbastanza a lungo da provarci, almeno.

Mi siedo sulla sabbia, poi lascio cadere la testa all'indietro e scruto il cielo che si sta oscurando. Il crepuscolo è così bello, nonostante sia la morte del giorno. La sabbia è talmente fredda che mi sembra bagnata, ma quando ci appoggio sopra il palmo la sento asciutta. Se fosse umido, il terreno mi priverebbe di tutto il calore, nonostante il mantello foderato di pelliccia. Batto le mani per liberarle dai granelli. Non è il massimo, ma che scelta ho?

Sto ancora osservando il cielo, quando all'improvviso lo sento avvicinarsi.

«Va bene» dice.

Lo studio. «Sul serio? Dormirai accanto a me?»

Mi risponde con un altro sospiro da record. Ma sul suo volto c'è anche dell'altro. Sta fingendo. Be', insomma, mi trova strana ed estenuante, ma non è così esasperato come vuole far credere.

Che uomo interessante.

«Sì» mugugna. «Ma schiena contro schiena».

«Bah, che noia».

Mi fissa e poi fa per allontanarsi. «Vado a dormire su quello scoglio».

Ora tocca a me sospirare. «D'accordo, Royo. Schiena contro schiena. Volevo solo dire che ci sarebbero anche opzioni migliori».

Ci sdraiamo entrambi sulla sabbia. In realtà non è così scomodo, ma fa molto, molto freddo. Royo stende il mantello sopra di noi. Non è abbastanza grande. Sicuramente non per entrambi, soprattutto considerando che io ho le gambe nude. Le nostre schiene sono premute l'una contro l'altra, ma il mio petto è ghiacciato. Avrei dovuto indossare un vestito lungo, magari dei pantaloni, ma non avevo previsto di morire congelata, oggi.

Il sole tramonta ed entrambi cominciamo a tremare.

Pochi minuti dopo, i miei brividi si trasformano in sussulti. Non riesco a fermarli. Non ho un corpo che trattiene il calore. È così: assomiglio più che altro a un gatto malnutrito e spelacchiato. I miei arti tremano, cercando di rimanere vivi. Royo se la cava un po' meglio, soffrendo in silenzio.

«Odio questo freddo» dico.

«Anch'io» mormora lui.

«Un giorno vivrò a Tamneki, dove fa sempre caldo» dichiaro.

«Risparmia il fiato».

Chiudo la bocca, ma poi mi rendo conto che parlare non influisce sul freddo; Royo vuole solo che me ne stia zitta.

Stronzo.

Passa ancora qualche minuto, e ormai il mio corpo sobbalza in maniera incontrollabile. Mi battono i denti. Non riesco a reprimere gli spasmi muscolari. Di sicuro lo infastidisco, ma non lo faccio apposta. Anzi, è doloroso.

Royo sospira e all'improvviso si volta, appoggiandomi il petto sulla schiena.

Sono così scioccata che rimango immobile.

«Vieni qui». La sua voce mi rimbomba nell'orecchio.

Mi giro, mettendomi di fronte a lui. Royo mi avvolge con le braccia, mi ritrovo schiacciata contro di lui. Lo cingo come se fosse un cuscino e continuo a tremare, ma il suo petto emana tantissimo calore. Lo assorbo tutto. Avvolge i lembi del mantello intorno a noi, ed è quasi piacevole.

Se non fosse per il fatto che è evidente che lui non mi vorrebbe così vicina.

Si scosta quando strofino le mie cosce sulle sue, ma le mie gambe sono davvero fredde, Royo.

Allontana la testa e mi chiedo per quanto tempo possa rimanere così. Nascondo il viso nel suo collo, visto che non vuole guardarmi negli occhi. Il mio naso dev'essere gelido contro la sua pelle calda, ma alla fine lui sospira e appoggia la testa contro la mia. Mi accarezza piano, tenendomi stretta.

Che strano.

Eppure in questo modo ci teniamo abbastanza al caldo da sopravvivere. Insieme.

Non mi è mai capitato prima d'ora di avere un uomo che desidero avvolto intorno a me, o qualcuno che mi salvi. E sì, è il suo lavoro e stiamo solo cercando di superare la notte e di fare fortuna, però lui è ancora qui con me. E questa è una novità. Alla fine, mi sono sempre dovuta salvare da sola.

Mi rilasso, godendomi la sua vicinanza, il calore sprigionato dal suo petto. Profuma di cuoio e di pino, più qualcos'altro, qualcosa di dolce. È un'ottima miscela. La respiro fino a quando non mi addormento tra le sue braccia. Mentre scivolo nel sonno, però, mi chiedo se domani tornerà a essere burbero e inafferrabile come sempre.

CAPITOLO 20

EUYN

PASSO TRA I MONTI TANGUN, YUSAN

Stiamo viaggiando da undici campane quando superiamo il confine che divide Fallow dallo Yusan. Siamo a casa. Forse. Se ce la facciamo. Be', suppongo di essere a casa comunque.

A parte qualche strillo in lontananza, per fortuna i samroc non si sono fatti vedere. Attraversare il confine di nascosto, all'imbrunire e sul dorso di un asino non è stato esattamente il ritorno trionfale che avevo in mente. Certo, non sarei mai dovuto tornare: è questo il senso dell'esilio. E credo di potermi considerare fortunato a essere ancora vivo. Eppure, ora che il giorno si sta spegnendo, ho la certezza che il Dio della Sorte stia per voltarmi le spalle.

Lancio un'occhiata a Mikail, di pessimo umore da stamattina. Non vuole ammetterlo, ma credo che sia colpa del laoli. Mikail è forte, più forte di chiunque altro abbia mai conosciuto, ma alla droga non interessa quanto sei forte.

Sarebbe più facile lasciarlo in pace, se la sua bellezza non fosse tagliente come un coltello. Se non ricordassi i suoi gemiti sul mio collo, il suo sudore a inumidirmi la pelle.

«Mi stai fissando, Euyn» dice.

Stringo le labbra. Maledetta la sua visione periferica.

Mi schiarisco la gola. «Qual è il piano?»

«Superato il passo, possiamo fermarci per la notte a Gorya» risponde. «Poi prenderemo una carrozza rapida per Rahway».

Gorya è una cittadina sul versante yusaniano dei Monti Tangun, probabilmente tre campane a est di qui, viaggiando a passo d'asino.

«Non è più vicina Swift?» domando. Una città più grande, proprio ai piedi delle montagne.

«Troppi soldati» è la risposta. «C'è una guarnigione di stanza lì. E tu, ora che siamo nello Yusan, dovrai stare il più possibile nascosto. Barba e capelli ti camuffano un po', ma chiunque ti cerchi ti riconoscerà».

Annuisco. So che ci sono persone sulle mie tracce. O, almeno, c'erano. Ho dovuto uccidere due uomini, il primo anno che ero a Fallow. E dopo ho frugato tra le loro cose: ho rubato quello che potevo e poi, grazie a un manifesto accartocciato, sono venuto a sapere della taglia sulla mia testa. A quanto pareva il trono aveva affisso per le strade dei miei ritratti, con sotto la scritta 'vivo o morto'. Ma nel frattempo sono cambiato così tanto che non sarà facile riconoscermi, o così credo, per lo meno.

Probabilmente, però, Mikail ha ragione. In fondo lui non ha avuto problemi a trovarmi, e poi i soldati mi conoscono. Quando mi hanno bandito, avevo da poco completato i miei due anni nella guardia reale. Si trattava più che altro di una posizione cerimoniale – giravo per il Paese per conto della corona e andavo a incontrare i militari – ma mi piaceva. Bevevo con i soldati da Gain a Umbria, e loro mi amavano.

Tuttavia, prima di giudicare valido il piano, dovremo sopravvivere alle prossime quattro campane. Sebbene non abbia mai sentito di samroc avvistati nello Yusan, di certo le creature non rispettano i confini imposti dall'uomo. E sono anche sicuro che gli uccellacci che ci hanno attaccati stiano setacciando il deserto alla nostra ricerca da allora. Me lo sento nelle ossa.

Non lo dico a Mikail, tanto lui commenterebbe solo che sono paranoico. Sarò pure paranoico, ma questo non significa che ho torto.

Scruto il cielo, anche se probabilmente è troppo presto per la caccia. È da tutto il giorno che, ogni volta che un'ombra ci passa sulla testa, mi irrigidisco. Sì, d'accordo, lo ammetto: anche le nuvole sono state un problema.

L'unica cosa che voglio è superare questo passo. Preferisco affrontare la taglia che essere mangiato. È una sensazione orribile: stare dalla parte della preda.

Forse non avrei dovuto cacciare quegli uomini nella foresta.

Questo pensiero mi angoscia. Non ci avevo mai riflettuto davvero, prima. Nello Yusan uccidere per sport è la prassi. Non capivo in che modo quello che stavo facendo fosse poi tanto diverso dal tuhko.

Ogni quattro anni, al Campionato Reale di Tuhko, duecentocinquantamila spettatori assistono alla premiazione della squadra vincitrice, che viene sommersa di ricchezze, e al massacro di tutti e dieci i membri di quella perdente, insieme al loro allenatore: un sacrificio rituale agli dèi.

I giocatori conoscono la posta in gioco, eppure accettano di partecipare alla gara – persino i figli di certi nobili di basso rango lo fanno – per avere una possibilità di gloria. Oltre che per la loro fetta del premio, che consiste in quattro milioni di mun d'oro. Il rischio è parte di ciò che rende mezzo milione di occhi incapaci di voltarsi. Ogni calcio, ogni passaggio è cruciale. Ogni punto può letteralmente significare vita o morte. È per questo che la gente affolla l'arena più grande dei tre regni, e che a volte gli arbitri vengono fatti a pezzi dalla folla o dai giocatori. L'intensità accresce il divertimento.

Per me non era molto diverso, quando davo la caccia ai detenuti.

Ora, però, invece di credere che non avrei dovuto risparmiare Chul, penso che forse non avrei dovuto uccidere proprio nessuno. Ma questo non cambia il fatto che sono stato esiliato ingiustamente. Non mi sono comportato peggio di Joon, solo che mio fratello si è inginocchiato davanti ai lord.

E Mikail era d'accordo.

«Chissà a cosa pensi, Euyn. Riesco quasi a sentire il tuo cervello che macina» dice Mikail.

«Perché hai accettato?» chiedo.

Lui si volta verso di me, il viso illuminato dagli ultimi raggi di sole.

Non era così che volevo iniziare questa conversazione. Non è il momento né il luogo adatto, ma ormai le parole mi sono uscite di bocca, e non avrebbe senso fingere il contrario.

«Mi sorprende che tu non me l'abbia chiesto prima di lasciare Outton» commenta, sorridendo. «Sei ancora convinto che ti abbia tradito nella sala del trono, schierandomi dalla parte di Joon. Credi che se avessi preso le tue difese, ti avrebbero concesso di rimanere nello Yusan».

Be'... sì.

Fa un respiro affaticato mentre fissa il cielo variopinto. Dal modo in cui si morde la lingua sembra averla scambiata per una bistecca. «Euyn, speravo che a ventitré anni la tua comprensione della politica o delle reali motivazioni di tuo fratello avrebbe superato quella di un bambino».

D'accordo, tra tutte le possibili risposte che credevo mi avrebbe dato, non mi aspettavo un insulto.

«Non sono un bambino» ribatto.

«Allora smetti di pensare come se lo fossi».

«Non lo sto facendo».

Un altro sospiro. «Quindi credi sul serio che tuo fratello, un dio re, avrebbe cambiato idea grazie all'opinione del tuo amante popolano?»

Il mio sguardo fugge di lato. Lo ammetto: messa così, non sembra molto verosimile.

«Oppure credi che il tuo destino sia stato segnato quando Chul è corso dal re e, di fronte all'intero Consiglio dei Lord, ha raccontato che davi la caccia ai detenuti della Prigione di Idle, uccidendoli nella foresta per puro diletto, in violazione, diciamo, di una mezza dozzina di leggi yusaniane? Oltre a non sembrare un comportamento molto nobile».

Ammutolisco. Non avevo idea che il Consiglio dei Lord si fosse riunito. Due volte all'anno, tutti e quattro i conti, insieme ai più potenti nobili delle principali città dello Yusan, si incontrano con il sovrano per discutere le questioni del regno. Si chiudono nel Palazzo di Qali per una settimana. È sempre un momento di tensione, perché molti tra loro hanno cercato invano di uccidersi a vicenda. Immagino sia stata la mia solita fortuna che il Consiglio fosse in corso.

Mikail scuote il capo. «Anche tuo fratello aveva le mani legate».

Mi immagino la scena: Chul che irrompe nella sala del trono, ancora sporco di foglie e terra, e spiattella a tutti la storia della caccia. I lord che fingono indignazione e pretendono la mia testa, come se loro non uccidessero e non tramassero in continuazione.

Tuttavia, anche se Joon in un certo senso era costretto a prendere provvedimenti contro di me, sono stati il sorriso e il benestare di Mikail a segnare il mio destino.

«Avresti potuto...» esordisco.

Lui inarca un sopracciglio. «Ribellarmi, solo per essere bandito insieme a te? È un bel quadretto, quello che hai nel cervello: noi, mano nella mano, che affrontiamo tuo fratello a testa alta come una cosa sola. Ma è roba da commedie di corte. Se Joon avesse potuto dimostrare che sapevo delle tue attività e non l'avevo detto a nessuno, mi avrebbe accusato di tradimento. Sarei stato giustiziato sul posto, o buttato nella Prigione di Idle, o condannato al lingchi. Difficile dirlo. Ma di sicuro non sarei stato esiliato con te. L'esilio è una pena che tuo fratello si è inventato per evitare di ucciderti seduta stante».

Non... non ci avevo mai pensato in questi termini. Mi asciugo la fronte. Chissà come, non avevo mai riflettuto sul serio su cosa sarebbe successo a Mikail. Mi è sempre stato così vicino che ci consideravo pari. Ma ha ragione: lui è un popolano, mentre io sono un principe. O almeno lo ero. Difficile dire cosa sono ora. E negli ultimi tre anni ho visto quanto poco potere hanno i popolani. Quanta poca scelta.

Tutte le altre frasi che avrei voluto dire mi muoiono sulla lingua.

«Dando ragione a Joon, ho dimostrato la mia lealtà nei suoi confronti» continua Mikail. «Solo per questo sono potuto venire a prenderti. Non è granché come fantasia romantica, lo ammetto, ma era l'unico modo per salvarti davvero».

«E questo tu lo chiami salvarmi?» protesto, gesticolando per indicare ciò che ci circonda.

Mikail alza la mano. «Pensi di essere finito vicino a un'oasi per puro caso? E la carovana che ha avuto pietà e ti ha portato a oriente per un lunio, fino a Outton? Un caso anche quello? Per le stelle!» Le parole infastidite di Mikail riecheggiano tra le rocce del passo, quindi abbassa la voce. «Sei più ottuso di un tacchino, Euyn».

Sbatto forte le palpebre. L'oasi. La tempesta di sabbia. Ma all'oasi ci sono arrivato con le mie gambe. No... mi sono svegliato già lì. Mikail non può sapere dove mi trovavo, o che c'era una carovana errante, a meno che... non fosse lì anche lui. È stato *lui* a sfidare la tempesta di sabbia per portarmi ai margini dell'oasi, e poi ha fatto in modo che venissi portato fino a Outton, la città più vicina al confine. Dove avrei potuto mimetizzarmi. Ha pagato qualcuno per salvarmi. Per tutti questi anni ho ringraziato la provvidenza divina e la generosità fortuita, quando in realtà il merito era di Mikail. Del suo amore per me. Della sua fedeltà nei miei confronti.

Cavalchiamo in un silenzio rotto soltanto dal rumore degli asini che avanzano sul terreno roccioso.

Sono uno sciocco.

Ero convinto che Mikail mi avesse abbandonato, persino che fosse venuto qui per uccidermi, mentre lui è la sola ragione per cui sono ancora vivo.

«Mikail...» Tutto il mio rammarico è in qualche modo compresso in queste due sillabe.

Lui scuote il capo. «Non importa, Euyn. Non dovevi saperlo. Era più sicuro così».

Non sembra turbato, ma io lo sono. Il fatto di aver dubitato di lui mi distrugge. Avrei dovuto essere abbastanza intelligente da capirlo. Lui c'è sempre stato per me, fin da quando eravamo ragazzi. Non mi avrebbe mai tradito. Ma nella Prigione di Idle ero disperato, avevo il cuore a pezzi, e alla fine mi sono abbandonato ai pensieri intrusivi.

«Mi dispiace lo stesso» dico.

Mikail mi guarda, poi annuisce. «Dispiace anche a me. Vorrei aver fatto più in fretta».

Continuiamo in silenzio. Scruto di nuovo le montagne, ma sono per lo più ammantate d'oscurità.

«Anche Joon non aveva molta scelta». Riesce a essere sia una domanda che un'affermazione.

«Vero».

«E allora perché ucciderlo?»

Fissa dritto davanti a sé. «Tuo fratello non è un re giusto. Spero che tu lo sarai».

«Ma lui...»

«Euyn, se stai cercando qualcuno da incolpare e hai finito di prendertela con me e tuo fratello, posso suggerirti il Macellaio della Foresta Occidentale?»

Sentire il mio vecchio soprannome mi provoca un tuffo al cuore e una stretta allo stomaco. Non ho 'macellato' nessuno, ma i primi prigionieri erano così disorientati dalla luce del giorno che alla fine è stato un vero e proprio massacro. Morti nel giro di due minuti. E Mikail lo sapeva. Conosceva il nomignolo che mi avevano affibbiato le guardie carcerarie. Eppure non ha smesso di amarmi. Nonostante io cercassi di nasconderglielo. E pensa ancora, nonostante tutto quello che ho fatto, che sarò un re migliore di Joon.

Avrei tante altre domande, tante altre cose da dire, ma il sole cala sotto la linea dell'orizzonte. Io e Mikail ci scambiamo uno sguardo. Non parleremo più finché non avremo superato il passo.

Tengo la balestra carica sulle ginocchia, il dardo puntato lontano da Mikail. Lui non sposta la mano dall'elsa della spada.

Proseguiamo attraverso il passo. Gli asini conoscono la strada, anche al buio. Ci sono costati il nostro ultimo kamal, ma è confortante sapere che hanno percorso questo sentiero molte volte e sono sopravvissuti.

Forse qui non ci sono nidi di samroc. Forse riusciremo a uscire da Fallow quasi integri.

Mi aggrappo a questo pensiero mentre avanziamo per una campana nella notte.

Poi un grido riecheggia nell'oscurità. E questa volta è vicino.

CAPITOLO 21

TIYUNG

CAMMINO SETTENTRIONALE, YUSAN

Negli ultimi tre giorni ho viaggiato con Sora. La bella, letale, amorevole, detestabile Sora. A volte mi guarda e mi si riempie il cuore, ma poi è chiaro che dietro quegli occhi violetti sta tramando la mia morte, e questo la rende meno desiderabile.

«Cosa speri di ottenere?» mi chiede.

Il suono della sua voce mi rende nervoso. È come il rumore di una pioggia tanto attesa in una giornata torrida. Il tintinnio limpido e struggente delle campane del tempio. La musica divina degli dèi. Ma, di solito, preferirebbe baciare un rospo piuttosto che parlare con me.

«Come, scusa?»

«Cosa speri di ottenere, dando da mangiare ai servi e distribuendo soldi ai bambini bisognosi?» mi incalza lei.

Francamente, avevo dimenticato la seconda parte. Ci siamo fermati in una taverna per un pranzo delizioso quanto imbarazzante dato che nessuno diceva una parola, e fuori, mentre tornavamo alla carrozza, abbiamo incontrato dei piccoli mendicanti.

La povertà è una piaga in tutto lo Yusan, e colpisce in particolare i bambini. Secondo mio padre molti di questi a casa hanno genitori pigri, che non hanno voglia di lavorare anche se potrebbero farlo. Fanno solo finta di essere orfani, per ottenere mun senza fare nulla. Ma se anche così fosse, preferirei distribuire mun a cento attori piuttosto che ignorare un bambino che ha davvero bisogno.

Questa è solo una delle tante questioni su cui io e mio padre non andiamo d'accordo. Lui sostiene che ho ereditato il carattere cedevole di mia madre. Arrivato a questo punto della mia vita, devo dire che non mi dispiace. Comunque, è meglio dell'alternativa.

Mi stringo nelle spalle. «Perché dovrei ottenere qualcosa?»

Lei mi lancia un'occhiata scettica.

«Ah, capisco» dico, incrociando le braccia mentre mi appoggio allo schienale della sedia. «Pensi che tutto questo sia solo una messinscena. E ti stai chiedendo il motivo dello spettacolino».

«Be'... sì. Hai dato ai bambini dei mun d'argento. Quei soldi li manterranno per giorni. Tuo padre li avrebbe scacciati a forza».

Non ha torto.

«Io non sono come mio padre».

Sbuffa. «Lo eri, questo è sicuro».

Come al solito, Sora ha ragione. Non sono sempre stato una brava persona, soprattutto con lei. Per troppo tempo ho cercato di assomigliare a mio padre, di compiacerlo o almeno di guadagnarmi la sua approvazione. Non volevo che mi considerasse una persona tenera. Rabbrividisco al ricordo di come mi pavoneggiavo all'accademia dei veleni, con il mio cappello e i miei gioielli, pretendendo che le ragazze mi servissero tè e biscotti. Soprattutto Sora.

Ma se avessi mostrato un qualche interesse nei suoi confronti – o, peggio ancora, gentilezza – avrei potuto renderle la vita più difficile. Mio padre ama solo una cosa più del potere: insegnare a suo figlio a essere spietato. Per questo ho sempre finto di essere il tiranno che entrambi si aspettavano. Almeno così potevo vederla, anche se per poco.

Tuttavia, cercare di imitare il comportamento di mio padre mi dava il voltastomaco: le vedevo, le ragazze, tutte pallide, deboli, tremanti. Sora se la cavava meglio delle altre, e io ne sono sempre stato orgoglioso, anche se non l'ho mai detto a nessuno. Negli anni, ho continuato ad accompagnare mio padre alla sua scuola segreta solo perché volevo assicurarmi che fosse viva. In troppe non lo erano più.

Una volta arrivammo proprio mentre il corpo emaciato di una ragazza veniva bruciato su una pira funeraria. Era morta tra dolori così lancinanti che non riuscivano a chiuderle la mascella. Aveva lunghi capelli neri e per un attimo ebbi il terrore che fosse Sora, ma poi la vidi in piedi, tra le sopravvissute. Avrei voluto piangere, urlare e vomitare per il sollievo, ma ero un adolescente. Simulai uno sbadiglio perché mio padre mi teneva d'occhio. Seok tiene sempre d'occhio qualcuno.

Una volta liberata l'anima della poveretta, le sue ceneri furono sepolte come quelle delle altre. Non furono nemmeno sparse al vento, come si fa di solito. Non per queste ragazze. Loro erano vittime da dimenticare. Io, però, me le ricordo.

«Hai ragione» ammetto. «Anche se non su tutto, suppongo». Non mi prendo la briga di approfondire, di spiegare, di implorare perdono. Sora ha molti desideri – la morte di mio padre, primo tra tutti – ma una cosa che non desidererà mai sono io. Non può interessarle la mia confessione d'amore.

Il suo sguardo diventa più profondo quando sta riflettendo su qualcosa. È intelligente, e più abile di quanto si creda. «Cosa significa 'non su tutto'?» Molla uno schiaffo al cuscino della carrozza in segno di frustrazione. «Perché non riesci a parlare chiaramente?»

Mi sporgo in avanti. Lei non si tira indietro. Non lo fa mai. È una delle cose che amo di lei. Anche se, in effetti, di lei amo tutto. Penso di dirglielo. Ho la frase sulla punta della lingua: 'ti ho amata fin dalla prima volta che ti ho vista'. Quando lei aveva nove anni e io dieci. Ma non è il momento. Forse lo farò, prima che tutto questo finisca. Ma non oggi.

«Significa che questa conversazione mi annoia, Sora» rispondo con uno sbadiglio. Mi appoggio allo schienale e reclino la testa sul sedile della carrozza.

Sora fissa fuori dal finestrino il paesaggio che scorre, ma non dice nulla. Ancora silenzio. Solo il rumore dei cavalli che scalpitano sulla strada e le ruote che girano. Forse non mi rivolgerà più la parola fino a Rahway. Mi dico che è meglio così, o per lo meno che me lo sono meritato.

«Tuo padre vuole il trono?» mi chiede pochi secondi dopo.

Non so se sono più sorpreso dal fatto che mi parli ancora o dalla sua domanda.

«Presumo di sì» rispondo. «Come minimo vuole più potere».

«Perché? Perché non gli basta avere tutta Gain ed essere il conte meridionale? Un quarto del Paese è nelle sue mani, e lui risponde solo al re. Eppure rischia una condanna per tradimento, solo per avere di più».

Sospiro. È la stessa domanda che mi sono posto molte volte su mio padre, ma la verità è che in cuor mio conosco la risposta.

«La sete di certi uomini è insaziabile» dico. «Se anche bevessero il mare d'Oriente e d'Occidente, vorrebbero il ghiaccio del Nord. Tu lo sai bene. L'hai visto».

Si acciglia. «Ma non lo capisco».

«Perché non sei vuota dentro». Il commento la spiazza. L'avrà preso come una specie di complimento, ma in realtà è solo un dato di fatto. «E non sei nemmeno un uomo potente».

«A volte mi sento svuotata, come se non ci fosse più nessuna traccia della ragazza che ero». Parla a bassa voce, più a se stessa che a me, ma la sua confessione mi fa gonfiare il cuore. Tuttavia, mantengo la solita aria distante.

Scuoto il capo. «Hai Daysum. Sei ancora tu».

La maschera cade. Solo per un istante. Cos'è stato? Prima che possa capirlo, la sua espressione cambia.

«Un giorno sarai potente come tuo padre» svia. «Forse persino di più».

Annuisco. «Cercherò di non lasciare che questo mi cambi, ma sono certo che sarà così. Suppongo che anche mio padre all'inizio fosse una brava persona».

Lei alza un sopracciglio. «Non mi pare ci siano prove».

«Nemmeno a me. Ma così mi ha detto mia madre: secondo lei, molto tempo fa, era un brav'uomo».

Sora si tamburella il mento. Sono certo che non riesca a immaginare mio padre come un brav'uomo. Non la biasimo. Eppure mia madre sostiene che Seok da giovane fosse molto dolce. Un ragazzo premuroso, che l'amava con tutto il cuore. E mia madre non dice bugie.

«E poi, cosa gli è successo?» domanda Sora.

«Il potere corrompe tutti» rispondo. «Più ne hai, più rapida è la discesa. Io voglio aiutarti, Sora. Quindi lasciamelo fare, finché sono ancora l'uomo che desidero essere. Non dobbiamo per forza diventare amici» la incalzo, «ma possiamo essere alleati».

Tenta di rispondermi un paio di volte, ma poi sospira e si limita a farmi un cenno. Non mi aspettavo tanta cedevolezza da parte sua. Dev'essere disperata, eppure credo che accetterà il mio aiuto, il che è positivo. Ne avrà bisogno.

Mio padre mi ha ordinato di ucciderla, appena il re sarà morto.

CAPITOLO 22

EUYN

PASSO TRA I MONTI TANGUN, YUSAN

Appena sento il grido, un brivido mi percorre la spina dorsale e stringo forte la balestra. Non si trattava di un samroc adulto – il loro verso è molto più penetrante – ma potremmo essere vicini a un nido. I piccoli devono avere all'incirca le dimensioni di una persona, e il loro urlo ha qualcosa di umano. Questo pensiero mi fa gelare il sangue.

«E *quello* cos'era?» sussurro. Imbraccio la balestra e la punto in direzione del rumore. Ma Mikail si sta già muovendo.

«È un bambino, Euyn» risponde.

Sospiro per il sollievo, poi sprono l'asino dietro a Mikail. Rannicchiato a terra con le ginocchia al petto c'è effettivamente un bambino. Avrà sette o otto anni e indossa una tunica da quattro soldi. All'inizio mi rilasso, ma dopo qualche istante torno all'erta. Qualcosa non va. Un ragazzino non dovrebbe stare da solo, di notte, in un passo di montagna. Non quando siamo a tre campane dalla città più vicina; non quando ci sono così tanti pericoli in giro.

Cerco delle lanterne, il segnale di un attacco imminente, ma non c'è nulla. L'aria notturna è immobile. Eppure continua a sembrarmi tutto sbagliato.

«Non toccarlo, Mikail» dico.

Lo sguardo che mi lancia alla luce della luna è così duro da costringermi a indietreggiare. «Non lascerò un bambino qui da solo».

«Dev'essere una trappola» insisto. «Cosa ci fa un bambino qui?»

«Perché cazzo non lo chiediamo a lui?» sussurra Mikail rabbioso. Si rivolge al piccolo. «Come ti chiami?» chiede, in tono più dolce.

«Kito, signore» risponde lui.

«Kito, dove sono i tuoi genitori?»

Il piccolo non dice nulla, ma il suo sguardo vola a sinistra. Il bianco dei suoi occhi brilla, e io sprono l'asino in avanti con la balestra a tracolla; poi però la abbasso.

C'è puzza di morte, e per una buona ragione. Anche il mulo è stato massacrato, ha una pozza di sangue intorno al collo. Si è rappreso, attirando uno sciame di mosche del deserto. Il carro è ribaltato su un fianco. Non è opera di un samroc: ad attaccare sono state delle persone. Preferisco non correre il rischio di accendere una lanterna, ma studio la scena da vicino.

L'uomo che presumo fosse il padre di Kito è stato sgozzato. Faccio un giro nelle vicinanze, ma trovo solo il mulo morto e l'uomo ammazzato. Oggetti sparsi a terra. Guardo meglio. Un vestito, una palla, una bambola. Poi trovo un altro cadavere, quello della madre. Il suo volto è pietrificato in una smorfia di agonia, le gonne sollevate e le gambe aperte. Nessuna dignità, nemmeno nella morte.

Torno indietro.

Mikail si gira e mi guarda in faccia. Scuoto il capo. Non ci sono altri sopravvissuti.

«Sono stati degli uomini armati ad attaccare la tua famiglia?» indaga Mikail. Il bambino annuisce.

«Yusaniani o di Fallow?» domando io.

Scoppia a piangere. «Non lo so. Mi sono nascosto. Non avrei dovuto correre a nascondermi, ma l'ho fatto. E ora...»

«Sei stato furbo» lo interrompe Mikail. Non l'ho mai sentito parlare in tono così dolce. È vero che Mikail ha sempre avuto un debole per i bambini, ma non capisco perché si sia affezionato così in fretta a questo.

Kito scuote la testa. «Hanno preso mia sorella e mio fratello. L'hanno... attaccata... avrei dovuto aiutarli. Non avrei dovuto tapparmi le orecchie...»

«Non avresti potuto fare nulla contro degli uomini armati, a parte farti catturare» dice Mikail. «Sai da che parte sono andati?»

Il ragazzino fa segno di no. «Non lo so».

«Di che città sei?» gli chiedo. Non c'è abbastanza luce per distinguere i suoi lineamenti, ma qualcosa in lui mi fa rizzare i peli sulle braccia.

«Gale, signore» risponde. Gale è dieci campane a sud-est di Swift.

«Perché stavate andando a Fallow?»

Il carro era rivolto verso il passo, non verso l'esterno. E anche dopo aver visto i corpi e il sangue, mi sembra sbagliato, quasi una messinscena. Questo bambino non dovrebbe essere qui. Uomini capaci di uccidere due adulti e di rapire due bambini da vendere non sarebbero stati così imprudenti da lasciarsi sfuggire questo. I bambini sono il vero bottino: per loro il prezzo è più alto.

«Papà diceva per una vita migliore» risponde Kito.

Io e Mikail ci scambiamo un'occhiata. In che modo Fallow sarebbe migliore? La sua famiglia deve aver avuto qualche traffico illegale, il che spiegherebbe almeno il fatto che attraversassero il passo dopo il tramonto.

«Andiamo nello Yusan» dice Mikail. «Possiamo portarti con noi».

Il bambino annuisce lentamente.

«Mikail... No».

«O viene con noi, o vai da solo» ribatte lui. Il suo tono non ammette repliche, è definitivo come uno schiaffo in faccia. Quindi preferisce aiutare questo bambino a cui non è in alcun modo legato piuttosto che accompagnare me al sicuro? Me, l'uomo che ama? Per non parlare del fatto che ho un pessimo presentimento che mi striscia su per la schiena. Sta per succedere qualcosa di brutto. Dobbiamo andarcene. Adesso.

«Possiamo portarlo fino a Swift, suppongo, ma...» inizio.

Mikail mi punta addosso uno sguardo tagliente come un pugnale, poi torna a guardare il bambino. «Ti riporteremo a Gale. Hai qualche altro parente laggiù, vero?»

Kito annuisce.

«Vieni con noi, ragazzo. Ti portiamo a casa».

Improvvisamente il piccolo esita. Si guarda intorno con fare disperato. Anch'io comincio a guardarmi intorno, chiedendomi cosa stia cercando il bambino. C'è qualcosa di strano nei suoi occhi. Perché Mikail non se ne accorge?

È l'unico che continua a guardare avanti.

«Ma io...» protesta Kito.

«La tua famiglia non tornerà» dice Mikail. Il suo tono è dolce ma fermo. «Ma gli uomini che hanno fatto questo potrebbero. Potrebbero rendersi conto che sei scappato. Perciò dobbiamo andarcene da qui. Non ci sono parole ora e forse non ce ne saranno mai per descrivere quello che è successo stanotte. Ma tu sei stato risparmiato. È tuo compito portare la tua famiglia nel cuore e fare il possibile per meritarti la salvezza. Non c'è nulla che tu possa fare per loro adesso, così come non c'era modo di impedire quello che è accaduto. Vorrei tanto che fossimo arrivati prima, ma sono felice di essere qui, ora, per aiutarti».

Mentre metabolizzo le parole di Mikail, il desiderio di fuggire mi passa. È strano. Ho l'impressione che abbia già fatto questo discorso in passato. Ma quando, e perché? Non ha senso, ma davvero non so cosa abbia combinato, lavorando come spia per mio fratello. So che ha spezzato delle vite, che ha mentito e sedotto, ma non gli ho mai rivolto troppe domande.

Forse avrei dovuto.

Kito tira su col naso, ma si alza.

«Bravo, mettiti il cuore in pace e vieni con noi» lo incita Mikail. «Non guardare, mentre passiamo. Non c'è nulla da vedere».

Quindi fa salire il bambino sul suo asino e cammina tenendo le redini. Io cavalco accanto a lui.

Abbiamo quasi superato la carneficina quando il piccolo sussurra: «Correte».

CAPITOLO 23

ROYO

FIUME SOL, YUSAN

Non ha alcun senso, cazzo. Niente di tutto questo ce l'ha.

Ho cercato di lasciar correre. Ma è da quando mi sono svegliato che ripenso a quello che è successo con la nave incendiaria. Be', quasi. Quando ho riaperto gli occhi, all'alba, Aeri era ancora avvinghiata a me. In qualche modo, questo fuscello di ragazza mi ha aiutato a stare al caldo durante la notte. Chissà come riusciva a profumare di fiori, di primavera, anche su un fazzoletto di sabbia in mezzo a un fiume. Nessuno a Umbria profuma di fiori. Sono rimasto lì ad annusarla, non perché mi piacesse o altro. Era solo *diversa*.

E poi, mentre dormiva era così bella. Dimostra meno di ventiquattro anni, soprattutto quando è addormentata. A un certo punto mi sono accorto che la stavo fissando, e allora ho distolto lo sguardo, che mi è caduto sulla scialuppa.

Ero così ansioso di allontanarmi dalla nave incendiaria, di salvare la pelle e sopravvivere alla notte che non ho riflettuto troppo su come abbiamo fatto a cadere dal balcone direttamente dentro una barca a remi.

Ma mentre la fissavo, ho capito che una spiegazione non c'è. La scialuppa era troppo lontana dal punto in cui eravamo. Eppure, in qualche modo, ci siamo atterrati dentro. Ancora più sorprendente, però, è che siamo riusciti a scappare.

Proprio in quel momento Aeri si è svegliata, tutta allegra e con un sorriso smagliante. E questo sì che mi ha scioccato, perché chi mai si sveglia felice? Questa ragazza non è normale.

«Buongiorno, Royo» ha detto.

Sono balzato in piedi e ho cominciato a raccogliere le nostre cose per andarcene dall'isola. Non era davvero necessario, ma era un modo per allontanarmi da lei.

E ha funzionato, per dieci minuti.

Per le cinque campane successive, però, mi ha seguito facendo un elenco di tutte le pietanze che aveva voglia di mangiare. Il mio stomaco vuoto brontolava e si contorceva mentre io ancora una volta fantasticavo sul tonfo che avrebbe fatto Aeri se *per sbaglio* fosse caduta nel fiume. Ma era meno divertente di prima. Probabilmente perché ci eravamo salvati a vicenda, prima dai pirati e poi dal freddo.

Stavo per perdere la pazienza, quando all'orizzonte è apparso un puntino. Solo un puntino. Ma Aeri ha chiuso la bocca ed entrambi siamo rimasti a guardarlo. La speranza mi si agitava nel petto. Flebile, all'inizio. Mi sono detto di ignorarla, di non lasciarmi ingannare, perché la speranza ti solleva solo per poi lasciarti cadere: probabilmente non era un battello. Poi, però, il puntino si è avvicinato. E lo era.

«Pensi che ci salveranno?» mi ha chiesto.

«Non possono raggiungerci qui, l'acqua è troppo bassa. Dobbiamo remare verso di loro».

Non ero sicuro che ci avrebbero aiutati, ma dovevamo almeno tentare. Siamo saliti sulla scialuppa e io ci ho portati vicino alla nave mentre lei implorava la gente a bordo di fermarsi.

Gli uomini dell'equipaggio ci hanno visto – anzi, hanno visto *lei* – e ci hanno tirati su.

Una volta a bordo, grazie ai vestiti rovinati ma eleganti di Aeri e alle sue buone maniere abbiamo ottenuto un'altra cabina di lusso. Così abbiamo di nuovo un alloggio confortevole, e un solo giorno di ritardo rispetto alla tabella di marcia. Ma ora che sono qui, sul balcone della nostra nuova stanza, mi accorgo che non ha alcun senso. Non capisco come abbiamo fatto a sfuggire ai pirati. D'accordo, c'era il caos. D'accordo, stavano saccheggiando la nave. Ma come hanno potuto farsi scappare una scialuppa? A quest'ora, dovremmo essere morti o prigionieri.

Forse gli dèi sono dalla nostra parte.

Faccio una smorfia. Non mi sembra molto plausibile. Di solito non gliene frega un cazzo di me e dei miei piani. Ma è quello che ha detto

Aeri mentre raccontava la nostra storia al capitano e all'equipaggio. Ha descritto il momento in cui ho avvistato la nave incendiaria all'orizzonte e quello in cui le frecce sono scese come grandine mentre io combattevo da eroe, ha giurato che ci siamo salvati per il rotto della cuffia, cadendo nella scialuppa. Io poi sono svenuto – il che spiegherebbe il mal di testa e i lividi sulla schiena – e lei ha mollato gli ormeggi.

Ha senso, credo, e insieme non ce l'ha. Perché non hanno dato fuoco alla nostra barca o non ci hanno tirato delle frecce? E poi, Aeri è una narratrice nata. Il che fa di lei una bugiarda provetta. Ma il fatto è che non riesco nemmeno a capire perché dovrebbe mentire. Non ci guadagna nulla inventandosi di averci portati in salvo remando, e per mentire bisogna avere un motivo. Poche persone lo fanno per il gusto di farlo. Quindi rieccomi al punto di partenza.

Mi arrendo. L'importante è che ce l'abbiamo fatta. Non conta come: la sopravvivenza non ha nulla a che fare con la gloria. Torno dentro.

«Royo». Aeri sorride mentre chiudo la porta scorrevole. Da quando siamo saliti a bordo ha parlato molto meno quindi, tutto sommato, forse è vero che ho il favore degli dèi.

Chiudo la porta a chiave: un gesto inutile, perché se qualcuno mai volesse entrare sarebbero pirati, e a quel punto la serratura non servirebbe a molto. Però lo faccio comunque.

Poi noto che Aeri è in vestaglia. Ha lavato il vestito alla bell'e meglio e l'ha appeso fuori ad asciugare.

«Non vedo l'ora di arrivare a Rahway. Uff». Si butta sul letto e poi si mette a sedere, appoggiandosi sui gomiti. La vestaglia si apre leggermente, rivelando la curva superiore del seno e una collana. Non penso a tutto il resto che c'è lì sotto.

Mi guardo intorno in cerca di qualcos'altro da fissare.

Ma lei sta ancora parlando al soffitto. «Mi farò confezionare un intero baule di abiti nuovi. Forse due. E ci sarà di certo una casa di bellezza. È dura ricostruire da zero una collezione di trucchi, ma è fondamentale che io abbia l'aspetto giusto, capisci?»

No, non capisco. A volte è come se parlasse in una lingua inventata o in weian. Fa una pausa e mi guarda proprio nell'istante in cui i miei occhi tornano a posarsi sulla scollatura della sua vestaglia. Distolgo lo sguardo.

«Posso far fare anche a te un paio di abiti» dice.

Mi studio la camicia, poi i pantaloni. «Perché dovrei volere un abito?»

«Per indossarlo quando incontreremo il maestro delle spie? Perché la gente ti tratta meglio se ti vesti bene? Perché pago io? Non saprei, Royo». Si stringe nelle spalle. «Per quanto mi riguarda, gli abiti fanno sembrare gli uomini eleganti».

«Li fanno sembrare dei bersagli».

Lei inclina il capo. «Non ti interessano le cose belle?»

«Non siamo tutti ricche figlie di mercanti o nobili o qualunque cosa sia tu» rispondo. «Alcuni di noi devono arrangiarsi».

«Non sono nobile, Royo» ribatte lei. «E nemmeno una mercante. Mia madre faceva la cortigiana».

Alzo le sopracciglia. Le cortigiane sono come 'fidanzate di professione'. Sono ragazze attraenti e brillanti che si accompagnano ai nobili nella speranza di diventare le loro favorite e di generare figli che erediteranno il titolo. La faccenda dell'eredità mi sembra strana, ma non giudico. Di certo non le ragazze, a ogni modo. Vendono il loro corpo come io vendo i miei servizi, ma almeno a me i nobili non sbavano addosso. Proprio non capisco perché gli uomini dovrebbero fare una cosa del genere, comunque.

Ma questo era il discorso che aveva iniziato prima di avvistare la nave incendiaria. Mi siedo sul divano di fronte a lei.

«Oh» dico solo.

«Esatto, 'oh'». Aeri imita la mia voce profonda. «Visto che sono nata femmina, non ho ottenuto nulla. E mia madre è morta l'anno scorso senza un mun».

All'improvviso il suo tono diventa acido. Non è meno amareggiata di tutti gli ubriaconi che ho incontrato a Umbria e che si sentono defraudati della possibilità di una vita decente.

«Mi dispiace» commento.

Aeri annuisce. «Lo so, Royo. Tu sei ancora legato a tuo padre?»

«Lui per me non c'è mai stato». Non vorrei condividere tutti questi dettagli personali, ma a quanto pare non riesco a farne a meno. È come se mi avesse lanciato un incantesimo.

«Capisco» dice Aeri.

Quando incrocia il mio sguardo, noto qualcosa. Qualcosa in cui credo. Come quando ha parlato degli errori che non si possono cancellare. Anche suo padre non deve essere stato presente. Lei mi capisce. Vorrei avvicinarmi, ma poi mi ricordo che non ha importanza. Lei è lavoro. Solo lavoro.

«Quando gli avrò tolto la corona, sarà tutto sistemato». Si porta le mani in grembo, in una posa altera che non le ho mai visto. «Per entrambi, intendo».

I suoi occhi sono luminosi e limpidi quando mi guarda. È bellissima, davvero. Non è la prima immagine che viene in mente quando si pensa a una bella donna, ma più la guardo e più mi sembra bella. Ma non ho idea di cosa intenda con 'sarà tutto sistemato', e ricordo a me stesso che non posso fidarmi di lei. Devo smettere di vuotare il sacco ogni volta che mi fa una domanda: non posso permettermi di fidarmi di nessuno. Soprattutto non di lei. Devo tracciare una linea. Un confine che nell'ultimo giorno è diventato sempre più labile.

«Aeri» dico.

«Sì?»

La guardo negli occhi. «Prova a fregarmi, e ti giuro che sarà l'ultima cosa che farai».

Lei sorride, divertita. «Non devi preoccuparti di questo, Royo».

«Perché no?»

«Perché tu non hai nulla che voglio». Sostiene il mio sguardo per un secondo, poi si alza dal letto. «Andiamo a fare una passeggiata. Ci farà bene un po' d'aria fresca. È molto più bello qui che a Umbria!»

Dopodiché esce dalla stanza. In vestaglia. Mi guardo intorno in cerca di risposte e i miei occhi si posano sulla sua borsa di velluto. L'unica cosa che ha portato via dall'altra barca, abbastanza grande da contenere un mantello foderato di pelliccia. Mi chiedo cos'altro ci sia lì dentro che magari potrebbe spiegare qualcosa di lei, ma ho appena detto che è solo un lavoro. E poi non ho il tempo di curiosare, con Aeri che mi aspetta fuori. Non adesso, almeno.

Ma prima o poi mi farò un'idea più chiara sul suo conto. Lo giuro.

CAPITOLO 24

EUYN

PASSO TRA I MONTI TANGUN, YUSAN

Dèi onnipotenti, quanto odio avere ragione.

Gli uomini ci saltano addosso sbucando da dietro il carro e correndo giù dalle pareti del passo. Almeno quattro, forse di più. Siamo circondati. Era una trappola, il bambino ha fatto da esca. Lo sapevo, l'ho sempre saputo! Il piccoletto ci ha fatti fermare e ci ha distratti per permettere agli altri farabutti di avvicinarsi. Probabile che abbia fatto lo stesso con la coppia nel carro: un bambino che piange al momento giusto per costringerli a fermarsi. La loro pietà gli è costata la vita. E quella di Mikail ci è quasi costata la nostra.

Ma siccome il bambino ci ha avvertiti, ho avuto il tempo di smontare e di rimettere in spalla la balestra. L'energia mi scorre dentro, mentre tutto il resto si placa. La caccia mi dà sempre la stessa sensazione, che si tratti di uomini o di bestie.

Sparo, ricarico, sparo, ricarico e sparo ancora. Tre dardi in meno di un minuto – a ricaricare sono più veloce di qualsiasi balestriere – ma gli uomini riescono a schivare due dei miei colpi. Soltanto uno va a segno, il che significa che sono combattenti esperti. Mi volto, aspettandomi di vedere una spada infuocata, ma Mikail è immobile accanto al suo asino. Non l'ho mai visto bloccato dalla paura. Non può essere, eppure è una statua di sale mentre i quattro ci corrono incontro.

«Mi serve una mano, Mikail!» urlo. Schivo il fendente di una spada, rotolando via. Anche se riesco a rimanere in piedi, non potrò cavarmela a lungo. Non da solo contro quattro avversari.

Mikail si riscuote dal torpore e solleva la sua arma. Fiammeggia nella notte, e due banditi si fermano. Tutti sanno cos'è quella spada, e che una lama infuocata significa morte. Mikail spinge l'asino e il bambino fuori dai piedi e poi infilza l'uomo più vicino, che cade a terra con un lamento lancinante.

Comincia la battaglia, uno scontro mortale tre contro due. Due attaccano Mikail in contemporanea mentre l'altro si avventa su di me. Riconosco queste mosse: si sono addestrati nell'esercito yusaniano. Niente a che vedere con i briganti inesperti che abbiamo incontrato sulla strada per Tile. Questi sanno come attaccare ed eludere i colpi. È probabile che sappiano anche chi siamo.

Sparo un altro dardo e questa volta colpisco il mio assalitore alla spalla; lui, però, continua a venirmi incontro. Non c'è tempo per ricaricare. Preso dal panico, afferro la spada dal dorso dell'asino. Mi volto proprio mentre una lama, diretta alla mia spina dorsale, si abbatte su di me. Acciaio contro acciaio, un urto così forte da sollevare scintille nella notte. Il dolore del contraccolpo si riverbera in me. Sono riuscito a parare... a malapena. Ma la forza dell'attacco mi fa cadere all'indietro sul terreno roccioso. Mi taglio la mano sinistra, brucia. Nonostante tutte le lezioni che ho preso, non sono mai stato molto bravo con la spada. Sono troppo dinoccolato e non abbastanza veloce.

Cerco di rimettermi in piedi, ma l'uomo mi toglie la lama di mano con un calcio. Disarmato e con il polso dolorante, alzo il braccio per proteggermi il viso, anche se so che non servirà.

Dèi onnipotenti, morirò nel fango di questo passo. Solleva la spada in aria. Un colpo letale. Nessuna possibilità di redenzione. Di conquistare il trono. Di costruire una vita con Mikail. La vita che avrei dovuto avere mi scorre davanti agli occhi e accetto che nulla di tutto ciò si avvererà mai. L'unica cosa che mi resta è la possibilità di morire con onore. Non arrendermi, non implorare. Me ne faccio una ragione.

Ma poi l'uomo si blocca. Una lama gli spunta improvvisamente dal petto e gli squarcia l'addome. Mikail l'ha infilzato da dietro.

Sono così scioccato che rimango a terra a fissarlo.

«Ostinati pure a usare la balestra» dice. Fa roteare la spada, pronto per un altro attacco, proteggendomi mentre mi rimetto in piedi.

Due contro due. Mikail stringe l'elsa e lascia che il suo avversario attacchi per primo. Il mio maestro d'armi diceva sempre che il combattimento con le spade è come una danza. In effetti ci assomiglia. Il clangore dell'acciaio accompagna i loro movimenti, avanti e indietro. Uno guida, l'altro risponde. L'uomo colpisce più volte la lama di Mikail. Poi Mikail scarta di lato e alza l'arma. Gli trancia il collo con un colpo netto. Non si sta concentrando, non davvero. C'è qualcos'altro che lo preoccupa.

Arriva il turno dell'ultimo uomo, quello che finora è riuscito a evitare tutti i miei dardi. È così impegnato a schivare i miei attacchi che non vede arrivare Mikail con la spada alzata.

«Papà!» grida il bambino.

Kito balza di fronte a suo padre e la lama di Mikail lo trafigge al centro dell'addome.

Dèi onnipotenti.

Sembra che tutto si muova al rallentatore. Le nuvole che oscuravano la luna si diradano. Ora la scena è chiara. Kito ha la spada di Mikail che gli spunta dal petto, appena sotto la clavicola. Mikail molla immediatamente la presa sull'elsa intarsiata di giada e oro; non l'ha mai fatto, prima. Ha dovuto lottare troppo per guadagnarsi quest'arma, che comunque è troppo preziosa per rinunciarvi. Ma il suo volto è congelato dall'orrore, mentre quello del bambino è congelato dallo shock.

Approfittando dell'immobilità di Mikail, l'uomo si precipita in avanti. Invece di attaccare, però, estrae la spada dal petto del figlio. Poi, con l'arma salda in mano, indietreggia. Ha strappato la lama dal corpo di Kito senza fare una piega. Non una preghiera. Non una parola. Niente, per quel bambino che gli ha appena salvato la vita.

Il piccolo cade faccia a terra con un tonfo nauseante. Suo padre fugge come un vigliacco nella notte, con l'unico desiderio di non perdere il suo nuovo tesoro. Per lui quella spada vale più di suo figlio.

Scaglio un altro dardo, ma sono talmente sconvolto da tanta barbarie che prendo male la mira. Senza contare che ho male alle mani e una è completamente fradicia di sangue. Nonostante tutto, anche se non al cuore, riesco a colpirlo nella parte posteriore della coscia. È sufficiente, perché Mikail gli corre dietro mentre l'uomo avanza zoppicando.

Con un balzo, lo fa cadere a terra e poi gli si siede sul petto.

«Se vuoi così tanto la mia spada, prendila» dice Mikail. Gliel'ha già strappata di mano, e la usa per infilzargli il braccio.

La placida notte si riempie di urla e rumori di morte. Faccio una smorfia disgustata. Il mio stile è diverso da quello di Mikail. Io uccido con la balestra. C'è un che di distaccato, di veloce e pulito nell'azionare il meccanismo per sparare a un uomo a distanza. In questo momento, invece, Mikail è zuppo di sangue fino alle spalle, eppure non sembra importargli. È furioso. Non concederà a quell'uomo una morte rapida o serena. Sono abbastanza sicuro che lo abbia appena castrato mentre gridava qualcosa sulla donna nel carro. Difficile da dire, con tutti questi lamenti.

Mikail è stato chiamato in molti modi: bastardo, demone, Re degli Inferi. Non che io ci abbia mai dato peso, naturalmente. Ma quando diventa così, capisco. C'è una rabbia che gli ribolle dentro, un lato vulnerabile nel suo carisma che non può essere dovuto solo alle punizioni inflittegli da suo padre. C'è qualcosa nella fiducia che ha riposto in questo bambino, nell'ostinazione con cui non ha voluto vedere che si trattava di una trappola, che non ha alcun senso. Di Mikail si possono dire molte cose, ma non che sia un ingenuo. Qualcosa non quadra. Ma a meno che non sia lui a volerlo, non me lo dirà mai. È l'aspetto della sua personalità che ammiro e detesto di più.

«Hai fatto ammazzare il tuo stesso figlio» ringhia Mikail. «La tua anima non troverà redenzione».

Almeno credo che stia dicendo questo. Scruto il cielo. Suppongo che non ci siano nidi di samroc nelle vicinanze, perché se ce ne fossero le grida dell'uomo ne avrebbero già attirata una ventina. D'altra parte, quando è in questo stato, sono pronto a scommettere tutto quello che ho che Mikail ne sconfiggerebbe anche venti.

Comunque, rasserenato dalla lontananza degli uccelli, accendo una lanterna e controllo che non ci siano altri uomini nascosti o in agguato. Mi si presenta uno spettacolo agghiacciante di morte. Il terreno roccioso è tinto di rosso.

Controllo Kito. Spero che non stia sentendo suo padre gemere come una puttana in una casa di piacere, ma come sospettavo è morto. Deve essere successo pochi istanti dopo che la lama è stata rimossa.

Mi strofino il viso con le mani. Quante vite dovremo ancora prendere? Quanto sangue costerà, la mia corona? Sarò mai abbastanza bravo da giustificarne il prezzo?

CAPITOLO 25

SORA

CITTÀ DI RAHWAY, YUSAN

Mentre ci addentriamo nella periferia di Rahway mi rendo conto di non aver mai visto una città come questa.

Ho viaggiato fuori dai confini di Gain per uccidere uomini per conto del Conte, ma sono sempre rimasta nella regione meridionale. Non mi sono mai spinta così a nord-ovest. Il villaggio dove sono stata comprata era a nord-est.

Qui è diverso.

Rahway sorge nel bel mezzo del nulla. Un attimo prima l'orizzonte era sgombro, e quello dopo c'era una metropoli di arenaria, simile a un miraggio. Il clima è temperato ma molto più secco rispetto a Gain. Suppongo che la roccia indurita dal sole sia ciò che ha permesso di costruire guglie e torri così alte. Come Gain, anche Rahway è cinta da mura, ma qui per entrare nella città vera e propria bisogna attraversare un ponte.

Se Gain è colorata, Rahway è tutta in varie sfumature di beige e marrone. Gli unici sprazzi di verde sono costituiti da palme da dattero. Man mano che ci avviciniamo alla città veniamo accolti da campi di piante arancioni e spinose. Credo le usino per produrre alcol, ma non ne sono sicura.

Guardo fuori dal finestrino della carrozza mentre attraversiamo l'alto ponte ad arco. Sotto di noi si estende un enorme porto. Mi accorgo che Tiyung mi sta guardando. Mi appoggio di nuovo allo schienale del sedile.

«Non far caso a me» dice.

«Mi stai fissando».

«Scusa. È che... mi piace osservare la meraviglia sul tuo viso». Guarda fuori dall'altro finestrino. È gentile, anche se non vorrei che lo fosse.

Per giorni, mentre viaggiavamo, ho ripensato alle sue parole, alla sua offerta di aiuto, alle sue dimostrazioni di generosità. Sono giunta alla conclusione che è sincero. Forse vuole semplicemente essere considerato una brava persona, oppure gli faccio pena. Ma sembra che voglia davvero aiutare. Non so ancora se posso fidarmi di lui. Non ho nessuna intenzione di perdonare suo padre per quello che mi ha fatto, e ho visto l'influenza che esercita su Tiyung. Ma per adesso, suppongo di poter stabilire una sorta di tregua. Ora come ora, un alleato mi farebbe comodo, soprattutto per salvare la vita di Daysum.

Mi sono scervellata per capire cosa potrebbe aver detto e perché abbia scelto di sussurrarmi quelle parole nell'orecchio sinistro, dove sapeva che avrei avuto difficoltà a sentirle, ma non sono arrivata a una risposta. 'Penso che sia giunta l'ora'. L'ora di cosa?

Se solo sapessi dove la tiene il Conte. Potrei scriverle e chiedere.

«Incontreremo il Conte di Rahway stasera» annuncia Tiyung.

«Stai scherzando» rispondo, lisciandomi il sontuoso abito di broccato sulle cosce.

Tiyung scuote il capo, osservando il movimento del tessuto. «Ci darà istruzioni su chi dobbiamo incontrare e dove».

«Quindi sono coinvolti entrambi i conti?» chiedo.

«Presumo lo siano tutti».

Aggrotto le sopracciglia così forte che mi fanno male gli occhi. Come è possibile che tutti e quattro i conti siano d'accordo su qualcosa? Soprattutto sull'alto tradimento. E poi perché mai tutti e quattro dovrebbero credere che io sia la soluzione, quando da parte mia non so nemmeno da dove cominciare? Non ha alcun senso. Dev'esserci sotto qualche dettaglio importante di cui mi tengono all'oscuro. Questi uomini non affiderebbero mai la loro vita a un colpo di fortuna. Ma forse stasera troverò delle risposte. Non mi resta che sperare.

Entriamo in città. Il Tempio del Dio Sole si trova al centro e sovrasta il paesaggio circostante, proprio come a Gain il Tempio del Dio del Mare Occidentale. Gli edifici sono leggermente più colorati di come appaiono da lontano, anche se non di molto. Ma la pietra e gli stucchi donano al tutto una piacevole uniformità.

Circa a metà strada, ci fermiamo in una bella locanda che si protende verso il cielo. Si chiama Troubadour e sarà la nostra casa durante la permanenza a Rahway.

Scendiamo dalla carrozza e ci stiracchiamo. La gente, ovviamente, ci guarda. Credono di avere davanti una coppia di ragazzi troppo belli per essere veri. Oppure un giovane nobile e la sua cortigiana. Qui la moda è diversa. Gli uomini indossano tuniche più lunghe e più leggere. Le donne, invece, portano abiti stretti in vita.

Ora che ci penso, è strano che alloggiamo in una locanda. Di solito i nobili vengono ospitati nelle ville di altri nobili, come quando ci siamo fermati da Lord Shan.

«Perché non stiamo alla tenuta del conte?» domando.

«In questo modo se falliremo potrà negare qualunque coinvolgimento nel piano di mio padre» mi spiega Tiyung.

Lo dice in modo così diretto che mi fermo a fissarlo mentre elaboro l'informazione. Tiyung mi fa cenno di proseguire.

«Non falliremo» mi rassicura. «Ma loro preferiscono non correre rischi».

Entriamo nella locanda. L'atrio è tutto di marmo rosa e pietra intarsiata, al limite del pacchiano. L'oste ci viene incontro correndo e ci saluta con un profondo inchino. «Tiyung-si. Mia signora. Sono Sanu, proprietario e titolare della locanda. Se volete farmi l'onore di seguirmi, vi mostrerò i vostri alloggi».

Tiyung china il capo per ringraziarlo. «Con piacere».

L'ometto ci accompagna su per parecchi gradini di pietra. Potrebbe essere persino più basso di Daysum.

«Ma stasera ceneremo comunque con lui?» sussurro.

Tiyung annuisce. «È normale che ceni con il figlio del conte meridionale. Anzi, sarebbe strano se non lo facesse».

Mi sfrego la fronte. Com'è possibile che non si stanchino mai di tutti questi intrighi? Come fanno a non essere mai soddisfatti di tutte le ricchezze che hanno accumulato? Di tutte le persone che hanno in pugno, dagli assassini come me ai locandieri come Sanu?

«Eccoci qui» annuncia quest'ultimo, un po' affannato, mentre apre la porta. La lunga salita l'ha fiaccato, anche se probabilmente non è molto più vecchio di noi. «La nostra camera più bella. Oserei dire la più bella di tutta Rahway. Come potete vedere occupa l'intero piano, e vanta due bagni e due servitori privati. Saranno qui per voi appena avrete bisogno di qualcosa, sia di giorno che di notte».

La stanza è gigantesca, con un salotto munito di camino e lunghi balconi che corrono lungo la facciata esterna. Nel complesso sarà quattro volte più grande di casa mia. Forse di più.

«Grazie» dice Tiyung. Cerca di dare a Sanu qualche mun.

L'oste però indietreggia, agitando le mani. «No, no, fatemi solo sapere se avete bisogno o volete qualcosa, Tiyung-si. Il conte si è raccomandato personalmente di assicurarmi che i vostri desideri vengano soddisfatti».

«Grazie» risponde Tiyung.

Sanu si esibisce in un profondo inchino. Dev'essersi esercitato davanti allo specchio.

Lancio un'occhiata a Tiyung. È talmente abituato a essere trattato in questo modo da non accorgersi nemmeno degli sforzi dell'oste.

«Preparate i bagni» ordina Tiyung ai servitori. «La signora prenderà la stanza accanto alla mia. Fate portare il suo baule, ma per aprirlo aspettate sue istruzioni».

Il suo tono gelido mi fa rabbrividire. Assomiglia a quello di suo padre, e mi chiedo se anche lui se ne sia accorto. Ma i servi si affrettano a eseguire gli ordini. Dunque è cambiato, ma solo con chi vuole lui.

Se fossi nata meno bella, avrei avuto una posizione simile a quella di una cameriera, decisamente al di sotto dell'attenzione dei nobili. Sono entrambi mestieri umilianti, ma avrei preferito la servitù.

Tiyung si toglie la giacca da viaggio e la getta sulla sedia più vicina. C'è una busta ad attenderlo.

Quando la vede, sorride e poi mi guarda. «Fai come se fossi a casa tua, Sora. Partiremo alle sette».

Tra poco meno di due campane.

«Tu adesso cosa fai?» gli chiedo.

«Sbrigo un po' di corrispondenza, mando un messaggio a mio padre e poi mi godo un bel bagno caldo». Indica il sigillo che porta al collo. I nobili hanno l'usanza di ricoprire le buste di carta con un sottile strato di argilla ad asciugatura rapida, su cui apporre il sigillo per impedire che le loro lettere vengano lette di nascosto.

La busta che ha in mano è sigillata.

Vorrei chiedere chi è il mittente, perché quello non è il marchio di Seok, ma per quanto ne so potrebbe essere solo il Conte di Rahway che scrive per mettersi d'accordo per la cena. Eppure, non so come mai, ne dubito. Quando apre la lettera, Tiyung è visibilmente emozionato. Mi piacerebbe capire meglio, ma non sono affari miei, così mi avvio verso il bagno.

Due campane sono sufficienti per prepararmi a incontrare il conte occidentale. Anche se, nel caso fosse come Seok, nemmeno una vita mi preparerebbe.

CAPITOLO 26

EUYN

CAMMINO ORIENTALE, YUSAN

Mikail mi nasconde qualcosa. Be', suppongo che lui nasconda sempre qualcosa, ma questa volta mi preoccupa. Chiunque abbia detto che non c'è amore senza fiducia doveva essere ubriaco. Certo che può esistere l'amore senza fiducia. L'armonia senza fiducia, però, è tutta un'altra storia.

Mentre cavalchiamo verso Rahway non è coperto di sangue, cosa che suppongo possa considerarsi un miglioramento. Abbiamo dovuto buttare via la camicia e i pantaloni quando siamo arrivati a Gorya. Erano irrimediabilmente intrisi di sangue e budella, in parte suoi. Una delle ferite si era riaperta durante il combattimento sul passo di montagna. Me ne sono accorto solo quando si è tolto la camicia: non si era mai lamentato del dolore. L'ho ricucito in fretta, augurandomi di fare un lavoro migliore, questa volta.

Mentre lavoravo, ho provato a chiedergli del bambino, Kito, ma lui si è limitato a dire: «No, Euyn». E questo è stato quanto. 'No'.

A volte mi chiedo chi di noi due sia il principe e chi la spia.

D'altra parte, suppongo di avere più segreti io di lui. Al più grande non oso neanche pensare. Come se bastasse ricordarlo per gridare la mia vergogna ai quattro venti.

Prendiamo una carrozza rapida, un tiro a otto cavalli allevati per la velocità e la resistenza, che ci porteranno a Rahway nella metà del tempo che ci vorrebbe di solito. Costano una fortuna e non sono facili da trovare, ma Mikail ha un sacco di soldi.

Il che significa che Quilimar è stata generosa. Non la qualità per cui è più nota. Non so nemmeno come se la cavi in un Paese in cui le donne hanno dei diritti.

Questa missione continua a sollevare più domande che risposte. A cominciare dal motivo per cui mia sorella, che a palazzo non si è mai preoccupata di me, vuole che io abbia la corona. Perché non la prende per sé? Scatenerebbe una guerra, ovviamente, ma non è una novità per lo Yusan e il Khitan. Il mio cervello si sforza di trovare una soluzione, ma non è fatto per gli enigmi.

«Euyn, mio caro, tra un po' ti si incrociano gli occhi» dice Mikail.

«Perché Quilimar vuole che io diventi re?» chiedo.

Mikail alza le sopracciglia.

«È la domanda che più mi assilla» aggiungo, sistemandomi meglio sul divanetto. Questa carrozza potrebbe ospitare comodamente una decina di persone, ma siccome siamo soli lo spazio non manca.

«Capisco» mormora Mikail. «Be', non è una grande ammiratrice di Joon, e tu sei l'unica opzione che non comporti una guerra dispendiosa».

Tutto questo è vero, soprattutto il suo odio per Joon. Ricordo la scenata che fece quando mio fratello appose il sigillo all'atto con cui la vendeva al sovrano del Khitan.

Il Khitan ci ha invasi cinque anni fa e Quilimar è stata venduta come offerta di pace. L'hanno definito 'matrimonio'. In cambio della sua mano, il re ha ritirato le sue truppe capitanate da donne e ha smesso di razziare le nostre città del nord-est. Le nozze con Quilimar erano probabilmente il suo obiettivo fin dall'inizio. Anche se proprio non capisco perché volesse vivere con lei.

In teoria il loro matrimonio avrebbe dovuto sancire la pace eterna tra noi e i nostri vicini. Credo che questa sia la settima pace 'eterna' tra lo Yusan e il Khitan. Siamo troppo diversi perché possa funzionare davvero. A meno che non ci sia di mezzo Wei. In quel caso diventiamo vecchi e buoni amici.

«Ma il re del Khitan...» comincio.

«È morto».

Lo fisso. «Come, scusa?»

Il re del Khitan non è immortale come mio fratello, ma è quasi altrettanto difficile da uccidere. Anche l'Anello del Khitan è una reliquia del Signore dei Draghi. Il suo potere è l'alchimia. È l'unica ragione per cui la terra arida del Khitan è riuscita a diventare un Paese, altrimenti sarebbe come Fallow. Il re del Khitan può riempire d'oro i suoi forzieri con un semplice tocco della mano, il che gli fa piuttosto comodo, perché si dà il caso che le truppe mercenarie amino l'oro.

Ma l'anello può anche fornire protezione. Una volta, un assassino è arrivato fin davanti al trono e il re lo ha trasformato in una statua d'oro massiccio con un solo gesto. Un attimo prima era un essere umano, vivo, quello dopo un monumento. L'hanno rispedito a Wei come ricompensa e come monito a non oltrepassare di nuovo i confini del Khitan.

«È morto» ripete Mikail. «Quilimar sta facendo le sue mosse».

Mia sorella è sempre stata ambiziosa. Se fosse nata maschio, si dice che nostro padre avrebbe potuto scavalcare Joon e Omin e consegnare la corona direttamente a lei. Era innegabilmente la sua preferita. Ma le nostre leggi impediscono alle ragazze di ereditare. Lo stesso vale a Wei. Solo il Khitan permette questa assurdità.

Non ho idea di come mia sorella abbia ucciso suo marito, anche se la reputo capace di assassinare chiunque.

«Sta governando in qualità di reggente per il loro figlio, e si dice che indossi l'anello, cosa che nessun reggente ha mai fatto prima» racconta Mikail. Mi lancia un'occhiata, e so cosa significa. O dubita che il bambino vivrà oppure dubita che vedrà mai il trono. Nemmeno io mi fiderei troppo di Quilimar.

«Ancora non capisco. Perché lo Yusan?»

«Vuole la morte di Joon, credo che la corte intera l'abbia sentita augurargliela prima del matrimonio».

«Lo so, ma...»

«Quilimar probabilmente crede di poterti controllare» continua Mikail con un sospiro. «È convinta che sarai un re più debole, che potrà essere comprato con l'oro del Khitan».

Lascio che il bruciore di quest'offesa mi si depositi nelle ossa. L'uomo che ero prima di essere bandito sarebbe stato un sovrano debole, non ha senso negarlo. Sarei stato tentato dai delegati che fossero giunti carichi di ricchezze. Probabilmente le avrei spese per ampliare il palazzo e per elargire doni a Mikail e a me stesso. Ma sono cambiato. E forse il fatto che mi sottovaluti non è del tutto un male.

Peccato che sia doloroso. Crescendo senza un padre, tutto ciò che desideravo era l'amore dei miei fratelli o, se non proprio l'amore, almeno il rispetto. A quanto pare non ho ottenuto né l'una né l'altra cosa. E se nemmeno la tua famiglia ti ama, come puoi avere un posto in questo mondo?

Gli occhi verde acqua di Mikail mi osservano. «Lei non ti conosce. Nessuno dei tuoi fratelli sa chi sei veramente».

Ha ragione. Nessuno, dentro o fuori la famiglia reale, si è mai preso la briga di conoscermi. Tranne Mikail. Nessuno mi ha mai accettato per quello che sono, tranne lui. Nessuno mi ha dato una casa.

Mikail: bello, letale e riservato. A volte vorrei farlo a pezzi solo per scrutargli dentro. Conoscerlo davvero per poterlo possedere. Ma non funzionerebbe: lui si porterebbe i suoi segreti nella tomba, e io non gli farei mai del male. Perché lo amo. L'ho sempre amato. Lo amerò per sempre.

Mi guarda, con le sue ciglia lunghe e gli zigomi affilati. Mi sporgo in avanti, dandogli il tempo di indietreggiare, prima di stringergli il viso tra le mani. Non si muove. La sua guancia è così liscia, la sua pelle morbida. E quelle labbra. Non sono riuscito a dimenticarle, mai, neanche per un secondo negli ultimi tre anni.

Gli sto ancora fissando la bocca quando sento le sue labbra sulle mie. Turgide e sode. Gli afferro i capelli, il viso. Lui fa lo stesso mentre la sua lingua circonda la mia. Poi tutto diventa una gara. È sempre stato così, tra noi: frenetico. Ma stavolta è diverso. Gli mordo le labbra per assicurarmi che sia tutto vero, affondo le dita nella sua pelle. Inalo il suo profumo come fosse una droga. Voglio essere certo che non sia un altro sogno febbrile. E lui mi tratta allo stesso modo.

È reale. Mikail è davvero qui con me.

Ed è come se il tempo non fosse mai passato. Come se la sala del trono non fosse mai esistita, perché io ho lui. La differenza è che lo desidero più di quanto abbia mai fatto. Più di quanto ritenessi possibile. Ho la sensazione che, se non lo avrò in questo istante, potrei appassire e morire.

Questo bacio. Per questo bacio vale la pena attraversare gli inferni. Vale la pena morire di fame, solo per essere nutriti in questo modo. Le sue mani scorrono sulla mia camicia. I suoi gemiti quando mi bacia non sono cambiati. Ha ancora lo stesso sapore. Ogni parte del mio corpo risponde ai suoi stimoli con una prontezza che non ho mai provato con nessun altro. Ho avuto innumerevoli amanti, ma solo di Mikail non sono mai sazio. Da lui voglio sempre di più.

Dopo un attimo, gli bacio il petto mentre gli sbottono i pantaloni. È passato troppo tempo. Troppo. Ho bisogno di assaggiarlo. Di farlo mio.

«Ti amo, Mikail».

Glielo sussurro sulla pelle mentre mi inginocchio davanti a lui. Non sarò soddisfatto finché non sarà completamente mio. Il che significa che non sarò mai soddisfatto.

CAPITOLO 27

ROYO

CITTÀ DI RAHWAY, YUSAN

Non mi piace affatto sentire le mani di un uomo che ravanano vicino al mio inguine.

Però devo stare fermo. Su insistenza di Aeri mi sto facendo preparare degli abiti nuovi. E il sarto è in ginocchio, a misurare una cosa chiamata 'cavallo'. Aspetto, teso come una corda, con il fiato sospeso. Davvero imbarazzante.

Avevamo attraccato a Rahway da qualche secondo e già mi stava trascinando nella più elegante sartoria della città. Nel corso della mia carriera ho ucciso e mutilato persone, eppure Aeri si sta rivelando il peggior incarico che abbia mai accettato.

Più giorni trascorro in sua compagnia, più le mie certezze in questo senso vacillano.

La notte in cui siamo stati salvati, ho fatto fatica ad addormentarmi sul divano. Sarei dovuto crollare, fisicamente ero esausto. Mi faceva male la testa e avevo un livido spaventoso, perché ero caduto sull'oro che mi ero portato dietro. Eppure, invece di dormire, me ne sono rimasto lì a chiedermi quale fosse il mio problema. Alla fine ho dovuto ammettere che il motivo per cui il sonno tardava ad arrivare era che volevo sentire il respiro leggero di Aeri sul collo. Il lieve alzarsi e abbassarsi del suo petto sotto il mio braccio. Mi sono imposto di piantarla, di rimanere sul divano, di chiudere i miei cazzo di occhi. Alcuni chiamano 'anelito' il forte desiderio di qualcosa che non si può avere. Io lo chiamo 'condanna alla delusione'. La notte seguente è stata più facile. E ora praticamente non ci penso più. O quasi.

In questo momento è seduta in poltrona e sorseggia un tè mentre passa in rassegna i tessuti. Tiene le lunghe gambe accavallate. Vuole che prenda tre abiti su misura. Che cazzo dovrei farci con tre abiti, proprio non lo so. D'altronde, per sé ne ha ordinati non meno di una dozzina. Quindi credo che tre non siano poi tanti, per i suoi standard.

«Riuscirete a finire il primo entro domani mattina, giusto?» chiede.

«Sì, signora» risponde il sarto. È un vecchio abbastanza gentile. Raddrizza la schiena buttandosi il metro sulla spalla gracile. Ha finito, direi. Scendo dalla pedana.

«Fantastico!» Aeri batte le mani e si alza.

Si assicura di prendere la borsa di velluto dalla sedia. La guardo, chiedendomi ancora una volta che cosa contenga, mentre mi carico in spalla il borsone pesante. Sì, abbiamo ancora i bagagli con noi. Non siamo nemmeno passati a lasciarli nella locanda, ma Aeri è felice. Ha un vestito nuovo che ha preso dal manichino di un negozio. Le sta un po' largo anche se dovrebbe essere aderente, ma non poteva sopportare di indossare quello vecchio un secondo di più.

Devo trascinarmi dietro i suoi panni sporchi più una borsa piena di biancheria intima che ha appena comprato. Ha insistito per acquistarne anche per me. Non capisco chi dovrebbe vedere le mie mutande, ma è stato più facile accettare che mettersi a discutere. Sulla nave abbiamo avuto una ventina di piccole discussioni, e non ne posso più. Aeri sarebbe in grado di sfiancare un cavallo da corsa.

Quando usciamo dalla sartoria, il sole è travolgente.

Mentre Umbria è tutta pietra grigia e tetti spioventi, questo posto è color crema e beige. Il sole caldo fa scintillare i muri. Tengo la mano sugli occhi per proteggerli. Non sapevo che gli edifici potessero luccicare.

«Dove alloggeremo?» domando.

«Al Troubadour Inn» risponde lei.

«E dov'è?»

«Non lo so». Si guarda intorno e poi afferra la manica di un passante a caso. «Chiedo scusa. Dove possiamo trovare il Troubadour?»

Nonostante sia sorpreso quanto me, l'uomo è abbastanza cortese. Indica a destra. «Sarà a non più di quattro isolati da quella parte. Buona giornata, signorina».

«Che fortuna!» Aeri sorride, deliziata.

Fin qui abbiamo dovuto prendere una carrozza perché secondo lei il porto era troppo lontano, ma credo che quattro isolati li possa tollerare. Saltella lungo il marciapiede con il suo vestito nuovo e la misteriosa borsa di velluto, e io la seguo. Di solito sarei infastidito, ma qui devo ammettere che si sta bene. Ci sono parecchi gradi in più rispetto a Umbria, il clima è mite. E sì, c'è anche qualcosa nella sua felicità che mi mette di buonumore. O forse mi ci sono solo abituato.

La torre suona undici campane. Resteremo qui tutto il giorno, fino a domani. Dato che siamo arrivati a Rahway, non resta che noleggiare una carrozza con cui percorrere il Cammino Orientale verso Tamneki.

«Tutti quegli abiti saranno pronti per domani?» chiedo.

Aeri inclina la testa. «No, solo due. Ho pagato un piccolo extra per avere quelli e il tuo vestito più in fretta».

Solo due? «E gli altri? Non partiamo domani?»

Lei fa segno di no. «Credo che resteremo qui per qualche giorno».

«Cosa?» Mi blocco in mezzo alla strada.

Lei si ferma sul marciapiede. «Dopo l'incontro con il maestro delle spie decideremo quando muoverci per Tamneki, ma ho la sensazione che staremo qui per un paio di giorni o poco più. Se i vestiti non saranno pronti prima della nostra partenza, li farò spedire alla capitale. Non è un problema».

Eccome se è un problema. Rimango piantato in mezzo alla strada ad agitare le braccia, finché i conducenti delle carrozze non mi urlano di togliermi dai piedi.

Aeri mi scruta. «Perché sembri così contrariato? Non li volevi nemmeno, quei vestiti».

Alzo le mani. «Perché è un altro ritardo!»

«E allora?»

«E allora ci vorrà più tempo!»

«E? Mi avevi promesso un mese».

«Sì. I trenta giorni sono iniziati quando abbiamo lasciato Umbria». Indico vagamente in direzione della città, mentre la frustrazione mi impedisce di tenere ferme le braccia. Alla fine, a quanto pare, mi è rimasta l'energia necessaria per discutere di nuovo con lei.

Aeri continua a fissarmi imperterrita. «E?»

«E abbiamo ritardato di un giorno sul Sol, e ora si parla di due o tre giorni qui».

«Già, ed è comunque meno di un mese, anche se ci vorrà più di un lunio per arrivare a Tamneki. Quindi te lo ripeto: qual è il problema?»

Mi affronta. Con le sue scarpe nuove, siamo alti uguali. Mi fissa dritto negli occhi, e non è più la signorina spumeggiante o la ladruncola presuntuosa, bensì qualcosa di diverso. Qualcosa fatto di selce e zanne. Una tigre che fissa un leone, aspettando che l'altro si volti o attacchi. Ma lei non è una tigre. Potrei spezzarla in due senza il minimo sforzo, eppure non si tira indietro né si sottrae. E questo richiede coraggio. O un livello di follia davvero elevato. Forse entrambe le cose. Un sentimento mi attraversa il petto: ammirazione. Merita il mio rispetto. E non è una cosa che mi è capitato di pensare di molte persone.

«Stai perdendo t-tempo» balbetto.

Lei si stringe nelle spalle. «È il *mio* tempo».

Poi si volta ed entra nel Troubadour Inn.

Dopo un attimo la seguo, carico della sua biancheria intima, perché è evidente che gli dèi mi odiano.

CAPITOLO 28

SORA

CITTÀ DI RAHWAY, YUSAN

La villa del Conte di Rahway si trova su una collina accanto al Sol. È l'unico posto che abbia mai visto in grado di competere con la dimora del Conte di Gain. Le due tenute sono ugualmente grandiose, il che ha senso, ma hanno stili completamente diversi. Questa è a tre piani, in arenaria, con un'alta torretta che funge da torre di avvistamento. Ancora una volta mi chiedo se riuscirò mai a capire veramente gli uomini. Perché mai qualcuno dovrebbe rischiare tutto questo solo per ottenere di più?

Ora siamo all'interno della torre, e il conte ci sta guidando in un lungo giro della sua tenuta. Abbiamo visto l'armeria, le scuderie immacolate, la vasta biblioteca e l'immensa sala da ballo. Rune è un uomo alto, con capelli corti e castani e pelle marrone scuro. Indossa una giacca lunga, di quelle che vanno di moda qui. È color crema, impreziosita da ricami dorati. Al collo porta una catena d'oro massiccio e diamanti, e la sua camicia bianca è orlata d'oro. Anche lui, come il Conte, sembra privo di età, ma immagino abbia tra i quaranta e i cinquant'anni. La mia stima cambia a seconda dell'angolazione da cui lo guardo e della sua espressione.

La stanza nella torretta è magnificamente decorata con intarsi di lapislazzuli e legno raro intagliato. Le arcate aperte lasciano entrare la brezza. Passo la mano sulle piastrelle a mosaico che si estendono per tutta la parete fino al soffitto.

Il conte mi ha offerto il braccio all'inizio della visita, dunque cammino tenendolo stretto mentre lui mi indica i suoi pezzi e le sue vedute preferite. Tiyung sembra vagamente insoddisfatto, ma non dice nulla.

Indossa una giacca blu. Solo i conti sono autorizzati a sfoggiare questa tinta particolare, ottenuta facendo bollire migliaia di scarabei vivi. Porta un collier di zaffiri, ciascuno delle dimensioni di un kiwi, e un cappello nero a sbuffo. Nel complesso ha un aspetto ridicolo, ma c'è qualcosa di accattivante nell'autoironia con cui lo esibisce.

«Nelle giornate limpide si vede fino ai Monti Tangun» dice Rune, indicando verso ovest.

Il crepuscolo regala un tramonto spettacolare di rosa e viola e, con il profumo dei fiori di cactus che aleggia nella brezza, riesco quasi a dimenticare di essere prigioniera in territorio nemico.

«È bellissimo» dico.

«Il panorama non è niente in confronto a te» mormora il conte. «Avevo sentito delle voci sul tuo splendore, ed è bello quando le voci non esagerano».

Indosso un avvolgente abito verde smeraldo, e orecchini d'oro mi pendono dai lobi. Ho la solita quantità di gioielli e bracciali, ma il verde fa risaltare il violetto dei miei occhi.

«Vostra Grazia è troppo gentile» rispondo.

«No, sono semplicemente onesto» dice lui.

Chissà perché, ne dubito. Questi uomini possono sembrare tutti affascinanti... all'inizio. Ma quando abbassano la maschera, sono le più orrende creature dei tre regni.

Terminiamo la visita in una sala da pranzo. Il soffitto è a volta e il tavolo abbastanza lungo da ospitare quaranta persone, ma i posti apparecchiati sono cinque.

Altre due persone si uniranno a noi. Lancio un'occhiata a Tiyung. Anche lui sta fissando i piatti.

«Stasera aspetto altri due ospiti d'eccellenza» spiega il conte, guardandoci a turno. «Prego, accomodatevi mentre attendiamo. Sora, mia cara, siediti alla mia destra».

Non mi piace, perché il mio orecchio danneggiato sarà rivolto al conte, ma mi accomodo comunque sulla sedia dallo schienale alto. Ho il brutto presentimento di essere finita in una trappola dorata, quindi il mio udito sarà l'ultima delle nostre preoccupazioni. Tiyung occupa a sua volta il posto alla mia destra.

Il conte, ovviamente, siede a capotavola.

«Non sapevo che qualcun altro si sarebbe unito a noi, Rune» commenta Tiyung. Ha un tono tranquillo, ma capisco che è sincero. I nobili odiano le sorprese.

«Nemmeno io, fino a poco fa» dice il conte. Il suo volto non tradisce emozioni, ma sembra che non gli importi nulla di Tiyung. «Hanno fatto un viaggio sfiancante e si stanno rinfrescando prima di cena». Poi rivolge la sua attenzione a me. «Mia cara, posso offrirti da bere? Vino? Abbiamo anche una vasta selezione di coju».

«Va bene l'acqua, grazie».

Il conte fa cenno a un servitore che si sta già dirigendo alla brocca d'acqua.

«Per me coju invecchiato vent'anni. Ti va bene, Tiyung?» chiede il conte.

Tiyung annuisce.

Rune si china di nuovo verso di me. «Il coju è fatto con le piante spinose che si vedono sulla strada per Rahway. Quelle terre sono tutte mie: la distillazione del coju è il mio passatempo prediletto. Il liquore è squisito, soprattutto se invecchiato più di vent'anni».

Annuisco, abituata a fingere entusiasmo per gli interessi degli uomini. «Come si trasformano le piante in liquore?»

«Arrostendone il midollo e facendolo fermentare. Se ti interessa, posso portarti a visitare la mia distilleria».

Non mi interessa. «Sembra affascinante».

Mi sorride come se sapesse che sto mentendo.

«Ah! Ecco i nostri graditissimi ospiti» dice.

Due uomini si fermano sotto l'enorme arcata d'ingresso.

Il conte e Tiyung si alzano e li accolgono con un inchino. E se un conte e il figlio di un conte si inchinano al cospetto di qualcuno, questo può significare solo una cosa: regalità.

CAPITOLO 29

EUYN

CITTÀ DI RAHWAY, YUSAN

Mi sento un uomo nuovo, lavato, pettinato e con abiti di finissima fattura. Come se non bastasse, sono seduto di fronte a una donna straordinariamente bella. Rune e il figlio del conte meridionale mi hanno fatto un inchino quando sono entrato nella stanza. Un ritorno alla mia vecchia vita. Mikail siede alla mia sinistra, bello come sempre. Ma chi sarà la donna di fronte a me? È ancora più affascinante delle cortigiane di Qali, il che è tutto dire.

«Sora... giusto?» domando.

Lei annuisce.

«È un nome insolito».

Sorride. «Era Athora, Vostra Altezza, ma mia sorella da piccola non riusciva a pronunciarlo bene e, dopo che sono entrata a far parte della famiglia del conte meridionale, ho cominciato a farmi chiamare Sora».

Per poco non mi strozzo con il vino.

«State bene, Altezza?» chiede il conte. I suoi occhi non sono esattamente marroni. Sono così chiari da virare al giallo, quasi come quelli di un serpente.

Alzo un attimo la mano per riprendermi. Rune guarda il mio calice di vino e poi lancia un'occhiata sospettosa al servo.

«Sto bene» lo tranquillizzo, schiarendomi la gola. Ma non è vero. Non può essere la ragazza che sto immaginando. È assolutamente impossibile. Riporto la mia attenzione su Sora. «Anche Athora è un nome unico. E tua sorella... anche lei ha un nome inconsueto, difficile da pronunciare?»

Sora sorride di nuovo. «No. Si chiama Daysum».

Mi costringo a respirare normalmente. Quindi anni fa mi hanno mentito. Ma non posso pensarci, in questo momento. È un conto da regolare più tardi, e noi siamo qui per discutere del futuro. Mikail mi guarda. Ovviamente mi conosce abbastanza da capire che sono infastidito. Ne parleremo in privato.

«Deduco, Altezza, che vi stiate interrogando sulla splendida creatura che avete davanti, chiedendovi cosa abbia a che fare con i nostri piani» interviene il conte.

Annuisco.

«C'è bisogno di una dimostrazione, allora» continua, sorridendo. «Perdonatemi, mia cara».

Le prende il bicchiere d'acqua. Lei lo guarda confusa. Rune fischia e un grosso meticcio viene condotto nella stanza. Peserà una cinquantina di chili. Annusa in giro, respirando in modo strano.

Tutti i presenti al tavolo lo osservano, incuriositi. Il conte appoggia con cura il bicchiere di Sora sul pavimento. Il cane lappa avidamente l'acqua.

Dopo pochi istanti, il cane inizia a soffocare e avere le convulsioni. Sora sgrana gli occhi e si alza in piedi, aggrappandosi al tavolo. Tiyung fa lo stesso, a bocca aperta. Nel giro di venti secondi, il cane è morto. Sdraiato a terra con la lingua nera.

L'incarnato già pallido di Sora è diventato ancora più bianco. Le sue labbra dipinte si schiudono. «Che cosa avete fatto?»

«Veleno del tabernacolo» spiega Rune. Fa un gesto verso la carcassa e i servitori la portano fuori dalla stanza.

Sora respira a fatica, il disgusto dipinto in faccia. Quanto a me, sono troppo confuso per essere inorridito. Stava sorseggiando acqua da quello stesso bicchiere un attimo prima che il conte glielo portasse via. Se davvero conteneva veleno del tabernacolo, com'è possibile che non sia morta?

Il conte indica Sora. «Avete davanti a voi la più potente vergine velenosa di tutto lo Yusan».

Mikail si irrigidisce, osservandola. Il suo volto assume una certa espressione. Lo conosco, quello sguardo: appare ogni volta che si trova al cospetto di un avversario formidabile. Mikail la rispetta. Ma la compatisce, anche. Si diventa affilati come una lama solo se tutte le parti morbide vengono eliminate. Lui lo sa meglio di chiunque altro.

«Siediti, Sora. Tiyung» dice il conte. «Dimostrazione conclusa».

«Non era necessaria, Vostra Grazia». La donna, di nuovo seduta, parla in tono dolce, eppure la sua voce tentenna. Ma non è agitata: è furiosa. Lo rivela la tensione delle spalle e delle mani. Si è conficcata le unghie nei palmi per evitare di stringerle intorno al collo del conte.

«Le mie scuse, mia cara. Portatele dell'acqua fresca, per favore». Fa cenno a un servitore, anche se sono certo che la ragazza non accetterà più niente da mangiare o da bere.

«C'era del veleno del tabernacolo nella sua coppa?» chiedo. «Com'è possibile che non sia... be'... morta?»

Il veleno del tabernacolo è uno dei più letali dello Yusan. È incolore e quasi insapore, ma ne basta una goccia per uccidere un uomo adulto. Eppure l'ho vista bere da quel bicchiere diverse volte. Avrei potuto pensare a un trucco, ma qualunque cosa sia rimasta nella coppa è stata sufficiente per uccidere un grosso cane.

Rune sorride, mostrando due file di denti immacolati. «Incredibile, vero? Secondo le mie stime, Sora ha ingerito un centinaio di veleni diversi, nell'accademia di Seok. È una delle poche sopravvissute all'addestramento. E adesso è immune a tutti quanti».

«Un'accademia dei... veleni?» dico. Guardo Mikail.

Il conte annuisce. «Donne altamente addestrate e assassine qualificate, in una scuola segreta appena fuori Gain. Illegale, naturalmente».

Mi chiedo se sia questa la ragazza a cui si riferiva Mikail, con abilità mai viste prima. Ma non sembra che si conoscano. E lui è sorpreso quanto me. C'è sempre una scintilla che gli lampeggia negli occhi quando apprende nuove informazioni. Assapora i segreti come fossero dolci in una casa dello zucchero.

«Tiyung, quante ragazze ha dovuto uccidere tuo padre per ottenere una Sora? Venti?» Rune sorseggia il suo coju e aspetta divertito la risposta.

«Diciassette» lo corregge Tiyung, deglutendo a fatica. Lui non è affatto divertito.

Il conte trae godimento dal suo disagio. «Ah, sì, diciassette. Tra le ragazze più forti, sane e belle del Paese, sottoposte a quasi dieci anni di microdosi di veleno. Tanta sofferenza, tanta morte per creare una fanciulla in grado di uccidere con un bacio. Eppure, anche sapendo che ormai il suo corpo è letale, è difficile tenere a freno l'attrazione».

«Perché mai tenerla a freno?» Sora sorride come se fosse uno scherzo, ma i suoi occhi sono colmi di sfida. Ucciderebbe entrambi gli uomini a questo tavolo. Forse anche Mikail e me, se potesse. E di certo può. Mi chiedo cosa glielo impedisca.

«Credimi quando ti dico che hai bisogno di me, mia cara» replica Rune. Si rivolge a me e Mikail. «Vi stiamo fornendo una ragazza che può uccidere senza bisogno di armi. Che può superare qualsiasi controllo delle guardie di palazzo. Ci sono voluti dieci anni, venti ragazze e un milione di mun d'oro per addestrarla, ed è a vostra disposizione per il nostro grande piano. Spero che questo dimostri il livello di impegno mio e del conte meridionale nei confronti del vostro glorioso governo, Vostra Altezza. Lasciatela sola con Joon e sarà un uomo morto».

«Davvero notevole» commento. «Grazie molte».

Annuisce.

«E il conte settentrionale?» domanda Mikail.

Rune non riesce a nascondere il disprezzo che prova, ammesso che stia tentando di farlo. «Bay Chin non si è ancora affiliato, terrorizzato com'è di venire controllato da Joon. E poi, non sono sicuro di aver bisogno di uno stolto che ha creduto che un dardo avrebbe ucciso un dio re».

Joon, naturalmente, sapeva che era stato il Conte di Umbria a cercare di ucciderlo, ma nemmeno con la tortura era riuscito a far sputare all'assassino il nome di Bay Chin. Così aveva messo delle sanzioni sulla città e lasciato Bay Chin in pace.

«E Dal?» chiedo.

«Come sai, i conti meridionali e orientali non si parlano, ma non è un sostenitore di Joon. Appoggia il nostro piano. Lo incontrerete a Tamneki».

I conti settentrionali e orientali sono alleati da secoli. L'alleanza tra i conti occidentali e quelli meridionali, invece, è piuttosto recente, probabilmente nata per fronteggiare il potente nord-est, più che per affinità reciproca. Tutti questi uomini si odiano a vicenda. È solo questo che impedisce loro di rovesciare Joon.

«Certo, c'è ancora il problema di togliergli la corona» riflette il conte.

Guardo Mikail e lui annuisce.

«Abbiamo trovato qualcuno con le capacità necessarie» annuncia. Non esiste una risposta più vaga di questa, eppure Rune sembra soddisfatto.

Sorride. «Molto bene».

«La corona?» chiede Sora. Il suo sguardo dardeggia da un lato all'altro del tavolo. «Perdonatemi se vi interrompo, miei signori, ma non capisco».

«La corona, ovviamente, dovrà essere rimossa prima che tu possa avvelenarlo» spiega Mikail, agitando la mano.

Gli occhi di lei continuano a muoversi. Non lo sa. Non sa che è la corona a rendere Joon immortale.

Nessuno gliel'ha detto.

Il conte fissa Sora, i suoi occhi da serpente la scrutano per bene. «Seok ti ha mandata qui convinta di dover uccidere un dio?»

La ragazza non reagisce se non con un cenno del capo, e nello stesso momento una decina di servitori arriva portando la cena. Il profumo di carne arrosto e spezie inebrianti riempie la sala.

La risata di Rune riecheggia intorno a noi, il suo viso è illuminato di piacere mentre sorseggia il coju. «Oh, Tiyung, la crudeltà di tuo padre non ha eguali».

Tiyung diventa color vinaccia.

Quelle che stiamo toccando al tavolo sono normali questioni politiche. Ma la ragazza sembra smarrita, e Tiyung non se la passa molto meglio.

Tutti tacciono finché Sora non spinge indietro la sedia. «Scusatemi, miei signori. Ho bisogno di una boccata d'aria».

Tiyung si alza.

«Da sola» aggiunge. Il suo tono non ammette repliche, e si affretta a uscire dalla stanza.

CAPITOLO 30

SORA

CITTÀ DI RAHWAY, YUSAN

Continuo a camminare, coi tacchi che ticchettano sui pavimenti lussuosi, fino a ritrovarmi fuori. Non so cosa fare di me. Di questa rabbia. La cosa migliore mi pare uscire a prendere una boccata d'aria.

Attraverso una porta e mi ritrovo in un enorme patio di pietra affacciato sul fiume. Mi avvicino al bordo e mi aggrappo al parapetto. Le mani mi tremano per la rabbia, per l'umiliazione, per la disperazione. Non c'è modo di gestire questa sensazione se non resistere e premere le dita sulla pietra. Il fiume scorre cinque metri più in basso. Forse di più. Alla fine del suo tragitto si tuffa nel Lago Garda, a sud della città. E il Garda alimenta il resto del Paese.

Osservo l'acqua. Nel corso degli anni ho pensato molte volte di togliermi la vita. Ho pianificato fino all'ultimo dettaglio, riflettendo su come farlo e su quanto sarebbe stato facile. Ma non ci ho mai provato. Non perché temessi il Regno degli Inferi, ma per quello che dopo sarebbe successo a Daysum. Ma ho appena capito cosa mi ha detto. La frase che mi ha sussurrato nel giardino del Conte.

«Non saltare» dice una voce.

Mi giro e vedo Rune accanto alle porte del patio. È solo. Sono felice che Tiyung non sia con lui. Tregua o no, in questo momento sento che potrei fare un disastro.

Ma il conte occidentale non è poi meglio. Ha ucciso un cane senza motivo. Il meticcio non aveva fatto niente di male. È morto per un miserabile spettacolino. Questi uomini sono fatti così.

«Mi ritieni riprovevole» dice il conte. «Per un bastardo». Scuote il capo e si avvicina di un passo. «Servirebbe a qualcosa dirti che quel cane questa mattina era stato morso da una volpe con la rabbia ed era quindi destinato a una morte ben più atroce?»

«È una menzogna».

Lui serra le labbra. «Non ho motivo di tradire la tua fiducia per un animale, Sora. Così come non ho motivo di uccidere un buon cane da guardia. Io non mento solo per il gusto di farlo».

Non so se sia sincero o meno, mentre si avvicina al parapetto. Si tiene a distanza, ed entrambi guardiamo il Sol fluire, sempre più veloce, fino alla fine del suo corso. Lì la corrente è così rapida che l'acqua è bianca.

Avrei dovuto sentire il sapore del veleno nella coppa, e l'ho sentito, ma ero convinta che fosse solo l'acqua del deserto che aveva un gusto diverso. Il tabernacolo è quasi insapore. Quasi. Se ne inghiotti abbastanza, la differenza si sente.

«Avete avvelenato la mia acqua» dico.

Lui annuisce. «Sì. E ti chiedo scusa per questo sotterfugio, ma per il mio bene e per quello del nostro ospite reale dovevo assicurarmi che quello che Seok dice sul tuo conto fosse vero. Non mi hai deluso. E nessuno si è fatto male».

«Che fortuna» commento.

Rune ridacchia e si appoggia al parapetto, rivolto verso di me. «Seok non ha domato il tuo spirito. Interessante».

«Non che non ci abbia provato» dico.

Lui mi fissa. «Io ci sarei riuscito. Saresti stata docile come un agnello, al mio fianco».

Sollevo un sopracciglio. «Credo che si sarebbe rivelato più difficile di quanto immaginate».

«Mi sarei divertito molto». Rune sorride ed è allora che lo vedo. Ama il dolore, ama infliggerlo. Si sarebbe goduto ogni secondo del mio avvelenamento. Mentre Seok non mi ha mai trascinata nel suo letto, questo conte l'avrebbe fatto. Avrebbe trovato il modo di spezzare ogni singola parte di me.

Torna a guardare il fiume. «Probabilmente è per questo che ti vuole morta».

«Chi mi vuole morta?»

Sogghigna. «Il Conte di Gain. Per quale altro motivo pensi che abbia mandato Tiyung con te?»

«Per bruciare il mio contratto» rispondo, rendendomi conto di stare semplicemente ripetendo ciò che mi è stato detto.

Il conte occidentale scuote il capo. «Sono abbastanza sicuro che saresti in grado di distruggere da sola il tuo contratto. E non ha nemmeno paura che scappi, perché sa che non ci proveresti. Non con quello che il fratello di Seok farebbe a tua sorella. Quindi dimmi: secondo te perché Tiyung è qui?»

Io... non lo so. Un brivido mi attraversa tutto il corpo e le mani ricominciano a tremare. Rune ha ragione. Avrei potuto bruciare da sola il contratto, e Seok sa bene che non sarei mai scappata. Ma Tiyung...

Mi conficco le unghie nei palmi. Sono stata una sciocca. Era tanto ansioso di dimostrarmi che era cambiato... solo per non farmi sospettare di lui. Anche quando ha detto che voleva aiutarmi. Era solo per evitare di farmi ragionare sul vero motivo per cui mi accompagnerà a Tamneki.

Rune mi scruta. Sono certa che sa dove mi stanno portando i pensieri, ed è in estasi. Ama la mia angoscia. Ama il fatto che io sia stata così disperata da fidarmi del mio nemico.

«Perché me l'avete detto?» gli chiedo. «Siete un alleato di Seok».

«Perché non penso che dovrebbe annientarti. Sei una donna bellissima, con un'abilità incredibilmente utile. Sarebbe un peccato sprecare un investimento da un milione di mun. E io aborro gli sprechi». Si toglie un granello di polvere immaginario dalla giacca.

Scoppio a ridere. «Preferireste tenermi come schiava».

Si stringe nelle spalle. «Preferirei tenerti in vita. Le condizioni possono essere negoziate. Soprattutto mentre formiamo un nuovo regno. Tu sei un'assassina fuorilegge, mia cara. Menti a te stessa se pensi che questa storia possa concludersi con la tua totale libertà».

«Allora perché non dovrei farla finita subito?» Indico il fiume.

«Perché invece tua sorella può essere libera» risponde lui.

Chiudo lentamente gli occhi. Sarà vero? È un enorme ostacolo, amare qualcuno con tutto il cuore. Ed è proprio quello che stavo pensando prima che lui mi interrompesse. Finalmente ho capito cosa Daysum mi ha detto in giardino. Non era 'Penso che sia giunta l'ora', ma 'Penso che sia giunta la *mia* ora'.

Fatico a respirare. Non può essere vero. Non può. O ho capito male io oppure lei non sa quello che dice. D'altronde non può esserne sicura. Eppure l'espressione sul suo viso rispecchiava quel messaggio. Ed è per questo che me l'ha sussurrato proprio nell'orecchio sinistro. Voleva dirmelo senza dirmelo davvero. E adesso? Che ne sarà di me? Come si fa ad andare avanti, con la consapevolezza che il proprio cuore potrebbe fermarsi?

«Sora» dice Rune. Apro gli occhi. «Alla fine di tutto, resterà solo un conte. Intendo essere io».

Ancora politica. Naturalmente. Perché non amano niente e nessuno più del potere.

«Credo che comprenderete la mia riluttanza a cenare con voi, questa sera» dico. Metto un braccio dietro la schiena per nascondere il tremore incontrollabile. Devo andarmene da qui, subito.

«Non ho avvelenato nient'altro, Sora. Non avrebbe senso. A differenza di Seok, la mia non è crudeltà gratuita. Sei libera di andare, ma immaginavo che tu volessi rimanere per conoscere il nostro ospite reale».

«Perché?»

«Perché Euyn sarà re, e tu potresti diventare un'assassina legittima oppure una spia come il suo amante, rispondendo solo al trono. Sarebbe un buon futuro. Il migliore a cui tu possa aspirare».

La furia divampa nel mio cuore così rapidamente che non ho il tempo di domarla. «State tutti dando per scontato che io possa sopravvivere all'assassinio di un dio re!» urlo. I miei braccialetti tintinnano sulla pietra quando ci sbatto contro la mano. È ridicolo. Tutto quanto, è ridicolo.

Rune non sembra minimamente turbato dalla mia reazione.

«Il re non è un dio, Sora» dice. «È di questo che stavamo parlando poco fa... l'informazione che Seok non ti ha dato. La corona dello Yusan è una delle cinque reliquie del Signore dei Draghi. La corona protegge chi la indossa attraverso l'etherum. Joon può ancora invecchiare e provare dolore, naturalmente, ma finché la corona rimarrà sulla sua testa non potrà morire. È per questo che le armi create dall'uomo sono inefficaci contro i sovrani Baejkin. Ed è anche il motivo per cui i precedenti tentativi di assassinio sono falliti. I re governano finché non sono stanchi di vivere o finché qualcuno non è abbastanza furbo da togliergli la corona. Ragione per cui la dobbiamo prendere. Il maestro delle spie ha trovato la persona in grado di farlo. Nel momento in cui la corona verrà rimossa, Joon diventerà mortale. Ed è allora che colpirai».

Rune mi offre il braccio. Esito, ma alla fine lo prendo. Riesco a calmare i tremori e scaccio via tutti i pensieri, perché non posso mostrare ciò che penso davvero, e nemmeno che sto pensando qualcosa. È troppo pericoloso. Invece di fremere di rabbia, ora fremo di eccitazione, che per fortuna lui scambierà per nervosismo.

«Perché mi state aiutando?» chiedo.

«Non è ovvio?» Mi fissa, e c'è sincerità nel suo sguardo.

I miei occhi si spostano di lato e poi scuoto la testa. «No».

Deglutisce, e la sua espressione cambia. «Odio Seok, e voglio che tu sia in debito con me».

Non era quello che stava per dire. Mi lambicco il cervello immaginando quale potesse essere la vera risposta. Ma non importa.

Ci avviciniamo di qualche metro alle porte.

«Stai al gioco, Sora» dice Rune. «E posa le tue labbra su quelle di Tiyung, se necessario».

Mi si serra lo stomaco, e anche la mascella. Solo l'altro giorno fantasticavo di mettere la testa mozzata di Tiyung dentro un cesto e poi mandarlo al Conte. Ma il fatto che, ora, Rune suggerisca la sua morte non mi convince. Eppure gli permetto di riaccompagnarmi alla villa, perché ha detto qualcosa che potrebbe cambiare il mio destino.

Entro e faccio finta che vada tutto bene. Mi siedo, sorrido, mangio come se avessi fame. Come se non fosse cambiato nulla.

Come se non avessi appena appreso che la corona dello Yusan, la fascia d'oro del re, rende immortale chi la indossa. Come se Daysum non mi avesse sussurrato all'orecchio che pensa di stare per morire. Come se non mi fosse stata appena consegnata una soluzione per salvarle la vita, se solo trovassi il modo di rubarla.

CAPITOLO 31

MIKAIL

CITTÀ DI RAHWAY, YUSAN

Be', questa sì che è stata una cena interessante.

Avevo sentito parlare di vergini velenose fuori dai confini del regno, ma mai qui nello Yusan. Non dev'essere stato facile, per il conte meridionale, tenere un'intera accademia dei veleni (oltre che un'incredibile quantità di denaro e omicidi) nascosta alla corona. Ma posso capire perché l'ha fatto.

Una donna come Sora è micidiale proprio in quanto insospettabile.

Tanto per cominciare, questo Paese non ha una grande opinione delle ragazze: nessuno crederebbe che una fanciulla attraente come lei possa uccidere. E anche dopo aver portato a termine i suoi incarichi può rimanere anonima, perché molti veleni non lasciano traccia. Può sedurre come faccio io, ma con il vantaggio che tutte le sue vittime sembrano morte per cause naturali. Non so quanti uomini abbia ammazzato per Seok. Probabilmente decine. Direi anche di più, se non fosse così giovane. Se dovessi tirare a indovinare, le darei al massimo ventun anni.

Non che a ventiquattro io sia vecchio. Però mi ci sento.

Sta andando tutto a gonfie vele. Abbiamo una ragazza in grado di eludere la sorveglianza delle guardie introducendo a palazzo un'arma letale, e un'altra capace di rubare la corona; il problema resta come arrivare al re. Sora e Aeri potrebbero passare per cortigiane, ma far entrare Euyn a palazzo è impossibile. Tutte le guardie lo conoscono, e in pochi sono più fedeli a lui che a Joon.

Le voci sul suo esilio si sono diffuse in lungo e in largo, sempre peggiori a ogni racconto.

Quasi terribili quanto la verità.

L'ho trascinato dentro l'armadio della mia camera da letto. Ci saranno di sicuro molte orecchie tese a origliare. Le ville come questa hanno spesso delle pareti cave create appositamente per spiare gli ospiti. Ma ho controllato l'armadio e sembra di legno massiccio. In più, le stoffe offrono un'insonorizzazione naturale.

«Ci ho pensato un po' e, anche se all'inizio speravo di farlo in privato, l'unica è colpire durante la festa del Millennio» dico.

«La festa del Millennio?» domanda Euyn. «Intendi quella che si terrà a Tamneki tra quindici giorni?»

«Proprio quella».

Nell'armadio è quasi buio pesto, ma lo vedo accarezzarsi la barba. «Perché?»

«Uscirà dal palazzo, Euyn. Sai com'è fatto il Palazzo di Qali. Saremo in quattro a dover entrare e uscire... e tu sei quello che crea maggiori difficoltà. Ammettiamo pure che io riesca a introdurti di nascosto; le ragazze non conoscono la planimetria. E bisogna considerare la possibilità che qualcuno ti venda per la taglia o per ottenere altri favori. In più, se le cose si mettono male, non c'è via di scampo. Per questo dovremo colpire fuori da Qali. E Joon lascerà il palazzo solo per i festeggiamenti».

Euyn resta in silenzio. Sta rimuginando su qualcosa, ma non capisco bene cosa.

«Ho solo... ho visto cosa è in grado di fare, ma...» inizia. «Non so se dovremmo affidarci a delle ragazze».

Non riesco a reprimere un sospiro pesante. È ovvio che il problema sta nel fatto che sono donne. Ai Baejkin mancano molte cose – l'empatia, un briciolo di coscienza, la decenza umana, la misericordia – ma il sessismo, quello no, quello non manca mai.

«Euyn, qual è l'alternativa? Tu cerchi di strappare la corona dalla testa di Joon mentre io lo trafiggo nella sala del trono? Ho come la sensazione che le guardie di palazzo lo noterebbero».

Rimane in silenzio per qualche secondo. Per le stelle. Probabile che fosse proprio quello che aveva in mente.

Mi massaggio le palpebre.

«Qual è il piano?» chiede.

«Come dicevo, colpiremo durante la festa del Millennio. I dettagli li stabilirà Aeri, a seconda di quello di cui ha bisogno».

«Chi è Aeri?»

L'ultimo e più importante tassello. Tutto il resto crollerà se non riuscirà a togliere la corona a Joon. Ma non c'è bisogno di dirlo a Euyn. Si farebbe prendere dal panico.

«La ladra» rispondo.

«È la figlia di un lord? Di un conte?»

«No, è una popolana con abilità che non ho mai visto prima».

Euyn rimane interdetto. «Il nostro piano di appropriarci del trono tra un lunio è nelle mani di una ragazza di strada?»

Ah, certo: peggio che affidarsi a una donna c'è solo affidarsi a una popolana. Come con Sora, Euyn avrà bisogno di una dimostrazione completa delle capacità di Aeri per iniziare a credere in lei. Se fosse stata nobile non sarebbe stato necessario. Ma è così che ragionano i Baejkin. Sono gretti in maniera estenuante.

«Incontrala e poi dimmi se pensi che possa farcela» dico. «Se non sarai convinto, ti assicuro che proporrò un nuovo piano».

Sospira. «Quando?»

«In mattinata. Dovremo partire entro domani sera per arrivare a Tamneki prima dei festeggiamenti».

Non sono i tempi che avevo calcolato, ma tutte le volte che abbiamo rischiato di morire nel tentativo di portarlo via da Fallow ci hanno privati della possibilità di fermarci a Rahway e incontrare Aeri per caso.

«Mikail...»

«Fidati, dammi una possibilità» lo interrompo, e allungo una mano per accarezzargli il viso. Si è tagliato barba e capelli quindi non sembra più un selvaggio, anzi, ha un aspetto dignitoso. Mi piace in entrambe le versioni. «Farò ciò che è meglio per te».

«Va bene» dice.

Trovo la sua bocca nel buio. Ci penso da quando mi ha sorpreso sulla strada per Rahway. Riconnettersi con lui ha trasformato il lungo viaggio in carrozza in un'orgia di piacere. Dopo i primi due o tre orgasmi frenetici, abbiamo cominciato a fare con più calma. Per molti versi, lui è come il laoli: estasi, sollievo dal dolore, follia. Anche se con la droga è più facile smettere.

Eppure, quando si tratta di Euyn, non c'è motivo di impormi dei limiti. Tanto è assai improbabile che sopravvivrò alla festa del Millennio.

Non gli ho detto tutta la verità perché so che si sarebbe opposto. Ma ho le mie ragioni per uccidere Joon, e i miei piani per la corona. Per ora, l'unica cosa da fare è godere di tutti i piaceri possibili. Ricorderò ogni momento nel Regno degli Inferi. Spero.

Le sue labbra mi sfiorano il collo e mi eccito quasi all'istante quando mi infila le mani nei pantaloni. È sempre così, con Euyn. Me l'ha preso in bocca per quasi un decennio, ma non mi stanco mai di vedere un principe dello Yusan in ginocchio. E lui non si stanca mai della trasgressione di essere l'amante di un uomo del popolo. Di lasciarmi usare il suo corpo a mio piacimento. Una volta gli mandavo lettere in codice con scritto come intendevo usarlo quando ci saremmo rivisti. E anche lui è sempre pronto. Purtroppo in questo maledetto armadio non si vede niente.

Lo afferro, apro l'anta e poi lo butto sul letto. Ha bisogno di distrarsi, e anch'io. Euyn rimbalza sul materasso e inizia a spogliarsi, assetato di me come una cortigiana qualsiasi. Mi spoglio anch'io. Forse lo sente – che probabilmente nessuno dei due sopravvivrà – o forse è solo desiderio. In fin dei conti, non importa.

«Sono sicuro che i servi del conte ci stanno spiando» gli sussurro all'orecchio. «Diamo loro qualcosa che valga la pena guardare».

Euyn fa un sorriso demoniaco e io sprofondo sul letto sopra di lui.

CAPITOLO 32

AERI

CITTÀ DI RAHWAY, YUSAN

Siamo nel quartiere dei divertimenti di Rahway, ma Royo è tutt'altro che divertito. Ci sono saltimbanchi, acrobati, mangiafuoco, giochi, file di bancarelle di cibo e molto altro. Insomma, ho appena accarezzato una tigre! Eppure è come se lui non si accorgesse neanche delle lanterne volanti e variopinte che si alzano nell'aria intorno a noi.

Sto bevendo vino speziato e, siccome sento che potrebbe darmi alla testa piuttosto in fretta, decido di mangiare un tortino di riso dolce. Royo non ha voluto né da mangiare né da bere.

«Allora, possiamo andare adesso?» chiede mentre passiamo davanti a un contorsionista. Il ragazzo ha letteralmente le piante dei piedi appoggiate sulla testa, e Royo sbadiglia.

È come se non vedesse l'ora di tornare in camera a non fare nulla. L'incontro con Mikail è fissato per domani, quindi abbiamo del tempo da perdere. E per farlo esiste forse un posto migliore di una fiera notturna? Io, almeno, ritenevo di no.

D'accordo, a dire il vero sapevo che Royo non ci sarebbe voluto venire. Ma appena ho visto le lanterne che si alzavano in cielo dalla finestra della nostra stanza gli ho chiesto di fare una passeggiata con me. Credevo che forse, una volta qui, il suo umore sarebbe migliorato.

Invece no.

«Sai, non sei molto divertente» gli dico.

«Non mi paghi per essere divertente» ribatte lui.

«Quanto vorresti in più?»

Mi lancia un'occhiataccia e poi torna a guardarsi intorno sospettoso, come se uno dei giocolieri potesse estrarre un coltello da un momento all'altro.

«Le fiere e i mercati notturni sono sempre pieni di borseggiatori e risse» dice. «Almeno a Umbria. E i turisti sono i bersagli perfetti».

«Ma in questo caso la borseggiatrice sono *io*».

Gli do una spallata giocosa ma lui sembra offeso. Giusto. Ancora non gli va giù la storia del bigliettino che gli ho lasciato in tasca. Deve assolutamente superarla.

«Proprio non riesci a essere seria?» brontola.

Alzo gli occhi al cielo. «Perché invece tu sei così felice di essere sempre serio? È una *fiera notturna*, Royo, non una nave pirata sul Sol».

Al che si chiude a riccio e in qualche modo riesce a sembrare ancora più triste di prima. Non pensavo fosse possibile. Immagino che faremo finta che tutta quella storia non sia mai accaduta, come se non ci fossimo mai scambiati segreti sul balcone per poi salvarci la vita a vicenda sul Sol. Due passi avanti, dieci passi indietro.

«Va bene» mi arrendo. Getto quel che resta del vino e sospiro. È una splendida notte stellata, ma lui non fa altro che lamentarsi. «Andiamo pure».

Mi acciglio, ma ormai sono rassegnata. Se è davvero deciso a non divertirsi, non voglio obbligarlo a stare qui con me. Non voglio renderlo infelice. Speravo solo che cambiasse idea.

Royo mi guarda, poi sospira anche lui. Le sue spalle si affossano leggermente. «Possiamo restare ancora un po'».

Mi alzo in punta di piedi, attraversata da un brivido di gioia. «Davvero?»

Sorrido e nei suoi occhi compare un guizzo di dolcezza. Ma poi annuisce e torna alla vigilanza costante. La prendo comunque per una vittoria.

Passiamo davanti a una serie di banchi che vendono oggetti vari – ninnoli, cose del genere – e poi ci imbattiamo in un'altra fila di giochi. Royo si ferma un attimo. Nella bancarella che sta guardando sono stati installati dei cerchi da tuhko e c'è un premio in palio per chiunque riesca a fare un tiro perfetto. Persino i migliori giocatori di tuhko di solito devono arrivare proprio davanti al cerchio per segnare, ma qui si è costretti a tirare da lontano. In un cerchio verticale.

«Venite a tentare la fortuna come i professionisti!» urla l'uomo dietro al banco. Lancia una palla e la riprende al volo, cercando di rimettere in moto gli affari dopo che l'ultimo cliente se n'è andato a mani vuote. «Chi è il prossimo? Chi potrebbe essere una stella del Campionato del Millennio?»

«Vuoi giocare?» chiedo a Royo.

«No» risponde lui, senza però distogliere lo sguardo dalla bancarella.

Santi numi, deve essere estenuante non dire mai quello che si prova. «Certo, come no. Non sembri per nulla interessato» lo provoco.

Aggrotta le sopracciglia. «Tanto questi giochi sono truccati».

Tante grazie, questo lo sanno tutti.

«Ovvio» dico. Lui mi fissa. «Per questo bisogna capire *come* sono truccati e sfruttarlo a tuo favore.

Scuote il capo. «Non è possibile».

Oh, Royo. Sempre così preoccupato di ciò che è possibile da lasciarsi sfuggire quello che ha di fronte.

Il proprietario della bancarella, rendendosi conto di aver trovato nuove potenziali vittime, ci punta gli occhi addosso e chiama: «Venite a tentare la sorte. Tu, ragazzone, vinci un premio per la signorina».

«Non pensa di poter vincere» grido io di rimando.

Royo diventa quasi cremisi. «Aeri, ti giuro...»

«Se non sei capace, non sei capace». Mi stringo nelle spalle. «Ma non dare la colpa al gioco».

Questo mi fa guadagnare un'altra occhiataccia. Royo si avvicina alla bancarella. Fruga nel portamonete, poi mette giù cinque mun di bronzo. Afferra tre palle della grandezza di un melone invernale dalla mano del venditore e le lancia lentamente, rivalutando ogni volta l'angolazione. È un ottimo tiratore – eccellente, in effetti – ma mentre le palle rimbalzano sul cerchio, io capisco qual è il problema. Il cerchio, che in teoria dovrebbe essere stabile, si inclina appena viene colpito. Non molto, ma quanto basta per far rimbalzare la palla invece di lasciarla passare.

«Vedi» dice Royo a denti stretti. «Te l'avevo detto: nessuno può farcela».

«Oh, no. Andrà meglio la prossima volta» ci congeda untuoso il venditore. È alto più o meno come me e ha la faccia da topo.

«Prova di nuovo» insisto. Lancio verso il banco un mun d'argento, che sparisce in un battito di ciglia. Questo tizio ha i riflessi quasi più pronti dei miei. Quasi. Al posto del mun compaiono le monete di resto.

Mi avvicino e sussurro all'orecchio di Royo. «Lancia le palle velocemente, una dopo l'altra, e al secondo e al terzo colpo mira un pelo più in basso rispetto al cerchio».

«Cosa? Perché?»

«Perché funzionerà».

Lui scuote il capo. «No che non funzionerà».

Ovviamente non mi crede.

«Be', puoi sempre provare, Royo, nella remota possibilità che funzioni».

Sbuffa, ma afferra le palle da tuhko e le tira in rapida successione. La prima colpisce il cerchio. La seconda lo manca, ma l'ultima entra.

La vittoria mi divampa dentro mentre Royo alza le braccia e agita i pugni in aria. Poi si ricorda di essere Royo, l'uomo che odia tutto e tutti e che non potrà mai essere felice perché in passato ha commesso degli errori. Però io l'ho visto: l'orgoglio. Per un attimo, l'ho visto tornare bambino.

È pieno di sorprese.

Riluttante, il venditore mi porge un pupazzo dallo scaffale dei premi. È un piccolo drago colorato, per lo più rosso, con ali blu, pancia gialla e macchioline verdi. Lo stringo al petto, emozionata, mentre ci allontaniamo.

Royo non vuole riconoscere che avevo ragione e la cosa mi infastidisce. Spero davvero che non sia uno di quegli uomini che pensano di riuscire a superare le avversità della vita solo grazie alla loro genialità.

«Lo chiamerò Royo» dichiaro. «Il mio piccolo draghetto arrabbiato». Scuoto il giocattolo vicino al suo viso e ruggisco.

Lui mi fissa sbattendo le palpebre e poi sospira. «E va bene, avevi ragione. Possiamo andare ora?»

«Sì, possiamo andare» rispondo. «Siamo una bella squadra, sai?»

Naturalmente lo sto prendendo in giro, ma mentre ci lasciamo alle spalle il quartiere dei divertimenti, mi rendo conto che è vero. Siamo molto diversi, ma insieme funzioniamo. Ci rendiamo più forti a vicenda. Come il ferro e il fuoco, che uniti fanno l'acciaio.

Non ho mai conosciuto una persona in grado di rendermi più forte. Papà mi ama e vuole che io migliori, ma non sono sicura che sia la stessa cosa. Una volta che gli avrò dimostrato di essere all'altezza di questo lavoro, dopo che ci avrò sistemati per tutta la vita, avrò di nuovo una casa e una famiglia, ma... mio padre non si è mai preoccupato di tenermi al sicuro come fa Royo. Prima siamo passati alla casa della posta e scrivendo a mio padre non ho nemmeno menzionato i pirati. Mi sono detta che era perché non volevo farlo preoccupare, ma sotto sotto suppongo che sia perché non sono sicura che gli importi.

Forse un giorno potrò avere entrambe le cose, qualcuno che mi renda sia migliore che più forte. Per ora, Royo e io torniamo in direzione del Troubadour. Dopo poco ci perdiamo, nonostante Royo non sembri disposto ad ammetterlo. Marcia in avanti come se sapesse dove si trova, ma non è difficile perdersi in una città in cui tutti gli edifici si assomigliano.

«Non mi pare di averla superata, venendo in qua» dico, osservando una statua del vecchio re Baejkin, Theum. Non ci sono molte statue di Re Joon, che non è particolarmente amato né dai nobili né dal popolo.

Mi guardo indietro e le lanterne della fiera si alzano ancora in cielo da nord-est. Arriviamo a un incrocio e ci fermiamo. Per tornare indietro dobbiamo svoltare a sinistra.

«Dovrebbe essere ancora qualche isolato a destra» dice Royo, studiando le case che ci circondano.

«No, è a sinistra».

Royo sospira. «Avremmo dovuto rimanere alla locanda».

«Forse, ma ormai è un po' tardi, no?»

Guardo la strada lastricata. Davanti a noi ci sono due uomini. «C'è qualcuno, laggiù. Posso chiedere a loro».

Royo scruta con sospetto le figure in lontananza. Poi mi guarda, con gli occhi sgranati. «Sei impazzita?»

«Royo, non tutte le persone sono cattive».

«Non sono nemmeno tutte buone».

Restiamo impalati a guardarci. Naturalmente, visto che non riusciamo a metterci d'accordo, nessuno dei due vuole muovere un passo.

«So che non è a destra» mi impunto. «E tu pensi che non sia a sinistra, quindi andiamo a chiedere così...»

«Così puoi farti ammazzare? No, grazie».

Giuro, è un mulo travestito da uomo.

Riesco a fare tre passi prima che mi afferri il braccio. Strillo per la sorpresa, stringendo al petto il piccolo drago. Royo sembra furioso, ma poi fissa la strada. Seguo il suo sguardo. Gli uomini si sono accorti di noi proprio nel momento sbagliato: ora come ora, infatti, un gigante con la faccia arrabbiata mi tiene per il braccio, facendomi urlare di paura.

«Fermo, in nome del re!» gridano gli sconosciuti.

«Non ci credo, cazzo» geme Royo, sottovoce. «Guardie reali».

«Scappa» sussurro.

Mi guarda stralunato. «Cosa?»

«Scappa».

«Aeri, hai solo idee di merda».

Ma dobbiamo andarcene. Non voglio essere arrestata con tutti i gioielli rubati che ho addosso, e sono sicura che non succederà nulla di buono neanche a Royo. Picchiare la gente per soldi non è propriamente legale.

«È che... ho con me alcune cose che non voglio che trovino, e immagino che lo stesso valga per te» dico. Il suo sguardo fugge di lato, in segno di conferma. «Scappa».

Con un cenno, ci giriamo e corriamo nella direzione opposta. Royo mi prende la mano per non separarci mentre la guardia reale ci insegue.

Con i piedi che sbattono sul marciapiede e il cuore che mi martella nel petto superiamo un isolato dopo l'altro, svoltando a destra e a sinistra nel tentativo di seminarli. Ma ci stanno raggiungendo. All'improvviso Royo si ferma e, tirandomi per la vita, mi trascina in un vicolo stretto e buio. Le guardie compaiono sulla strada un secondo dopo. Trattengo il respiro, sperando che non ci vedano, ondeggiando al ritmo del mio cuore. Perché se ci arrestano, non faremo mai in tempo a incontrare il maestro delle spie.

I due uomini proseguono oltre il vicolo. Ma non siamo ancora al sicuro.

«Sei tremenda» sussurra Royo.

«Sì, lo so» rispondo.

Tendiamo le orecchie per sentire il rumore degli stivali dei soldati, mentre, nel silenzio, mi rendo conto di quanto siamo vicini. Siamo petto contro petto, io sono premuta su di lui nel buio. Il suo corpo irradia calore come sull'isola del Sol, e ha ancora le mani poggiate sulla mia vita. Royo potrebbe spezzare il collo di un uomo in qualsiasi momento, eppure mi tiene come quella statuetta dell'uccellino in ceramica a Umbria.

Quindi il motivo per cui non mi muovo e non parlo adesso è diverso.

Respiriamo entrambi affannosamente, faccia a faccia. Lui mi fissa le labbra e poi i suoi occhi scorrono lungo il mio corpo. Mi avvicino ancora, solo un po'. Guarda di nuovo la mia bocca, mordendosi il labbro. Mi si blocca il respiro. Poi distoglie lo sguardo e si schiarisce la gola.

«Io, ehm, credo che li abbiamo seminati» dice.

Lascia cadere le mani lungo i fianchi e si allontana il più possibile da me. Cerco di non sentirmi delusa. In fondo so che è meglio così. È troppo occupato a fuggire dal passato per amare nel presente. Conosco questa sensazione meglio di chiunque altro.

Stringo il draghetto Royo, appollaiato sulla mia spalla.

Aspettiamo un altro minuto, poi Royo fa un cenno col capo e io sbircio fuori dal vicolo. Nessuna guardia in vista: siamo al sicuro. Mi sto guardando intorno quando scorgo, ad appena un isolato di distanza, il Troubadour. Royo esce dal vicolo, asciugandosi il sudore dalla fronte. Si aggiusta anche i pantaloni. Ci scambiamo un'occhiata e io inarco un sopracciglio.

Lui mi ignora e finge di essere molto impegnato a camminare verso l'ingresso della locanda.

Guardo in alto, verso l'edificio imponente. Domani incontreremo il maestro delle spie e chiunque altro sia coinvolto nel complotto. Ancora un'alba e il grande piano avrà inizio.

Quando entro, mi ripeto che è un bene che Royo si tenga a distanza. Dovrei farlo anch'io. Perché finché non porto a termine questo incarico, non posso permettermi di fidarmi di lui... o di chiunque altro.

CAPITOLO 33

ROYO

CITTÀ DI RAHWAY, YUSAN

A quanto pare, esiste un'altra Aeri. L'Aeri nervosa e stressata riesce a far sembrare tollerabile l'Aeri normale. È come scoprire che esiste un Undicesimo Inferno.

Il sarto si è sentito male durante la notte o qualcosa del genere, perciò ieri mattina, quando siamo arrivati al negozio, il mio vestito non era pronto. Poco male... ho pensato.

E invece no. Mi sbagliavo.

La faccia di Aeri è diventata di un rosso che rasentava il viola, mentre batteva i piedi e chiedeva che lo terminassero immediatamente. Mi sono sentito male per tutti i clienti del negozio, ma soprattutto per me stesso. Non è una bambina viziata. Non esattamente. Ma il suo scatto d'ira mi ha presentato un nuovo lato di lei. Sembra che ne abbia molti.

Con uno può sfuggire ai pirati, scappare dalle guardie reali, amare il tè e i libri, rubare delle gemme. Con un altro è in grado di superare in astuzia un venditore ambulante, con un altro ancora di fare una scenata dentro una sartoria. E non la conosco nemmeno da così tanto tempo.

A quanto pare, però, il tempo non ci manca. Il maestro delle spie, chiunque sia, non si è presentato ieri come previsto. E nemmeno stamattina è puntuale. Aeri passeggia per la stanza con addosso il vestito nuovo. Avvolge il suo corpo smilzo alla perfezione. Ma è difficile notarlo, perché ho lo sguardo annebbiato. Non sono nemmeno le dieci, eppure siamo in piedi già da quattro campane. Aeri ha fatto così tanti giri della stanza che mi sorprende non vedere un solco nel pavimento di legno. Ho tentato di ignorarla, ma non fa che strillare.

«Dove può essere? Sarà andato alla locanda sbagliata? No, c'è solo un Troubadour Inn. Non avrà più intenzione di venire? Avrà trovato qualcun altro? No, sono l'unica in grado di farlo. Forse pensa che sia una trappola? No, si fida di me. Potrebbe essere nei guai. Forse ha bisogno di aiuto. Forse è stato arrestato. Ma da chi? E se fosse così, che facciamo?»

Nessuna di queste domande è davvero indirizzata a me, comunque.

Sta per cominciare l'ennesimo giro quando dallo spiraglio sotto la porta sbuca un bigliettino rosso. Entrambi fissiamo la macchia cremisi sul pavimento.

Aeri corre verso il cartoncino e lo afferra con tanta foga da farlo volare in aria. Finalmente riesce ad acciuffarlo. Lo legge, lo gira, lo rilegge. Non dice una parola.

Certo, *adesso* sta in silenzio.

«Cosa c'è scritto?» chiedo.

Fa un respiro profondo. «Dobbiamo andare di sopra».

Mi guardo intorno. In teoria erano loro che dovevano venire qui. Non ho idea di chi siano questi 'loro', dato che mi ha parlato soltanto del maestro delle spie. Ma quando le ho chiesto chi altro ci sarebbe stato, lei mi ha risposto di non preoccuparmi. Non molto confortante.

«E se fosse una trappola?»

Lei fa spallucce. «Potrebbero aver pensato lo stesso di camera nostra».

Mi passo le mani sul viso. «Non mi piace, Aeri».

«Non ti pago perché ti piaccia» sbotta lei.

Quale versione di Aeri è oggi? Ieri sera avevo davvero iniziato a... non ha importanza. Non mi farò trattare così. Non per cinquantamila mun. E nemmeno per cento. Raddrizzo le spalle e la guardo dritto in faccia. «Come, prego?»

«Sei pagato per proteggermi» dice, addolcendo un po' il tono.

«D'accordo. Non mi pare sicuro».

«Però ci andiamo».

«Certo che ci andiamo». Prendo un pugnale e me lo infilo nella cintura. Il tirapugni è già in tasca. Una cosa, di questi vestiti nuovi, va detta: sono molto pratici per nascondere le armi. Ho già ficcato due coltelli da lancio nella tasca interna della giacca. E ho un altro pugnale sotto la gamba dei pantaloni. Ma sì, crepi l'avarizia: prendo un altro coltello, per abbondare. Quest'ultimo lo infilo sotto la cintura.

Saliamo all'ultimo piano e ci fermiamo davanti a una doppia porta. Mi guardo intorno. Non ci sono altre stanze su questo corridoio.

Aeri bussa. Compare un uomo all'incirca nostro coetaneo. È alto, sicuramente un nobile. Non ho il minimo dubbio. Lo si intuisce dai lineamenti e dall'aria di totale inutilità.

«Ciao, io sono Aeri» esordisce lei nel suo solito tono troppo allegro.

Il tizio sbatte le palpebre, confuso.

«E questo chi è?» chiede, indicandomi con un cenno del capo.

«Royo. La mia guardia del corpo».

Che vita di merda.

Il tizio si guarda alle spalle in cerca di approvazione prima di aprire la porta. «Io sono Tiyung».

Non capisco se si aspetta che questo nome per me significhi qualcosa. Annuisco e lo supero. Per qualche motivo, nessuno controlla se sono armato.

Vengo attraversato da un brivido di soddisfazione: sciocchi.

Entriamo in una suite che da sola sarà grande quanto il Butcher & Ale. Forse più grande. Dentro ci sono in tutto quattro persone. Il tizio della porta. Una donna stupenda sul divano vicino al caminetto, che quando entriamo ci sorride. Altri due uomini seduti di fronte a lei che incrociano il mio sguardo. Sono entrambi giovani e di bell'aspetto, e nessuno dei due si alza in piedi.

Aeri fa un inchino goffo. «Vostra Altezza».

Altezza? Guardo prima lei e poi l'uomo con la barba. Non è Re Joon. L'ho visto, è molto più vecchio di questi due. Eppure quello con la pelle più chiara ha un che di familiare, e d'un tratto capisco come mai: ho visto la sua faccia sui manifesti, sotto l'indicazione della taglia che pende sulla sua testa. È il principe dello Yusan. Quello che ha macellato un sacco di gente. E che dovrebbe essere morto. Dunque l'uomo accanto a lui dev'essere il maestro delle spie. Per i Dieci Inferni: cosa ci fa un principe defunto in questa locanda?

Sbianco, e mi viene voglia di prendere Aeri per il braccio e trascinarla via da qui. Ci siamo ficcati in qualcosa molto più grande di noi. Invece, mi affretto a imitarla, inchinandomi.

«Principe Euyn, questa è Aeri Soo» la presenta il tizio accanto a lui. «E... scusa, tu chi saresti?»

Mi guarda dritto in faccia, gli occhi verde acqua che mettono in dubbio la mia stessa esistenza.

«Royo» rispondo.

«È la mia guardia del corpo» spiega Aeri, allegra come al solito. Come se non stessimo parlando con due pluriomicidi. Uomini che potrebbero ucciderci qui e ora, e uscire dalla locanda con un sorriso.

Mikail annuisce. «Questa è Sora, e lui è la sua, di guardia del corpo: Tiyung».

La donna sorride lentamente. Ovviamente è una battuta tra loro, ma non riesco ad afferrarne il senso.

«Più che altro è il mio carceriere» precisa. «Ma in effetti io sono Sora».

Aeri la saluta con la mano. «Aeri».

Sora la guarda perplessa, prima di ricambiare con un piccolo cenno.

«Be', mi piacerebbe conoscerci tutti meglio, ma temo che il tempo a nostra disposizione sia poco» dice Mikail. «Io ed Euyn mentre venivamo qui abbiamo prima rischiato di essere divorati, poi ci hanno sparato e siamo finiti in un'imboscata». Fa una pausa di fronte alle espressioni stupite di tutti i presenti. «Potremo raccontarvi le nostre gesta eroiche in seguito ma, dato che siamo già in ritardo, propongo di andare subito al sodo. Aeri, ho bisogno che tu dimostri le tue abilità al principe, se non ti dispiace».

La fisso. Come me, tutti gli altri.

Lei si stringe nelle spalle. «Certo».

«Ti serve qualcosa per la dimostrazione?» domanda l'uomo.

Gli occhi di lei vagano per la stanza. «Ehm... un cappello?»

«Tiyung ne ha uno molto elegante» dice Mikail.

L'uomo che è venuto alla porta lo fulmina con lo sguardo, ma poi esce dalla stanza e torna con un berretto nero in mano. Ne ho già visto uno simile, ma solo una volta.

«Sei un conte?» chiedo.

«Sono il figlio del conte meridionale» risponde Tiyung.

Ma che cazzo. Quindi non si tratta solo di un principe defunto e di un maestro delle spie reali: c'è anche un conte coinvolto. I brividi mi attraversano il petto. È una cosa troppo, troppo grande. E Aeri è troppo ingenua, troppo pura per tutto questo. E con una simile quantità di potere in gioco, non sono più certo di poterla tenere al sicuro.

La fisso, aspettando che mi manifesti in qualche modo il suo desiderio di andarsene. Sono pronto a lottare per uscire da qui e proteggerla. Ma lei sta solo guardando il cappello. E sorride. Mi faccio da parte... un minimo.

«È perfetto!» esclama Aeri.

Gli altri si scambiano sguardi confusi.

«Voglio dire che la vestibilità sarà simile a quella di una corona» specifica lei, intimidita. «Vi spiace indossarlo, Vostra Altezza?»

Lui annuisce e Tiyung gli porge il berretto. Sebbene sia un cappello innegabilmente ridicolo, in testa al Principe Euyn riesce a non sembrare tale.

«Bene, ora avremo bisogno di una qualche distrazione» continua Aeri. «Royo, per caso sai giocolare?»

Tutti gli occhi si rivolgono a me. Me lo chiedo per l'ennesima volta: come ho fatto a ridurmi così? «No».

«Cantare? Ballare? Qualcosa. Mi serve una distrazione».

«Mi prendi in giro?»

«È per la dimostrazione. Ti prego, Royo» implora Aeri. Mi guarda con i suoi grandi occhi marroni.

Io butto fuori un sospiro. Centomila mun d'oro. Lo faccio per centomila mun d'oro.

«E va bene, so giocolare» bofonchio.

«Non c'era bisogno di mentire, allora» mi rimbrotta lei, inclinando la testa.

Hwan. La vita di Hwan, la sua libertà, la riparazione al torto che ho commesso andando via quella sera. Ecco l'obiettivo. Solo per questo non mi volto e non corro fuori dalla porta caricandomi Aeri sulle spalle come un sacco di farina.

Sospiro di nuovo e prendo tre melagrane dal tavolo.

«Sora, siediti accanto a Euyn, per favore» dice Mikail. «Tiyung, suppongo che tu possa giocare a fare il principe laggiù».

Tutti si spostano e io non ho idea di cosa stia succedendo, a parte il fatto che ora devo atteggiarmi a giullare per queste persone assurdamente potenti.

«Va bene, quando vuoi, Royo» dice Aeri.

Fanculo a questa vita di merda.

Comincio a giocolare lanciando in aria una melagrana dopo l'altra, fino alla terza. È stato un prestigiatore itinerante a insegnarmi, tanto tempo fa. E mi è sempre piaciuto, ma da quando faccio il picchiatore non ho mai avuto motivo di dare prova delle mie doti di giocoliere. A quanto pare, da stupida guardia del corpo ne ho uno.

Aeri si sistema all'estremità del divano. Un turbine di melagrane dopo, il cappello non è più sulla testa di Euyn ma su quella di Tiyung. Quanto ad Aeri, se ne sta accanto a lui, in cucina.

«Semplice» dice.

La stavo guardando e non mi sono accorto di nulla. Come? Come ha fatto a prendere il cappello? Come può muoversi così velocemente?

Per i Dieci Inferni. Come cazzo è possibile?

CAPITOLO 34

EUYN

CITTÀ DI RAHWAY, YUSAN

Dèi onnipotenti, il piano di Mikail potrebbe funzionare.

Avevo il cappello in testa solo un secondo fa. Ne sono assolutamente certo. E ora eccolo, su Tiyung. Non solo: mentre me lo toglieva, non mi sono accorto di nulla.

Non l'ho neanche vista avvicinarsi.

Certo, va detto che ero concentrato su un uomo piuttosto imponente con una gigantesca cicatrice sul viso che giocolava odiando tutto e tutti ma, pur sapendo che la ragazza stava per togliermi il cappello, non mi sono accorto di nulla finché non è stato troppo tardi. E Sora era così vicina che avrebbe potuto tranquillamente baciarmi prima ancora che mi rendessi conto che la corona era sparita.

Potrebbe funzionare.

Potrebbe funzionare davvero.

Sbalordito, mi appoggio allo schienale del divano. Siamo tutti scioccati. Anche Mikail. Aveva proprio ragione: questa ragazza ha capacità mai viste. Un milione di scenari futuri mi colpiscono tutti insieme, mentre governare lo Yusan diventa all'improvviso una possibilità verosimile.

Ma il piano ha ancora una falla non trascurabile. Anche se alcune persone conoscono il potere delle reliquie del Signore dei Draghi, solo i reali sono a conoscenza delle maledizioni. Le altre quattro reliquie, per essere utilizzate, richiedono di pagare un prezzo terribile. È per questo che il Khitan, ad esempio, non può diventare un Paese d'oro massiccio. L'anello provoca un dolore enorme a chi lo adopera, e l'alchimia funziona estraendo il ferro dal suo stesso corpo. Più viene usato, maggiore è il dolore, e più il portatore si avvicina alla morte. La corona è un po' diversa perché, a differenza delle altre reliquie, non ha il potere di modificare nulla in base al capriccio di chi la indossa. Si limita a dare protezione.

Quando il Signore dei Draghi se ne andò nei Cieli e consegnò la corona al primo re Baejkin, questa venne sigillata con una miscela del loro sangue che creò il rubino centrale. È il motivo per cui si dice che la corona possa essere indossata solo dai discendenti del sovrano. Ed è anche il motivo per cui abbiamo avuto solo sovrani Baejkin da un millennio a questa parte.

Naturalmente si tratta di un mito fondativo per consolidare il dominio dei miei antenati e sedare eventuali ribellioni, ma per quanto mi riguarda, io credo che sia vero. Circa un secolo fa, ci fu un tentativo di colpo di stato. Il generale delle guardie di palazzo decise di usurpare il trono. Con una lama alla gola del principe, costrinse il re a rinunciare alla corona. Ma appena quest'ultima venne messa sul capo del generale, il suo corpo andò in cenere e ne rimase solo la testa. Il re si chinò e si limitò a raccogliere la corona; il colpo di stato si concluse con la stessa rapidità con cui era iniziato. Tutte le guardie di palazzo che si erano ribellate si prostrarono ai piedi del re e furono poi sottoposte al lingchi. L'ordine fu ristabilito. Lo Yusan visse per sempre felice e contento.

Penserei a una leggenda, a una storia che guarda caso si è svolta al di fuori della memoria recente, per rafforzare il diritto divino dei Baejkin. Se non fosse che il colpo di stato ebbe delle conseguenze. Il re era così indignato per essere stato tradito dalle sue stesse guardie che le teste dei dieci infedeli, compresa quella del generale, furono messe su delle picche: il massimo disonore. E siccome i corpi non vennero bruciati secondo il rito, le anime non poterono mai trovare riposo, nemmeno nell'aldilà. I loro teschi mi fissavano con occhi vuoti all'interno della Prigione di Idle.

Aeri potrebbe non essere in grado di prendere in mano la corona. Non ne sono sicuro, perché nessuno al di fuori della stirpe dei Baejkin ha tentato di toccarla da che io sono vivo. Un'opzione è farle indossare dei guanti, dato che la maledizione è probabilmente basata sul tatto.

Tuttavia, poiché non sta cercando di incoronarsi, probabilmente se la caverà. Non è questo il vero problema.

Faccio un respiro profondo, guardando gli altri che confabulano eccitati.

No, il vero problema è che *io* non sono un Baejkin.

CAPITOLO 35

SORA

CAMMINO ORIENTALE, YUSAN

Dopo la dimostrazione dell'abilità di Aeri, ci siamo seduti intorno al camino e abbiamo iniziato a formulare un piano per uccidere il re. A quanto dice Mikail, Re Joon parteciperà alla festa del Millennio a Tamneki tra un solo lunio. Nella capitale è stata programmata un'intera giornata di eventi per celebrare i mille anni di regno dei Baejkin, che culminerà con una speciale partita di tuhko nell'Arena del Re: il Campionato del Millennio. È lì che colpiremo, davanti a duecentocinquantamila persone.

È... audace. Devo ammetterlo.

Suppongo che abbia un certo senso. Aeri ha detto che le serve una fonte di distrazione, e può forse esistere distrazione migliore di uno sport letale? Inoltre, Mikail ha fatto notare che l'Arena è il luogo dove sarà più facile avvicinarsi al re. In mezzo a così tanta gente, un qualsiasi attacco scatenerà il panico e noi potremo scomparire tra la folla, se le cose dovessero mettersi male.

Ha citato questa eventualità un numero preoccupante di volte.

Ma immagino che, con una posta in gioco così alta, ci convenga essere preparati.

Quando avveleno degli uomini per ordine del Conte, valuto sempre tutte le possibili vie di fuga e perlustro i luoghi in anticipo. Soprattutto da quella notte in cui una delle guardie della mia vittima si è accorta che il suo padrone era morto. Per qualche motivo, il soldato è entrato a controllare la camera da letto e si è avventato su di me senza darmi il tempo di fuggire dalla casa. Ho dovuto uccidere lui e un'altra guardia con un pugnale che avevo nascosto nel mantello. E ho anche rischiato di morire, perché non sono una spadaccina provetta. Una delle loro lame mi ha mancato di poco il collo e un'altra mi ha ferita al fianco.

All'accademia dei veleni ci hanno insegnato i rudimenti del combattimento, ma nulla in confronto alla preparazione dei soldati professionisti. Per fortuna anche le guardie non erano ben addestrate, e una di loro era pure mezza addormentata. L'idea di ucciderli mi ripugnava: due poveretti che cercavano solo di guadagnare qualche mun e avevano avuto la sfortuna di trovarsi lì quella notte. Ci sono volute diverse campane per lavare via il sangue e ricucirmi. E il Conte era così furioso per il fatto che fosse sembrato un omicidio pianificato che non mi ha permesso di vedere Daysum per tre mesi.

Non sono mai più stata così negligente. Fino a ora, forse. Non conosco queste persone, ma la mia unica possibilità di farcela dipende da loro.

Guardo il Principe Euyn, ancora seduto accanto a me. Sta parlando a bassa voce con Mikail ed è così assorto nella contemplazione di qualunque movimento del maestro delle spie che un assassino non avrebbe difficoltà a ucciderlo. Mi chiedo fugacemente quanto tempo resterà sul trono se Mikail non sarà al suo fianco.

Tiyung e Royo stanno discutendo dei meriti dei tirapugni rispetto al cosiddetto combattimento 'onesto'. Ho come la sensazione che nessuno dei due opterebbe per quest'ultima modalità, se gli venisse data la scelta. Ma non conosco ancora Royo. So solo che non ha per niente l'aria della guardia del corpo.

Quanto ad Aeri, lei... mi disorienta. I suoi capelli neri e lucenti sono più corti di quanto imposto dalla moda, ma il suo abito è costoso e all'ultimo grido. Parla continuamente come se fossimo tutti compagni fidati, ma quando pensa che nessuno la stia guardando ci scruta con sospetto. Non riesco a capire se stia nascondendo qualcosa o se sia solo dolorosamente consapevole di non potersi fidare di nessuno.

Faccio un respiro profondo e cerco di placare il terrore che mi attanaglia lo stomaco. A ogni modo, comunque vadano le cose, *questo* è il gruppo che deciderà il destino di Daysum. E il mio.

Devo imparare a conoscerli, se voglio sperare di salvarla. E non abbiamo molto tempo.

Tutti d'accordo, prendiamo le nostre cose e saliamo su una carrozza rapida. Normalmente il viaggio verso Tamneki durerebbe un lunio, ma noi saremo lì in meno di dieci giorni.

Solo dieci giorni per decifrare i miei compagni di viaggio, e un lunio prima di tentare di detronizzare un re.

Sulla carrozza ci sono tre divanetti: Euyn e Mikail siedono insieme, mentre Aeri è con Royo, dunque a me non resta che Tiyung.

Preferirei di gran lunga sedermi accanto a Mikail. È carismatico, e sento una certa affinità con lui che non riesco a spiegarmi. Mi piacerebbe indagarla meglio.

Persino la guardia del corpo di Aeri non mi dispiace, anche se parla poco.

Forse è solo che non mi va di sedermi accanto all'uomo che è stato mandato qui per ammazzarmi dopo che avrò ucciso il dio re.

«Come farò ad avvicinarmi al re nell'Arena?» chiedo.

«Dal, il conte orientale, ti porterà alla partita presentandoti come la sua nuova cortigiana» spiega Mikail. «Il re e il Conte di Tamneki hanno un'aspra rivalità di lungo corso. Joon vorrà rubarti anche solo perché appartieni al conte, ma sono sicuro che la tua bellezza sarà un incentivo ulteriore».

Lo fa sembrare così semplice. Così immediato. E la disinvoltura con cui parla dei tre conti su quattro impegnati nel complotto ha qualcosa di incredibile.

«Va bene» dico. «E appena rimane senza corona, lo bacio?»

Mikail annuisce.

È... troppo semplice. Come può essere tutto qui? Ma la vera domanda è: come potrò prendere la corona prima che Aeri la poggi sulla testa di Euyn?

Dopo aver visto la rapidità con cui si muove, l'unica sarà convincerla a consegnarmi la corona. Ci ho riflettuto, e non c'è modo di rubargliela. Ma per convincerla, devo prima capire cosa vuole. Il motivo per cui ha accettato questa missione. E poi forse potrò corromperla o offrirle dei favori. Le mie uniche abilità sono sedurre e uccidere, e la gente tende ad aver bisogno di entrambe.

Quando incrocio il suo sguardo lei mi sorride come se fosse entusiasta di essere qui. Ricambio il sorriso. Poi la sua attenzione si sposta su Tiyung.

«Scusa, mi ricordi chi sei?» dice al figlio del Conte.

«Tiyung. Ma puoi chiamarmi Ty».

«No, il tuo nome l'ho capito, ma... come sei coinvolto in questa storia?»

Nella carrozza cala il silenzio. Lo guardo. Tiyung si aggiusta la giacca, nonostante nell'abitacolo faccia caldo. Il fatto di non essere importante deve turbarlo.

«In realtà... non lo sono» risponde.

«E allora cosa ci fai qui?» chiede Aeri. La domanda sembra innocente, ma è anche precisa. Non si fida di lui. È più sveglia e meno ingenua di quanto sembri.

«È stato mio padre ad affidare questa missione a Sora. Sono qui per bruciare il suo contratto quando il re sarà morto».

«Contrat... lei è *vostra*?» Aeri aggrotta le sopracciglia; sembra inorridita.

Tiyung si muove a disagio sul sedile. «No, niente affatto».

«Niente affatto?» ripeto, lanciandogli un'occhiataccia. Lui arrossisce.

Sono le prime parole che gli rivolgo dalla cena con il conte occidentale. Tiyung ha cercato di parlarmi almeno una decina di volte e mi ha chiesto cos'ho che non va, ma non ha senso tentare di spiegarlo. Non mi interessa ascoltare le sue bugie o le sue scuse. Ha detto che voleva aiutarmi, e mi sento troppo sciocca per non aver capito che aiutarmi a morire, nella sua mente, significa comunque 'aiutarmi'.

«È mio padre che detiene il suo contratto» spiega. «E quello di sua sorella». Si è ripreso, ora sta seduto più dritto.

«Tuo padre detiene i contratti?» domanda Euyn. Non pensavo che stesse ascoltando. «Vuoi dire che Seok ha acquistato Sora e Daysum?»

Tiyung annuisce con espressione indifferente. «Sì, quand'erano bambine».

La carrozza è immersa nel silenzio. Tiyung tiene il mento alto, ma non è abituato a sentir mettere in discussione i diritti del Conte su di me. I contratti sono legali, e per come la vedono loro sono solo affari.

«Quindi non ha scelto lei di essere qui?» indaga Aeri.

«No, certo che...» esordisce lui proprio mentre anche io do la mia risposta.

«Non ho avuto scelta. Non proprio. Potevo farlo e ottenere la mia libertà e quella di mia sorella, oppure potevo rimanere schiava del Conte. Senza questa missione, non potrei mai sperare di riguadagnare la nostra libertà: gli interessi dei contratti sono troppo alti. Se fallisco o scappo, il debito di mia sorella verrà venduto allo zio di Tiyung, che possiede le più grandi case di piacere di Gain. Lui è qui per assicurarsi che io faccia il mio lavoro».

Tiyung abbassa lo sguardo mentre tutti lo fissano.

«Quindi lo fai per la tua famiglia?» dice Aeri. «Lo capisco».

«È per questo che sei qui, anche tu?» le chiedo, sporgendomi un po' in avanti sul sedile.

Lei vacilla, muovendo leggermente la testa. «Soldi e famiglia, sì. Una situazione simile alla tua, credo. Ma sto anche regolando un vecchio conto con il re».

Una scintilla di speranza mi si accende dentro. Si è messa nei miei panni, riconoscendosi in quello che le ho detto. Se riesco a instaurare un legame, a costruire un'amicizia, forse capirà perché ho bisogno della corona. Forse mi aiuterà. Forse, insieme, potremo tradire tutti gli altri.

CAPITOLO 36

ROYO

CAMMINO ORIENTALE, YUSAN

Non so in cosa mi sono cacciato. La famiglia di Ty possiede Sora. Aeri ha un conto in sospeso con Re Joon, e sì, l'aveva accennato anche mentre mi assoldava, ma stavolta sembrava una faccenda più personale. Quanto a Euyn e Mikail, non riesco a inquadrarli. Sono entrambi noti assassini, ma finora non ho avuto alcuna prova che Euyn sarà migliore di Joon. E non mi va di macchiarmi di tradimento solo per sostituire un re di merda con un altro re di merda.

«Perché ho l'impressione che tu non sia un vero guardiano?» mi dice Mikail. Anche Sora mi scruta.

«Perché non lo è. Non proprio» risponde Aeri.

Lo sguardo penetrante di Mikail passa da me a lei. «Allora in che modo siete legati? Avete una storia d'amore?»

Ricaccio indietro il sangue che minaccia di salirmi alle guance. «Lei mi paga per proteggerla». Le guardo le gambe... volevo dire il viso. Il viso. «Anche se non è quello che faccio di solito».

«Capisco... e cos'è che fai, di solito?»

Ci sono cascato in pieno. E Aeri sceglie proprio questo momento per starsene in silenzio. Ma pensa. «Sono un picchiatore».

È il termine più carino che mi venga in mente.

Mikail non reagisce, si limita ad alzare leggermente le sopracciglia. «Muscoli a pagamento e lavoro sporco».

«Mi ha già salvata dai pirati» interviene Aeri. Ah, *adesso* interviene. «Avreste dovuto vederlo. Ne ha abbattuti una decina».

Sei, ma non mi dispiace che esageri.

«Pirati?» ripete il Principe Euyn. Sembra molto pensieroso mentre si accarezza la barba. «Da dove venite?»

«Da Umbria» rispondo. «Non sono veri pirati. È una banda che adesso batte il Sol. Tuo fratello non fa nulla a riguardo». Poi mi ricordo che è un reale, quindi chino il capo. «Vostra Altezza».

«Non devi chiamarmi così» dice Euyn. «È imbarazzante, e comunque in questo momento non sono un principe».

Caspita. Non mi aspettavo tanta umiltà. I Baejkin sono venerati come dèi, e da ragazzo credevo anche io che lo fossero, ma ecco qui il Principe Euyn in persona che mi invita a non chiamarlo Altezza. Sento crescere il rispetto nei suoi confronti e decido di sfidare la sorte. Voglio scoprire se quello che ho sentito sul suo conto è vero, perché devo sapere se costituisce un pericolo per Aeri.

«Questo perché sei stato... bandito?» domando.

Lui si toglie con noncuranza un filo di lanugine dai pantaloni. «È un bel modo di dirlo. Mio fratello mi ha praticamente condannato a morte, esiliandomi. Suppongo che essere morto mi privi dei titoli».

«Sembra che gli piaccia uccidere la gente» commento. «Tuo fratello ha appena ordinato l'esecuzione di migliaia di prigionieri».

Aeri rimane a bocca aperta e il suo sguardo schizza da me al principe.

Euyn si acciglia e guarda Mikail. «È vero?»

Lui annuisce. «Il mese scorso ha firmato un editto per ripulire le prigioni».

«Perché?» domanda Euyn. Mi sono chiesto la stessa cosa.

Mikail fa spallucce. «Per tagliare i costi».

«Quando il premio per il Campionato del Millennio ammonta a quattro milioni di mun d'oro?» protesto.

«Esatto. Queste sono le priorità dello Yusan» risponde Mikail.

C'è qualcosa di strano nel modo in cui lo dice. Come se non fosse yusaniano anche lui. Invece lo è. Deve esserlo, in quanto maestro delle spie.

«*Ripulire*». Euyn sputa fuori la parola come se avesse un cattivo sapore.

Improvvisamente, una scintilla di speranza mi si accende dentro. Solo una minuscola lucciola in una notte senza luna. Forse Euyn sarà migliore di suo fratello. Forse. Nessuno nega che sia un assassino, ma i Baejkin non sono famosi per essere pacifici.

«Tutti i prigionieri dello Yusan condannati a più di dieci anni cominceranno a essere giustiziati subito dopo la celebrazione» spiega Mikail.

I tempi corrispondono al racconto di Savio. Non hanno fretta, ne ammazzeranno un paio al giorno, ma a Salt ci sono poche centinaia di uomini che devono scontare pene così lunghe. Entro due mesi saranno finiti.

Gli occhi marroni di Euyn scrutano l'abitacolo da una parte all'altra. «Anche se non erano stati condannati a morte?»

Mikail annuisce.

Euyn sembra preoccupato; si accarezza di nuovo la barba.

«Se... se diventassi re, revocheresti l'ordine?» gli chiedo.

Mi sporgo in avanti, un po' perché Aeri continua a intralciarmi la visuale, ma anche perché mi sembra di correre un bel rischio, a fargli questa domanda: chi sono io per metterlo in discussione? Ho promesso a me stesso che non avrei avuto niente a che fare con il loro piano, ma adesso voglio assicurarmi che tutti questi sforzi servano per mettere sul trono una persona migliore. In più, mi serve qualcuno che salvi Hwan, se non dovessi riuscire a tornare a Umbria in tempo.

«Sì» risponde Euyn. «Se non sono stati condannati a morte per i loro crimini, giustiziarli è intrinsecamente irragionevole».

Lo sguardo di Mikail si sposta su di lui. Non so perché, non riesco a interpretare la sua espressione. Insieme sembrano molto a loro agio, ma credo che la risposta di Euyn lo abbia sorpreso. Oppure, non so, forse ha sorpreso solo me.

Di Mikail non so ancora nulla. Come ci si può fidare di una spia? E l'intero piano è opera sua. Non so cosa c'entri Sora in tutto questo... chissà perché baciare il re è tanto importante. Ma non credo che possiamo fare affidamento su Mikail per uccidere Joon. E se Euyn non salisse al trono, Hwan potrebbe morire. Un milione di imprevisti, dai pirati ai banditi a un monsone in anticipo, potrebbe ritardare il mio ritorno a Umbria. Per non parlare del fatto che Savio potrebbe ubriacarsi e dimenticare il nostro accordo. Due mesi non sono molti, quando si tratta di vita o di morte. Ma se Euyn diventerà re, annullerà l'editto. Hwan vivrà. E così molte altre persone che non dovevano morire.

«Se... se mi assicuri che annullerai la legge una volta che indosserai la corona, avrai la mia spada» dico.

Euyn sgrana gli occhi, ma subito si riprende e annuisce. «Ti do la mia parola».

«E io la mia spada». Sfilo il pugnale dalla cintura e lo appoggio a terra. Nella carrozza silenziosa, mi inginocchio e chino il capo.

Sto giurando la mia lealtà e fedeltà a Euyn, a costo della vita. Aeri mi guarda come se mi vedesse per la prima volta. Lo capisco. Non ero coinvolto nel suo piano, non volevo farne parte, eppure sto votando la mia spada al principe. E se trafiggere Joon dovesse essere l'unico modo per far ottenere a Euyn la corona, così sia.

CAPITOLO 37

EUYN

CAMMINO ORIENTALE, YUSAN

Bizzarra compagnia, in questa carrozza.

Quando siamo risaliti a bordo dopo una rapida pausa per mangiare, Mikail si è seduto accanto a Sora. È piuttosto preso da lei, e suppongo che la cosa non dovrebbe stupirmi. Me ne sono accorto la prima volta che l'ho vista, a cena da Rune. Ma l'attrazione di Mikail non sembra una questione puramente fisica. Forse dovrei preoccuparmi, ma alla fine è solo una ragazza.

Aeri si è seduta accanto a Royo; peccato, mi sarebbe piaciuto parlare un po' di più con lui. Non sono sicuro del motivo per cui l'esecuzione dei prigionieri gli importi tanto, ma è evidente che sia così. Mi incuriosisce anche il fatto che sia un picchiatore professionista. Quelli come lui svolgono il loro lavoro senza fare domande. Obbediscono agli ordini e non hanno paura di sporcarsi le mani. Quindi mi pare evidente che lo voglio dalla nostra parte. Forse un giorno potrebbe diventare un buon assassino, o una guardia di palazzo.

Ma per colpa della ladruncola e del suo attaccamento a lui, mi tocca il posto accanto a Ty. Non so chi di noi due sia più contrariato.

È stato Seok a comprare le figlie di Chul. Ne sono sicuro, dato che Athora e Daysum non sono propriamente nomi comuni. Venivano da un villaggio del nord-est, quasi al confine con il Khitan, e Sora ha il pallore tipico degli abitanti del nord. Prima del Signore dei Draghi, lo Yusan era composto da quattro nazioni distinte, e alcune differenze regionali sono rimaste.

Quando ho saputo il nome completo di Sora, ho pensato che Chul mi avesse ingannato. Mi aveva detto che le sue figlie erano state vendute alle case di piacere, e all'inizio credevo fosse una bugia, ma poi ho capito che ne era veramente convinto. Vedendo quanto è bella Sora, anch'io avrei potuto pensare che fosse stata venduta come cortigiana. È possibile che a Chul nessuno abbia mai detto la verità.

Mi ha raccontato che il nobile che aveva preso le sue figlie aveva minacciato di massacrare tutta la sua famiglia se non le avesse lasciate andare, e lui aveva una moglie e due figli piccoli da proteggere. Ma ha giurato di non aver mai sottoscritto alcun contratto. Qualcuno deve aver falsificato la sua firma e il magistrato, che in teoria avrebbe dovuto assistere all'intero processo, ha archiviato la pratica. Ho avuto difficoltà a credere a questa parte della storia, dato che i magistrati sono agenti del re, ma con Seok coinvolto tutto è possibile. I quattro conti hanno più influenza persino di mio fratello, a volte.

Ma a Sora non ho detto nulla di tutto questo. Soprattutto perché non so come fare: 'Oh, a proposito, mentre stavo dando la caccia a tuo padre per divertimento, lui mi ha detto che non ha mai smesso di cercarti'. Tra l'altro non so a cosa potrebbe servire raccontarglielo. Quello che so, invece, è che dirglielo non aiuterebbe a instaurare un clima disteso all'interno della carrozza. Inoltre, è probabile che mi inimicherei anche il figlio del conte meridionale.

Va detto che in questo momento Ty sembra più irritato da Mikail che da qualunque altra cosa.

Lo studio mentre li fissa. Conosco bene quell'espressione, quell'incapacità di distogliere lo sguardo. L'impostazione della mascella. L'ho vista su me stesso allo specchio quando pensavo a Mikail. Gelosia. Anche Ty sembrava infelice, a cena con il conte occidentale. Allora non lo capivo, ma adesso sì.

«Sei innamorato di lei» dico, a voce bassa.

Ty si gira verso di me. Esita come se stesse per negare, ma poi sospira. «Sì».

Mi concentro sull'altro divanetto. Mikail si è girato a guardarci un paio di volte. Lei nemmeno una.

«Che però ti odia» deduco.

«Esatto».

Alzo le sopracciglia.

«Sì, be', non è proprio il massimo» mi confida. Nel suo tono c'è rassegnazione e autentico dolore.

È strano che il bel figlio di un conte sia innamorato di una ragazza che non lo può vedere. Ma io più di chiunque altro posso mettermi nei panni di un nobile che perde la testa per la persona in assoluto più difficile da conquistare.

Mikail dice qualcosa, e Sora ride. Gli occhi di Ty assorbono la sua felicità con l'ingordigia di un uomo disidratato davanti alla fonte di un'oasi.

«Rune diceva la verità? Il suo corpo è diventato velenoso?» domando.

Ty fa spallucce. «Non lo so».

Suppongo che non sia disposto a rischiare la morte solo per assaggiarla. Da parte mia, non sono sicuro di provare la stessa cosa per Mikail. Anzi, in realtà sono certo che rischierei. Anche lui in un certo senso è tossico, eppure non sono mai riuscito a farne a meno.

«Il fatto che gli uomini ci credano la tiene al sicuro, quindi mi sta bene così» aggiunge. Poi si schiarisce la gola e rimette su la solita maschera di indifferenza.

Guardo Sora. Forse diventare una vergine velenosa, in fondo, è stata una benedizione.

«Tuo padre ha ancora la sua accademia dei veleni?»

Ty scuote il capo. «Costava troppo. Di venti bambine soltanto tre sono diventate assassine. E vendere i loro fratelli non è stato sufficiente a recuperare le spese. Non so cosa si aspettasse, ma non l'ha ottenuto».

«Tre, hai detto?»

«Tre sono sopravvissute all'addestramento, ma una è morta durante una missione» spiega Ty. «Mio padre vi ha donato una delle uniche due vergini velenose del Paese, signore».

Mi appoggio allo schienale, lieto di non aver rivelato a Sora di suo padre. Sarei stato uno sciocco a inimicarmi un conte che mi ha fatto un regalo del genere. Alla fine di questa storia, Sora sarà libera. E quando diventerò re, troverò il modo di riunirla a suo padre. Nonostante il disagio che provo, cerco di convincermi che vada bene lo stesso. Per qualche motivo, non mi sembra giusto. Sento che dovrei dire la verità.

Mi scrollo di dosso il senso di colpa e raddrizzo le spalle. No. Sora è solo un'adorabile popolana. Solo una donna. Non posso permettere che la compassione comprometta la riuscita del piano.

Ma le promesse si stanno già sommando, e non siamo nemmeno arrivati nella capitale. In più non posso dire a nessuno, nemmeno a Mikail, che non sono certo di poter diventare re. Che potrei ridurmi in cenere ed essere smascherato come impostore davanti a duecentocinquantamila persone: la morte più indegna che riesco a immaginare.

Forse sarebbe stato meglio farla finita in quella stalla a Outton.

Maledico silenziosamente quella sgualdrina di mia madre. Esistono indubbiamente buone madri a questo mondo, ma la mia non era tra queste. Sul letto di morte, quattro anni fa, mi ha chiamato al suo capezzale per dirmi che il re non è il mio vero padre. Tipico della Regina Minore, rifiutarsi di andare all'inferno senza prima scaricarmi addosso un fardello simile. Ma io l'ho aiutata a morire. L'ho afferrata per le spalle e l'ho scossa fino a spezzarle il collo. Non volevo, anche perché a causa di quel momento, di quell'impeto di rabbia, ora non ho idea di chi sia mio padre. Quando sono tornato in me, lei era già morta.

Ho iniziato a dare la caccia ai prigionieri una settimana dopo.

Il senso di colpa e la vergogna mi fanno venire voglia di raccontare la verità a tutti i presenti nella carrozza. Di gridare: 'Io non sono il figlio del vecchio re!' Ma preferisco essere ridotto in cenere una volta incoronato, piuttosto che ammetterlo davanti a Mikail. Lui mi ama, ne sono sicuro, ma anche l'amore deve pur avere dei limiti: essere un bastardo che ha ucciso la propria madre temo possa superarli.

CAPITOLO 38

MIKAIL

CAMMINO ORIENTALE, YUSAN

Metà della carrozza dorme mentre io e Sora continuiamo a parlare. Saranno le due o le tre campane del mattino, ma riesco comunque a vederla grazie alla luce della luna. Mi sporgo più avanti di quanto non farei di solito, le ferite mi fanno ancora troppo male per appoggiarmi allo schienale o dormire seduto. Almeno, però, non sento più il bisogno impellente di drogarmi.

Parliamo a bassa voce per non svegliare gli altri. Euyn è l'unico ancora vigile. Finge di dormire controllando il respiro, ma io so che è sveglio e cerca di origliare. Per questo sussurro.

«Scusa, non ho capito». Sora inclina la testa e si tocca l'orecchio. «Da questa parte non sento molto bene. Erling».

Lo dice con disinvoltura, come se l'Erling non fosse il veleno più letale di tutto lo Yusan. Distillato da rane velenose che abitano vicino allo Stretto dei Denti, è così potente che ne bastano due milligrammi per uccidere un uomo. Non conosco nessuno che sia sopravvissuto al collasso nervoso provocato dalla sua tossina.

Nessuno, tranne lei.

«Quando parlo dei veleni, ti si legge il dolore in faccia» commenta.

I suoi occhi hanno il colore delle violette di Gaya. In vita mia non ne ho mai visti di simili. E anche di notte, quando non riesco davvero a distinguerne la tonalità, mi mettono a nudo.

«So cosa significa essere trasformati in armi letali» dico.

Lei lancia uno sguardo in direzione di Euyn. «So che lo sai. Ma conosci anche l'amore. L'amore è un balsamo... e una lama sul collo».

Deglutisco a fatica. Ha descritto alla perfezione la sensazione che provo, amando Euyn. Ma parlava più a se stessa che a me.

Rido, sperando di cambiare argomento. «Non ti starai riferendo a Ty».

Ridacchia anche lei. «Neanche per idea... anche se suppongo che tecnicamente lui sia 'una lama', dato che è qui per uccidermi».

«Come, scusa?»

L'ha detto con estrema nonchalance, ma nessuno può essere tanto indifferente sapendo che qualcuno lo vuole uccidere. Soprattutto se quel qualcuno è potente.

A parte me.

«Rune mi ha detto che è questa la vera missione di Tiyung» spiega Sora. «E sarebbe proprio nello stile di Seok: controllarci entrambi come burattini. Ma Rune ha anche detto che non posso ambire a una libertà totale. Da quando l'ho sentito, non riesco a togliermi questo pensiero dalla testa. Tu credi che ci possa essere un'autentica libertà, per persone come noi?»

Tace, guardandomi con espressione speranzosa. Non riesco a decidere se dirle qualcosa di carino oppure quello che penso veramente.

«La verità, per favore» mi incalza.

Per le stelle, mi legge nel pensiero. Archivio la nuova informazione su Seok e sospiro. «No. Penso che io e te siamo troppo pericolosi per poter sperare che i potenti ci lascino in pace. Il massimo a cui possiamo aspirare è la vendetta per quello che ci è stato fatto da giovani».

Resta in silenzio per un attimo. «La tua famiglia?»

Un'ipotesi fondata. Per lei la famiglia è la leva del ricatto, quindi dà per scontato che lo stesso valga per me. Ma i miei genitori, la mia sorellina di nove anni e il mio fratellino di sette sono già morti. Avrei dovuto unirmi a loro nei Dieci Inferni molto tempo fa.

Distolgo lo sguardo. «È un argomento di cui non parlo».

Euyn mi punzecchia spesso, odia il fatto che non gli dica tutto e sostiene che questo metta distanza tra noi. Ma alcuni segreti vanno mantenuti. Quanto a lui, non è esattamente un libro aperto.

Sora sospira. «Capisco. Anche io ho una persona di cui preferisco non parlare. È che...» Le si blocca il respiro, deglutisce. «A volte anche il solo ricordo è troppo. Poi però mi sembra di fare un torto alla sua memoria, non gridando il suo nome a chiunque voglia ascoltarlo».

«All'improvviso succede qualcosa e tutto torna a galla» aggiungo io. «Come se il tempo non fosse passato».

Sto pensando a Kito. Al modo in cui l'ho ucciso, un bambino che era proprio come me, solo e spaventato, che si tappava le orecchie per proteggersi dalla violenza. Un bambino che avrei voluto aiutare, che avrei voluto salvare come sono stato salvato io. E che invece è morto, per colpa mia.

Se fossi una persona diversa, le racconterei quello che è successo nel passo di montagna e quello che è successo a Gaya. Perché credo che capirebbe, e perché voglio liberarmi del peso che ho sul petto. So che è esattamente questo il suo ruolo: creare legami e sedurre gli uomini. Mi accorgo di quanto le viene facile. Le sue vittime saranno attratte da lei come mosche dal sangue. Ma non è quello che sta facendo adesso. Oppure sì, ma allora è davvero una fuoriclasse. In questo caso, la sua abilità meriterebbe lo stesso rispetto dell'onestà.

Sora posa la mano sulla mia. «Non ci pensare».

Espiro, cercando di cancellare tutto. Non sono riuscito a salvarlo. Non ho potuto salvare nessuno di loro. Ma posso cercare vendetta.

Le mie dita strisciano verso l'elsa della spada. Sento il bisogno di mettermi al suo servizio. «Vuoi che uccida Ty?»

«Tiyung?» Lo osserva dormire. Il suo volto è attraversato da una guerra di emozioni mentre ci pensa, ma poi scuote il capo e dice: «No, lui... non è lui il vero problema».

«Seok, allora?»

«Seok è mio». A un tratto la sua voce leggera e melodiosa diventa feroce come quella di alcuni soldati di mia conoscenza. Il genere di guerriero che non si tira mai indietro, nemmeno se resta solo di fronte a un esercito.

I Baejkin fanno male a non prendere sul serio il sesso femminile. Certo, non tutte le ragazze sono grandi combattenti, ma lo stesso vale per i maschi. In pochi hanno dentro l'acciaio che serve per diventare vere e proprie spade.

«Molto bene, Sora» dico.

«E tu? C'è qualcuno che vorresti morto?» mi chiede.

«Sì. E sarai tu a occupartene».

È bello avere qualcuno con cui cospirare. Per la prima volta posso essere sincero su ciò che voglio. Be'... se non altro, su *chi* voglio morto. Non posso raccontare a nessuno, nemmeno a Sora, del piano di distruggere la corona. Nessuno capirebbe che parte del motivo per cui Gaya è assoggettata allo Yusan è l'immortalità dei suoi re. Questa convinzione ha portato al massacro della mia famiglia tanto quanto lo stesso Joon. Se i gayan non l'avessero considerato un dio, più persone si sarebbero unite alla rivolta e Gaya avrebbe potuto avere una possibilità di riscatto. E comunque, a prescindere da ciò che ha comportato per l'isola, nessuno, nemmeno Euyn, dovrebbe essere immortale. È la mortalità a rendere le persone attente, a farle preoccupare, a renderle ragionevoli. Gli dèi non sono ragionevoli.

Sora fa un respiro profondo. «Pensi che ci sia pace, dopo la vendetta?»

«Probabilmente no» ammetto. «Ma mi auguro di scoprirlo».

Storce la bocca. «Anche io. Oppure spero di rincontrarti nel Regno degli Inferi».

«Mi piacerebbe, Sora, ma conto che tu abbia una lunga vita».

I suoi occhi si illuminano, ma il sorriso si spegne. «E tu no?»

Scuoto il capo. Lord Yama riscuoterà presto ciò che gli è dovuto, ne sono certo. «Il successo di piani come questo tende a dipendere dal fatto che uno sia disposto a compiere l'estremo sacrificio. E io lo sono».

Lancia uno sguardo a Euyn. «Capisco».

So che è così. Anche se Euyn non c'entra nulla.

CAPITOLO 39

ROYO

CAMMINO ORIENTALE, YUSAN

Cazzo, mi sono addormentato. Sembra di viaggiare sul velluto, a bordo di questa carrozza di lusso. Avevo intenzione di chiudere solo gli occhi, invece mi sono fatto cullare dal sonno come un bambino. Volevo studiare i miei compagni di viaggio, ma dovrò aspettare un'altra notte, perché ormai è l'alba.

«Buongiorno, Royo» dice Aeri.

Più sveglia che mai, tutta sorridente. Che fastidio. Eppure il suo viso è l'unica cosa che voglio vedere al mattino. Non capisco. Non so niente di lei. Ogni volta che mi pare di averla inquadrata, mi accorgo che non è così. E allora mi sforzo di più, mi avvicino di più, pur sapendo che non dovrei.

Sora e Ty dormono ancora, ma Euyn e Mikail sono svegli. Anzi, a giudicare dal loro aspetto, non sono sicuro che abbiano riposato un minuto. Euyn probabilmente è più giovane di me, ma ha le occhiaie. Quanto a Mikail, non sembra neanche umano.

«C'è una stazione di posta a breve?» domanda Aeri.

Mikail annuisce.

«Dovremmo arrivare a Capricia tra pochi minuti» dice Euyn, guardando fuori dal finestrino. «Avremo tempo per mangiare qualcosa di veloce e darci una rinfrescata».

Io non conosco bene le città tra Rahway e Tamneki, ma Euyn ovviamente sì. In fondo, questo è il suo Paese. L'unica volta che sono stato a Tamneki, non ci sono arrivato a bordo di una carrozza come questa. Ho preso una normale diligenza, insieme a mia madre. Aveva risparmiato per anni per portarmi a vedere il Campionato Reale di Tuhko: lo scontro mortale che si tiene solo una volta ogni quattro anni. La gara ebbe luogo un mese prima del mio quindicesimo compleanno, quindi fu un regalo anticipato. Come tutti i ragazzi del Paese, ero ossessionato dal tuhko. Conoscevo tutti i giocatori, gli allenatori e le possibilità di vittoria delle varie squadre. Sapevo quanti punti avevano all'attivo i giocatori, quante parate, quante intercettazioni, quanti interventi a supporto dei compagni. Conoscevo tutte le quotazioni, dato che le scommesse sul tuhko, dopo il laoli, sono la più grande fonte di reddito dello Yusan. Ma non mi sarei mai aspettato di assistere di persona a una partita. Vivevamo alla giornata, e andare nella capitale costava un mese di stipendio. Eppure, mia madre voleva che la vedessi almeno una volta.

Ogni tanto mi chiedo se avrei ancora una madre, se non fossi stato così appassionato al gioco. Ma poi penso a dove mi ha portato amare Hwan come un padre, e mi convinco che sto meglio senza nessuno. Amare qualcuno significa avere bisogno di due cuori per vivere, invece di uno solo. Da soli è tutto più facile.

La carrozza si ferma in una cittadina molto più piccola di Rahway o di Umbria. Dev'essere Capricia.

Scendo insieme ad Aeri, Euyn e Mikail. Gli uomini non trattengono una smorfia mentre si stiracchiano, anche se poi fanno finta di niente. Ma Aeri si piega fino a terra, flessibile come non mai, come se non fossimo stati rinchiusi in quell'abitacolo per giorni. Distolgo lo sguardo prima che mi sorprenda a fissarla, e mi concentro sul tentativo di sgranchirmi la schiena e il collo. Sono ancora dolorante per la caduta dalla barca, ma mi sforzo di non darlo a vedere. Preferirei sanguinare davanti a un branco di cani randagi.

Mi avvio verso il centro della città. Gli edifici scintillano proprio come quelli di Rahway, ma qui sono costruiti attorno a un campo di erba verde. Quando ci passiamo davanti, vedo degli uomini che giocano a tuhko. A differenza che nell'Arena del Re, i cerchi verticali sono montati su dei pali e non attaccati alle pareti dello stadio. Gli uomini si stanno esercitando a passarsi la palla dura e tonda, ma sono dilettanti. I professionisti di solito iniziano da ragazzi, in accademie speciali, ma capita che i giocatori vengano selezionati anche da adulti.

«Tifoso?» mi chiede Mikail.

Non mi ero nemmeno accorto di aver smesso di camminare o che lui mi si fosse avvicinato di soppiatto. «Una volta, sì».

I suoi occhi non sono né azzurri né verdi. Sono verde acqua, e mi scrutano. Sta formulando una sorta di giudizio. Non positivo, scommetto.

«Andiamo alla locanda» dice, dopo qualche secondo.

Annuisco. Ne ho bisogno, in effetti. Sono abbastanza certo di puzzare.

Un isolato più avanti, Aeri sta rimbambendo Euyn a forza di chiacchiere.

«Dove sono Sora e Ty?» chiedo, guardandomi alle spalle.

«Stanno ancora dormendo».

«Torno a svegliarli. Questa è l'ultima tappa fino all'ora di cena, giusto?»

«Sora non è riuscita a dormire fino a tardi, ma sì, forse è comunque una buona idea» ammette Mikail.

Mi dà una pacca sulla spalla prima di seguire Euyn e Aeri dall'altra parte della strada.

Non so ancora cosa pensare di questo tizio. Ieri ha parlato a lungo con Sora, e sembrava sincero. Ma potrebbe essere stata tutta una finta. In fondo, è il maestro delle spie. Non ci si può fidare di lui.

Mentre mangiavamo, ieri sera, li ho osservati per bene. Euyn è piuttosto distaccato, tranne quando si tratta di Mikail. Mikail, dal canto suo, è come un pavone: colorato e carismatico. Sora sembra onesta, ma è una seduttrice professionista, quindi anche con lei non si può mai sapere. Aeri è bizzarra come al solito, ma ormai mi ci sono abituato. E poi c'è qualcosa di genuino, nella sua stranezza.

Torno alla carrozza e apro lo sportello. Ty si sveglia di soprassalto.

«Dove siamo?» chiede, guardandosi intorno.

«In un villaggio. Che differenza fa, quale?»

Lui per un attimo sembra offeso, ma poi alza le spalle. «Già, fino a Tamneki un posto vale l'altro, immagino».

Questo sì che mi coglie di sorpresa. Me l'aspettavo altezzoso e distaccato, invece no.

Scendono entrambi e ci incamminiamo verso la locanda. Per strada, gli uomini sia a piedi che a cavallo si fermano a guardare Sora. Alcuni si toccano il cappello, altri la fissano e basta. Dev'essere strano ricevere sempre tutte queste attenzioni. Immagino che faccia bene a sfruttarle.

Arrivati alla locanda troviamo Euyn e Mikail seduti a un tavolo sul retro. Ma ci sono solo loro, davanti a due caffè.

«Dov'è Aeri?» chiedo, percorrendo l'intera sala con gli occhi.

«Oh, la ragazza?» dice Euyn. «È andata a lavarsi».

«Mi pare una buona idea» dice Sora. «Scusatemi».

Mikail indica a sinistra e sia Ty che Sora si dirigono verso il corridoio. Il modo in cui Ty la fissa mi fa pensare che ci sia sotto qualcosa. Ma non sono affari miei. Mi siedo di fronte a Euyn e Mikail.

Arriva la cameriera a prendere i mun dal tavolo. «Colazione e bagno per sei, giusto?»

«E un buon servizio, per favore» aggiunge Mikail, mettendo giù un'altra moneta d'argento.

La donna annuisce e lascia sei piatti. Torna un istante dopo, con altri quattro caffè. Beviamo così in fretta che le toccherà portarne ancora, ma con un mun d'argento di mancia sono certo che lo farà con piacere.

Ty torna per primo dal bagno. Non capisco come faccia ad avere questo aspetto fresco e riposato. La mia faccia si ricopre di barba appena poso il rasoio, mentre la sua è perfettamente liscia. Chino sul mio caffè, maledico le fortune della nobiltà.

Cinque minuti dopo, le ragazze non sono ancora ai loro posti. Dannazione, ci mettono sempre una vita a prepararsi, e tra poco dovremmo ripartire. Anche con una carrozza rapida, abbiamo i tempi contati. Ma Aeri si starà truccando. A Rahway ha insistito per fermarsi in una casa di bellezza: le piace truccarsi gli occhi fino a farli risplendere come gemme, e le labbra fino a farle sembrare il più succoso dei frutti.

Mi agito sulla sedia, scacciando l'immagine della sua bocca. Dov'è finito il nostro cibo?

La colazione non tarda ad arrivare. Uova, riso, purea di zucca, frittelle ai funghi, stufato di pesce e banchan.

Sora torna giusto in tempo. Prende posto accanto a Mikail.

«Aeri si sta ancora sistemando?» chiedo mentre mi riempio il piatto di stufato. Sembra un po' unto, ma sto morendo di fame.

«Credevo fosse qui fuori» risponde Sora, guardandosi intorno. «In bagno non l'ho vista».

«Per niente?»

Scuote il capo.

Merda. Lascio cadere il cucchiaio, schizzando pesce ovunque. Poi mi allontano dal tavolo così bruscamente che rischio di spezzare le gambe della sedia. Sono già a metà strada, gli stivali che rimbombano sulle piastrelle, quando mi ricordo che non posso irrompere nel bagno delle donne senza che mi sbattano fuori. Così mi guardo intorno nella locanda. Non c'è traccia di lei. Torno al tavolo e gli altri alzano lo sguardo.

«Sora, potresti controllare di nuovo?» chiedo.

Ha appena iniziato a mangiare, ma si alza comunque. «Certo, Royo».

Va in bagno. Torna pochi secondi dopo, accigliata. So cosa sta per dire prima ancora che apra bocca.

«Lì dentro non c'è nessuno».

Spalanco la porta e controllo di persona. La stanza è vuota.

Aeri è scomparsa.

CAPITOLO 40

SORA

VILLAGGIO DI CAPRICIA, YUSAN

Royo, com'è comprensibile, è in preda al panico: Aeri è scomparsa, e lui aveva il compito di proteggerla. In realtà non sono sicura che il loro rapporto si limiti a questo, visto il modo in cui si guardano e lo stato in cui è al momento. Ma torno al tavolo con lui.

Euyn, Mikail e Tiyung stanno facendo colazione, del tutto indifferenti. Tiyung è l'unico a mangiare con decoro. Gli altri due si ingozzano. L'ho notato anche a cena: Euyn non mangia come gli altri nobili che ho conosciuto. Divora il cibo come se avesse paura di vederselo portare via.

Avrei fame anch'io, ma al momento abbiamo questioni più urgenti da risolvere.

«Aeri non c'è più» dice Royo.

Questo convince persino Euyn e Mikail a smettere di mangiare. Ci fissano.

«Che significa?» chiede Euyn.

«Abbiamo appena controllato in bagno» spiega Royo. «Non c'è. Voi l'avete vista entrare?»

Euyn scuote il capo. «No, ha detto che voleva lavarsi e poi è andata di là».

La vena sulla tempia di Royo si gonfia, blu a contrasto con la sua pelle pallida.

«Nessuno di voi l'ha vista entrare?» Si aggrappa allo schienale di una sedia.

È così sconvolto da dimenticare con chi sta parlando. Mikail non fa una piega, ma la minaccia lampeggia nei suoi occhi. Royo deve stare più attento.

«È un bagno, Royo» sbotta Mikail. «Calmati. Sono sicuro che sarà da qualche parte».

«Ho il compito di proteggerla». È teso come una corda e le sue mani continuano a stringere la sedia. Credo che potrebbe spezzare lo schienale di legno.

Mikail sorseggia disinvolto il suo caffè. «Allora forse dovresti andare a cercarla».

Non credo che Mikail ce l'abbia con Royo. Semplicemente non gli piace avere intorno più persone dello stretto necessario, e vede Royo e Tiyung come un eccesso.

Royo se ne va infuriato. Io resto immobile, non sapendo se rincorrerlo e tentare di appianare la situazione oppure no. Nessun altro sembra preoccupato dalla scomparsa dell'elemento chiave del nostro piano. O dai guai che inevitabilmente ne scaturiranno.

«Sora, siediti, per favore» dice Mikail. «Sono sicuro che Aeri sia qui vicino. Non può essere andata lontano alla luce del giorno».

Mi siedo. Tiyung è alla mia sinistra. Preferirei non stargli accanto, ma è solo per colazione. Mi fissa mentre prendo posto a tavola.

«Posso aiutarti a cercare» mi propone. «Se vuoi una mano».

«Perché?» gli chiedo.

«Mi sembravi turbata. Suppongo di essermi sbagliato». Mi osserva per un attimo e poi riprende a mangiare come se niente fosse. Ma... è tutta una finta. Si preoccupa per me. Vuole aiutarmi.

Tiyung è il figlio del mio nemico, letteralmente mandato qui per uccidermi. Eppure ieri sera non riuscivo a togliermi dalla testa una cosa che ha detto Mikail subito dopo cena, sul fatto che gli uomini nati da uomini più potenti di loro hanno meno scelte di quante credano. In un modo o nell'altro siamo tutti intrappolati dalle circostanze della nostra nascita nello Yusan. So che Mikail si riferiva a Euyn, ma vale anche per Tiyung.

Rune ha detto che è qui per uccidermi appena avrò portato a termine la mia missione... eppure, ogni parola e gesto di Ty suggerirebbero il contrario. Cerco di tenere a mente che è la stessa persona che ha frustato mia sorella, eppure mi aspettavo un uomo molto diverso da quello attualmente seduto accanto a me. Quello che ha dato l'elemosina ai piccoli mendicanti e che in questo momento si preoccupa delle sorti di una popolana.

Sto valutando di accettare l'offerta di Ty, quando Aeri entra nella locanda.

«Sei scappata» dice Mikail, infilzando l'ennesima patata per portarsela alla bocca piegata in una smorfia.

«Non sapevo di essere prigioniera». Aeri ride e si accomoda sull'unica sedia vuota, quella di fronte a Tiyung.

«Il tuo guardiano è furioso» la avverte Euyn.

Lei si acciglia. «Oh. Oh no. Meglio andare a chiamarlo».

Esce di nuovo. Io riprendo a mangiare. Il cibo non era già il massimo quand'era caldo. Freddo è appena commestibile, ma non ci fermeremo più fino a sera.

Pochi minuti dopo, Aeri torna con Royo al seguito. Lui è paonazzo, e si capisce che hanno appena litigato. Royo sembra tenere a lei molto più di un normale guardiano. O forse ha solo bisogno che la nostra missione abbia successo. Mi ha sorpresa, vederlo giurare fedeltà a Euyn. Per mettere la sua spada al servizio di un principe esiliato deve amare molto *qualcuno*. Forse Aeri; forse un'altra persona.

Royo e Aeri si siedono e lei inizia a riempirsi allegramente il piatto. Eppure c'è qualcosa di strano in tutto questo. Come se avesse colto al volo l'occasione di sfuggire al resto del gruppo, compreso il suo guardiano.

«Dove sei stata?» le domando.

Sul tavolo cala il silenzio e tutti gli occhi si concentrano su Aeri, che però guarda solo me. Sono sicura che non era dove doveva essere, e lei lo sa.

«Oh, è un paesino talmente grazioso» risponde, spumeggiante come al solito. «Volevo vederlo. Mi dispiace aver fatto preoccupare te e Royo. Non avrei dovuto andare via senza avvertirvi. Non succederà più».

Gli uomini potranno anche liquidarla come la leggerezza di una ragazzina svampita, ma io ho vissuto con altre diciannove donne. So riconoscere le loro bugie. So cosa dicono quando sono andate da qualche parte e hanno fatto qualcosa che non dovevano fare. Quando hanno un segreto che non vogliono rivelare a nessuno. Parlano proprio come Aeri in questo momento.

Non riesco davvero a immaginare che razza di affari possa avere in un paesino dimenticato dagli dèi lungo il Cammino Orientale e, finché non lo scoprirò, mi limiterò a sorridere come se non avessi mangiato la foglia. Intanto torno a dedicarmi alle mie uova tiepide. Ma Aeri ci sta prendendo in giro e, con una posta in gioco così alta, devo sapere perché.

Dopo colazione, io e lei facciamo un altro salto in bagno. Svuotiamo la vescica e poi mi fermo davanti allo specchio a tentare inutilmente di mettermi a posto i capelli, mentre lei spazzola i suoi.

«Il tuo segreto è al sicuro con me» dico, cercando di suscitare una reazione.

Aeri si gira e mi guarda con occhioni da cerbiatta. Il ritratto dell'innocenza. Sun-ye aveva lo stesso sguardo quando rientrava di nascosto.

«Quale segreto?» chiede Aeri, passandosi la spazzola tra i capelli folti.

È una discreta bugiarda. Ma non mi frega.

Mi limito a sorridere e a uscire dal bagno.

Ci sono molti modi per legare. Mantenere un segreto è uno di questi, ma solo quando l'altra persona sa che potresti usarlo come un'arma.

CAPITOLO 41

AERI

VILLAGGIO DI CAPRICIA, YUSAN

È stato... strano.

Sono usciti tutti di testa solo perché ho fatto una passeggiata, soprattutto Royo. Ma immagino che dover sempre dire alla gente che cosa ho intenzione di fare sia il lato negativo del lavoro di squadra.

Mentre torniamo alla carrozza, mi accorgo che Royo è ancora arrabbiato per qualcosa. Ha la mascella serrata, i muscoli tesi, e non mi guarda. Odio quando fa così. Mi mette a disagio. E la cosa peggiore è che non so cosa lo preoccupi tanto. Ma la sua rabbia mi fa sentire strana. Mi fa torcere lo stomaco, la sento nelle ossa. Non riesco a pensare ad altro che a renderlo di nuovo felice.

«Cosa c'è che non va?» gli chiedo dopo un po'. Devo praticamente correre per tenere il suo passo. Cerca di superarmi, ma siamo quasi alti uguali, quindi riesco a stargli dietro.

«Non puoi sparire così» ringhia lui, passandosi una mano sulla testa rasata.

Oh, ci risiamo. Per gli dèi, si direbbe che sia mio padre, non l'uomo che pago per proteggermi.

«Non sapevo di dover chiedere il permesso» ribatto.

Stiamo rivivendo la discussione di poco fa, quando ci siamo urlati contro in mezzo alla strada come due contadini ubriachi. Appena mi ha vista uscire dalla locanda, mi ha caricata come un bue, con la faccia tutta rossa, pretendendo di sapere dov'ero andata. Gli ho detto che ero alla casa della posta, a spedire una lettera a mio padre per fargli sapere che sto bene, ma dalla sua reazione si direbbe che stavo facendo qualcosa di illegale. E lo stesso vale per Sora.

«Te l'ho già spiegato: qui non si tratta di chiedere il permesso» dice. «Sto cercando di tenerti al sicuro. Non posso farlo, se non so dove sei».

«Allora avresti dovuto restare al mio fianco, invece di tornare a cercare Sora» sbotto.

Royo chiude la bocca.

Non sono gelosa di Sora. O forse sì. Insomma, lei è *Sora*. Appena sveglia, ha l'aria di una che ha passato tutto il giorno in una casa di bellezza. La sua voce sembra musica d'arpa. Ed è così letale da poter uccidere un uomo con un solo bacio. Oltre a tutto questo, è una persona gentile. Chi *non* sarebbe geloso di lei? Ma a me piace. Mi piacciono tutti, i miei compagni di viaggio. Ognuno di loro è così diverso da come appare, soprattutto Royo. Forse però non dovrebbero piacermi così tanto, visto che non posso fidarmi di nessuno di loro.

Una ladra, un picchiatore, una spia, un'assassina, un nobile e un principe esiliato formano un bel gruppetto di bugiardi. Avere fiducia è la strada sicura per ritrovarsi con una lama piantata nella schiena.

«D'accordo» ritratta Royo.

Mi fermo di colpo in mezzo alla strada e gli afferro il braccio per costringerlo a fermarsi. «Cosa?»

«Non avrei dovuto perderti di vista» bofonchia.

Mi ci vuole un po' per afferrare il senso delle sue parole. Sbatto le palpebre due volte. «Stai dicendo che ho ragione?»

Mi lancia un'occhiata assassina. Gli si serra la mascella mentre la vena del collo prende a pulsare.

«Allora?» lo incalzo, inclinando la testa.

Geme e sospira come se gli stessi prosciugando la forza vitale. «Sì».

Sorrido. Queste piccole vittorie, quando si arrende anche solo di un quarto di centimetro, mi emozionano, e forse non dovrebbero. Però è così. Mi fanno battere il cuore di felicità. Poi mi ricordo che è meglio restare seria. «Va bene, e io ti prometto che la prossima volta ti dirò dove sto andando».

È una grande concessione. Ho vissuto da sola per sette anni, con l'unico vantaggio di non dover rendere conto a nessuno di quello che facevo.

Royo prende fiato e poi annuisce. «Va bene».

«Amici?» chiedo, tendendogli la mano.

Lui alza al cielo gli occhi color miele. «Non sei mia amica».

«Ce li hai, degli *altri* amici?» Lo dico prima ancora di rendermi conto che è una domanda scortese. Ma lui sembra una creatura talmente solitaria che proprio non riesco a immaginarmelo.

«No».

«Nemmeno io» ammetto.

Mi guarda, valutando, cercando. Suppongo che la cosa possa sorprenderlo, anche se non sorprende me. Mia madre era la mia migliore amica e io non sono mai stata la sua. Aveva un milione di amici. Ma dopo la sua morte, nessuno è venuto alla sua pira funebre, c'eravamo solo io e mio padre. Quindi l'amicizia non mi è mai sembrata troppo importante. Mio padre è davvero tutto ciò che ho, anche se non mi ha rivolto la parola per anni. Però ho come la sensazione che, se voglio un amico, dovrò scusarmi con Royo.

«Mi dispiace averti fatto preoccupare» dico. «Non volevo, davvero».

Lui annuisce e finalmente mi stringe la mano. Questa volta non agito il braccio su e giù. È diverso, ora; lo è dal giorno del battello. La mia mano scivola nella sua e sento la sua forza, il suo calore. Non mi ha più toccata da quando siamo scappati dalle guardie. Non parliamo mai del fatto che mi ha quasi baciata o di come mi sono premuta contro di lui. Non ha apprezzato quando ho detto che *ogni* parte di lui è spessa e imponente. Ma questo è qualcosa di nuovo. È lui che mi tocca alla luce del sole.

La sua mano stringe la mia e il suo pollice mi accarezza la pelle. Credo che non si renda nemmeno conto di farlo. Ma vengo attraversata dalla stessa sensazione di quando ci siamo conosciuti: quella di inseguire un tuono. Mi sembra di essere a casa, ma non quella in cui sono cresciuta o che ho adesso: è come la promessa di tornare a casa dopo anni di lontananza. Un posto caldo, sicuro e inspiegabilmente familiare. Mi avvicino a lui. Il battito del mio cuore è una marcia pesante; le mie labbra si schiudono. Lui le fissa ma, sorprendentemente, non si allontana.

«Odio interrompere questo momento incantevole». È la voce di Mikail. «Ma dobbiamo proprio metterci in cammino».

Da quanto tempo è qui?

Royo allontana la mano dalla mia. Il momento è passato. Grazie davvero, Mikail.

Royo raddrizza la schiena e mi fa cenno di andare per prima.

Risaliamo in carrozza, diretti a est. Non riesco a non chiedermi cosa sarebbe potuto succedere.

CAPITOLO 42

ROYO

CITTÀ DI OOSANT, YUSAN

Trascorriamo le giornate dirigendoci a est e le notti dormendo in carrozza sulla strada per Tamneki. Una tortura inimmaginabile. I lividi sono guariti, ma sono tutto irrigidito e ho un mal di testa quasi costante. Però non mi lamento. Se ce la fanno loro, posso farcela anch'io.

Stiamo per arrivare a Oosant. Non so a chi sia venuta l'idea, ma concordiamo tutti che sia il caso di fermarsi per la notte, prima di raggiungere la capitale. Perderemo un po' di tempo, ma stiamo comunque facendo progressi. E se partiremo all'alba, saremo a posto.

Non ricordo di essermi sentito così a disagio l'ultima volta che sono andato a Tamneki, ma all'epoca ero un adolescente. E poi non viaggiavo con Aeri. Lei è... non lo so. Diciamo che sta rendendo questo viaggio il migliore e il peggiore della mia vita.

Sembra in forma smagliante. Fa ondeggiare le gambe avanti e indietro, e ogni tanto mi sfiora. Non so quante volte è successo. E va bene, quattordici. Quando ci tocchiamo sento qualcosa. Continuo a ripetermi che è solo una cliente come gli altri. È solo una donna che devo proteggere e che in cambio mi paga una fortuna. Ma quando la sua mano sfiora la mia o le nostre gambe si toccano, capita qualcosa. È come il brivido di una scommessa vinta o l'arricciarsi delle dita dei piedi quando si va in una casa dello zucchero a prendere un dolce per cui si è risparmiato tutta la settimana. È come il primo giorno di sole alla fine della stagione dei monsoni.

Qualunque cosa sia, non mi capitava di sentirla da anni, anche se mi costringo a ricordare il perché. La ragione per cui nessuno, specialmente una ragazza piena di vita come Aeri, dovrebbe avvicinarsi al sottoscritto.

Mi scanso. Sembra un po' delusa, ma forse è solo quello che voglio pensare.

Con il passare dei giorni, è sempre più difficile ricordarsi di mantenere una certa distanza tra noi. Diventa naturale averla al mio fianco. Per fortuna tra poco usciremo dalla carrozza e avremo più spazio.

Arriviamo all'Evenglow Inn e prendiamo subito possesso delle stanze. Trascino il baule nuovo di Aeri su per le scale.

«Io e Sora abbiamo deciso di provare la taverna in città, per cena» annuncia Aeri, frizzante come al solito, mentre disfa le valigie. Perché si stia prendendo la briga di farlo è un gran mistero.

«Dov'è la taverna?» chiedo.

«A circa cinque isolati da qui».

«Va bene» rispondo.

Le locande come questa non offrono mai una buona cucina, e per ora non abbiamo assaggiato altro. Non ho voglia di mangiare di nuovo in un posto così, quindi lascio che a decidere sia il mio stomaco.

«Evviva! Andiamo». Mi prende a braccetto

Lo ignoro. Il senso di pienezza che provo nel petto quando la sua mano mi stringe il bicipite. Non è niente.

Raggiungiamo Sora e Ty nell'atrio e ci incamminiamo.

Non so dove siano Euyn e Mikail, probabilmente in camera loro. Nessuno di noi vuole disturbarli, mi sa.

Prima che la carrozza si fermasse, Mikail ha detto qualcosa sull'importanza di non uscire dalla locanda, ma non è il capo di nessuno, qui, e di certo non il mio.

Oosant non è bella come Capricia, ma è molto più grande. Le strade sono sterrate, con nuvole di polvere che si sollevano dagli zoccoli dei cavalli e dalle ruote delle carrozze. Sora si acciglia quando il suo abito azzurro si sporca, ma non dice nulla. Tra le due donne, Aeri è senz'altro quella che si preoccupa di più dei vestiti e di questo genere di cose. Avrei pensato il contrario.

Dopo quattro isolati e mezzo arriviamo alla Hearst Tavern. È un locale un po' squallido, un passo indietro rispetto al Butcher & Ale. Ma questo non significa che la cucina non possa essere buona.

Quando apro la porta mi rendo conto che è frequentato solo da gente del posto. Una dozzina di tavoli, lo stesso numero di sgabelli al bancone, tutti piuttosto usurati. Sora mi segue all'interno e tutti gli occhi si puntano su di lei. Indossa un abito che considera modesto, il che significa che per Oosant è scandaloso. Appena entra, il brusio generale si interrompe. Non sto esagerando: sull'intero locale cala il silenzio.

Non siamo neanche a un metro dalla porta che già mi si rizzano i peli sulla nuca. Mi volto e nell'angolo vedo un tavolo con sei uomini. Mi basta un solo sguardo per capire che si tratta di una banda. Un brivido freddo mi attraversa. Non so nulla delle bande di Oosant, ma se sono come quelle di Umbria, siamo in un mare di guai.

Faccio un cenno nella loro direzione, come per riconoscere che questo posto è loro. Due o tre annuiscono in risposta. Sanno che sono pericoloso e che vengo da fuori città, ma ho appena promesso di non creare problemi. Spero che questo basti a raffreddare gli animi.

Poi, un secondo dopo, Ty entra con Aeri al suo fianco. Si guardano intorno entrambi, ma in qualche modo non si accorgono della banda. Metà degli uomini ormai ci osserva come un branco di lupi. Ottimo.

«Andiamo» dico. Trovo un tavolo sul lato opposto della taverna.

«Be', carino qui» commenta Aeri, tutta sorridente come al solito.

Nessuna consapevolezza della situazione. Zero. Ma sono qui per questo. Proprio mentre si guarda intorno, entra un altro tizio. Lancia un'occhiata a lei e Sora prima di andare verso il gruppo di uomini, che si alzano per fargli spazio: ha circa la mia età, ma è già il loro capo. E adesso ci guardano tutti.

Passo la mano sulla cicatrice che ho in faccia. Non finirà bene.

«Che... che succede?» sussurra Aeri. Quando è nervosa si tormenta l'orlo del vestito. Ora è nervosa.

«Una banda» dico.

Aeri fa una faccia sbalordita e Ty si irrigidisce. Sora si limita ad assumere un'aria rassegnata: più che battere le palpebre si direbbe che chiuda gli occhi per un secondo.

Mi attraversa un'ondata di rabbia mista a preoccupazione. Una banda del cazzo, sempre la mia solita fortuna. Sarebbe stato meglio restare alla locanda e mangiare di merda un'altra volta. Ma ormai è troppo tardi.

Una cameriera giovanissima si avvicina al nostro tavolo. Avrà diciott'anni al massimo. Nonostante la bella chioma rossa, di faccia è bruttina, anche se ha l'aria di credersi importante. Sarà di certo la figlia del proprietario. «Cosa vi porto?»

«Non dovremmo...» dice Ty. Guarda verso la porta.

«La cena, per quattro» rispondo. «Due porzioni da consumare qui e due da portare via. E quattro pinte di birra».

La cameriera annuisce e se ne va.

Ho un piano. O almeno l'inizio di un piano.

Aspetto che la ragazza sia fuori portata d'orecchio. Gli altri mi si avvicinano.

«D'accordo, ascoltate, forse non è niente o forse sì, ma quella banda potrebbe essere un problema. Dobbiamo escogitare un piano per riportare le ragazze alla locanda. È meglio averne uno e non usarlo che rimanere fregati in caso di necessità».

«Va bene...» concorda Ty. Dubito che abbia mai dovuto affrontare una vera minaccia in vita sua, ma in questo momento ha l'aria coraggiosa.

«Cos'hai in mente?» chiede Sora. È rimasta in silenzio da quando ha notato la banda.

Cos'ho in mente? Tempo. Abbiamo bisogno di tempo, e qualche rinforzo non guasterebbe. Ma non ho mai avuto rinforzi in vita mia, inutile illudersi.

«Quando la cameriera tornerà con i nostri piatti, diremo che abbiamo cambiato idea, e che vogliamo tutte e quattro le cene da portare via» dico. «Poi ce ne andremo con il cibo da asporto e, se tutto va bene, torneremo all'Evenglow Inn. Se la banda ci attacca, voglio che scappiate. Correte alla locanda, da Mikail. Intesi?»

Aeri e Sora annuiscono.

«Ma perché hai ordinato da mangiare, se siamo in pericolo?» chiede Ty. «Non potevamo andarcene subito?»

«Per guadagnare tempo. Magari mentre beviamo le nostre birre e aspettiamo il cibo quelli decidono di andarsene. O di prendere di mira altre persone. O forse Mikail ed Euyn verranno a cercarci. Non lo so. Tutto può succedere, con un po' di tempo».

«Va bene» dice Ty.

In questo momento sento di odiarlo, per la sua vita agiata che gli ha concesso di non doversi mai preoccupare delle bande. Non ha mai visto di cosa sono capaci. Non ha mai dovuto pensare a un piano per tornare a casa. Quel naso non è mai stato rotto. E invece avrebbe dovuto.

Ma il problema non è lui. Che tra l'altro è ancora qui, anche se non mi deve nulla. Almeno per questo merita un po' del mio rispetto.

Mi fa male la cicatrice. Ma rammento a me stesso che non è vero dolore: è solo un ricordo. Eppure i ricordi possono essere taglienti come lame.

Arrivano le birre e Ty paga cibo e bevande. Si infila velocemente in tasca il portamonete pieno. Deve contenere almeno cinquanta mun d'oro, probabilmente cento. Non ho dubbi che anche i membri della banda se ne siano accorti.

Alzo la birra. «Che gli dèi ci aiutino».

Quindi sbatto il boccale da mezzo litro contro il tavolo e ne scolo la metà. Aeri dà qualche sorso. I bicchieri di Ty e Sora rimangono intonsi.

La birra è fredda e gustosa. Il pizzicore sulla lingua mi ricorda il Butcher & Ale, i lavori che ho accettato, la pianificazione degli obiettivi. Bere mi serve per rallentare e riflettere. Forse le bande qui non hanno il controllo come a Umbria. Forse mi sto preoccupando troppo.

Ma l'istinto mi dice il contrario. E non succede mai nulla di buono, quando ignoro il mio istinto.

Da quando siamo arrivati in città non ho visto molti rappresentanti della legge. Non sono nemmeno sicuro di dove si trovi Oosant, ma non è molto lontano da Rahway, quindi siamo sotto la protezione del conte occidentale.

No. Un attimo. Non è vero. Abbiamo preso una carrozza rapida, quindi siamo a più di una settimana di distanza con un cavallo normale. Il che ci colloca nella vecchia terra di confine tra lo Yusan occidentale e quello orientale. Più ci si allontana dalle quattro antiche capitali, meno è pressante il vincolo della legge. Ecco perché Mikail non voleva che lasciassimo la locanda: Oosant non è un posto sicuro.

Figlio di puttana. Perché non l'ha detto chiaro e tondo?

«Non avremmo dovuto fermarci a Oosant» dico. «E non saremmo

dovuti uscire con le ragazze. Solo che ora non possiamo più farci niente».

Aeri e Sora si scambiano un'occhiata.

«Tu sai combattere? Nel caso dovessimo arrivare allo scontro» chiedo a Ty.

Lui fa un respiro profondo, poi annuisce. «Ho prestato servizio per due anni nella guardia reale».

Non... è proprio una risposta, ma meglio di niente. Finisco la birra.

La cameriera torna con le nostre ordinazioni. Posa i piatti da asporto sul tavolo e dice: «Riportate piatti e posate più tardi. Potete lasciarli fuori dalla porta sul retro».

La cena è a base di costine di maiale con riso e bok choy brasato. Ha un profumo delizioso. Almeno mangeremo qualcosa di buono, se riusciremo a tornare alla locanda.

«Cambio di programma» mi scuso. «Portiamo via tutto. Dobbiamo incontrare delle persone».

Sembra confusa, ma annuisce. Un minuto dopo porta altre due scatole e se ne va a flirtare con i ragazzi della banda. Uno di loro se la tira sulle ginocchia e lei ridacchia. Non capirò mai le ragazze che pensano di essere al sicuro con un delinquente, ma Umbria ne è piena.

Si immaginano amate e protette. Nel migliore dei casi, verranno usate e buttate via. Non che abbiano molte alternative, in effetti. Nemmeno rifiutarli, i tipi come quelli, ti fa fare una bella fine.

Spero che riferisca alla banda che dobbiamo incontrare della gente. È per questo che l'ho detto.

Tolgo i coperchi dalle scatole da asporto. Dentro ci sono posate per tutti.

«Quattro coltelli» dico. Ne prendiamo uno ciascuno con discrezione, a parte Ty, che continua a rigirarselo tra le mani.

«Infilatelo nella manica» sibila Aeri.

Ecco di nuovo la ladruncola presuntuosa. Ma questa volta le sue capacità da ragazza di strada ci torneranno utili.

Lui obbedisce, poi mi guarda. «Avevi ragione sui tirapugni, Royo».

Beve un sorso di birra, e mi rendo conto che sta ammettendo che non ha senso combattere lealmente, si riferisce alla prima conversazione che abbiamo avuto a Rahway.

Lancio un'occhiata alla banda. Sette. Sette uomini armati. Noi abbiamo due ragazze, quattro coltelli da bistecca, i due pugnali e il tirapugni che mi porto sempre dietro.

Non è equo. La vita non lo è mai.

Continuo a tenere d'occhio la porta. Ogni volta che si apre, alzo la testa sperando che sia Mikail. Ma non è mai lui.

Sora mi passa la sua birra, poi prende il rossetto dalla borsa e se lo mette. Non le capisco proprio, le ragazze. Perché truccarsi adesso? Forse è una cosa che fa quando è nervosa. Come Aeri e le sue cosce... volevo dire, il vestito.

La banda comincia a mangiare. Non avremo un'occasione migliore.

«Va bene». Lascio la seconda birra a metà e mi alzo. «Andiamo. Sora, prendi le scatole, per favore».

Aeri fa scivolare il braccio sotto il mio e ce ne andiamo. Gli uomini al tavolo ci guardano uscire dalla porta.

Speriamo che Ty sappia davvero combattere.

Una volta fuori, facciamo un bel respiro. Che gli dèi ci accompagnino.

Cominciamo a camminare in direzione della locanda. Veloci, ma senza correre. Tutto tace nella notte immobile. C'è la luna, niente nuvole né vento. Sono teso, in ascolto di qualsiasi suono. Il tirapugni d'ottone sulla mano sinistra. La destra pronta sul pugnale.

Aeri gioca con il colletto dell'abito. Nella manica ha nascosto il coltello. Non apre bocca, ma si guarda alle spalle, verso Sora e Ty. Riescono a starci dietro nonostante il vestito lungo di Sora.

Arriviamo alla fine dell'isolato. Ho i muscoli così tesi che temo potrebbero spezzarsi. Respiro a fatica, ma riusciamo ad attraversare un'altra strada. Qui dobbiamo svoltare: alla locanda mancano ancora due isolati e mezzo.

Arriviamo a metà del terzo. Comincio a rilassarmi, lascio che le spalle si allontanino di un centimetro dalle orecchie. Forse avevo interpretato male l'intera faccenda. Forse, al di là dell'aspetto intimidatorio, quegli uomini non ce l'avevano affatto con noi. Forse è solo quello che è successo a Umbria a rendermi paranoico. Forse le bande, qui, sono diverse da laggiù.

Poi noto qualcosa di strano. Un luccichio.

Ma qui gli edifici non brillano. Man mano che ci avviciniamo, capisco di cosa si tratta: c'è qualcuno nascosto nell'ombra, armato di pugnale. La luna si riflette sulla lama.

«Aeri. Sora. Correte...» comincio a dire.

Poi sento un forte colpo, un'esplosione di dolore. Subito dopo, la sensazione di cadere in avanti. Vedo le stelle nel cielo notturno e poi soltanto il buio.

CAPITOLO 43

MIKAIL

CITTÀ DI OOSANT, YUSAN

Bussano alla porta. Qui nelle vecchie terre di confine le città sono tutte pericolose e, ogni volta che qualcuno bussa alla porta, non è mai per portare buone notizie, né a te né a nessun altro.

Lancio un'occhiata a Euyn che, senza dire una parola, afferra la balestra. Io tengo la mano sull'elsa della spada.

«Chi è?» chiedo.

«Sono Aeri! Aprite!»

Euyn tiene la balestra puntata sull'uscio nel caso fosse una trappola, mentre io spalanco la porta. Aeri è sola. In preda al panico.

«Devi venire subito!» dice. «Sora. Ty. Royo. Devi venire».

Ha i capelli scompigliati e gli occhi colmi di paura. Mi strattona per il braccio, cercando di tirarmi fuori dalla stanza, ma non riesco a capire cosa sia successo.

«Aspetta, rallenta» le dico.

«Devi venire!» ripete lei, sbattendo i piedi.

Io ed Euyn ci guardiamo. «Va bene. Vengo. Ma prima raccontami cos'è successo».

«Siamo andati a cenare in una taverna e c'era una banda. Pensavamo di essercela cavata, ma poi tre tizi ci hanno attaccato dal nulla. Hanno steso prima Royo. Non so se è vivo! E nemmeno Sora e Ty! Devi aiutarci!»

Per le stelle, gliel'avevo detto di non lasciare la locanda. Perché non mi hanno ascoltato? Non possiamo permetterci errori stupidi come questo.

«Restate qui, tutti e due» li ammonisco.

«No, io vengo con te» ribatte Euyn.

«Anch'io. Devo farti vedere dov'è Royo... se c'è ancora. Ti prego, ho bisogno di lui... Dobbiamo aiutarlo!»

Non ho tempo di mettermi a discutere. E comunque è troppo preoccupata per il suo guardiano per ragionare con lucidità. Se lo perdessimo, potrebbe abbandonare il piano, e mi serve che non lo faccia.

«Bene» acconsento. «Euyn, prendi un mantello e nascondi la balestra. Aeri, prendi un'arma dal baule».

Scendiamo le scale e usciamo dalla locanda. Aeri ci fa strada: corre sorprendentemente veloce. D'altronde, è alta quasi quanto Euyn, e per essere la ladra che è deve muoversi più rapidamente di qualunque creatura abbia mai visto. Ora, però, sta correndo con un'ascia da guerra stretta in pugno. Cosa? Quale ragazza sceglierebbe un'ascia? Mi vengono in mente molte altre domande.

«Se tre uomini vi hanno attaccato, come hai fatto a scappare?» chiedo.

«Ho corso».

Ha senso.

Siamo a due isolati di distanza, quando si ferma di colpo. La mia mano va all'elsa della spada, ma non c'è nessuno. Solo un paio di belle scarpe e del cibo sparso per terra. Ty è svenuto, sdraiato a pancia in su nel vicolo, ma respira ancora. Il naso sembra rotto, anche se non sanguina molto. Poi vedo l'altro corpo a terra. Royo. Lui è a faccia in giù.

Per le stelle, come hanno fatto a saltargli addosso?

Vado a controllare. Respira anche lui, ma è stordito, e ha un bernoccolo impressionante sulla nuca.

«Respira» dico.

«Oh, grazie agli dèi!» esclama Aeri. Piange e stritola l'impugnatura dell'ascia. «Grazie agli dèi!»

Continuo a guardarmi intorno, ma non vedo Sora. Scomparsa nel nulla.

«Sora» dico a Euyn.

Si guarda intorno anche lui, in cerca di tracce. Aeri sembra preoccupata mentre gli cammina accanto. I suoi occhi continuano a correre alla fine del vicolo. Ma lì non c'è nulla. Gli aggressori devono essere venuti da quella direzione, però.

Mi inginocchio e prendo i sali dalla borsa. Li sventolo sotto il naso di Ty, poi faccio lo stesso con Royo. Ty si riprende a poco a poco; Royo, invece, si alza di scatto. Indietreggio, e per fortuna, perché lui inizia subito a menare fendenti con il coltello che ha in mano.

«Aeri!» grida. «Aeri, corri!» La sua voce disperata riecheggia nel vicolo. Dopo un po' mi mette a fuoco, sbattendo le palpebre. «Cosa? Mikail? Che ci fai qui?»

Finalmente scorge Aeri e tira un respiro di sollievo. Lei sembra pronta a scoppiare di nuovo in lacrime, con il labbro che trema. Gli salta addosso e lo stringe in un abbraccio, mentre l'ascia stride contro il terreno.

«Sora? Sora! Dov'è Sora?» geme Ty. Si alza in piedi tenendosi il viso tra le mani; ha lo sguardo disperato.

«È sparita» risponde Euyn. In mano ha un pezzo di stoffa. Azzurro, dello stesso colore del suo vestito.

Per le stelle.

Ci blocchiamo tutti. Aeri sta ancora abbracciando Royo. Ty si tiene il naso. Euyn stringe il tessuto.

«Cos'è successo?» domando.

«Hanno messo fuori combattimento Royo» racconta Aeri. «Poi Ty si è difeso come meglio poteva, ma avevano già preso Sora. C'erano almeno tre uomini armati».

Una mossa furba: concentrarsi prima sul combattente migliore. Ma se Aeri ha visto tutta la scena, all'improvviso ho dei dubbi su come abbia fatto a uscirne viva. Non avrebbero dovuto essere tanto negligenti da lasciarla scappare. Ho visto quanto è abile come ladra, so che può essere incredibilmente veloce, ma qui c'è qualcosa che non va. Per il momento, però, lascio perdere e mi concentro sulla cosa più importante: una del gruppo è stata presa.

«Erano in tanti; di sicuro più di tre» dice Euyn. «Ci sono diverse impronte che si dirigono verso sud».

«Quindi hanno rapito Sora?» chiede Ty.

Continua a girare la testa a destra e a sinistra e sembra intenzionato a rubarmi la spada e combattere un'intera banda da solo. Forse è davvero innamorato di lei, come pensa Euyn.

«Devo trovarla» dice tra sé e sé. «Non posso... devo trovarla».

Nella sua voce ci sono così tanto panico e angoscia che è difficile credere che si tratti proprio dello stesso uomo che avrebbe dovuto ucciderla. Rune potrebbe essersi inventato tutto. Non è da escludere. Euyn mi lancia uno sguardo che significa: 'Te l'avevo detto'.

«Cosa facciamo adesso?» chiede Aeri.

«Tornate alla locanda» rispondo. «Tutti e tre. Tu, Euyn, vieni con me».

«Vengo anch'io» si impunta Aeri. «Ti prego. Posso esservi d'aiuto».

«Sono sicuro di no» ribatto.

«Resta qui» dice Royo. La testa deve scoppiargli. Fa un respiro sofferto e Aeri gli mette una mano sul petto. «Vado io».

«Andiamo tutti» decreta Euyn. «Devono esserci almeno sette uomini. Abbiamo bisogno di tutti i rinforzi possibili».

Davvero non capisco come Aeri possa essere qualcosa di diverso da un peso, senza contare che Royo è ferito e che Ty ha già perso un combattimento stasera, ma non abbiamo tempo per discutere. Ogni minuto che Sora è lontana diventa più probabile che venga uccisa, stuprata o venduta. Ogni secondo che passa rende più difficile ritrovarla.

Ho giurato che avrebbe avuto una lunga vita. Dicevo sul serio.

«Ci servono risposte» dico. «Andiamo alla taverna dove avete visto la banda. Qualcuno dia un'arma a Ty».

Euyn gli porge un pugnale. È sempre più armato del necessario. Non sono mai riuscito a convincerlo che tutto quel peso, invece di aiutarlo, lo rallenta.

Aeri cede l'ascia a Royo, scambiandola con un coltello da lancio. Ah, così ha più senso. Dubitavo che la ragazza avesse la forza di brandire un'ascia, mentre Royo potrebbe sicuramente abbattere un albero.

Arriviamo all'Hearst Tavern in un minuto. È un posto malfamato, ma niente che costituisca un problema per un picchiatore come Royo.

«State qui. Sorvegliate la porta» ordino a Royo e a Ty. «Euyn, controlla il retro: nessuno deve entrare o uscire. Aeri, tu vieni con me».

Dentro ci sono un oste calvo, due ragazze che servono ai tavoli e tre vecchietti. Sono sfortunati, a essere qui: semplicemente non è la loro serata.

«Chi era la vostra cameriera?» chiedo ad Aeri.

Me la indica. La ragazza non sembra avere fretta di avvicinarsi. Capisco subito che sa tutto, compreso il motivo per cui sono qui.

«Chi ha preso la ragazza che era qui stasera?» domando a voce alta.

La cameriera fa spallucce, gettandosi i capelli rossi oltre la spalla. «Non so di cosa stiate parlando».

Annuisco. Poi mi volto di scatto e le afferro la mascella. Nello stesso istante estraggo la spada. La lama prende vita. «Non ho tempo di ripetere la domanda».

Fissa la spada con gli occhi spalancati, troppo stordita per parlare.

«I Bulgae, signore» interviene il tizio calvo da dietro il bancone. Il mio sguardo passa da lei a lui. È sua figlia, ne sono certo. Hanno lo stesso naso all'insù. «Sono la banda che comanda in città».

«Dove posso trovarli?»

Esita. Stringo più forte il viso della cameriera, che mugola.

«Di solito stanno al Barrelhouse» dice l'uomo.

«Dov'è?»

«A nord, nel quartiere delle scommesse. Ma non so se è lì che l'hanno portata».

Non sono andati a nord. Nessuno sa seguire le piste come Euyn. Eppure l'oste crede a quello che dice. È solo impreciso, non sta mentendo.

Riporto l'attenzione sulla cameriera.

«Dove l'hanno portata? Prima di parlare, sappi che qualsiasi cosa le accadrà verrà fatta a te, quattro volte peggio. Hai la mia parola».

La fisso dritto negli occhi.

«In un posto chiamato La Miniera, a sud, nel quartiere dei magazzini» confessa. «È il loro covo, il loro nascondiglio. O sono lì, o al Barrelhouse».

La lascio andare.

«Siete complici del rapimento di una cortigiana reale» annuncio, alzando la voce. «E un attacco alla proprietà del re è un attacco al re stesso. Vi giudico tutti colpevoli. Andatevene subito, tranne voi due». Indico il padre e la figlia.

I tre avventori e l'altra cameriera scappano dalla porta sul retro senza degnare di uno sguardo i due condannati. Si preoccupano solo della loro pelle. Ma non importa. Saranno accolti dai colpi di Euyn appena usciranno.

«Venite con me, se volete vedere un'altra alba» dico.

Rimetto la spada nel fodero ed esco dall'ingresso principale.

CAPITOLO 44

EUYN

CITTÀ DI OOSANT, YUSAN

Quando siamo arrivati a Oosant, non potevo immaginare che avremmo marciato, in sette, diretti a sud, verso un posto chiamato La Miniera, per recuperare una vergine velenosa; eppure è proprio quello che sta succedendo.

Mi fermo a circa quattro isolati dalla Hearst Tavern. Sul ciglio della strada c'è un altro brandello di tessuto blu. Un altro pezzo del vestito di Sora. Il quarto, per adesso. Ha lasciato una scia apposta per noi. È molto intelligente, per essere una ragazza, ma d'altronde è un'*assassina*. Forse dovrei darle più credito.

Al quinto quadratino di stoffa, siamo quasi arrivati al quartiere dei magazzini. Tutti e sette. Comprese due persone che non conosco.

«Chi sono?» sussurro a Mikail.

«Esche» risponde lui.

Il suo tono mi fa correre un brivido freddo lungo la schiena. Questo quartiere dei magazzini deserto è inquietante, e sapere che le terre di confine sono più simili a Fallow che allo Yusan non aiuta. Siamo circondati da edifici alti, che fanno riecheggiare ogni rumore. Non mi piace: è troppo tranquillo, ci sono troppi posti dove nascondersi.

Ci fermiamo quando arriviamo alla strada principale.

«È la terza in fondo» dice l'uomo calvo. Il braccio e la voce gli tremano mentre indica la casa con due guardie sul tetto e le finestre illuminate.

Mikail fissa la strada, gli occhi che colgono ogni singolo dettaglio dell'obiettivo. «Bussate alla porta. Tutti e due. Dite che un uomo del re è venuto a cercarli. Poi tornate qui e mi riferite quanti sono dentro. Fatelo, e vi risparmierò».

Non riesco a capire se sia un'offerta sincera o meno.

L'uomo lo fissa e si asciuga la fronte. «Ci uccideranno loro, se scopriranno che li abbiamo traditi».

Mikail solleva le sopracciglia. «Che cosa pensavi, scusa? Che vi stessimo portando a fare una bella scampagnata? Vi siete macchiati di tradimento. Rifiutati di collaborare e, nella migliore delle ipotesi, morirai per primo e in fretta. Nel peggiore dei casi, conterai i pezzi di tua figlia. Hai la mia parola».

L'uomo si guarda freneticamente intorno in cerca di aiuto. Naturalmente non lo trova. Ma il piano di Mikail è fallace.

Mi metto in disparte e gli faccio cenno di raggiungermi.

«Dobbiamo attirare fuori la banda un po' alla volta» sussurro. «Quella è una trappola per topi. Non conviene combattere per entrare, quando nemmeno sappiamo cosa ci aspetta dentro».

«Per quello sto mandando loro» ribatte, indicando l'uomo e la ragazza.

«Lasciali andare» dice Ty avvicinandosi.

Ci giriamo entrambi verso di lui. Dèi onnipotenti, fa sul serio. Esiste una differenza tra coraggio e stupidità, e Ty non sembra conoscerla.

«Cos'hai detto?» chiede Mikail. Anche Aeri e Royo si avvicinano, ma Royo continua a tenere d'occhio le nostre esche. Non è necessario. Sono troppo spaventati per scappare.

Ty – bisogna dargliene atto – non si ritrae. Anzi, si avvicina di un passo, con il petto in fuori. A quanto pare, prendersi un pugno in faccia lo ha reso un guerriero. Ma è sciocco pensare che possa resistere anche a un solo scontro con Mikail.

«Ho detto di lasciarli andare» ripete. «È povera gente, in una città controllata da una banda. Cercano solo di sopravvivere. Non erano coinvolti nel rapimento di Sora».

Mikail indica la cameriera, che trema visibilmente mentre fissa Royo. «Lei fa la puttana per gli uomini della banda, e lui non è da meno».

«Sono d'accordo con Ty» interviene Aeri a bassa voce. «Dev'esserci un modo migliore».

«Aeri...» inizia Royo. Lei gli lancia un'occhiata e lui sospira ma resta al suo fianco.

La tensione in strada sta raggiungendo il punto di non ritorno. Se Royo si schiererà con loro rimarremo in due contro tre.

«Ah, sei d'accordo con Ty?» Mikail guarda Aeri e poi sorride. «Lo sapevi che è qui per uccidere Sora?»

Alzo le sopracciglia, fissando Mikail. Avevo sentito Sora che lo diceva, ma ne parlavano in tono così disinvolto che credevo si trattasse di uno scherzo. E poi non ho potuto chiedere chiarimenti perché in quel momento fingevo di dormire. Ma no, Mikail è serissimo.

L'espressione di Aeri cambia. Royo se ne accorge.

«Sei qui per uccidere Sora?» chiede, rivolgendosi a Tiyung.

Mikail e Royo hanno le mani sulle armi, ma Ty non se ne accorge. È il figlio di un conte, non è abituato a sentirsi in pericolo. Scuote il capo, ma ormai è tardi. Erano davvero quelli i suoi ordini, Sora stava dicendo la verità.

Padre e figlia non capiscono più niente, ci guardano a turno mentre litighiamo.

Mikail scuote il capo. «Non ho tempo per questo. Andate. Ora».

E li spinge in avanti, costringendoli ad avvicinarsi alla Miniera.

«Di te mi occuperò più tardi» aggiunge, rivolto a Ty.

Merda. Potrebbe ucciderlo. E così perderemmo Seok come alleato. Devo trovare il modo di calmarlo.

«Preparati a sparare» mi avvisa.

«Mikail...»

«Oppure non aiutarmi nemmeno tu. Tanto non ho bisogno di voi».

Sgrano gli occhi. No. Ho già visto questa versione di Mikail: il demone. Quello che ha torturato l'uomo nel passo di montagna. Non si può ragionare con lui. Ucciderà tutti i presenti in quel magazzino o morirà nel tentativo.

«Sono con te» afferma Royo. Si scambiano un cenno del capo. E poi Mikail mi guarda.

«Io sono sempre con te». Raccolgo la balestra e me la metto in spalla, un po' offeso che ne abbia dubitato.

Mikail annuisce, poi mi sussurra all'orecchio. «Quando siamo dentro, uccidi padre e figlia senza fare rumore».

Mi si torce lo stomaco, anche se avrei dovuto prevederlo. Dice qualcosa a Royo, e anche lui annuisce.

Cominciamo a studiare il modo migliore per attaccare. Per farci strada all'interno. Ma non ho dubbi che almeno uno di noi morirà nel tentativo di prendere la Miniera.

«Aspettate, usate me» dice Aeri. Tutti si voltano a guardarla.

«Aeri, non...» inizia Royo.

«No, funzionerà, Royo» lo interrompe lei. «Quando tornano l'oste e la cameriera, potete usarmi per entrare nel magazzino. Mikail, la banda non ha visto né te né Euyn. Portami da loro e chiedi una taglia. Ti faranno entrare. Così potrai vedere cosa c'è all'interno dell'edificio e valutare come attaccare da dentro».

Mikail annuisce. Ripasso in rassegna il piano: funzionerà. La ladruncola è più sveglia di quanto sembri.

«Anzi, vi farò entrare entrambi» dice Mikail. Indica lei e Ty. «Royo, vai sul retro. Euyn, mettiti sul tetto di fronte alla Miniera e fai fuori le sentinelle».

«Aeri, non voglio che entri...» ritenta Royo.

«È tutto a posto, Royo» lo rassicura lei. «Ci sarà Mikail a proteggermi». Allunga la mano e gli accarezza il braccio. Sia io che Mikail lo notiamo: c'è dell'autentico affetto nel suo gesto. Royo si irrigidisce, ma poi annuisce riluttante.

Quando padre e figlia tornano da noi, siamo ormai tutti d'accordo. Entrambi tremano come se avessero un terremoto sotto i piedi. Il pelato ha la faccia verde e sembra sul punto di svenire.

«Sono in dieci» annuncia.

Mikail lo guarda. Qualunque sia il numero di uomini là dentro, di sicuro non è dieci. Spero che non siano in venti, ma probabilmente è così. Mi aggiusto i dardi attorno al petto.

«Ho capito» dice Mikail. «Potete andare».

«Sì, signore» risponde l'oste con un goffo inchino.

Scambio la spada con Mikail in modo che nessuno riconosca l'arma. Mikail fingerà di essere un cacciatore di taglie, non una guardia reale, e l'elsa elegante lo tradirebbe. Royo si avvia lungo la strada laterale dopo aver lanciato un'occhiata ad Aeri.

«Tuo... in questa vita e nella prossima» mi sussurra Mikail. Il suo sguardo mi si conficca dentro mentre la sua spada colpisce la mia.

Annuisco. «Tuo... in questa vita e nella prossima».

Mi avvicino all'edificio di fronte al magazzino chiamato La Miniera. È abbandonato, ma riesco a entrare e a correre su per le scale fino al tetto. Sono più in forma ora di quanto non fossi a palazzo: più veloce, più forte... dovevo esserlo, per sopravvivere. Ci metto appena un minuto per sistemarmi. Eppure, quando guardo dall'altra parte, in cima alla Miniera non ci sono guardie.

Nessuno.

Dèi onnipotenti... è una trappola.

La banda sa tutto. Hanno fatto rientrare le sentinelle, il che significa che padre e figlia ci hanno traditi.

Sparo due colpi, uccidendoli entrambi, e poi sistemo di nuovo i dardi. Mi serviranno tutti, stasera.

CAPITOLO 45

ROYO

CITTÀ DI OOSANT, YUSAN

Per i Dieci Inferni, la mia testa.

Vedo doppio. Cerco di riprendermi, sbattendo forte le palpebre. Giuro che mutilerò il figlio di puttana che mi ha colpito a tradimento. E parecchi altri dentro quel magazzino. Potrebbero aver ucciso Aeri. Potrebbero fare del male a Sora. Li farò pentire di non avermi affrontato da uomini.

Arranco per il vicolo restando al riparo dell'ombra più buia, ma non mi sento bene. E non è solo il mal di testa. Mi fermo, chiedendomi cosa possa essere. Ho i miei pugnali e un'ascia. Poi mi rendo conto che il motivo del mio disagio è che non mi piace stare lontano da Aeri. Non è che sia attratto da lei o altro. È che ho promesso che non l'avrei più persa di vista. Faccio un respiro profondo, cercando di convincermi che sta bene. Mikail non lascerà che le accada qualcosa: ha bisogno di lei. E in qualche modo, prima, ha seguito le mie indicazioni ed è riuscita a tornare alla locanda. Non so cosa sia più sciocccante: che mi abbia dato retta o che sia riuscita a scappare. Il sollievo che ho provato quando mi sono ripreso e l'ho vista è stato enorme. Mi sono venute le lacrime agli occhi. Per un attimo non ho sentito dolore.

E il volto di Aeri quando mi ha visto...

Faccio un respiro tremante. Provo qualcosa per lei, e non va bene. Non può venirne fuori nulla di buono. Sono il suo guardiano. E comunque non dovrei pensare a lei in questo momento. Devo concentrarmi. C'è del lavoro sporco da fare.

Scaccio Aeri dai miei pensieri e osservo l'ambiente circostante.

Devo stare all'erta. Soprattutto perché tutta questa storia mi sembra strana. Non so come mai Mikail si sia fidato della cameriera e di suo padre, ma scommetto che ha un piano di cui non ha parlato a nessuno. Non che abbia troppa importanza. Sappiamo che Sora è lì dentro, sola con una banda che non ha nulla da invidiare a quelle di Umbria. Dobbiamo tirarla fuori.

Non lascerò un'altra ragazza nelle grinfie di una banda. Mai più.

Aggiusto la presa sull'ascia. Aeri ha scelto per me un'ottima arma: con questa cosa posso uccidere senza fare rumore.

Pronto a versare del sangue, striscio verso il retro della Miniera. Dovrebbero esserci una o due sentinelle di guardia all'ingresso posteriore del magazzino, ma saranno gli uomini di rango più basso, i meno esperti, i meno consapevoli.

Mi avvicino per studiare la situazione. La porta è grigia, e a sorvegliarla non c'è nessuno. Nessuno.

No. Non è possibile.

Sbatto forte le palpebre e controllo il vicolo alle mie spalle: non c'è nulla. Allora alzo lo sguardo. Nessuno nemmeno sul tetto.

Una stretta allo stomaco, il respiro mi si blocca nei polmoni.

Per i Dieci Inferni. Ci hanno incastrati.

CAPITOLO 46

SORA

CITTÀ DI OOSANT, YUSAN

Tutti i presenti nel magazzino sono in allerta: gli uomini si spostano, bisbigliano tra loro e si mettono in posizione. La cameriera e suo padre hanno avvertito la banda che una guardia reale e altri tre compari sono venuti a riprendermi, perché sono una cortigiana del re. Hanno detto che insieme agli uomini c'è anche la ragazza della cena, Aeri.

Mikail e gli altri stanno cadendo in trappola, e io non posso fare nulla per impedirlo. Non qui, legata a questa trave al centro della stanza. Ho lo stomaco in subbuglio e le braccia che mi tremano, non riesco a liberarmi dalle funi. I nodi sono troppo stretti. Ho bisogno di pensare. Ci dev'essere qualcosa che posso fare per salvarli. Ma cosa?

Ci sono diciassette uomini, qui dentro. Il capo ha ordinato di riferire a Mikail che erano in dieci, quindi dieci stanno disposti in un ampio cerchio intorno a me, e gli altri sette si nascondono dietro casse e grosse scatole. Altri due sono fuori, a guardia della porta posteriore. E due sentinelle sorvegliano il tetto. I tre che ci hanno attaccati non sono ancora tornati, ma lo faranno a momenti.

In totale, quindi, i membri della banda sono ventiquattro. Troppi.

Non è possibile che sei di noi uccidano ventiquattro uomini armati. Il rossetto che ho messo alla Hearst Tavern potrebbe farne fuori tre, ma non ho mai dovuto uccidere più uomini uno di seguito all'altro, mi è sempre stata richiesta soltanto discrezione.

So che Mikail e Royo sono assassini esperti, ma con questi numeri non si scherza. Dubito che Aeri sarà di grande aiuto, e quanto a Tiyung, lui non ha mai dovuto sporcarsi le mani. Il Conte ha molti servitori che possono farlo al posto suo. Infine, non conosco affatto Euyn, ma dubito che possa uccidere *dieci* uomini. È ancora più esile di Ty, e per di più è un principe.

Bussano alla porta. Tutti si mettono in posizione.

Trattengo il respiro. Devo aiutarli. Ma come?

CAPITOLO 47

MIKAIL

CITTÀ DI OOSANT, YUSAN

La porta si apre di uno spiraglio, e compare un uomo largo quasi quanto alto. Royo sarà invidioso: questo tizio è ancora più grosso di lui. Ma il bandito ha il viso butterato e un'espressione da inetto. Royo è più bello.

«Sì?» chiede.

«Sono qui per restituire due cose che appartengono al vostro capo» dico. Spingo avanti Ty e Aeri. «Li ho trovati nel vicolo. Ho pensato che potessero interessarvi».

L'uomo si guarda alle spalle e spalanca la porta. Non controlla se abbiamo armi, dato che siamo in netta minoranza.

Come ho detto: uno sprovveduto.

Entro, spingendo avanti Ty. Non so se stia recitando o cosa, ma devo proprio farlo camminare a forza. Anche Aeri entra, guardandosi intorno. Ci sono pile di scatole e casse che offrono una buona copertura agli uomini che vogliono nascondersi, ma non ci faccio molto caso perché al centro della stanza c'è una trave a cui Sora è legata per le braccia. Ha il vestito strappato, ma credo sia opera sua, a giudicare dai brandelli di stoffa trovati da Euyn. La sua guancia sembra arrossata: l'avranno colpita, qui oppure quando l'hanno presa.

L'uomo accanto a lei dev'essere al comando. È più giovane di quanto mi sarei aspettato da un capobanda, ma sembra pieno di sé, e poi è proprio al centro del cerchio di compagni.

«Tu devi essere la guardia reale» esordisce.

Sorrido. «Sembra che mi abbiate confuso con qualcun altro».

«Cora è stata molto precisa» ribatte.

Mi stringo nelle spalle. «Su qualcun altro. Io non sono una guardia reale».

Alcuni uomini si guardano l'un l'altro, confusi. Non è il gruppo più intelligente in cui mi sia mai imbattuto.

«Cosa vuoi, allora?» mi chiede il capo.

«Una ricompensa» rispondo.

Bussano alla porta. Mi volto. Va ad aprire sempre lo stesso tizio enorme.

«Aspetta» dice Sora.

Il capo si gira verso di lei e alza una mano.

Lei tira le corde che la stringono. «Dev'essere la guardia reale che è venuta a prendermi» dice. «Non lasciare che mi porti via».

I suoi occhi viola sono supplichevoli. Le tremano le labbra. La sua angoscia è palpabile. Incuriosito, il capo le si avvicina.

«Vuoi restare qui?» domanda, scettico ma ovviamente interessato.

Sora annuisce con entusiasmo. «I miei genitori mi hanno venduta in cambio di oro. Non voglio andare dal vecchio re. Non l'ho mai voluto. Ti prego, aiutami».

«Ora vuoi collaborare?» insiste lui.

Lei distoglie lo sguardo, umiliata. Scommetto che è stato lui a colpirla.

«Avevo paura» si giustifica. «Sei così giovane... non avevo capito che fossi a capo della città. Credevo fossi un rapitore come tanti, non un uomo importante. Per favore. Nascondimi».

Lui si allunga e le prende il viso tra le mani. «Vuoi essere mia?»

«Sì» risponde Sora, senza fiato. Lo guarda piena di desiderio, schiudendo le labbra. Poi abbassa pudicamente gli occhi, come se stesse combattendo il proprio impulso. «Ti prego».

Lui le solleva il mento e la bacia.

Sono davvero colpito. A corte ho visto attori con meno talento.

Bussano di nuovo alla porta. Due colpi: il segnale di Euyn. Prima era per avvertirci di stare pronti, ma ora è giunto il momento.

Estraggo la spada e infilzo l'uomo che mi sta accanto. Si piega a metà e crolla per terra. Nello stesso istante Euyn fa irruzione e inizia a sparare. Un attimo dopo Royo spalanca la porta sul retro. All'improvviso dentro la Miniera si scatenano urla e caos. Sangue e budella si spargono dappertutto; la morte grida e riecheggia nella stanza dai soffitti alti.

Me ne lascio inebriare, ma solo per un momento, finché l'uomo successivo non mi si butta addosso. Suppongo sia molto ansioso di incontrare Lord Yama.

Gli altri membri della banda indietreggiano e guardano il loro capo, che però al momento è impegnato a stringersi e artigliarsi la gola, accasciato a terra. Un altro uomo, probabilmente il suo secondo in comando, corre ad aiutarlo, ma è troppo tardi. Sora, ancora legata alla trave, fa del suo meglio per fingersi confusa e preoccupata.

Dobbiamo liberarla.

Afferro la spada del primo tizio che ho ucciso e la lancio a Ty. Ha già un pugnale, ma non è abbastanza per questo tipo di scontro.

«Cerca di non morire» ordino. «E guardami le spalle».

«Sarà fatto» risponde lui, afferrando l'arma senza sforzo. Forse ha delle qualità nascoste. Meglio per lui che le abbia, se vuole sopravvivere e restare con la testa attaccata alle spalle.

Abbatto l'uomo che mi si è precipitato addosso. L'arma che sto usando non è affilata come la spada reale: è una merda qualunque, comprata da Euyn. Mi infastidisce, ma ammetto che fa il suo dovere. Ho squarciato il poveretto dal collo all'ombelico, anche se con uno sforzo maggiore del dovuto.

L'avversario successivo, vedendo la mia opera, gira sui tacchi e corre nella direzione opposta. Con un unico movimento fluido, lancio la spada e lo trafiggo in piena schiena, poi mi impossesso dell'arma del tizio squartato.

Due uomini attaccano Royo contemporaneamente, ma lui è più grosso e più forte di loro. Senza contare che brandisce un'ascia da guerra. È... disordinato e più feroce del necessario. D'altronde è un picchiatore professionista, abituato a dover garantire un certo numero di uccisioni.

Sto per andare ad aiutarlo quando un altro mi colpisce alla sprovvista. La spada di cui mi sono appena appropriato è ancora peggio della merda di Euyn. Certi fabbri andrebbero impiccati. Combatto con il mio glorioso coltello da burro, ma tanto varrebbe tentare di colpirlo a morte usando l'elsa.

Con la coda dell'occhio noto un movimento. Aeri, rapida come sempre, ha approfittato del caos come diversivo: si è avvicinata di corsa e ora cerca di slegare le corde di Sora. Non vede l'uomo alle sue spalle e nemmeno la lama che ha in mano.

«Aeri!» grido.

Si gira nell'istante in cui il tizio viene colpito al petto con un dardo e crolla in ginocchio, trafitto al polmone. Bel colpo, Euyn.

La bocca di Aeri si spalanca per lo shock, mentre il sangue schizza sul davanti del suo vestito giallo. È stato Ty: ha infilzato l'uomo, sferrandogli il colpo di grazia. Aeri fissa le macchie di sangue e poi Ty, che respira a fatica e sembra sul punto di svenire. Anch'io sono piuttosto sorpreso dalla sua brutalità.

Non credevo che ne fosse capace.

Do un calcio al mio avversario attuale, facendolo cadere a terra. Finalmente trovo l'angolazione giusta per tagliargli la gola. Proverò con la sua spada: dev'essere meglio di questa schifezza.

Aeri si affanna a strappare l'arma dal corpo del tizio ucciso da Ty. Con la grossa spada tra le mani, si avvicina a Sora. Devo essere sincero: Aeri che brandisce una spada non mi sembra granché come piano. E dallo sguardo di Sora, anche lei sembra pensarla allo stesso modo.

Proprio mentre Aeri sta per tagliare le corde, il comandante in seconda si alza in piedi e fa per colpirla. Il volto di Aeri si riempie di terrore, ma prima che l'uomo possa sferrare il colpo, Ty gli taglia la gola. Ci mette troppa forza, e il sangue schizza dappertutto.

Mi toccherà insegnargli a uccidere in modo pulito.

Aeri libera Sora.

Euyn abbatte uomini a destra e a manca, i suoi dardi piovono come foglie in autunno. Qualcuno ha pugnalato Royo alla spalla sinistra, ma non sembra grave. Cerco di tenere d'occhio sia lui che le ragazze, oltre a Euyn. Euyn sempre. Ma un altro membro della banda mi si scaglia contro, evidentemente ansioso di partire per i Dieci Inferni.

Sta già morendo quando Aeri urla.

«Royo!»

Lancia il coltello e colpisce un uomo. Quello che correva alle spalle del suo guardiano. Lo fa cadere con un colpo secco.

Royo si gira e lo vede crollare. Il braccio di Aeri è ancora alzato. Royo, sbalordito, guarda prima il cadavere poi lei. Dopo un secondo le fa un cenno di ringraziamento, a cui lei risponde con un sorriso raggiante. Royo schiaccia la trachea del tizio con cui stava combattendo.

Dov'è finita la sua ascia?

A quanto pare i banditi restanti hanno capito che affrontarmi uno per volta significa morte certa, così mi caricano in tre. Euyn grida e mi lancia la spada. La prendo al volo, grato di riavere una lama come si deve. Potrei quasi baciarla. Dopo averla sguainata, porto il braccio all'indietro e sferro un colpo rotante. Con un unico movimento fluido colpisco tutti e tre gli uomini al petto, prima di atterrare in ginocchio. Tengo il braccio allungato all'indietro, con il sangue che gronda dalla lama. Tutti e tre gli uomini si guardano contemporaneamente il petto squarciato, quindi si accasciano a terra.

Dopodiché non resta più nessuno ad attaccarci, anche se per qualche istante restiamo pronti, con le armi alzate.

Non so dire quanti cadaveri ci siano nella stanza, ma sicuramente più di dieci. L'oste e sua figlia ci hanno traditi, come pensavo. Li ho mandati avanti proprio perché volevo che il capobanda radunasse tutti i suoi uomini all'interno, dando a Euyn e Royo un accesso più facile alle porte. Sapevo che una volta dentro avremmo potuto ucciderli tutti.

Non mi dispiace nemmeno un po' di aver sussurrato 'null' a Euyn. E 'niente prigionieri' a Royo.

«Che fine ha fatto l'ascia?» chiedo a quest'ultimo, troppo curioso per trattenermi.

Fa un cenno con la testa, mi volto.

«Oh». Un sorriso mi si allarga in faccia. Attualmente, l'ascia sta tenendo un uomo attaccato a una parete, proprio al centro di una mappa che mostra tutta Oosant.

Royo si stringe nelle spalle. «È rimasta incastrata nel muro, quindi ce l'ho lasciata».

Non essendoci sopravvissuti, possiamo abbassare le armi. Lascio andare la scarica di energia che sento sempre quando brandisco una spada. Dopo aver ucciso così tanti uomini mi invade una sensazione di pace. Come quando i rumori forti ti fanno apprezzare il silenzio.

Normalmente perlustrerei la zona per assicurarmi che siano effettivamente tutti morti, ma prima voglio controllare che le donne, in particolare Sora, stiano bene.

Sto per congratularmi con Aeri per il suo colpo micidiale, quando la vedo sgranare gli occhi. Mi sta fissando. Apre la bocca. Intuisco che sta cercando di mettermi in guardia, ma dall'espressione sul suo volto, so che è troppo tardi. Sto per morire.

CAPITOLO 48

SORA

CITTÀ DI OOSANT, YUSAN

Il nome di Mikail riecheggia, infrangendo il silenzio del magazzino.

Mi guardo intorno e capisco perché. Dietro di lui c'è un uomo con la spada sguainata.

Il codardo è stato nascosto per tutto il tempo dietro le casse. È rimasto lì mentre i suoi fratelli venivano macellati, mentre gridavano aiuto, mentre invocavano gli dèi o le loro madri. Mentre cercavano di strisciare in salvo per poi essere abbattuti dai dardi. Ora è diventato coraggioso solo perché Mikail è di spalle.

Grido per avvertirlo, ma è troppo tardi. L'uomo è troppo vicino, ha già il fendente pronto.

Nello stesso istante, una spada vola in aria. Ty tenta di uccidere il bandito, ma è troppo distante. La lama non lo raggiungerà prima che possa colpire.

Chiudo gli occhi per non assistere al massacro di Mikail, ma poi mi rendo conto di essere io la codarda. È venuto qui per salvarmi. Ha ucciso per liberarmi. Come minimo adesso devo guardare, essere testimone della sua morte. Glielo devo, per lo stesso motivo per cui lo dovevo alle ragazze dell'accademia dei veleni. Per lo stesso motivo per cui non sono riuscita ad assistere alla morte della persona che amavo.

Ma quando apro gli occhi, il bandito ha lasciato cadere la spada ed è in ginocchio. Grida, stringendosi la parte posteriore della gamba. Mikail si volta e lo trafigge al petto. L'uomo si accascia ululando di dolore.

La spada lanciata da Ty atterra qualche metro più avanti e scivola fino a fermarsi. Mikail la fissa, poi si guarda intorno.

Cos'è successo? Il tizio è davvero... inciampato?

Ci guardiamo a vicenda.

Aeri è accanto a me e respira affannosamente. Il sangue le cola dalla mano, ma d'altra parte siamo tutti sporchi di sangue, me compresa. Ty è alla mia sinistra e Royo stava ancora camminando verso di noi. Euyn è il più lontano, impegnato a ricaricare la balestra. Eravamo tutti troppo distanti da Mikail per aiutarlo. Per questo non riesco a capire cosa sia successo. Forse è stato graziato dagli dèi.

Quello che so per certo, tuttavia, è che gli dèi raramente salvano la vita agli assassini senza pretendere qualcosa in cambio.

CAPITOLO 49

EUYN

CITTÀ DI OOSANT, YUSAN

Perlustriamo la stanza per assicurarci che non ci siano Bulgae sopravvissuti. Lavoriamo tutti e sei insieme, ispezionando ogni singolo centimetro del magazzino. Naturalmente Mikail prende il comando e io gli sto alle spalle con la balestra carica. Pronto a proteggerlo, pronto a morire per o con lui. Ma non c'è nessun altro qui. Sono tutti morti, o stanno per morire.

Ci ritroviamo intorno al cadavere dell'uomo che ha quasi ucciso Mikail. Sento il cuore ancora conficcato da qualche parte in gola. Non so se riuscirò a liberarmi di questa sensazione finché non rimarremo soli io e lui, e non sentirò il suo cuore battere contro il mio. Ho rischiato di nuovo di perderlo.

«Non capisco» dice Aeri, scuotendo il capo.

Mikail si strofina la nuca. «Dev'essere inciampato in un'arma, anche se... non so proprio come».

È difficile capire cos'è successo, perché il magazzino è un macello. Però hanno ragione a essere confusi. Ero certo che Mikail fosse spacciato, ma poi gli dèi sono intervenuti e gli hanno salvato la vita.

«Fortuna» sentenzia Royo, anche se fissa Aeri.

'O merito degli dèi onnipotenti'.

Ma non lo dico ad alta voce. Mikail riderebbe se gli dicessi che è favorito dai Cieli, eppure è così. Anche se potrebbe pure essere che nel Regno degli Inferi nessuno lo voglia. Difficile da dire.

Si riscuote dal torpore. «Dobbiamo ripulire tutto».

Capisco subito cosa intende: vuole dare questo posto alle fiamme.

«Cosa c'è lì dentro?» chiede Ty, osservando le casse.

Buona domanda. Con tutto quello che è successo, non ho pensato di controllare. Nessuno di noi l'ha fatto.

Sferro un calcio a una di quelle cadute e sporche di sangue, e ne escono sacchetti di velluto. Li guardo, in preda allo shock e alla confusione: ho già visto dei sacchetti simili. Con sopra l'emblema del serpente. Non può essere.

Ne apro uno. Invece sì.

È laoli.

Stupito, lo porgo a Mikail e poi mi guardo intorno. Questo magazzino è pieno zeppo di laoli. Per un valore complessivo di almeno un milione di mun d'oro. Il laoli non dovrebbe essere coltivato, lavorato o immagazzinato in nessun luogo che non sia posto sotto la giurisdizione del re. E questo di certo non lo è.

Dèi onnipotenti, che storia è questa?

Mikail infila il mignolo dentro un sacchetto, assaggia e mi fa un cenno col capo. «Laoli».

I volti degli altri membri del gruppo si tingono di varie emozioni quando ci rendiamo conto di essere capitati nel bel mezzo di un'importante operazione di contrabbando. Dobbiamo andarcene. Subito.

Ci mettiamo all'opera.

Io e Royo trasciniamo i corpi dell'oste e di sua figlia dalla strada al magazzino. Royo tira l'uomo per le gambe. Io prendo la ragazza, anche se è più pesante del previsto. Lasciamo tracce di sangue nel fango.

Quando torniamo dentro, Ty e Aeri hanno quasi finito di impilare le casse. Mentre trasciniamo dentro i cadaveri li guardano, ma poi si voltano e tornano a darsi da fare. Sora ci fa cenno di raggiungerla, uno alla volta, nel bagno sul retro per darci una pulita e ricucire le ferite. Royo e Ty stanno sanguinando. Nessuno si domanda perché sia così brava. Non parliamo molto. Lavoriamo tutti in silenzio come una squadra.

In breve abbiamo fatto quel che dovevamo e siamo tutti discretamente puliti.

Royo versa olio da una brocca che ha trovato dentro il magazzino. A un suo cenno, Mikail sguaina la spada infuocata e la avvicina alla prima pila di scatole. L'olio si accende e le altre pile vengono divorate dalle fiamme.

Usciamo dal retro, lasciandoci alle spalle morti e moribondi. Ci muoviamo in gruppo, a passo spedito ma senza correre. Siamo tutti tesi, anche se ostentiamo nonchalance mentre percorriamo l'isolato. Poi un altro. E un altro ancora.

Una volta superata la Hearst Tavern, mi volto a guardare. Le fiamme salgono alte nel cielo scuro e l'incendio è così enorme che anche gli edifici vicini devono aver preso fuoco, difficile dirlo con certezza. La gente grida e corre avanti e indietro dal quartiere dei magazzini.

«Nessuno è dell'idea che dovremmo rimanere a Oosant stanotte, vero?» chiede Mikail.

Tutti tacciono.

«Bene» riprende lui. «Cambiatevi e fate i bagagli il più in fretta possibile, poi ci rimetteremo in viaggio».

«Ma non...» fa per dire Aeri. Poi chiude la bocca e serra le labbra.

Mikail la guarda con le sopracciglia aggrottate. «La cameriera e suo padre sono morti. Non avevamo scelta. Avrebbero potuto...»

«No, ho capito. Volevo dire che... non abbiamo cenato» dice Aeri alla fine. Io e Mikail ci scambiamo un'occhiata. Ha ucciso un uomo. Tutti noi abbiamo ucciso. Eppure lei pensa a riempirsi lo stomaco. Questa ragazza è davvero insolita.

Mikail scoppia a ridere. «Troveremo da mangiare nella prossima città».

Torniamo alla locanda e saliamo la scala laterale per raggiungere le nostre stanze. In pochi minuti siamo tutti vestiti di fresco e abbiamo ripreso il Cammino Orientale.

Spero non saremo costretti a lasciarci dietro una scia di carneficine fino a Tamneki, anche se in effetti non si prospetta niente di buono. Sembra proprio che la morte mi segua come un cane affamato.

Appena ripartiamo, mi siedo accanto a Mikail e lo fisso. Ancora non mi capacito che sia vivo, anche se ne sono grato. Metto la mano sopra la sua. Lui sorride e intreccia le nostre dita. La sua pelle brilla di sudore, di energia, e sembra soddisfatto. Ma quello che è successo nel magazzino continua a turbarmi. Cosa ci faceva tanto laoli – una vera e propria fortuna – in questa vecchia città di frontiera? A chi apparteneva? Sui sacchetti c'era lo stemma reale, ma sono sicuro che Joon non abbia un magazzino sperduto sul confine.

Tutto quello che so è che gli uomini che abbiamo ucciso non potevano controllare la fornitura di droga. Non avevano né la lungimiranza né l'intelligenza necessarie per contrabbandare il laoli da Gaya. No, solo un nobile di alto rango – un conte – potrebbe avere abbastanza denaro e potere per stanziare a Oosant un magazzino illegale pieno di droga. Ma quale conte, e perché?

Dopo un po', mi accorgo che nessuno parla. Fissano tutti il vuoto, tranne Mikail, che si sta strofinando gli schizzi di sangue sul tallone. Per un attimo il silenzio mi spiazza, ma poi ricordo che è una cosa pesante: togliere la vita a tanti uomini. Rischiare di essere uccisi. E l'abbiamo fatto insieme. Aeri ha salvato la vita di Royo. Ty e io abbiamo salvato la sua. Tutti noi abbiamo salvato Sora.

Quest'ultima ci guarda negli occhi a turno, quindi si schiarisce la gola, attirando l'attenzione generale. «Io... non so come ringraziarvi».

«Avresti fatto lo stesso per ognuno di noi» replica Mikail.

All'inizio penso che lo stia dicendo solo per essere gentile, ma poi ci rifletto e capisco che è vero.

Siamo tutti legati alla missione.

Queste persone stanno rischiando tutto per vedermi sul trono, o almeno per assicurarsi che mio fratello muoia. Immagino che ognuno di noi abbia le proprie ragioni e i propri segreti, fatto sta che abbiamo appena ucciso l'uno per l'altro e nascosto i nostri crimini a vicenda. Questo crea un tipo di legame di sangue più forte della parentela o dell'appartenenza a un clan. E non credo che nemmeno un dio re possa opporsi a sei persone pronte a morire e a uccidere l'una per l'altra.

CAPITOLO 50

TIYUNG

CAMMINO ORIENTALE, YUSAN

Saranno le dodici campane di notte, e credo che potrei vomitare. Ho aperto il finestrino per prendere aria, cosa a cui, sorprendentemente, nessuno si è opposto.

Appoggio la testa nel punto in cui riesco a godermi meglio la brezza. Adesso sì che capisco la reazione di Royo quando, nella taverna, mi ha chiesto se sapevo combattere e io gli ho risposto che avevo prestato servizio due anni nella guardia reale. La mia risposta non aveva alcun senso. Quand'ero una guardia ho pattugliato il territorio, mi sono allenato, ho fatto pratica. Ora, invece, ho ucciso.

Ho infilzato un uomo con la spada e l'ho lasciato morire ai miei piedi. Ho tolto la vita a un altro essere umano. Qualunque cosa fossi prima di questa notte, non lo sono più. La mia anima non è più pulita. Ammesso che lo fosse, dopo che per tutta la vita ho accettato allegramente i soldi insanguinati di mio padre, e dopo che ho frustato Daysum, una ragazza indifesa. Anche se l'ho fatto per salvarla dai colpi ben più feroci che avrebbe ricevuto da mio padre, non posso comunque dire di avere un'anima immacolata.

Ma della mia vittima di questa sera non conoscevo neanche il nome. Questo avrà un suo peso, quando Lord Yama giudicherà i miei peccati nel Regno degli Inferi. Quell'uomo doveva essere all'incirca mio coetaneo... e adesso è cenere. Non so perché si trovasse in quel magazzino, chi amasse o odiasse, o cosa abbia pensato nei suoi ultimi istanti. È diventato solo una macchia di sangue da ripulire dai miei vestiti.

Chi sono ora?

Rabbrividisco. Avrei preferito non vivere nessuna di queste esperienze. Ma rifarei tutto cento volte, pur di salvare Sora.

La guardo. Per lei sarei pronto a finire persino nel Decimo Inferno.

A parte il vento, nella carrozza regna il silenzio, anche se siamo tutti ancora svegli. Be', tutti tranne Mikail, che ronfa. Credo che uccidere sia all'ordine del giorno per lui; di certo non qualcosa che gli toglie il sonno.

Non potevo credere ai miei occhi: un uomo che uccide come un dio. Eppure, è l'unico motivo per cui siamo riusciti a portare a termine l'operazione. Sono state la sua lungimiranza, la sua capacità di pianificare e la rapidità dei suoi riflessi a tenere in vita Sora. Io non volevo giustiziare l'oste e sua figlia, ma alla fine sono stati loro a tradirci.

Ricordo a me stesso che sarebbero potuti costare la vita a Sora, quindi non avrei dovuto provare nulla nel vederli trascinati via come carcasse di maiale, i dardi delle balestre che spuntavano dai loro petti.

Ma è più forte di me. Un fiotto di bile mi risale in gola. Vorrei vomitare, ma ricaccio tutto giù.

Grazie alla luce della luna riesco a distinguere i lineamenti dei miei compagni. Per la prima volta sembra che mi accettino: suppongo che sia un grande miglioramento, rispetto al resto del viaggio.

Incrocio lo sguardo di Aeri, che sorride nonostante la stanchezza. Aeri mi piace. Mi è sempre piaciuta. Forse perché non era un'assassina come tutti gli altri... o almeno così pensavo, prima di stasera. Mi si rivolta lo stomaco e sento la bocca piena di liquido.

«Mi hai salvato la vita» dice Aeri, sporgendosi in avanti.

Annuisco, deglutendo a fatica.

«Grazie» aggiunge. «Non... non era necessario». Sembra confusa sui motivi del mio gesto.

«Non avrei mai permesso che qualcuno ti uccidesse» dico. «E comunque, è stato Euyn a sparare il primo colpo».

«Ma solo al primo» ribatte lei.

È vero. Ho ucciso due uomini stasera. Finora ho pensato solo a uno. Quello che potevo giustificare come già morto per mano di qualcun altro. Sospiro pesantemente. Dèi, un altro omicidio grava sulla mia anima.

Inspiro ancora un po' di brezza. Le dita non hanno smesso di formicolare e ho una strana sensazione al petto. Per non parlare del dolore al naso rotto, di cui, nell'impeto di morte e caos, mi ero francamente dimenticato. Ho anche un taglio sulla coscia, che però è poco profondo.

«Sei stato bravo» dice Royo.

Ci metto un attimo a capire che sta parlando con me. Sono così scioccato dal complimento che mi vengono le lacrime agli occhi. Ma non posso assolutamente piangere davanti a un uomo come Royo. L'unica cosa peggiore sarebbe piangere davanti a mio padre. Entrambi potrebbero picchiarmi a morte solo per il disgusto di un simile spettacolo.

Non so come abbiano fatto a capire che avevo l'ordine di uccidere Sora. Suppongo che a questo punto potrei anche tirare fuori l'argomento. Abbiamo appena ucciso e siamo quasi morti. Pare inutile avere dei segreti, dopo questa notte.

Mi schiarisco la gola. «Grazie. E comunque io... non farei mai del male a Sora. Voglio che lo sappiate».

E soprattutto voglio che lei ci creda.

I suoi occhi guizzano nella mia direzione, anche se poi torna a puntarli in avanti. È molto silenziosa. Dubito che a turbarla sia l'idea di aver avvelenato il capobanda. Probabilmente si tratta di qualcosa che è successo prima che arrivassimo lì. Le mie mani si stringono a pugno quando ci penso. Non chiedo nulla. Non chiederei mai cosa è successo nelle camere da letto dei nobili che ha ucciso. Non che non voglia saperlo. Ascolterei per giorni, se questo servisse a liberarla. Ma non voglio farla sentire peggio interrogandola. E, comunque, non si confiderebbe con me.

«È ciò che mio padre mi ha ordinato di fare appena il re sarà morto» ammetto. «Bruciare il suo contratto e poi ucciderla. Ma non potrei mai. Non lo farò».

«Perché?» mi chiede Euyn. «Perché tuo padre ce la consegna e poi ti chiede di ucciderla?»

È una bella domanda, ma non conosco la risposta. Mio padre pretende obbedienza incondizionata. Mi dice soltanto che cosa rischio di perdere. In questo caso, se non la uccido, mi taglierà i fondi fino alla sua morte: non una conseguenza da poco. Senza il suo denaro non potrei continuare a vivere la mia vita, figuriamoci riscattare contratti in segreto. Ho passato anni a rintracciare i fratelli e le sorelle delle ragazze morte nell'accademia dei veleni di mio padre per fare in modo che almeno quattro dei loro contratti venissero riscattati. Un quinto era stato appena rintracciato al mio arrivo a Rahway. Tutto questo sarebbe inutile, se mi tagliasse le risorse.

Mio padre è stato anche così gentile da ricordarmi che ho poche abilità spendibili. Ma qui si sbaglia. Non sarei indigente. Mi arruolerei di nuovo nella guardia reale e servirei lo Yusan. A ogni modo, anche se non avessi nessuna prospettiva, non le toglierei la vita. Ora più che mai so che non potrei, non avrei mai potuto.

Alzo le mani, coi palmi rivolti verso il cielo. «Non lo so. Ho sempre immaginato che fosse per evitare che si vendicasse di lui – di noi – ma non lo saprò mai».

«Non si possono chiedere spiegazioni a Seok» interviene Sora.

Il suo tono e la sua espressione sono cupi.

Ah, quindi anche lei ha sperimentato gli schiaffi di mio padre. Lo sospettavo. Ma non volevo crederci.

Incrocio il suo sguardo. Mi ha appena difeso, e non era obbligata a farlo. Forse finalmente ha capito che prima dicevo sul serio: farò di tutto per aiutarla. Abbiamo sofferto per mano dello stesso uomo.

Il dolore si irradia dal naso rotto proprio al momento giusto. Faccio una smorfia e mi tocco il viso, nonostante sappia che peggiorerà la situazione. Sora si sporge verso di me. Non completamente, solo un leggero movimento della mano prima di ripensarci, ma anche quel piccolo gesto mi riempie il cuore e allevia la mia sofferenza.

Ancora non capisco perché gli uomini che ci hanno attaccati nel vicolo, quelli che mi hanno steso, mi abbiano lasciato in strada. Hanno rubato il borsello. Dovevano come minimo sospettare le mie nobili origini. Allora perché non uccidermi o non rapirmi e chiedere un riscatto?

«Dovrei essere morto» sussurro.

«Nessuno morirà, qui» ribatte Royo. «Non se posso evitarlo».

Detto da lui, sembra la verità.

Aeri gli appoggia la testa sulla spalla. Quando lui si ritrae sembra ferita, ma è stata una reazione impulsiva. Alcuni uomini temono che la dolcezza sia contagiosa. Royo prende fiato, poi rimette piano il braccio sul sedile. Le sue dita si allungano timidamente prima di arrivare a toccarle la spalla. Aeri sorride raggiante e gli si accoccola contro. Royo... sembra quasi sorridere a sua volta.

Lancio un'altra occhiata a Sora. Se Royo riesce a far avvicinare Aeri, forse è proprio vero che le persone possono cambiare. Forse c'è qualche speranza anche per noi.

Ma stasera c'è un'altra cosa che mi turba. Mentre ci allontanavamo dalla Miniera, mi sono voltato. Sono stato l'unico a farlo. E proprio in quell'istante, ho scorto un movimento rapidissimo. Sul tetto di un edificio lì vicino c'era una persona vestita di nero. Ma quando ho guardato meglio, il tetto era deserto. E nessun altro ne ha fatto parola. Eppure continuo a pensarci.

Non ha senso. Se fosse stato un bandito, da lassù avrebbe potuto ucciderci tutti. Eravamo ammassati nel vicolo dietro la Miniera, un bersaglio facilissimo. Quindi non poteva essere uno dei Bulgae. Ma allora chi? Sto per chiedere se l'ha visto qualcun altro, ma Sora parla per prima.

«Ti fa molto male?» chiede. Mi fissa con occhi colmi di compassione. Ho la bocca secca. Non mi ha mai guardato così.

«Passerà» dico. Ostento stoicismo.

Lei annuisce, ma poi viene scossa da un brivido e le viene la pelle d'oca. Mi tolgo la giacca e gliela offro. Dopo un attimo di esitazione, accetta. Mentre le drappeggio la giacca sulle spalle la gioia mi riempie. Forse ha capito che non sono mio padre. O forse ha solo freddo. Sia come sia, sta accettando il mio aiuto, e questo è un cambiamento epocale. Forse abbiamo davvero una speranza. Mi concedo di sognare.

Soddisfatto, mi appoggio allo schienale del sedile e mi addormento. Ma sono scivolato nel sonno da poco quando arrivano gli incubi.

CAPITOLO 51

SORA

CAMMINO ORIENTALE, YUSAN

Ci siamo fermati appena ha fatto giorno, e abbiamo mangiato tutti come se digiunassimo da settimane. Ma il tempo di pulirsi la bocca e siamo risaliti in carrozza. Vogliamo mettere la massima distanza possibile tra noi e Oosant. E poi ormai non manca molto alla festa del Millennio.

Ammesso che riusciamo ad arrivarci tutti interi.

Di solito non penso agli uomini che ho ucciso, non ne viene mai fuori nulla di buono. Ma ieri sera è stato diverso. Non ero in missione per uccidere, non vestivo i panni della vergine velenosa. Ai loro occhi ero solo una ragazza da prendere, divorare e poi gettare via. D'altra parte, suppongo che all'inizio anche le mie nobili vittime fossero convinte della stessa cosa.

Meglio non soffermarcisi.

Ma seduta su questa carrozza, non riesco a farne a meno. Sono intontita. Mi sono svegliata un paio di volte nel cuore della notte perché Ty piagnucolava, e non sono più riuscita a dormire. Aveva gli incubi, suppongo. L'omicidio è un peso che sporca l'anima e infetta i sogni. E per lui è ancora un'esperienza nuova. Per me è stato altrettanto brutto dopo il primo nobile che ho ucciso. Per questo sono scappata senza curarmi delle conseguenze. Ero *persa* nell'incubo.

Mikail mi scruta inquisitorio. È di nuovo accanto a me, da quando siamo ripartiti dopo colazione.

«Stai bene?» chiede.

Annuisco e gli rivolgo un sorriso finto. Lui alza un sopracciglio.

A questo punto sorrido davvero. Ovviamente non sono riuscita a fregarlo. «Sto come puoi immaginare. Dopo che hanno steso Royo, ho fatto pochissima resistenza. Preferivo non si accorgessero che ero addestrata a combattere, altrimenti avrebbero capito che non ero quello che pensavano. Così ho finto di seguirli abbastanza volentieri. Il capo mi ha portata in una stanza sul retro, ma eravamo lì da poco quando si è presentata la cameriera ad avvertirli che stava arrivando una guardia reale».

«Siamo arrivati... in tempo?» I suoi occhi verde acqua mi scrutano.

«Sì». Rabbrividisco, con una stretta allo stomaco. «Certo, se si fosse spinto oltre, ero comunque preparata».

Non mi piace pensarci... a tutte le aggressioni che ho scampato, al numero di tentati stupri. Il capobanda mi ha fatta mettere in ginocchio quando mi sono rifiutata di levarmi il vestito. Mi ha colpita così forte da lasciare il segno. Stamattina Aeri è stata così gentile da truccarmi il viso per nascondere i lividi sullo zigomo e sulla gola.

Il capo mi ha messo le mani al collo, minacciando di darmi in pasto ai cani se non mi fossi lasciata prendere. E probabilmente dopo mi avrebbe comunque data ai suoi compari, anche se fossi stata docile.

Gli uomini come il conte occidentale, quelli che godono a infliggere dolore, sono parecchi. Per loro le donne sono solo l'ennesimo modo per sentirsi potenti. Stavo quasi per baciarlo e chiudere lì la questione, ma non avevo un piano di fuga. Mi aggrappavo alla speranza che gli altri trovassero i brandelli di vestito che avevo lasciato come traccia.

Proprio mentre decidevo se baciarlo o meno, ho sentito bussare alla porta.

«Il Conte ha mai parlato di Oosant?» indaga Mikail.

Alzo le sopracciglia. È una domanda strana. «Seok? No. Non che io ricordi, almeno».

Fa un cenno d'assenso.

Forse sta solo cercando di capire come mai Ty è ancora vivo. Anche io mi sono chiesta perché non l'abbiano ucciso nel vicolo o non l'abbiano rapito per il riscatto. Ma dubito che abbia qualcosa a che fare con il Conte di Gain. Oosant è sotto la protezione del conte occidentale o di quello orientale. O anche di nessuno, per lo meno così sembrava.

Non che il Conte si sia mai confidato con me.

«Daysum ne saprebbe di più, sugli affari di Seok» scherzo. «Lei origlia».

«Tua sorella». Sorride.

Annuisco. «È più sveglia di me».

«Be', in questo caso dev'essere una ragazza terrificante» dice lui.

Scoppio a ridere. «Tu hai una sorella?»

«Io... no». Mikail guarda fuori dal finestrino.

Sta mentendo. La sua bocca assume una certa piega quando non è del tutto sincero. Non so perché dovrebbe mentire sul fatto di avere una sorella, ma è quello che è appena successo.

Il suo sguardo incrocia di nuovo il mio. Mi sa che ha capito che non me la sono bevuta.

«È morta molto giovane» aggiunge a bassa voce.

Ha senso. Ha detto che la famiglia è il motivo per cui sta facendo tutto questo. Di sicuro Re Joon c'entra qualcosa con la morte di sua sorella. Le circostanze potrebbero essere diverse: una guardia reale che l'ha investita, la carestia di quasi vent'anni fa, ma anche qualcosa di completamente diverso. Il potere è responsabilità. Quando le cose vanno male, tutti incolpano il re.

E molte cose vanno male nello Yusan.

Euyn fissa Mikail. È accanto a Royo, ma ci ha sentiti. Appena se ne accorge, qualcosa nell'espressione di Mikail cambia: la tensione nelle sopracciglia, gli occhi, la linea della bocca. Si chiude in se stesso. Non parlerà più di lei. E gli uomini come lui non apprezzano gli interrogatori.

«D'accordo» dico. «Parlami un po' dei ristoranti di Tamneki».

Quest'improvviso cambio di argomento lo fa ridere, e il suo sguardo torna gentile.

«Cara Sora, sono i migliori del Paese. I quartieri della ristorazione e dell'intrattenimento formano il terzo anello, e in ogni bottega si trova il meglio che lo Yusan abbia da offrire».

Il Conte me ne ha parlato, qualche volta: Tamneki è fatta ad anelli concentrici, con l'Arena del Re nel cuore della città e corsi d'acqua a dividere ogni distretto. Gli edifici pubblici si trovano nel primo anello, insieme al Tempio del Dio del Mare Orientale, la struttura più alta della capitale. Nel secondo anello ci sono i negozi; cibo e intrattenimento nel terzo. Gli anelli più esterni sono occupati da alberghi e altre attività ricreative, abitazioni e piccole botteghe.

«Non vedo l'ora di arrivare» dico. «Ho bisogno di un letto, un buon pasto e un bagno caldo».

«Avrai tutto abbastanza presto» mi assicura Mikail. «Ci fermeremo nella tenuta di campagna del Conte Dal. È sulla strada per Tamneki».

Questa sì che è una gradita sorpresa. «Quanto dista?»

«Non molto, dipende se ci fermiamo da qualche parte per la notte».

«Senza uccidere decine di uomini e incendiare un magazzino, questa volta?»

«Insomma, non possiamo farlo in ogni città che passiamo» risponde Mikail con una strizzata d'occhio. «La gente comincerebbe a parlare».

Sorrido e guardo di lato. Aeri sta chiacchierando con Ty. È ancora l'unica persona in questa carrozza che non ho inquadrato. Non del tutto. Non capisco le motivazioni che la spingono a trovarsi qui, o il suo rapporto con Royo. E non so ancora dove sia andata a Capricia. Ma è di lei che ho bisogno. Perché anche se mi hanno salvato la vita tutti insieme, anche se sono grata a ciascuno di loro, anche se mi piacciono molto, Daysum resta comunque più importante. Più importante della mia stessa vita. E le porterò la corona, anche a costo di raggirare tutti i presenti.

CAPITOLO 52

ROYO

CAMMINO ORIENTALE, YUSAN

Ty non è poi così male. Devo ammetterlo: mi sbagliavo sul suo conto. È molto più coraggioso di quanto sembri. Ha ucciso per salvare Aeri, e questo, nella mia mente, lo rende migliore. Se al momento è seduta accanto a Sora, sana e salva, è solo perché Ty ed Euyn hanno versato del sangue per proteggerla. Ho nei confronti di entrambi un debito che non posso sperare di ripagare.

Mi sforzo, del tutto invano, di non guardare Aeri troppo spesso. Ma avrebbe potuto morire, e mentre cercavo di farmi strada tra i nemici per raggiungerla, lei... mi ha coperto le spalle. In qualche modo, questa ragazza che credevo potesse spezzarsi al primo sbuffo di vento, ha ucciso un uomo per salvarmi la vita. E tutto perché ho esagerato, finendo per conficcare l'ascia in un muro.

Aeri mi sorride e mi si stringe il petto. Distolgo lo sguardo. Sono solo soldi. È solo lavoro. Solo gratitudine, e ora un debito nei suoi confronti. Sono sollevato perché mi serve che sopravviva fino a Tamneki. Le sono grato perché mi ha salvato. È solo questo che mi interessa.

Continuo a ripetermelo.

Ma non riesco a non pensare a come avrei potuto perderla, in quel magazzino. L'idea mi fa chiudere lo stomaco e inumidire i palmi delle mani. Quella notte poteva andare tutto a rotoli in un miliardo di modi diversi, ma non è successo. Siamo ancora tutti qui, sul Cammino Orientale. Forse grazie agli dèi, ma soprattutto grazie a Mikail.

Ancora non mi capacito del modo in cui uccide. Mi reputavo un buon picchiatore, ma Mikail è di un'altra pasta. Uccide come se fosse nato per farlo. Come se stesse fendendo acqua, non muscoli e ossa. Ammazza senza esitazione e a una velocità che non ho mai visto. Quattro uomini erano morti prima che io riuscissi ad abbatterne uno.

E brandivo un'ascia.

Euyn si accorge che sto fissando Mikail.

«Hai una domanda?» mi chiede.

«Nella guardia reale insegnano a uccidere come lui?»

Dovrei prestare i miei due anni di servizio prima di compiere trent'anni, ma ho sempre rimandato. Pagano dieci mun d'oro al mese, che non è male dato che ti danno anche cibo e un letto, ma era impossibile farlo mentre cercavo di guadagnare la libertà per Hwan. E poi, non sono esattamente un patriota, se si considera il tentativo di uccidere l'attuale re. Eppure, se insegnano abilità del genere, forse potrebbe valere la pena arruolarsi.

Euyn scuote il capo. «Sono cose che non si possono davvero insegnare. Mikail è fatto di acciaio, forgiato e affilato da quando era ragazzo. Probabilmente tu saresti stato altrettanto veloce, nelle stesse circostanze».

«Non lo so. Non sembra umano, quando uccide».

Euyn annuisce e poi si acciglia. «I nostri nemici dicono che è un demone».

«Già». Lo capisco.

Qualcosa nella sua espressione suggerisce che lo stesso vale per Euyn. E non è per forza un male, essere temuti così tanto che i tuoi nemici ti trasformano in una leggenda.

Le ragazze ridono, attirando la sua attenzione.

«Difficile credere che quelle due possano far fuori qualcuno» commenta.

Vero.

Quando ho chiesto a Sora perché il capobanda è morto dopo che lei lo ha baciato, ha ammesso di essere una vergine velenosa. Un'assassina che seduce per uccidere. Ha detto che il rossetto che ha messo dopo cena conteneva veleno sufficiente per ammazzare tre uomini. Tre uomini adulti. Mi fa ancora girare la testa: il fatto che lei sia immune al veleno, quello che ha dovuto passare per diventarlo, il pensiero stesso che il conte meridionale abbia voluto renderla quello che è.

Lo Yusan sta cadendo a pezzi, tutti sgomitano per assumere il comando. E invece di sistemare il Paese, Joon organizza un campionato di tuhko. Per distrarre il popolo e farsi incensare.

Deve morire.

«Sarai un buon re?» chiedo a Euyn.

Lui fa un respiro profondo. «Non lo so, Royo. Lo spero».

«Mi serve qualcosa in più di una speranza».

Le parole mi escono dalla bocca e restano sospese nell'aria. Non avrei mai immaginato di rivolgermi in questo modo a un membro della famiglia reale, ma è stato un viaggio strano.

«Quando chiedi a qualcuno se un re è buono o meno di solito la risposta dipende da quello che ha fatto per quella persona. Ma io cercherò di essere giusto... se mai otterrò la corona».

Capisco cosa intende. Il nostro piano è piuttosto inconsistente, e più ci avviciniamo a Tamneki, più il peso di questa consapevolezza si fa sentire. Ma domani il conte orientale dovrebbe riceverci nella sua tenuta di campagna, e lui avrà senz'altro più informazioni. Molte di più. Avremo il tempo di prepararci, e Sora ed Euyn quello di avvicinarsi al re. A me si richiede soltanto di proteggere Aeri. Lo farò.

Però mi sentirei meglio se non fossi certo che uno dei miei compagni di viaggio sta nascondendo un enorme segreto. Più ci penso, più sono sicuro che qualcuno abbia ucciso gli uomini di guardia sul retro della Miniera. Pensavo che la porta fosse stata lasciata incustodita di proposito, ma poco prima di sfondarla ho notato del sangue sullo stipite... sangue fresco. Non ho potuto pensarci troppo, perché Euyn aveva già dato il segnale ed era ora di uccidere.

So solo che non può essere stato nessuno che ora è su questa carrozza. Quindi uno di loro deve per forza aver collaborato con delle persone esterne al piano.

Scoprirò chi di loro è stato e che cosa vuole veramente. E poi lo ucciderò.

CAPITOLO 53

EUYN

VILLAGGIO DI ASEYO, YUSAN

La tenuta di campagna di Dal è ostentazione pura. Come tutte le proprietà dei suoi pari si estende per ettari ed ettari di terreno, ma il Conte di Tamneki è il più ricco dei quattro, ed è sempre ben lieto di farlo presente.

A parte Mikail, tutti gli altri guardano con stupore fuori dai finestrini della carrozza mentre ci avviciniamo all'imponente cupola di vetro e alle fontane danzanti, anche se la villa qui ad Aseyo, in realtà, è meno grandiosa della magione di città.

Sono stato in entrambe un mucchio di volte. Dopotutto, un tempo Dal era il migliore amico di Joon.

La loro è una lunga storia d'amore, tradimento e, trattandosi della mia famiglia, omicidio.

Appena ci avviciniamo, il maggiordomo esce di corsa e si scusa profusamente per l'assenza del suo padrone. Quando mi vede si getta a terra in segno di rispetto. Naturalmente mi ha riconosciuto all'istante, mentre dal canto mio non riesco proprio a ricordarmi come si chiama.

«Le mie più sentite scuse, Altezza» dice. «Il conte ha degli impegni che lo trattengono a Tamneki in vista delle celebrazioni. Non aspettavo ospiti prima di domani, e non sapevo che Vostra Altezza sarebbe stata tra loro».

Vale a dire: non pensava che fossi ancora vivo. Un inizio non proprio favorevole.

Il maggiordomo ci conduce alle camere da letto. Mentre percorriamo i saloni ariosi, mi accorgo che Dal ha cambiato le uniformi dei valletti. Ora vestono tutti di verde, invece che di blu. Per il resto, questo posto è praticamente identico a cinque anni fa, quando il padre di Dal è morto e lui è diventato conte.

Mentre un servitore mi prepara il bagno, mi dirigo nella stanza di Mikail. Non ho nessuna intenzione di rimanere da solo con dei valletti che potrebbero essere disposti a uccidermi per riscuotere la taglia sulla mia testa. Ci sono troppi modi per morire, in questa villa, la maggior parte dei quali prevede l'annegamento.

Quando entro, anche la domestica di Mikail sta preparando il bagno.

«Non si dica che Dal non lavora sodo. Il verde è un gran miglioramento» ironizzo, guardando l'uniforme della ragazza.

Mikail alza le sopracciglia. Si sta rilassando sul letto, sfoglia un libro. «Ricorda che sei qui per consolidare un'alleanza in tuo favore. Dubito che le frecciatine possano servire alla causa, soprattutto perché non mi risulta che Dal sia mai stato dotato di senso dell'umorismo».

Stringo le labbra.

«Vai a fare il bagno, Euyn». Indica la camera che mi è stata assegnata, accanto alla sua.

Esito. «E... e se qualcuno cercasse di uccidermi?»

Mikail esala un lungo sospiro sofferto. «Oh, bene. Pensavo che per un po' avessi smesso di essere paranoico».

La mia non è paranoia. Ventimila mun d'oro sarebbero sufficienti a riscattare un contratto modesto oppure a sistemare un popolano per tutta la vita. E anche se non per soldi, tutti i nobili sono capaci di pugnalare alle spalle. Potrebbero uccidermi per riconquistarsi il favore di Joon. Dubito che questo sia il caso con Dal, visto come si sono lasciati lui e mio fratello, ma è possibile. *Tutto* è possibile.

«Usa il mio bagno». Mikail si arrende con un secondo sospiro. «Quando avrai finito, andrò nel tuo. Ma sbrigati, per favore. Non voglio che l'acqua si raffreddi».

Per quanto detesti ammetterlo, mi sento molto meglio sapendo che sarà fuori dalla porta mentre mi lavo.

«A meno che tu non voglia scandalizzare la servitù e condividere la vasca». Le sue labbra carnose si curvano in un irresistibile sorriso.

Lo scandalo non sarebbe dovuto al fatto che siamo dello stesso sesso. Per questo, nessuno batterebbe ciglio. No, il problema è che Mikail non è nobile. Nello Yusan la classe è più importante di semplici differenze come il colore della pelle o l'orientamento sessuale. E mentre io sono al vertice della gerarchia, Mikail è un semplice popolano.

Eppure, la tentazione è forte. Non mi sono mai preoccupato di pettegolezzi o scandali, almeno per quanto riguarda Mikail. Mi fermo con la mano sulla maniglia. Siamo rimasti in quella carrozza così a lungo, e da quando ci siamo chiusi in camera a Oosant non abbiamo più avuto un minuto da soli. Tutto quello che è successo dopo fa sembrare quel piacere un ricordo lontano. È passato troppo tempo da quando l'ho sentito dentro di me.

«Stanotte, Euyn» dice Mikail con un sorriso malvagio. «Mi sento ancora il sangue nei pori».

Mi vergognerei dell'intensità del mio desiderio, dell'entusiasmo con cui lo compiaccio, nemmeno fossi una cortigiana, ma ormai abbiamo superato questo punto. Tra noi è sempre stato così: lussuria sfrenata, degradante. Mi viene duro solo a pensare al modo in cui ha detto 'stanotte'.

Scuoto il capo ed entro nella sala da bagno. Una grande vasca fumante. Candidi petali di rosa galleggiano sopra bolle di sapone profumate. La domestica è in un angolo, con in mano un asciugamano e una spazzola. È solo una ragazzina, ma la scaccio. Se c'è una cosa che questo viaggio mi ha insegnato è quello di cui sono capaci le ragazzine dall'aspetto innocuo. In particolare Sora.

Aeri, al contrario, è un mistero. Non è un'assassina professionista come Sora. Avrebbe dovuto essere a pezzi dopo gli omicidi nel magazzino. Invece... non sembrava. E nemmeno quella notte o il giorno dopo, una volta svanito l'effetto dello shock. Come mai non era sconvolta? Possibile che avesse già ucciso in passato?

Lo farei notare a Mikail, ma mi direbbe che sono paranoico... di nuovo. E poi, è solo una ragazza.

Mi riscuoto, mi spoglio ed entro nella vasca, illudendomi che tutte le mie preoccupazioni svaniranno nel vapore.

CAPITOLO 54

AERI

VILLAGGIO DI ASEYO, YUSAN

Questo posto è incredibile. Assolutamente incredibile. Fontane, ruscelletti, simpatici pesciolini. Mi piace tutto. Dopo il massacro di Oosant, siamo stati rinchiusi nella carrozza per giorni, quindi è piacevole avere finalmente un po' di spazio. Respirare aria pulita. Sgranchirsi.

Dopo aver vagato per i freschi corridoi di marmo, mi fermo ad ammirare l'enorme cupola di vetro che sorge al centro della villa, sotto la quale uccelli variopinti volano intorno ad alberi rari.

Tutto questo è di proprietà di un solo uomo. Questo è lusso. Questa è vita. Questo è ciò che voglio. Questo è ciò che potrei avere se portassi a termine la missione, potrei vivere come un re.

Appena mi rendo conto che sto lasciando delle impronte sul vetro, le pulisco con la manica. Sono molto contenta dei vestiti nuovi che mi sono fatta confezionare a Rahway. Purtroppo soltanto tre erano pronti il giorno della partenza, e quello giallo ora ha delle macchie di sangue che non si riescono a togliere. Gli altri che ho ordinato, essendo in ritardo, li ho fatti spedire alla capitale. Chissà se potrei farne realizzare degli altri, qui. Non posso sembrare una poveraccia, in un posto del genere.

Devo anche mandare al più presto un messaggio a mio padre, ma siccome quando l'ho fatto a Capricia si sono arrabbiati tutti, forse sarà meglio aspettare di raggiungere Tamneki. Certo, tanto sospetto risale a prima della Miniera, a prima che uccidessimo e versassimo del sangue l'uno per l'altro. Forse ora tra noi c'è più fiducia.

Probabilmente no.

Mia madre diceva sempre che non bisogna fidarsi degli uomini; io, però, mi fido. Mi fido di Royo. Ha commesso degli errori in passato, ma chi può affermare il contrario? Almeno lui lo riconosce. Fare i conti con le proprie colpe è meglio che essere soltanto una brava persona.

In questo momento è al mio fianco e ogni tanto mi accorgo che mi guarda. Faccio finta di niente. Al di là di tutta la spavalderia, di tutta la forza bruta e la violenza, quando si tratta di me diventa timido. E questa consapevolezza mi fa saltellare e rimbalzare il cuore nel petto. Ogni volta che si avvicina di un centimetro, dopo si allontana di un metro. Per questo mi sforzo di restare ferma e lasciare che venga da me alle sue condizioni. È come tentare di catturare e domare un animale selvatico e schivo.

Certo che detto così sembra brutto.

Oh, be'... la verità non sempre suona bene.

«Dobbiamo prepararci per cena» dice Royo.

«Non stavamo perlustrando l'edificio in cerca di pericoli?» chiedo.

Lui alza gli occhi al cielo. Più li osservo e più mi sembrano belli. Ambra, vetro colorato, miele cristallizzato. I miei sono marroni. Un marrone banalissimo. Ma quando è lui a guardarli, li sento diversi, speciali, come quelli di Mikail o di Sora, come i gioielli costosi che sfoggia Ty.

Ero così preoccupata per Royo, nel magazzino. Non solo quando ho lanciato la lama, ma anche quando due uomini lo hanno attaccato contemporaneamente. La situazione era diversa, più caotica che sul battello. Ma lui li ha affrontati. Ne ha trapassato uno con un'ascia e all'altro ha schiacciato la gola a mani nude. Non ho mai assistito a nulla del genere. Anzi, ora che ci penso, mi pare di avergli visto spezzare il collo a un uomo anche sul Sol.

Un formicolio al bassoventre mi costringe a fermarmi. È così assurdamente sexy.

È stata Sora a ricucire la spalla di Royo, ma da allora mi sono occupata io di accudirlo cambiandogli la fasciatura e controllando che la ferita stesse guarendo. Ha fatto finta di odiarlo. Ma ho la sensazione che tra poco cederà.

Imito la sua camminata a gambe larghe.

«Piantala» mi intima. Poi, però, scoppia a ridere. Una risata vera.

E per gli dèi... che suono incredibile. Riecheggia cristallino contro il vetro, una melodia che mi fa sentire come se potessi lasciare qui le scarpe e librarmi in volo come gli uccelli nella cupola.

«Hai appena riso?» gli chiedo, la mano che oscilla più vicino alla sua a ogni passo.

Lui scuote il capo, di nuovo serio. «No».

«Mmm, strano...» Mi gratto l'orecchio. «Ho già sentito delle risate prima d'ora, e sono abbastanza certa che suonassero proprio così».

Mi fulmina con lo sguardo, ma sulla sua facciata dura si apre una crepa. Il suo viso si addolcisce per un secondo. Mezzo secondo. Se avessi sbattuto le palpebre, me lo sarei perso. Invece sono così felice di averlo visto. Royo con la guardia abbassata, anche solo per un attimo, è lo spettacolo più bello a cui abbia mai assistito.

Ma non posso prenderlo in giro: se lo facessi, si rintanerebbe nel suo guscio e ci rimarrebbe per chissà quanto tempo. Non manca molto al termine della missione, e allora non so cosa ne sarà di noi. Di *tutti* noi.

In quel preciso istante, Mikail ed Euyn appaiono all'estremità del corridoio. Mikail ha la sua solita camminata, Euyn invece ha un aspetto regale. Sono vestiti eleganti, pronti per la cena.

«Quella che ho appena sentito era forse una risata di Royo?» s'informa Mikail.

«Certo che no» rispondo io. «Quel suono non esiste».

Royo alza di nuovo gli occhi al cielo, ma le sue labbra minacciano un sorriso.

«Siamo quasi arrivati alla capitale. Tutto è possibile» ribatte Mikail. Poi lancia un'occhiata a Euyn.

Cerco di immaginarlo: Euyn re. La corona del Signore dei Draghi sulla sua testa. Ma non ci riesco.

«Perché mi guardi così?» mi chiede lui.

«Oh, scusa». Scuoto il capo. «Ti stavo immaginando con la corona».

«Il re millenario» dice Royo, drizzando le spalle. «Pronto a diventare immortale?»

Euyn sbuffa una risata mentre il suo sguardo fugge di lato. Mikail lo tiene d'occhio attentamente, molto attentamente. Euyn studia gli uccelli nella cupola quindi si volta di nuovo verso di noi. Mi sorprende che non abbia risposto subito di sì.

«Suppongo che lo scopriremo tra tre giorni» si limita a dire.

Per gli dèi. Tre giorni. Tra tre giorni Dal porterà Sora abbastanza vicino al re da ucciderlo. Lo sapevo, ovviamente, eppure non ci stavo pensando. Il tempo è così poco. Mi coglie un senso di inquietudine: non voglio che tutto questo finisca. Ma poi mi riscuoto. Decido che sfrutterò al massimo il tempo che ci resta insieme. La verità è che nessuno di noi può avere la certezza del domani, quindi non ha senso preoccuparsi di qualcosa che avverrà a distanza di giorni.

«Volevamo passare in armeria prima di cena» ci comunica Mikail. «Euyn ha bisogno di dardi nuovi. Ti prendiamo un'altra ascia, Royo?»

«Non vedo perché no» risponde lui, sfregandosi le mani.

«Ne vorrei una anch'io» dico.

Mi guardano tutti e tre con occhi colmi di incredulità.

«Sto scherzando, ma un pugnale non sarebbe male».

Euyn fa segno di sì con la testa.

«Contaci» dice Mikail.

Quando loro due se ne vanno, noi torniamo verso la nostra camera. Anche se gli hanno dato una stanza separata, Royo si è sistemato nella mia.

Sono riuscita a farlo ridere. Questa è l'unica cosa che mi interessa, oggi. Del domani mi preoccuperò domani.

Percorro il corridoio a passo di danza.

«Sei la persona più strana che abbia mai conosciuto» brontola Royo.

Alzo le mani. «Non so proprio cosa farci, Royo».

«Niente» dice lui, e poi aggiunge: «Mi piace».

Incespico e mi fermo. Il calore mi risale dalle dita dei piedi fino al viso, compiendo nel frattempo una lunghissima deviazione per inondarmi il bassoventre. Resto piantata dove sono e lo fisso sbattendo rapidamente le palpebre.

Lui distoglie lo sguardo, fingendo di non aver detto nulla di che.

Ma io so che l'ha fatto.

CAPITOLO 55

SORA

VILLAGGIO DI ASEYO, YUSAN

Abbiamo appena gustato una cena oltraggiosamente buona in una splendida sala da pranzo. I nobili hanno poche virtù, ma l'ospitalità è di sicuro tra queste. E poiché a tavola c'era anche un principe, l'allestimento era due volte più stravagante del solito, il che è tutto dire. È stato il miglior pasto della mia vita. Uno spreco, come sempre, ma davvero delizioso.

Dopo un viaggio tanto lungo, il bagno caldo e la fantastica cena non potevano essere più graditi. Credo che una bella dormita riuscirà persino a far cessare i miei tremori. O almeno lo spero.

A tavola abbiamo riso e scherzato come se non avessimo appena massacrato quegli uomini nel magazzino e ora non tramassimo di uccidere un dio re. Siamo riusciti a mettere tutto da parte, a rilassarci e goderci la compagnia reciproca. Persino Royo ha sorriso mentre Mikail raccontava un ridicolo aneddoto su un serpente marino che gli aveva rubato il pugnale.

Per un attimo sono stata colta dalla confusione, sia per il fatto che il volto di Royo fosse capace di produrre un sorriso, sia per l'emozione che questo mi ha suscitato. All'inizio non sono riuscita a spiegarmi la stretta al petto, ma dopo un po' ho capito: mi sentivo come in famiglia. Solo che, questa volta, il legame non è di sangue. È nato dalle circostanze, eppure può dare lo stesso conforto. A quel punto ho dovuto allontanarmi da tavola perché il pensiero mi aveva rovinato la serata. So meglio di chiunque altro che le famiglie non durano: finiscono sempre con un tradimento o con un cuore spezzato.

In questo caso, però, sarò io a tradire loro. Devo appropriarmi della corona, e certo non posso chiedere a Euyn di consegnarmi la chiave dell'immortalità. La vita di una popolana non conta nulla, rispetto al piano. Eppure, per il Regno degli Inferi, anche se riuscissi a rubare la corona, poi come potrei arrivare fino a Gain? Se Seok lo scoprisse, mi ucciderebbe seduta stante. Forse ucciderebbe Daysum prima ancora di darmi la possibilità di raggiungerla.

Non ho scampo.

Cammino su e giù per la stanza, un po' stringendomi la testa e un po' scuotendo le mani. La verità è che qui mi piacciono tutti. Il tempo e il sangue mi fanno sentire legata a loro. Ed era dai tempi delle compagne dell'accademia dei veleni che non mi piaceva qualcuno. Quelle che ho visto morire, una dopo l'altra, senza poterle salvare o aiutare in alcun modo... come ho detto, quella famiglia è finita con un cuore spezzato. Non voglio fare del male a nessuna di queste persone, ma non posso nemmeno rinunciare a mia sorella. Sono tutto ciò che ha. Ho sfidato il destino rimanendo in vita. Posso portare a termine una missione impossibile.

Ma come?

Come?

Non sono abbastanza intelligente da capirlo da sola. Vorrei poter parlare con Daysum. Vorrei poter giocare con i suoi lunghi capelli e sentire il conforto del suo odore familiare. Vorrei avere il suo cervello.

Qualcuno bussa piano alla porta. Mi blocco, sorpresa. Desidero con tutte le mie forze che sia lei. Anche se so che non può essere.

«Sì?» chiedo.

«Sono io, Sora» dice Ty.

Non è Daysum. Certo che no. Sospiro e apro la porta.

«Sono solo venuto a vedere come stai». I suoi occhi azzurri mi scrutano.

«Io...» cerco di rispondere che sto bene, ma a un tratto scoppio a piangere.

Non capisco. Non piango da anni. Eppure ora lacrime calde mi scorrono sul viso e il respiro diventa affannoso.

Appena mi sfuggono le prime lacrime, è come se dentro di me si fosse rotta una diga. Tutto, dalla paura che mi si è insinuata dentro le ossa quando sono stata venduta dai miei genitori al senso di colpa per le vite che ho preso, si riversa fuori sotto forma di lacrime. Pensieri stratificati su come salvare Daysum. Come sopravvivere. Come conservare quel briciolo di umanità che mi è rimasto. Come niente di buono può durare perché sono stata condannata dal mio volto e dalla mia famiglia molto tempo fa. Perché, alla fine, non mi hanno mai amata e, ancor più imperdonabile, non hanno mai amato Daysum.

Ty si precipita dentro e mi avvolge tra le braccia. Resto immobile, scioccata dal contatto. Trattengo il fiato, aspettando di capire cosa vuole da me, dal mio corpo, ma... niente. Mi sta solo abbracciando.

Anche se all'inizio ogni singola parte di me è tesa, lentamente, gradualmente, mi appoggio alla sua spalla.

Non mi chiede cosa c'è che non va e non mi assilla per farmi parlare. Si limita a stringermi mentre piango. Sono anni che nessuno mi abbraccia così. Di solito sono io che abbraccio Daysum. Ma essere abbracciate è una sensazione molto diversa. Eppure Ty non dovrebbe abbracciarmi. È tutto sbagliato.

Riprendo fiato, mi asciugo il viso e faccio un passo indietro. Ty mi lascia andare. Le braccia gli ricadono lentamente lungo i fianchi.

«Mi dispiace». Scaccio le lacrime rimaste. Ho il viso bollente, quindi mi faccio aria con le mani.

Lui aggrotta la fronte. «Perché ti dispiace?»

Tiro su col naso. «Perché ho pianto».

Scuote il capo. «Non hai nulla di cui scusarti».

Sbatto piano le palpebre e lo guardo. Da Capricia viviamo in una specie di tregua, che senza dubbio si è rafforzata da quando ha combattuto due volte per cercare di salvarmi a Oosant. Ha ucciso e io l'ho ripulito dal sangue, l'ho difeso, gli ho ricucito le ferite. Ma questa è una cosa diversa dall'essere alleati. Questa è gentilezza e premura.

«Sei il figlio di Seok» sussurro. «Come puoi essere gentile?»

«Te l'ho già spiegato, io non sono Seok. E poi, essere gentile con le persone che ami non richiede alcuno sforzo». La sua voce è appena un mormorio. Quindi si schiarisce la gola, raddrizza la schiena e si allontana di un passo.

Mi ci vuole un attimo per afferrare il senso delle sue parole, e sbatto forte le palpebre. «Le persone che ami?»

Ty impallidisce e fissa il pavimento di piastrelle lucide, spostando il peso da un piede all'altro. Potrei aver capito male, ma è alla mia destra. E poi la sua reazione mi conferma che non è così. Tiyung, il futuro Conte di Gain, ha appena ammesso di amarmi.

Annuisce una sola volta e sospira. Tira indietro le spalle. «Ti ho amata dalla prima volta che ti ho vista, Sora. Quando avevi solo nove anni, ma affrontavi uomini armati con il mento alto e cercavi di proteggere Daysum con il tuo corpo. Mi sono innamorato della tua bellezza, certo – sono umano –, ma è stato il tuo spirito a conquistarmi davvero. La tua capacità di amare è più profonda del Mare Occidentale. Sei onesta. Sei vera. Sei tutto».

Scuoto il capo, rifiutandomi di elaborare l'informazione. «Ma... no. No che non mi ami. Tu mi odi. Mi hai dato la caccia. Tu... tu...»

Ma dalla mia bocca non escono altre parole perché in effetti c'era quell'espressione sul suo viso quando eravamo bambini... e poi di nuovo alla tenuta di Lord Shan. Quell'espressione che non riuscivo a interpretare. Tiyung è convinto di amarmi.

Non è possibile. Appartengo a suo padre. È stato tremendo con me, all'accademia dei veleni. Mi ha trascinata indietro attraverso tutta la foresta di Xingchi.

Ty si avvicina alla finestra semiaperta con le mani intrecciate dietro la schiena. «Quando sei scappata, mio padre mi ha detto: 'Se la ami, riportamela viva'. Ma privarti della libertà mi ha distrutto. E frustare Daysum è stato ancora peggio. Pur sapendo che non mi avresti mai perdonato, mi sono offerto volontario perché sapevo di essere il male minore. Ero certo che, se l'avesse frustata mio padre, avrebbe fatto danni più seri».

Continuo a scuotere il capo. Tiyung ha fatto dei danni, eccome. Daysum ne porta ancora le cicatrici. Tuttavia, ora che ci ripenso... la guaritrice era rimasta colpita dal fatto che non avesse avuto bisogno di suture interne. Mentre visitava Daysum aveva alzato le sopracciglia e io le avevo chiesto il motivo mentre, seduta al suo capezzale, stringevo la mano di mia sorella.

'Sono solo sorpresa, tutto qui'. A quel punto avevo lasciato perdere perché mi sentivo troppo devastata e colpevole.

La verità mi urta con tale violenza da mandarmi in frantumi: tutto ciò che sapevo, tutto ciò che *pensavo* di sapere, era sbagliato. Non so cosa farmene, di questi pezzetti di me. Così mi limito a guardare Ty appoggiato al telaio della finestra, i muscoli della schiena che guizzano mentre fissa la notte.

«Mi sono arruolato nella guardia reale solo per allontanarmi da Gain, da tutto quello che avevo fatto» continua, parlando al suo riflesso nel vetro. «Ho cercato di dimenticarti mentre ero via. Sarebbe stato meglio per entrambi, ne sono certo. Ma non è stato possibile. E non lo sarà mai».

Mi avvicino di qualche passo. «Perché no?»

Si volta e mi guarda in faccia. «Perché continuerei a conoscerti, in questa vita come nelle cento successive».

Lo dice senza mezzi termini: non la dichiarazione romantica di un attore sul palco, bensì un puro e semplice dato di fatto. Per qualche motivo è cento volte più commovente.

Non so cosa dire. E anche se avessi altre due vite, non so se lo saprei.

Sto per aprire bocca quando il suo sguardo sfreccia alle mie spalle. Mi volto appena in tempo per vedere un'ombra ritrarsi dalla finestra. Qualcuno ci stava spiando.

Per il Regno degli Inferi, cos'era? *Chi* era?

CAPITOLO 56

ROYO

VILLAGGIO DI ASEYO, YUSAN

Aeri si stende sul letto a baldacchino con un sorriso.

«È stata una cena magnifica» dice, accarezzandosi la pancia.

Gira la testa, mi guarda con quegli occhi, e io la desidero. Non posso mentire nemmeno a me stesso affermando il contrario. L'agitazione che sento non ha niente a che vedere con il lavoro. Non è gratitudine perché mi ha salvato la pelle. Voglio che mi avvolga con le sue lunghe gambe. Voglio assaggiare le sue labbra. Voglio toglierle quel vestito verde di dosso. Voglio sentirla gemere il mio nome.

Devo andarmene da qui, cazzo.

«Vado a fare un giro» annuncio.

La mano mi trema un po' mentre mi infilo due coltelli da lancio nei vestiti. Fuori di qui. Sul serio, devo uscire da questa stanza.

Lei si alza a sedere sul letto. «Vengo con te?»

«No» rispondo, troppo di corsa. Sgrana gli occhi. Cambio tono. «Solo una ricognizione veloce prima di sistemarci per la notte».

«Oh, ehm... d'accordo». È confusa, e ha ragione a esserlo. Ora sono io quello che si comporta in modo strano.

«Chiudi la porta e non aprire a nessuno. Busserò tre volte di seguito, così saprai che sono io».

Non aspetto la risposta. Esco di corsa dalla camera da letto e mi chiudo la porta alle spalle. Poi mi ci appoggio contro e faccio un bel respiro. Non posso volerla. Be'... a quanto pare *posso*, ma non posso averla, quindi... cosa cazzo sto facendo? Sto perdendo la testa, ecco cosa.

Un sospiro profondo mi sfugge dal petto. Per i Dieci Inferni.

Devo concentrarmi su qualcosa di diverso dalla dolcezza del tocco di Aeri. Qualcosa di diverso dalla sua pelle perfetta e dalle curve dei suoi fianchi e dei suoi seni. Da quelle gambe lunghe. Qualcosa che non sia tornare in camera e fare buon uso di quel letto.

Pattugliare. Il mio dovere è pattugliare. C'è una dozzina di guardie private sparse per tutta la villa, ma non ha importanza. Chi può dire se sono in gamba o meno. E poi, anche se fossero tutte quante di alto livello, sarebbero comunque piuttosto inutili, in una casa piena di assassini.

Abbasso lo sguardo sulla mia mano sfregiata ancora avvolta attorno alla maniglia, poi me ne vado.

Mi avvio lungo il corridoio e mi concentro sulla villa. Il soffitto mi sovrasta come se mi trovassi in un tempio, non semplicemente nella dimora di un uomo. I pavimenti di marmo bianco con venature azzurre mi ricordano l'acqua. Quella vera, però, non quella schifezza del Sol. Al centro dell'edificio c'è un enorme globo di vetro con dentro un giardino. A chi sarà saltato in mente di piazzarlo proprio al centro della casa? È bello ma, siccome le stanze sono disposte tutte intorno, impedisce di avere una visuale chiara.

Le luci abbaglianti della sfera mi stanno facendo venire il mal di testa. Anche se a dirla tutta l'emicrania non mi è mai davvero passata da quando sono stato colpito a tradimento. Stupidi scagnozzi bastardi. Sora ha dovuto ricucirmi la spalla. Per quanto faccia finta di no, mi fa male.

Passo davanti alla sala da pranzo dove ci è stato servito il cibo migliore che abbia mai assaggiato. In una delle serate più belle della mia vita. Sora e Ty si sono ritirati presto, poi Aeri è tornata in camera nostra e io l'ho seguita. Anche se avrei potuto continuare a mangiare. Chissà se è avanzato qualcosa. Ho bisogno di tenere la bocca occupata. Darle da fare qualcosa di diverso da ciò che vorrebbe.

Euyn e Mikail sono ancora seduti a tavola; davanti a loro è rimasto un vassoio di frutta, oltre a una bottiglia di vino frizzante e a un centinaio di tartine, cioccolatini e caramelle. Qualunque casa dello zucchero farebbe pagare una fortuna per le leccornie sparse alla rinfusa nella sala da pranzo in questo momento.

«Qualcosa non va, Royo?» chiede Mikail. È lontano da me, all'altro capo del tavolo.

«No, tutto a posto» rispondo.

«Dov'è Aeri?» Euyn alza un sopracciglio prima di prendere un sorso dal bicchiere affusolato. Sembra leggermente accaldato. Troppo vino, immagino.

«Si sta preparando per andare a letto».

«È stato un lungo viaggio». Mikail si rilassa sulla sedia; è lui che sembra un re, ben più di Euyn. Mi fissa e io sento il bisogno di giustificarmi. Non so come mai.

«Sto facendo un giro di ricognizione» spiego.

Lui annuisce.

Dal magazzino, ho cominciato a fidarmi un po' di più. Anche se non del tutto. La fiducia completa non posso concederla a nessuno, nemmeno ad Aeri.

Devo solo continuare a ripetermelo.

Arraffo una tartina e percorro il perimetro della villa. Fa più caldo fuori che dentro, e la serata è nuvolosa. C'è qualcosa nell'aria, qualcosa che mi fa rizzare i peli sulle braccia. Non può essere pioggia. La luna dei monsoni si avvicina, e con essa le piogge, ma non dovrebbe arrivare prima della festa del Millennio. E chissà che ne sarà dello Yusan a quel punto.

E chissà che ne sarà di Aeri. Anzi. So cosa succederà: tra tre giorni le nostre strade si divideranno.

Mi infilo la tartina in bocca.

Mancano solo tre giorni alla festa. Tre giorni, e avrò il denaro per liberare Hwan. Tornerò a Umbria e poi... non so cosa farò, poi. Non ho mai pensato a cosa sarebbe successo dopo averlo liberato da Salt, mi riusciva troppo difficile anche solo immaginarlo.

Hwan non vorrà avere niente a che fare con me; di sicuro *io* non vorrei avere niente a che fare con l'uomo che ha lasciato che mia figlia fosse uccisa. L'uomo che l'ha condannata. Ma appena otterrò il pagamento da Aeri, gli consegnerò metà dei soldi. Così sarà in grado di rifarsi una vita da qualche parte. E venticinquemila mun dovrebbero essere abbastanza anche per me. Ma...

Mi chiedo dove andrà Aeri. Cosa farà.

Che cazzo di differenza può fare?

Perché sto cercando di immaginare un futuro con lei quando non esiste nessun futuro possibile? Non ci cascherò di nuovo. Non permetterò mai che una ragazza, specialmente una come Aeri, mi si avvicini. Per quanto strana, è pura come la neve fresca. Io riuscirei soltanto a infangarla. La verità è che non sono degno di lei.

Mi fermo e prendo un respiro mentre la consapevolezza mi colpisce. Non sono degno di nessuna brava donna.

Non lo sono mai stato.

Ero troppo giovane e speranzoso per ammetterlo con Lora, ancora convinto di poter cambiare, di poter combinare qualcosa. Ma la verità è che sono solo un ammasso di muscoli a pagamento. Bravo solo a far sanguinare gli uomini. Non sono adatto a una ragazza come Aeri. Prima o poi se ne accorgerà. Forse, se portiamo a termine la missione e riesco a liberare Hwan, mi rimarrà abbastanza per...

No, meglio per lei se me la levo dalla testa. È l'unico favore che posso farle.

E lo faccio.

Con le nuvole che si rincorrono sopra la luna luminosa, mi concentro sui miei passi. Che, come attività, è sufficiente a tenere occupato il cervello: è dura non cadere in uno dei mille giochi d'acqua di questa dannata magione. Cammino più lentamente di quanto sia mia abitudine. Lo scroscio delle fontane mi ottunde le orecchie. Ci sono alcune lampade a olio, ma è difficile vedere bene tra gli spruzzi. È come se l'intero giardino fosse stato progettato per far passare inosservati assassini e spie. Forse questo conte crede di essere intoccabile. Chi lo sa. Io di sicuro non vorrei abitare in un posto così.

Sono a metà del mio giro di perlustrazione della villa quando noto qualcosa di strano. Un movimento. Mi fermo in posizione di combattimento, la mano pronta accanto al pugnale. Potrebbe essere solo una guardia di pattuglia. C'è da augurarsi di non finire ucciso per sbaglio da uno di quegli incompetenti.

Tendo le orecchie per capire se arriva qualcuno, ma con queste fontane del cazzo non si sente niente. Sto per riprendere a camminare quando una persona mi viene incontro. Gli spruzzi d'acqua mi impediscono di vedere chi è. Afferro il pugnale da lancio, pronto, ma mi blocco in tempo.

È Sora.

Che cazzo.

Restiamo fermi a fissarci. Poi un urlo straziante si leva sopra il fragore delle fontane.

Qualcuno è appena stato ucciso.

CAPITOLO 57

MIKAIL

VILLAGGIO DI ASEYO, YUSAN

Questo posto è un tantino esagerato. In origine la villa era stata progettata sul modello della capitale – vale a dire con un'eccessiva quantità d'acqua – ma Dal si è spinto addirittura oltre e, dopo la morte di suo padre, ha aggiunto un sacco di nuove fontane e cascate nel giardino sul retro. Sono già stato qui una volta per spiarlo, ma mai in qualità di ospite. E mai con Euyn sotto di me.

«Ti prego, Mikail». Le sue dita si aggrappano alle lenzuola di seta seguendo il pulsare del desiderio. «Ti prego».

È dall'istante in cui gli altri hanno lasciato la sala da pranzo che lo stuzzico senza sosta. Pochi secondi prima che Royo venisse a fare il giro di ronda, Euyn era in ginocchio. Ma da quando siamo entrati in camera da letto, sono stato davvero spietato. La schiena è guarita, quindi non c'è nulla che smorzi il piacere di vederlo contorcersi sotto di me. So che l'attesa è straziante per un principe abituato a ricevere tutto con uno schiocco di dita, ed è per questo che lo faccio. Per vederlo sprofondare ancora più in basso. Per farlo diventare puro desiderio: non un principe, non un reale, solo un uomo in balìa del momento.

Ce l'abbiamo entrambi duro come la roccia e sto per dargli quello che vuole. Gli stuzzico le cosce, gioco con lui.

«Implorami» gli sussurro all'orecchio.

Euyn apre la bocca... e da qualche parte fuori dalla villa si leva un urlo.

Ci separiamo con un balzo e imbracciamo le armi. Recupero i vestiti in tutta fretta e lo stesso fa Euyn.

Be', momento rovinato, direi.

Dopo esserci rivestiti in pochi secondi ci precipitiamo fuori, io con la spada ed Euyn con la balestra. Cerchiamo, guardandoci le spalle a vicenda, di rintracciare la fonte del rumore. Ma siamo arrivati troppo tardi. Sono già tutti qui. Sora, Ty, Aeri e Royo, schierati a semicerchio. Davanti a loro ci sono due guardie della villa, con le spade sguainate ma abbassate. Stanno fermi, in silenzio. Lancio un'occhiata a Euyn.

Non può essere una buona cosa.

Le nuvole si diradano e la luna offre una visione chiara di quello che tutti stanno fissando. Un uomo a terra a faccia in giù, morto, con un coltello da lancio conficcato nel lato del collo squarciato a metà. Poi mi rendo conto di cosa indossa: abiti completamente neri.

Un assassino di palazzo.

CAPITOLO 58

EUYN

VILLAGGIO DI ASEYO, YUSAN

Un brivido violento mi attraversa e tremo nonostante l'aria calda della notte. Cosa ci faceva qui un assassino di palazzo? Chi stava cercando? Presumo me, ma a palazzo nessuno dovrebbe sapere che sono vivo. E poi non ha alcun senso: un assassino non avrebbe mai commesso un errore di questa portata.

All'improvviso le lampade a gas illuminano il giardino come se fosse mezzogiorno. Il numero di fontane qui dietro è spropositato, Dal deve averne aggiunte altre. Le guardie della villa perlustrano la zona, ma ormai è troppo tardi. D'altronde non capisco perché si prendano il disturbo di cercare il responsabile, quando chiunque sia stato probabilmente si trova proprio qui.

Mikail si inginocchia accanto al corpo, esaminando la ferita. Strappa il pugnale dal collo dell'uomo e se lo rigira tra le mani.

«Royo, questo non è uno dei tuoi?» Sciacqua la lama in una fontana vicina e poi gira l'arma per mostrare il manico.

Ha senso, deve aver visto l'intruso mentre faceva il suo giro di ronda. Non sono sicuro, però, di come abbia fatto a colpire un uomo completamente vestito di nero. Solo gli assassini migliori di tutto lo Yusan si guadagnano tuniche di questo colore, motivo per cui li chiamiamo Ombre. Le Ombre che sanno mentire e manipolare, oltre a uccidere, diventano spie. E il capo di queste ultime è l'uomo che amo.

Mikail aspetta mentre Royo osserva il manico.

Aggrotta le sopracciglia. «Insomma, i coltelli si assomigliano tutti, credo, ma non sono stato io».

«Come, prego?» intervengo.

«Non ho ucciso nessuno». Il solco sulla sua fronte diventa una piega profonda. Il suo sguardo continua a spostarsi dal cadavere al capannello di persone, riempiendosi di sospetto. Dice sul serio: non è stato lui. «Ho visto Sora correre verso di me e poi abbiamo sentito un urlo».

Tutti gli occhi si spostano su Sora. Lei sbatte confusa le palpebre. «Ero con Ty e abbiamo colto un movimento fuori dalla mia finestra. Sono uscita a controllare, ma ho trovato solo Royo, prima che arrivasse un urlo da qui».

«Hai visto qualcuno e sei uscita a controllare da sola?» chiede Aeri.

«È corsa fuori e io l'ho seguita» spiega Tiyung.

«Dove eravate voi due?» domanda Royo.

Mi ci vuole un attimo per capire che sta parlando a me e Mikail. E che ora pensano che possa essere stato uno di noi. Guardo Mikail, che però non si scompone.

«Eravamo in sala da pranzo, ci avete visti. E dopo siamo andati in camera mia» dice. Si gira leggermente per concentrarsi su Aeri. «Tu dov'eri?»

«Era chiusa in camera nostra» interviene Royo, improvvisamente sulla difensiva. Fa mezzo passo avanti e la protegge con il suo corpo, senza nemmeno lasciarla rispondere. Lei si limita ad annuire.

Ci scambiamo tutti uno sguardo. Mikail si sfrega la fronte.

«D'accordo, ricapitolando: abbiamo un assassino di palazzo morto e nessuno che l'ha ucciso? È questo che stiamo dicendo?»

Silenzio.

Mikail si volta verso le guardie della villa. Sembrano degli sprovveduti, tutti e due. I nobili di rango più alto, oltre alle guardie personali, dispongono anche di semplici guardiani. I meno capaci sorvegliano le case. Non mi aspetto certo miracoli, da questi due.

«Che cosa avete visto?» chiede Mikail, la mano ancora sull'elsa della spada.

«Niente. Siamo usciti dopo aver sentito l'urlo».

Prevedibile.

«Ma certo» commenta Mikail con un sospiro.

«Aspetta. Chi ha urlato?» chiede Ty.

Ty ha un vero talento per le buone domande. Aspettiamo tutti la risposta della guardia.

«Lui, credo» risponde, indicando il cadavere. «Era una voce maschile».

Scuoto il capo. L'uomo avrebbe gridato solo se avesse visto arrivare il coltello. Se l'avessero colpito mentre guardava i suoi assalitori. Il che, a giudicare dalla ferita, è possibile, ma qui ci sono sei assassini e nessuno ha fatto o visto nulla. Nessuno è sporco di sangue. Il che può significare solo che qualcuno sta mentendo e coprendo tutto.

«Stava cercando te?» mi chiede Sora.

Sospiro. «Suppongo di sì».

Mikail scuote la testa. «No, ne dubito».

Tutti si voltano verso di lui.

«Perché no?» domanda Royo.

Mikail si scruta intorno. «Un assassino di palazzo non l'avrebbe mai mancato. Era qui per qualcun altro».

«Per uccidere uno di noi?» Sora si indica il petto, bianca come un cencio.

«No» risponde Mikail, guardandoli a turno prima di aggiungere: «Per *parlare* con uno di voi».

L'accusa è pesante e cala sul gruppo come nebbia. Secondo Mikail qualcuno sta cercando di nascondere il proprio legame con un assassino di palazzo. Qualcuno sta cercando di tradire tutti i presenti, e per qualche motivo ha ucciso l'uomo con cui era in combutta.

«E perché non con te? Il maestro delle spie del re?» Royo gli rivolge un cenno con il mento.

«Suppongo che possa essere stato chiunque di noi. Portatelo dentro. Lo perquisiremo» ordina Mikail alle guardie.

Ci incamminiamo verso la villa.

«Non troveremo nulla» gli sussurro.

Lui fa spallucce. «Sicuramente no, ma è sempre meglio che discutere in mezzo a queste maledette fontane».

È così disinvolto che per un attimo, solo una frazione di secondo, mi chiedo se il colpevole non sia lui. *In effetti* è il maestro delle spie. Si suppone che sia fedele a mio fratello. E conosce tutti gli assassini di palazzo. Forse Mikail lavora davvero per Joon. Forse sta cercando di fregarmi.

Ma no, Mikail era a letto con me. Non è possibile.

A meno che non abbia incaricato qualcun altro di farlo. A meno che non siano in due – per esempio lui e Sora – a essere in combutta. Ma a che scopo? No. Sono solo paranoico. Ha rischiato la vita per me, più e più volte. Non può volermi morto.

Quando passo davanti all'ennesima fontana, uno schizzo freddo mi colpisce insieme a un pensiero: forse il piano è proprio consegnarmi vivo.

CAPITOLO 59

SORA

VILLAGGIO DI ASEYO, YUSAN

Ci ritroviamo di nuovo tutti e sei riuniti intorno a un tavolo, sul quale, però, questa volta c'è un cadavere. Siamo in un casotto di caccia, non più nella sontuosa sala da pranzo della villa. Il che significa che al momento siamo circondati dalla morte. Varie creature, scuoiate e intatte, pendono dalle travi. Ci sono coltelli ovunque. L'aria è carica di ultimi respiri e odora di sangue.

Ma suppongo che il motivo per cui mi guardo intorno sia evitare ciò che mi sta davanti.

L'assassino aveva circa la nostra età – poco più di vent'anni – e ora è morto per un'orrenda ferita al collo. I valletti gli hanno disteso un lenzuolo sotto e Mikail lo ha spogliato.

La situazione è molto tesa da quando Mikail ha accusato qualcuno, o più precisamente tutti, di aver collaborato con un assassino di palazzo. Ma la vista del cadavere nudo è insopportabile. Trasaliscono tutti, ma per me è ancora peggio. Non so chi fosse quest'uomo o perché ci stesse spiando, ma so che è così che sarei stata trattata se fossi stata catturata e uccisa durante una delle mie missioni. Mi avrebbero trascinata da qualche parte, spogliata e messa in mostra per essere ispezionata. Nessuna dignità, nemmeno nella morte. E noi dovremmo rispettarli, i morti.

Perquisiamo il corpo, senza trovare nulla. Non che mi sorprenda, anche su di me non ci sarebbe niente da trovare.

«Però non capisco. Come fate a dire che era un assassino di palazzo e non uno degli uomini del conte orientale o qualcun altro ancora?» domando.

«Gli assassini di palazzo vestono completamente di nero quando sono in missione» spiega Euyn.

Suona strano: un codice di abbigliamento per l'omicidio. D'altronde, ne ho uno anch'io: abito, profumo e rossetto avvelenato.

«Tutti si possono mettere una camicia e dei pantaloni neri, però, giusto?» fa notare Royo.

«Certo, ma non questi» dice Mikail, indicando i vestiti dell'uomo, che giacciono accanto al cadavere. «Il taglio dei pantaloni e i bordi diagonali della camicia sono unici. Inoltre, entrambi i capi sono in parte rinforzati con una maglia d'acciaio. Non proprio una caratteristica comune».

«Ma cosa ci faceva un assassino di palazzo fuori dalla mia finestra?» chiedo. «E perché è scappato?»

«Queste sono le domande a cui dobbiamo rispondere». Mikail incrocia le braccia, sostenendo il mio sguardo per un secondo.

Ci guardiamo a turno. Nessuno dice una parola.

«Mi... mi era sembrato di vedere qualcuno, a Oosant» dice Ty dopo un po'. «Una persona vestita di nero».

Tutti si girano verso di lui. Sospiro, e devo fare un grande sforzo per non strapparmi i capelli. Non ha mai fatto parola con nessuno di questa storia, e sceglie proprio questo momento, quando i sospetti sono al massimo, per tirarla fuori. È come se *volesse* finire ammazzato.

«Perché non ce ne hai parlato subito?» chiede Aeri.

Ma per rispondere lui si volta verso di me: «Non lo so. Ho creduto di essermi sbagliato. Nessun altro aveva detto niente, è accaduto così in fretta, ed erano appena successe talmente tante cose che ho pensato che forse quella che avevo visto era solo un'ombra».

«Che *cosa* hai visto?» domanda Mikail, osservandolo intensamente. «Sii preciso».

Ty si passa una mano tra i capelli. «Mi sembrava che ci fosse qualcuno sul tetto dell'edificio accanto alla Miniera».

«Quando?» lo incalza Mikail.

«Quando ce ne siamo andati. Dopo che abbiamo appiccato il fuoco, mi sono voltato e ho intravisto un movimento con la coda dell'occhio. Ma poi ho guardato meglio e non c'era più nessuno».

Sul gruppo cala un silenzio sbalordito. Come poteva esserci un assassino che ci osservava tutti a Oosant?

«Dèi onnipotenti» esclama Euyn.

«A Oosant» bofonchia Mikail.

«Potrei aver visto male» si giustifica Ty. Gli sguardi di tutti si puntano su di lui. Per quanto si sforzi di ritrattare, con un assassino morto di fronte a noi è difficile credere che si sia semplicemente immaginato un'ombra.

«Forse lo ha mandato tuo padre» suggerisce Aeri.

Lancia l'accusa con estrema disinvoltura. Ma ha l'effetto di un fulmine a ciel sereno. D'un tratto vorrei difendere Ty, ma non posso. Conoscendo Seok, non mi sento di escluderlo.

Ty arrossisce. «Perché avrebbe dovuto?»

«Forse è in combutta con il re» risponde lei. «O forse per sorvegliarti e proteggerti. Non lo so. Sto solo cercando di capire cosa potrebbe essere successo».

Ty è l'unico erede del Conte, e Seok vuole senz'altro assicurarsi che sopravviva, ma un assassino di palazzo fa rapporto al trono. D'altra parte, lo stesso vale per Mikail. Per il Regno degli Inferi. Può essere chiunque di loro, a parte Royo. Eravamo faccia a faccia, quando ho sentito l'urlo.

«Da dove vieni, Aeri?» chiede Ty, secco.

Lei sembra ferita e sbatte rapidamente le palpebre. «Saylee».

È una città del nord-est, non lontana da Inigo, dove sono nata io. Ha senso. È pallida come me e Royo.

Gli occhi di Royo si fanno sospettosi. «Perché eri a Umbria, allora?»

«Sono *nata* a Saylee. Vivo a Pyong da sette anni».

Pyong si trova a sud-ovest di Umbria. Quasi ai piedi dei Monti Khakatan. Ovviamente ho memorizzato tutte le città al confine con il Khitan.

«Sede del più grande distretto delle gemme di tutto lo Yusan» interviene Mikail. «È lì che l'ho vista rubare un diamante del valore di cinquantamila mun, ed è così che ho capito che era adatta a questo lavoro».

«Se tu sei riuscito a sorprenderla tanto facilmente, come fai a ritenerla adatta?» gli chiede Ty.

«Non poteva sapere che la stavo osservando. Ero lì per spiare qualcun altro, l'ho vista per caso».

Mi sembra un po' troppo facile. Aeri è sparita a Capricia. Ha detto che stava mandando una lettera a suo padre, ma forse si stava incontrando con l'assassino. E se fossimo stati seguiti per tutto questo tempo?

Ma perché uccidere l'uomo che la stava proteggendo? Non ha senso.

«Allora... a questo punto sospettiamo tutti l'uno dell'altro, giusto?» Aeri solleva un sopracciglio. «Niente più buoni sentimenti?»

La stanza è immersa nel silenzio.

«Secondo me non ci stiamo concentrando abbastanza su questo tizio» Royo agita una mano sfregiata in direzione di Mikail, «che non solo è una spia al soldo dello stesso trono che stiamo cercando di conquistare, ma è anche la persona che ha messo in piedi tutto il piano».

Guardiamo Mikail, che si limita ad alzare le spalle. «Accomodatevi pure, ma io ero con Euyn quando abbiamo sentito l'urlo. Senza contare che non sarei così maldestro da uccidere in maniera tanto rumorosa».

Annuiamo, e il mio cuore affonda.

Quindi siamo tornati al punto in cui non è stato nessuno di noi. E forse è proprio questa la verità.

«E se si trattasse di una trappola del conte orientale?» suggerisco.

«Di Dal?» chiede Euyn.

«È l'unico a sapere che siamo qui» spiego, ragionando ad alta voce. «E guarda caso non è riuscito a venire, stasera».

«Ma perché avrebbe dovuto fare una cosa simile?» chiede Royo.

«Per provocare questo» dico, indicandoci. «Per seminare il dubbio, farci venire voglia di metterci l'uno contro l'altro. O semplicemente per vedere a chi siamo fedeli. Sono abbastanza sicura che i valletti siano qui fuori a origliare. Devono aver fatto rapporto su di noi da quando abbiamo messo piede alla villa».

Tutti si guardano intorno. Aeri ha gli occhi spalancati. Ty fa un respiro profondo: probabilmente sa che i conti sono capaci di questo e altro. Royo sta ancora fissando Mikail, che non pare farci troppo caso. Io ed Euyn sembriamo gli unici davvero interessati a capire chi fosse quest'uomo e perché qualcuno abbia voluto ucciderlo.

«Suppongo che domani ne sapremo di più, in base al comportamento di Dal» conclude Euyn.

Mikail annuisce. «Dirò ai servitori di bruciare il corpo e seppellire le ceneri».

Euyn lo guarda di traverso. È ciò che va fatto, ma bruciare il cadavere impedirà a chiunque altro di vedere e riconoscere l'assassino. E seppellire le ceneri è proprio quello che faceva Seok.

All'improvviso mi chiedo se tra loro non ci sia un legame che va al di là del nostro piano.

CAPITOLO 60

MIKAIL

VILLAGGIO DI ASEYO, YUSAN

È stata una giornata piuttosto tesa. Abbiamo ristabilito le coppie di partenza: Tiyung con Sora, Royo con Aeri, io con Euyn. Ma la sera ci ritroviamo nella sala da pranzo per la cena con il conte.

Royo sembra seriamente a disagio nell'abito nuovo. Aeri sfoggia un vestito azzurro che luccica come acqua: scommetto che l'ha fatto confezionare oggi stesso. Sora indossa un altro splendido abito, questa volta giallo. Porta i lunghi capelli attorcigliati su una spalla e tempestati di gemme. Ty è in tenuta da nobile ma senza il ridicolo cappello, mentre Euyn è impeccabile nella sua giacca rosso imperiale. È un colore che può essere prodotto e indossato solo dai membri della famiglia reale. Dopo il suo esilio ho dovuto trafugare alcuni dei suoi vestiti dal Palazzo di Qali, nell'eventualità di un suo ritorno. Li ho portati con me.

Prendiamo tutti posto, con Euyn a capotavola. Sebbene sia casa di Dal, Euyn lo supera di rango, in quanto principe. Non importa se tecnicamente è morto. Il posto alla destra di Euyn è vuoto, in attesa del conte. Io sto alla sua sinistra. Una selezione di piccoli piatti è già in tavola, ma la cucina sta tenendo le portate principali per l'arrivo del padrone. Anche se il maggiordomo ci ha invitati a iniziare con gli antipasti perché il conte potrebbe essere in ritardo, nessuno mangia molto.

A differenza di ieri, siamo tutti silenziosi mentre la servitù si occupa di noi. Niente risate, né storielle divertenti. Solo sospetti.

Passano dieci minuti, poi venti, e tutti ci mettiamo in allarme. Ormai il ritardo di Dal non può più essere considerato un vezzo: qualcosa non va.

Dopo mezz'ora arriva un messaggero. Con gli occhi di tutti puntati addosso, arriva davanti a Euyn e si prostra fino a terra. Poi si mette in ginocchio e gli allunga un vassoio d'argento. Sopra c'è un biglietto. Senza dubbio un messaggio di Dal.

Euyn lo prende. Gli crolla la faccia e getta il biglietto sul tavolo.

Per le stelle, e adesso che succede? Stringo l'elsa della spada.

Restiamo in silenzio, in attesa. Euyn, pallidissimo, ha una mano davanti alla bocca. Si tira la barba in un modo che sembra doloroso. Mi avvicino e leggo il biglietto. Non è di Dal. È del suo maggiordomo di Tamneki.

Rileggo il messaggio e improvvisamente mi sembra di stare di nuovo cadendo in quella grotta a Fallow. Non so più come sopravvivere, cosa succederà, che sorte ci attende. L'unica differenza è che questa volta un intero gruppo di persone aspetta che io agisca.

Mi schiarisco la gola. «Il conte orientale è morto».

Nella stanza risuonano i sussulti. Royo spezza per sbaglio lo stelo del suo calice di vino.

«Come?» chiede Euyn al messaggero.

«Un attacco di cuore alla villa, Vostra Altezza» è la risposta. «Il suo corpo è stato appena ritrovato. Il messaggio è giunto con la posta via aquila».

Quindi... l'unica cosa certa è che non si è trattato di un attacco di cuore. Molti strangolamenti possono sembrare infarti, se nessuno si prende la briga di controllare. Sospetterei di Sora, ma andare e tornare da qui a Tamneki richiederebbe un viaggio di sedici campane. Semplicemente non ne ha avuto il tempo, dato che l'ho vista stamattina. Certo, la morte di Dal non è proprio l'ideale. Scoprirò chi l'ha ucciso, anche se so già chi è stato a dare l'ordine. Joon ha messo da tempo una taglia sulla sua testa. Non è esattamente una sorpresa; il tempismo, al contrario, lo è. Devo tornare a Qali e riferire qualcosa, o saremo tutti condannati.

Euyn congeda il messaggero e scaccia la servitù dalla sala da pranzo. Sono sicuro che ci siano delle spie nascoste, ma non ha importanza. Il conte era al corrente dei nostri piani.

«Che cosa facciamo adesso?» chiede Sora a bassa voce.

«Annulliamo tutto?» chiede Aeri quasi contemporaneamente.

Il silenzio si impadronisce della stanza, mentre tutti considerano le proprie opzioni. Mi guardo intorno.

«Non vedo come possiamo andare avanti, ora...» mormora Ty.

Euyn si tormenta la barba. «Nemmeno io».

«Forse in un altro momento...» riflette Sora, torcendosi i capelli più e più volte. Non è un suo gesto tipico, credo che lo faccia per nascondere il tremore alle braccia. Non ne ha mai parlato, ma io l'ho notato. Così come ho notato che l'aria spumeggiante di Aeri è stata sostituita da un velo di stanchezza. «Forse un piano diverso...» inizia a dire. «Dobbiamo fermarci. Non possiamo proseguire con questo».

No. Vogliono tutti abbandonare la nave ora, ma siamo arrivati troppo lontano per tornare indietro. Se rimarrà nello Yusan, Euyn morirà, e certo non posso riportarlo a Fallow. Non è stato facile tenerlo d'occhio negli ultimi tre anni, non è stato facile vivere ogni giorno senza sapere se sarei stato informato della sua morte. Ho lavorato troppo duramente e ho troppe cose in ballo perché il piano vada in fumo a causa dell'assassinio di un solo uomo.

«Il piano rimane lo stesso» dichiaro, a voce più alta della loro. «Dovremo solo trovare un altro modo per presentare Sora al re. Il conte settentrionale sarà presente alla celebrazione. Possiamo usare lui».

Euyn storce il naso. «Bay Chin ha settant'anni».

«E da quando l'età impedisce agli uomini di avere giovani cortigiane?» ribatto.

Euyn alza le spalle e guarda di lato. Sa che ho ragione.

«Bay Chin è con noi?» s'informa Royo.

«Non si è schierato» mento. «Ma non gli dispiacerà essere presentato a una bella donna. Possiamo usarlo senza che lo sappia».

Il conte settentrionale è stato categorico: nessuno deve sapere che è stato lui a orchestrare questo piano. Per questo non l'ho detto ad anima viva. Persino Rune pensa che non sia coinvolto. Visto quello che è successo undici anni fa, non biasimo Bay Chin. Ma ora non abbiamo più alternative.

Di nuovo il silenzio riempie la stanza. Stanno tutti pensando a come uscirne. Ma ora è il nostro momento di colpire, e non posso farlo senza di loro. Be', senza alcuni di loro. Qualche peso morto c'è, qui dentro.

«Non lo so, Mikail...» dice Aeri. «Forse dovremmo solo...»

Sbatto la mano sul tavolo. Trasaliscono tutti come bambini, tutti tranne Sora. «So cosa significa questa missione per me. So cosa significa per Euyn. Per il resto di voi non lo so. Forse è il caso di pensare a cosa vi ha portati qui».

Nessuno di loro fiata. Capita spesso, quando ci si trova di fronte a scelte impossibili. Ma andare fino in fondo è l'unica via d'uscita.

Sora fissa il piatto vuoto. «Se il re muore, mia sorella sarà libera. Sono con te, Mikail».

«Io sto con Sora» dice Ty. Si scambiano uno sguardo carico di significato.

«Sono qui per proteggere Aeri» si pronuncia Royo. «Ma Euyn ha la mia lama. Se lui è dentro, io sono con voi».

Euyn mi guarda negli occhi e annuisce.

Resta solo Aeri. Osserva Royo, poi scuote il capo. «Io...»

«Troveremo un altro modo per uccidere il re senza il tuo aiuto» dico con un'alzata di spalle, fingendomi disinvolto. È importante che io rimanga calmo, altrimenti gli altri scapperanno come topi da una nave che affonda. «Non sei l'unica ladra dello Yusan. E non possiamo invertire la rotta adesso. Dobbiamo arrivare al Campionato del Millennio. Dopo la fine dei festeggiamenti non sappiamo quando Joon lascerà di nuovo la sicurezza del palazzo. Potrebbero volerci anni. E dentro il Palazzo di Qali non si è mai verificato un omicidio».

«Mai?» chiede Sora.

«Forse uno sì, ma non è mai stato dimostrato» rispondo.

Euyn mi guarda, confuso. È vero, non gli ho mai detto che sospetto che Joon abbia ucciso suo padre. Non era un'informazione cruciale, soprattutto perché si trattava di un lavoro dall'interno. Glielo direi ora, ma sarebbe solo una distrazione. E poi, che differenza può fare, l'ennesimo segreto?

«Aeri, a Pyong ti ho dato la possibilità di scegliere. Collabora con noi e fai fortuna, oppure vai, sei libera» le ricordo.

Ma in cuor mio spero che rimanga, perché non so come potremmo mai fare senza di lei. Siamo tutti in grado di uccidere un uomo, ma Aeri è l'unica dotata della rapidità e della destrezza necessarie per togliere la corona a Joon e renderlo mortale. Il suo è un ruolo imprescindibile.

Lancia un'occhiata al tavolo, poi annuisce lentamente. «Sono con voi».

CAPITOLO 61

AERI

VILLAGGIO DI ASEYO, YUSAN

Devo attenermi al piano anche se non voglio. Per quanto abbia più volte cercato di persuaderli a ripensarci, sono inamovibili. Vorrei rifiutarmi, ma non ho scelta. Senza di me fallirebbero, e il fallimento significherebbe morte certa. Almeno con me hanno la possibilità di uscirne vivi. Senza contare che questo lavoro mi serve.

Eppure, vorrei poterli convincere ad abbandonare la missione. Le cose stanno cambiando troppo in fretta e la scelta più saggia sarebbe rimandare finché non ci saremo riorganizzati. Non credo nemmeno per un secondo che il conte orientale abbia avuto un infarto, oggi. E lui avrebbe dovuto essere la nostra via d'accesso al re. Ora abbiamo la strada sbarrata, ma Mikail non ha intenzione di cambiare rotta. Vuole Euyn sul trono, e i suoi desideri sono più forti della ragione.

Subito dopo cena Royo e io torniamo verso i nostri alloggi. È una marcia silenziosa quella verso la stanza. Ci fermeremo per la notte e al mattino ripartiremo per Tamneki. Sempre se all'alba saremo ancora vivi.

Mancano due giorni. Tra meno di due giorni sarà tutto finito.

Non mi aspettavo di sentirmi così combattuta. Non pensavo che questi assassini, questo gruppo di bugiardi, sarebbero stati disposti a rischiare la loro vita per proteggermi, o che io sarei stata pronta a fare lo stesso per loro. Mi apprezzano semplicemente per quello che sono. Non mi era mai successo, prima.

Ma è un legame temporaneo. Portare a termine la missione significa che dopo ciascuno andrà per la sua strada. La cosa più importante è che riconquisterò l'approvazione di mio padre. Non dovrò più rubare, non sarò mai più sola. Avrò una casa, una casa vera. E sì, dovrò essere ciò che vuole mio padre, ma perché non cambiare per qualcuno che si ama?

Bene dunque, suppongo che pure i miei, di desideri, siano più forti della ragione. Perché desidero anche Royo e so, nel profondo, che mio padre non lo approverà. Non quando saprà che è un picchiatore di professione. Tra due giorni dovrò relegarlo nel passato.

Eppure non mi sembra possibile. Il pensiero, onestamente, mi fa star male. L'idea di non rivederlo mai più mi fa scorrere il ghiaccio nelle vene e mi riempie il petto di una sensazione di torpore. Non dovrebbe essere una scelta. Mio padre è sangue del mio sangue. Ma Royo mi ha salvata e io ho salvato lui. C'è qualcosa di profondo, tra noi.

Sospiro.

«Cosa c'è che non va?» mi chiede Royo.

«Io... niente».

Alza le sopracciglia. «Come no, è proprio da te non voler parlare».

Sorrido, mio malgrado. Royo è stata la scoperta più sorprendente di questa missione.

«Tu mi piaci» dico di getto.

Una sequenza di emozioni, dalla gioia infantile al rimpianto, attraversa fulminea il suo volto, prima che lui distolga lo sguardo.

«Non dovrei» risponde solo.

Sebbene sia l'uomo più tormentato e interessante che abbia mai conosciuto, ha ragione: non dovrebbe piacermi. Però non ha importanza, perché invece è così.

«Vorrei che potessimo restare qui per sempre» dico.

Lui posa il suo sguardo ovunque tranne che nei miei occhi. Le sue labbra si schiudono. Sono belle labbra. Come ho fatto a non notarlo, prima?

«Vorresti passare l'eternità con me?» gli chiedo.

Il suo intero corpo è impietrito, quindi gli afferro scherzosamente la mano, sorrido e sbatto le ciglia. Ignorando la morsa che mi stringe il petto.

«Ci sono troppe fontane, qui» dice... e poi il suo sguardo incontra il mio.

Sento che il cuore potrebbe esplodermi da un momento all'altro, perché qualcosa nella sua espressione dice di sì.

CAPITOLO 62

ROYO

CITTÀ DI TAMNEKI, YUSAN

Arriviamo alla capitale. Alloggiamo al Fountain Inn: un altro albergo sciccoso, tutto marmo, cascatelle e roba del genere. Da queste parti sono fissati con l'acqua. È ancora più elegante delle ricche case mercantili di Umbria, che non è poco.

Con la festa del Millennio di domani, tutti gli alloggi erano prenotati da un anno, ma Dal era riuscito a procurarci quattro camere. Uno dei vantaggi del possedere un'intera città, suppongo. Anche se questo non gli ha impedito di essere ucciso. Il tempismo porterebbe a escludere un attacco di cuore. Ma ho la sensazione che siamo gli unici a rendersene conto.

Tutte le bandiere di Tamneki sono a mezz'asta, e la gente porta fasce nere al braccio per piangere la scomparsa del conte. Ma la verità è che ognuno va avanti con la sua giornata. Mi chiedo se sarà lo stesso quando ci sarà un nuovo re. Credo di sì. Quando sei un servo o un popolano non ha molta importanza chi comanda. È una cosa di cui si preoccupano i nobili o i palloni gonfiati. A me importa soltanto per Hwan. E ora per Aeri. E per Euyn.

Lei è importante, per me. Non posso più negarlo.

Durante il viaggio verso Tamneki abbiamo esaminato il piano nei dettagli. La partita è alle cinque di domani pomeriggio. Terminerà entro le otto, con la morte della squadra perdente e, se tutto va bene, anche di un re. Ora di sera sarà tutto finito. Euyn sarà sul trono, oppure saremo tutti all'altro mondo o nella Prigione di Idle.

Non mi sento a mio agio con l'intera operazione, ma d'altra parte io sono i muscoli, non il cervello. Dopo la morte di Dal, gli altri si sono concentrati su come far incontrare Sora e il re. Sono riusciti a scrollarsi di dosso l'omicidio dell'assassino di palazzo e sono passati oltre. Tutti tranne me.

«Royo, non ha senso che sia stato Mikail» dice Aeri con un sospiro. È sul divano, le gambe ripiegate sotto il corpo, e legge un libro che ha rubato dalla villa di Aseyo. Ha detto che tanto Dal non ne avrebbe sentito la mancanza: una verità spietata e al contempo divertente.

«Be', qualcuno l'ha ucciso, no? E Mikail è una spia del trono» ribatto.

L'argomento la annoia. Le avrò esposto le mie teorie sull'assassino di palazzo morto almeno quattro volte. E non era interessata nemmeno la prima.

«Ho fame» si lamenta. «Andiamo a chiamare gli altri per cena».

Si alza ed esce dalla stanza.

Suppongo che il discorso sia chiuso.

Ma sono le otto e ho lo stomaco che brontola. Ha ragione. È ora di cena.

Percorriamo il corridoio fino alla stanza d'angolo. Busso alla porta della camera di Mikail ed Euyn.

«Chi è?» chiede Euyn da dentro.

«Siamo noi» rispondo.

Passano trenta secondi. Dietro la porta si muove qualcosa. Io e Aeri ci scambiamo un'occhiata. Alla fine, quando Euyn apre, spunta solo una balestra. Ehi. Che cazzo succede? Arretro di un passo. Alziamo le mani e io mi paro davanti ad Aeri, facendole da scudo.

Ma Euyn non spara. Invece, scruta con sospetto il corridoio: a sinistra, a destra, a sinistra di nuovo. Poi ci fa rapidamente cenno di entrare. Obbediamo nonostante la costernazione. Mi guardo intorno nella stanza enorme, chiedendomi se qui dentro ci sia qualcuno o qualcosa da proteggere, ma Euyn è solo.

«Dov'è Mikail?» domando.

«Aveva degli affari da sbrigare. Dovrebbe tornare presto».

Riesco a sentire la ruga che mi compare sulla fronte. Che affari può avere Mikail alle otto di sera? Poi capisco: non lo sa neanche Euyn. Forse è per questo che è così paranoico.

«E Sora e Ty dove sono?» chiedo ancora.

«In camera loro, credo» risponde lui. «Controllerei, ma...» Si interrompe, passeggiando per la stanza con la balestra carica.

«Non importa» dico. «Controllerò io più tardi».

«Andiamo a cena?» dice Aeri.

«Non posso» mormora Euyn. «Andate voi».

Dopo Oosant dovremmo aver imparato a non separarci per mangiare.

Lui nota la mia espressione.

«Oppure possiamo mandare un valletto a prendere quello che vogliamo» propone. «Il terzo anello è pieno di ottimi ristoranti».

Siamo nel quarto anello, occupato da un lato dalle locande e dall'altro dalle case di piacere. Proprio non capisco perché tanta gente sia fissata con queste ultime. Io una volta ne ho provata una perché fuori c'era una ragazza che assomigliava a Lora; in quel periodo mi mancava al punto che non sapevo cosa fare di me stesso. Ma non era Lora. Non aveva il suo odore, non era la stessa cosa toccarla o ascoltarla. Così me ne sono andato sentendomi ancora peggio di quando ero entrato. Quasi tutti i ragazzi e le ragazze che lavorano in quei posti, per riuscire a superare le notti, si drogano di laoli. Forse qui nella capitale è diverso, ma probabilmente no. Ovunque si trovino, sono praticamente sempre vincolati dai contratti.

«D'accordo, sentiamo cosa vogliono Sora e Ty» dice Aeri.

La seguo.

«Non sarebbe male fare un ultimo pasto insieme. Però qui» specifica Euyn. «In questa stanza».

Gli occhi di Aeri incontrano i miei. È un po' strano che l'abbia chiamato 'ultimo pasto'. Per non parlare della sua assurda paranoia. D'altronde... non so. Io non sono un principe con una taglia sulla testa. E in effetti credo che dopodomani ognuno di noi se ne andrà per la sua strada. Eppure non sono sicuro che intendesse questo.

Andiamo dall'altra parte del corridoio e bussiamo alla porta di Sora. Viene a rispondere Ty. Sembra nervoso, scarmigliato. A parte quando gli hanno rotto il naso, fino a questo momento non l'ho mai visto con un capello fuori posto. Per un attimo penso di aver sbagliato stanza, ma no: c'è anche Sora, in piedi vicino alla finestra.

Mi sa che li abbiamo appena interrotti. Tempismo perfetto.

«Ordiniamo la cena e poi mangiamo con Euyn e Mikail» annuncio.

«Oh, va bene» dice Sora. «In camera loro?»

«Sì, tra una campana circa».

Lei annuisce.

Chiudo la porta.

«Be'... è stato imbarazzante» commenta Aeri.

Mi scappa una risata ma cerco di mascherarla con un colpo di tosse. Non la frego.

Stiamo per scendere le scale quando ci si avvicina Mikail.

Sorride con nonchalance.

«Mi stavate cercando?» chiede.

Domanda furba. Vuole sapere se siamo già stati in camera di Euyn. Se sappiamo che è uscito e non ha detto a nessuno dove andava o perché.

Annuisco. «Abbiamo deciso di ordinare la cena».

«Buona idea» dice lui. «Possiamo addebitarla sul conto delle stanze, ma se vogliamo che arrivi calda dovremo dare una buona mancia al ragazzo. Altrimenti posso andare a chiamare il valletto. Come preferite».

È così disinvolto. Lo è sempre stato: mentre massacrava gli uomini nel magazzino, quando abbiamo trovato il cadavere dell'assassino, quando abbiamo saputo della morte del conte orientale... E non credo proprio che sia indifferente a tutto questo. Ma allora, come fa?

«Dov'eri?» gli domando.

«A organizzare gli ultimi dettagli per domani». S'interrompe per guardarsi intorno con circospezione. Il senso è chiaro: siamo in un luogo pubblico. «Potrai chiedermi di più quando saremo tutti insieme».

Si incammina lungo il corridoio e bussa due volte prima che Euyn apra la porta. Quindi si volta a guardarci da sopra la spalla. «Salt and Shore: di' di mandare l'intero menù».

Poi sparisce nella stanza.

Non mi fido di quest'uomo. Soprattutto quando in ballo c'è la vita di Aeri.

CAPITOLO 63

SORA

CITTÀ DI TAMNEKI, YUSAN

Pessimo tempismo. O forse dovrei dire ottimo, visto che avevo le mani tra i capelli di Ty e stavo per baciarlo, e non posso essere sicura che un mio bacio non sia tossico, anche senza il rossetto speciale.

Seok lo ripete sempre: sono stata esposta a così tante varietà di veleno e così tante volte che i miei stessi fluidi corporei probabilmente sono velenosi. Ma se ciò è vero, significa che non potrò mai avere un'intimità con nessuno. In tal caso, insieme a tutto il resto, Seok mi avrebbe portato via anche l'amore e la passione.

La furia mi riempie, calda come metallo fuso. Giuro che toglierò a quell'uomo tutto ciò che ha. Poco fa gli ho quasi portato via suo figlio, sebbene involontariamente.

Più ci avviciniamo a domani, più mi allontano dalla logica o dalla ragione. Dopotutto, perché trattenersi dal fare qualcosa di avventato, tipo volere il figlio del mio nemico, quando con estrema probabilità moriremo tutti? Volevo solo provare qualcosa. Un'emozione diversa dal terrore, dalla paura e dal dolore. Qualcosa che non fosse preoccupazione, sofferenza, senso di colpa o disperazione. Volevo sentirmi amata, e Ty ha detto di amarmi. Volevo crederci. E poi volevo sentirlo. Senza badare alle conseguenze. A quanto pare la lussuria, come il dolore, può spingerti a ignorare il futuro.

Ma poi Royo e Aeri hanno bussato, e noi ci siamo allontanati e abbiamo cercato di ostentare nonchalance. Mi sa che abbiamo fallito.

Devo ancora rubare la corona; quanto al come, non sono più vicina a elaborare un piano di quanto lo fossi a Rahway. E manca un solo giorno. Non ho più tempo. Eppure non posso arrendermi.

«A cosa stai pensando, Sora?» mi chiede Ty.

Torno a concentrarmi su di lui. Avevo dimenticato che era ancora nella stanza. Mi fissa con i suoi occhi penetranti. Sto per fare la cosa più azzardata che mi venga in mente: fidarmi di Tiyung.

Ha detto che avrebbe fatto di tutto per aiutarmi. Intendo metterlo alla prova.

Mi avvicino. «Mi serve il tuo aiuto».

«Va bene» risponde.

Faccio un respiro profondo, perché questa decisione potrebbe ritorcermisi contro in maniera spettacolare, e allora la colpa sarebbe solo mia. Tuttavia, non vedo altre possibilità. Non posso farcela da sola. Senza un aiuto non riuscirei nemmeno a ideare un piano.

«Devo trovare un modo per prendere la corona dalle mani di Aeri prima che finisca sulla testa di Euyn».

Ty sbatte confuso le palpebre, apre la bocca, la richiude. «Questa me la devi spiegare. La corona? La corona dello Yusan?»

Annuisco.

Lui socchiude gli occhi, scuotendo leggermente il capo. «Non capisco, però... La corona non ti garantirà il trono. Noi non siamo Baejkin e il Paese può essere governato solo dalla loro dinastia. È l'Editto del Signore dei Draghi».

«Lo so. Infatti non voglio né il Paese né il trono. Ma hai sentito cosa hanno detto a Rahway: la corona rende immortale chiunque la indossi. Devo riportarla a Gain e darla a Daysum».

«Cosa? Perché tua sorella dovrebbe essere immortale?»

«Perché sta morendo».

Fa un respiro affannoso. Poi aggrotta le sopracciglia, strofinandosi la fronte. «Ne sei sicura?»

Sospiro. «No. L'ultima volta che l'ho vista mi è sembrata un po' arrossata e senza fiato, ma non ho potuto chiedere perché è estremamente suscettibile quando si parla della sua salute. E siccome non volevo turbarla, non ho detto nulla per tutta la visita. Però, poco prima della fine della campana a nostra disposizione, mi ha sussurrato che pensa di stare per morire. Io... non avrei dovuto sentirlo».

«Mio padre non mi ha detto nulla a riguardo».

Mi stringo nelle spalle. «Perché avrebbe dovuto? È tramite lei che mi controlla. Insomma, lei e il mio contratto. Ma sappiamo entrambi che correrei il rischio e tenterei di scappare, se non fosse per Daysum».

Ty scuote il capo con aria grave. «Sora, ho già bruciato quelle carte».

«Cosa?» Sussulto. Ora tocca a me rimanere immobile e sbattere animatamente le palpebre.

«L'ho fatto prima di lasciare Gain».

«Perché? Perché hai fatto una cosa simile?» chiedo.

«Te l'ho detto: ti amo da tutta la vita. Ma era la prima volta che avevo in mano il contratto. Sai che mio padre tiene nascosti sia il tuo che quello di Daysum. Se avessi avuto accesso ai documenti di tua sorella, avrei bruciato anche quelli. Ma non sono riuscito a trovarli».

Scuoto la testa, non riesco a smettere. La libertà non sembra un'opzione possibile. Non avrebbe dovuto bruciare il contratto fino alla morte del re. Rabbrividisco al pensiero di cosa mi farebbe il Conte se gli disobbedissi in questo modo. Probabilmente mi manderebbe un pezzo del corpo di Daysum come avvertimento.

«Avrei dovuto trovare entrambi i contratti e distruggerli molto tempo fa, Sora» continua lui. «Ma non sono stato abbastanza coraggioso o astuto. Mi dispiace. Non ho mai fatto abbastanza per fermare mio padre. Sto cercando di rimediare».

Non riesco nemmeno a elaborare le sue scuse.

«Perché non me l'hai detto?» chiedo.

«Ho pensato...» Si ferma ed espira. «All'inizio ho pensato che avresti potuto usarlo contro di me in qualche modo, visto che mi detestavi. Scusa. Non mi fidavo di te. E dopo ho provato a dirtelo, ma piangevi. Ero venuto qui per confessare tutto, ma...» Fa un gesto vago verso la finestra.

Giusto. Il bacio evitato per un soffio.

Arretro fino a sedermi sul bordo del letto mentre la consapevolezza mi colpisce in pieno petto.

«Sono libera».

Legalmente libera. Esiste ancora il documento depositato presso il magistrato, ma non sarebbe sufficiente in tribunale. Serve il certificato di vincolo firmato da entrambe le parti e dal magistrato. Quindi, in questo momento, Seok non mi possiede più. Ma con Daysum ancora sotto il controllo del Conte, non sono più libera di un attimo fa. Se lei morisse... certo, sarei libera, ma a che servirebbe?

Stringo la coperta tra le mani.

«Non so come salvarla, Ty». Le mie spalle si afflosciano sotto il peso della disperazione che mi attanaglia, minacciando costantemente di farmi a pezzi. Sono così stanca di combatterla.

Lui mi si avvicina. «Lo so, Sora. Ma se prendi la corona, ti uccideranno *di sicuro*. Forse lo farà Mikail, forse gli assassini di palazzo. Non lo so, ma quel che è certo è che morirai».

«Non mi interessa».

Sospira, con espressione seria. «Lo so che non ti interessa, ma non stai pensando a che tipo di vita avrebbe Daysum a quel punto. Sua sorella sarebbe morta e, anche se non potrebbero ucciderla subito per via della corona, riuscirebbero a togliergliela facilmente. Sarebbe comunque solo una ragazza. Non un re con guardie di palazzo a proteggerlo. La ammazzerebbero poco dopo di te».

Mi prendo il viso tra le mani. Ha ragione. Non ci avevo pensato per bene. Anzi, non ci avevo pensato proprio. E adesso cosa faccio?

Volevo davvero credere che con la corona avrei risolto tutti i miei problemi. Allo stesso modo in cui mi sono costretta a credere che se avessi avvelenato abbastanza uomini, prima o poi saremmo state libere.

All'improvviso sento la mano di Ty sulla schiena. Mi irrigidisco sotto il suo palmo, ma poi mi rendo conto che mi piace la sensazione della sua mano su di me, il modo in cui mi massaggia disegnando cerchi delicati.

«Cosa devo fare? Non posso arrendermi».

Mi mette il pollice sotto il mento per sollevarmi il viso. «Metteremo Euyn sul trono come da piani, poi porterai Daysum a palazzo. A Qali ci sono i migliori guaritori del Paese».

«Potrebbe non essere sufficiente» replico.

«Dobbiamo provarci».

Guardo di lato. So che ha ragione, ma non voglio comunque cedere. Non quando esiste qualcosa che *so* che potrebbe salvarle la vita.

«Un passo alla volta» insiste Ty. «Intanto uccidi il re e ottieni la sua libertà, poi ci preoccuperemo di quello che verrà dopo. Non puoi portare il peso di tutto in questo momento, è troppo».

Chiudo gli occhi per un lungo battito di ciglia. «Continuo ad avere la sensazione di deluderla».

Si china per avere gli occhi all'altezza dei miei. Mi rendo conto che mi piace. Mi piace poter parlare con lui. Mi piace *lui.*

«Datti un po' di tregua» dice. «Non conosco nessuno che ami sua sorella più di te. Non conosco nessuno capace di fare di più».

Serro le labbra. «Intendi dire capace di uccidere di più».

«Intendo dire che ti sei sacrificata più volte per lei».

Scuoto il capo. «Non sono altro che un'arma».

«Sei fatta di acciaio». La sua voce riverbera nella stanza. «Ma sei molto più di questo».

Mi si blocca il respiro.

I suoi occhi fuggono altrove. Non è abituato a potersi complimentare con me, così come io non sono abituata a confidarmi con lui. «Ogni giorno che non sei scappata nel Khitan è stato un giorno che hai dato per lei».

Sorrido piano. Naturalmente sapeva che volevo tentare di arrivare nel Khitan, dove i contratti di proprietà sulle persone sono vietati. I nostri vicini del nord non hanno molto da offrire, ma per gli yusaniani che riescono ad attraversare i Monti Khakatan esiste se non altro una promessa di libertà. Il confine segna la differenza tra una vita libera nel ghiacciato nord e la prigionia o la morte nello Yusan. L'editto del re vieta a chiunque sia sottoposto a contratto di proprietà di lasciare il Paese senza il suo padrone. Rischiamo di essere giustiziati a vista finché non superiamo la sicurezza delle montagne.

«Cosa ti succederà, se il re sopravvive?» chiedo.

Ty fa una smorfia, ma poi raddrizza la schiena. «Non sopravvivrà, Sora. Ce la farai, e tu e Daysum sarete libere».

Lo dice con tanta convinzione che non posso fare altro che credergli.

Poi bussano di nuovo. Royo e Aeri devono essere tornati con la cena.

Ty allunga la mano per aiutarmi ad alzarmi dal letto e, questa volta, la prendo.

CAPITOLO 64

EUYN

CITTÀ DI TAMNEKI, YUSAN

«Devi darti una calmata» mi dice Mikail dal divano. «Mi piace la tua paranoia, ma questo è un po' troppo anche per te».

Smetto di camminare e lo guardo. Bello e disinvolto come al solito. Mikail è seduto con il braccio appoggiato sul cuscino del divano, la fronte sgombra da qualunque segno di preoccupazione.

«Dove sei stato?» gli domando.

«Te l'ho già detto: stavo prendendo gli ultimi accordi per domani».

«Che significa?»

Voglio sapere se sto infilando il collo dentro a un cappio. Se è la fine che faremo tutti. Ma tanto non me lo dirà. Da quando siamo arrivati nella capitale è stato ancora più evasivo del solito.

«Hai altro da chiedermi?» Gli occhi verde acqua di Mikail mi scrutano, la sua espressione è illeggibile. «Raramente ti preoccupi dei dettagli di come viene svolto il lavoro sporco».

Sospiro. Tanto vale dirlo e basta. «Ci stai incastrando tutti quanti?»

«No» risponde.

Lo fisso cercando la verità, cercando di osservargli gli occhi, la bocca, a caccia di una bugia. Poi mi arrendo. Non so perché gliel'ho chiesto. Tanto non capisco mai quando sta mentendo. Sebbene gli altri comincino a piacermi, non mi fido nemmeno di loro. Qualcuno ci sta ingannando. Almeno uno. O forse sono tutti in combutta, tranne me.

«Cos'è successo con l'assassino di palazzo?» chiedo di nuovo.

«Non ne abbiamo già discusso? Non lo sa nessuno. Deve per forza essere stato uno di loro, ma ovviamente non si sono fatti avanti».

Ha ragione, ovvio. Tutti hanno giurato di non saperne niente e di non essere in alcun modo coinvolti. Quello con l'alibi più debole è Ty. Un assassino che lo teneva al sicuro spiegherebbe come ha fatto a uscire vivo da Oosant. Però è stato lui a dirci di aver visto qualcuno sul tetto del magazzino. Non ha senso: attirare la nostra attenzione sul fatto che lo avesse visto. A meno che non volesse proprio depistarci. Ma perché ucciderlo? Perché mettere a repentaglio la propria protezione proprio mentre entravamo a Tamneki?

«Com'è possibile che tu non sia preoccupato?» La mia voce infastidita rimbalza sulle pareti. Mi esce più stridula di quanto volessi.

Mikail alza le sopracciglia. «Perché alla fine hanno fatto il doppio gioco con l'assassino, non con noi. Non sappiamo se quell'uomo fosse un traditore del trono, e non posso certo chiedere in giro per il palazzo».

«Non dovremmo cercare di estorcere loro la verità?» Sbatto le mani contro le cosce, in preda alla frustrazione.

Mikail sospira. «Cosa vorresti che facessi, Euyn? Torturare tutti e quattro per scoprire come sono andate davvero le cose? Dubito che solleverebbe il morale della squadra».

Insomma, messa così, le nostre opzioni non sono fantastiche.

Scuote il capo. «Posso solo tenerli d'occhio, e l'ho fatto. La cosa di cui dovremmo preoccuparci davvero è che Joon ha ucciso Dal».

Mi fermo. «Come fai a sapere che è stato Joon?»

Mi guarda come se fossi un bambino sciocco. È ovvio: la sua morte è avvenuta in un momento particolarmente propizio, con i festeggiamenti che incombono. Sono tutti troppo occupati per indagare a fondo, quindi Dal sarà bruciato senza ulteriori indagini. Il conte orientale aveva un erede, ma il bambino ha solo otto anni – troppo piccolo per ricevere il titolo da suo padre –, il che dà a Joon la possibilità di nominare un reggente. E i reggenti hanno uno strano modo di prendersi il potere. Basta chiedere a mia sorella.

«Quilimar è ancora con noi?» domando a bassa voce.

«Non ci sono cambiamenti» risponde lui.

Un colpo alla porta mi fa sobbalzare. Mikail si alza con calma per andare ad aprire, lanciandomi un'occhiata. Gli altri ci hanno raggiunti per cena. Devo cercare di comportarmi normalmente, ma non riesco a liberarmi della sensazione che Mikail non sia sincero. Probabilmente perché non lo è mai. Mi dice solo quello che ritiene io debba sapere, senza tener conto di tutta la verità.

Per esempio, ancora non capisco perché voglia tradire il re. Quell'uomo lo ha promosso fino a dargli lo stesso grado del generale delle guardie di palazzo. Non c'è carica più elevata a cui un popolano possa ambire.

Dunque perché ucciderlo? Non posso credere che lo faccia perché mi ama. Non sono così ingenuo da credere nell'amore incondizionato.

Mentre gli altri entrano nella stanza, rifletto sulla consapevolezza che non riuscirò a capire tutto nelle prossime campane. Ma stasera andrò a fondo della questione.

Per ora ci sediamo intorno al tavolo. Non sarà un pasto raffinato come quello che abbiamo consumato alla villa di Dal, ma tanto, se il piano funzionerà, cenerò nel Palazzo di Qali per il resto dei miei giorni. Non dovrò mai più accontentarmi del cibo scadente delle locande o dormire in carrozza.

Una fitta di qualcosa mi colpisce mentre mi siedo a capotavola. Tristezza? Sembrerebbe di sì, ma non ha senso. Sono circondato da assassini e ladri. Domani sera tornerò al mio posto, a cenare con cortigiani e nobili. I servi accorreranno per eseguire i miei ordini e un Paese intero si inchinerà al mio cospetto. Insomma... sempre se non verrò ridotto a un mucchio di cenere.

Non voglio morire domani. Non voglio che la mia vergogna sia esposta a tutti. Ma abbiamo rischiato troppo per cambiare rotta adesso. E se non spiegassi il motivo del mio ripensamento, se non ammettessi che sono solo un impostore, sembrerei un traditore. Non ho altra scelta che andare avanti con il piano e sperare che la leggenda sia un mito. Solo che più ci avviciniamo al momento, più mi assalgono i dubbi. Su tutto.

«Al futuro re» dice Royo, sollevando il bicchiere. Gli altri lo imitano.

Chino il capo e bevo un sorso di vino.

«E alla morte del tiranno» aggiunge Sora.

Brindiamo anche a quello e cominciamo a riempirci i piatti. A quanto pare hanno ordinato l'intero menù di uno dei migliori ristoranti della zona. Non sarà succulento come il cibo del palazzo, ma ci si avvicina.

«Sora e sua sorella ottengono la libertà. Euyn la corona. Mikail, che ne sarà di te dopodomani?» chiede Royo.

«Re consorte non suona male» scherza. Mi sorride dall'altra parte del tavolo.

Sollevo le sopracciglia. Non è che non ci abbia mai pensato, a dargli un titolo ufficiale, ma non avevo considerato che Mikail potesse volere qualcosa in cambio della mia nomina. Mi sento estremamente sciocco per non averci riflettuto prima. Non mi ero appena chiesto cosa lo spingesse a tradire Joon? È ovvio: vuole diventare nobile. È il minimo che possa fare per lui. Ma anche tutti gli altri potrebbero volere qualcosa da me, il controllo sulle mie azioni... compresa mia sorella.

È in momenti come questo che non mi sento abbastanza saggio per governare.

«Sto scherzando» dice Mikail. «Naturalmente, continuerò a fare la spia per il trono e a tenere Euyn al sicuro. Come ho sempre fatto».

«Potresti essere entrambe le cose. Il primo consorte maestro delle spie che sia mai esistito». Sora sorride.

Mikail ghigna e passa un dito sul bicchiere di vino. Mi guarda. «Tutto è possibile».

«Ty, e di te che ci dici?» chiede Royo.

Lui fa una pausa, con le bacchette in aria. «Suppongo che per me non cambierà molto. Mio padre libererà Sora e Daysum e, ne sono certo, continuerà i suoi intrighi politici. Quanto a me... devo ancora capire cosa voglio».

Mentre lo dice, fissa Sora negli occhi. Ciò che vuole è lei, è lampante. E sembra che lei stia almeno prendendo in considerazione l'idea. Le cose sono cambiate parecchio rispetto all'inizio di questo viaggio, quando pensavo che Sora volesse ucciderlo.

«Aeri, tu cosa farai quando il re sarà morto?» domanda Sora.

«Io... non lo so». Sbatte le palpebre come se non si aspettasse che qualcuno glielo chiedesse.

Sora inclina il capo. «Di sicuro avrai pensato a come spendere il mezzo milione che ti ha offerto Mikail».

Non conoscevo il prezzo dei suoi servigi. Qualcosa dentro di me si ribella a questa cifra spropositata, ma Mikail mi direbbe che non è proprio il momento di mettersi a contrattare.

«Nessun piano» dice Aeri. «Darò a Royo i suoi centomila, e poi dovrò organizzarmi. Quello che desideravo di più era una famiglia, e l'avrò. Non ho pensato al di là del mio unico obiettivo. Ma sono certa che io e mio padre con quattrocentomila mun vivremo benissimo per il resto della nostra vita».

Sora fa un sorriso gentile. «Sei rimasto solo tu, Royo. Cosa pensi di fare con i centomila?»

Lui trangugia il suo enorme boccone. «Voglio riparare alcuni torti. C'è un uomo innocente in prigione e pagherò qualcuno per farlo uscire. A patto che Euyn faccia la cosa giusta e revochi l'editto di Joon».

«Euyn non potrebbe graziarlo, una volta diventato re?» chiede Aeri. «Così almeno ti terresti tutti i soldi, Royo. Saresti ricco come un lord».

Il tavolo al completo si gira verso di me.

Io bevo un sorso d'acqua. «Certo».

Questo soddisfa tutti. E dicevo sul serio. Spero solo di riuscire a mantenere le mie promesse.

CAPITOLO 65

ROYO

CITTÀ DI TAMNEKI, YUSAN

«Sembri... nervoso» dice Aeri.

È da un po' che mi aggiro per la stanza, ma alle sue parole mi fermo un attimo e la guardo. Lei inclina la testa, i capelli corti che sfiorano il collo alto del vestito. È così bella. E io stasera ero talmente assorto nei miei pensieri da averlo a malapena notato.

Non mi piace questa città. Troppi ricordi. Ma non posso concentrarmi sul passato. Quello che ho è il domani. E domani cambierà tutto. Solo che non mi fido. Non mi fido di questo piano e di nessuno di loro.

Il cibo è un blocco pesante sullo stomaco, e il mio intestino non sbaglia mai.

Il piano prevede che Ty presenti Sora al conte settentrionale domani, per il tè di mezzogiorno, dopodiché tutti danno per scontato che Bay Chin li porterà entrambi al Campionato del Millennio. Aeri fingerà di essere una serva dell'arena. E io sarò lì, nei panni del guardiano di Sora e Ty.

Euyn si nasconderà sotto lo stadio e riemergerà al segnale dei due minuti. Gli ultimi due minuti di ogni metà sono i migliori perché i punti raddoppiano, quindi tutti gli occhi saranno puntati sul campo. In quel momento Aeri ruberà la corona, Sora bacerà Joon e Mikail incoronerà Euyn.

Già, non c'è proprio nulla che possa andare storto. Davanti a duecentocinquantamila persone e a chissà quante guardie di palazzo. Venti? Cento? E fino alle dodici di domani non sapremo nemmeno se Sora riuscirà ad andare alla partita.

Mi strofino il viso. La cicatrice fa male.

Come se non bastasse, Aeri non mostra il minimo segno di stress. Sono le undici di sera. Un giorno prima di macchiarsi di tradimento, lei legge un libro a lume di candela.

«Perché *tu* non sei nervosa?» ribatto.

Si stringe nelle spalle e volta pagina. «Non lo so. Credo che tanto preoccuparsi non serva a niente. Qualunque cosa accada domani è ciò che è destinato ad accadere, capisci?»

«No».

«No, forse non puoi capire, in effetti».

Mette da parte il libro e si avvicina alla sua borsa di velluto. Per la prima volta la apre in modo che io possa vederla. Un secondo dopo averci frugato dentro si spazientisce e rovescia il contenuto sul tavolo. Piovono gioielli costosi, il ritratto di una donna – sua madre, forse –, un gruzzolo di mun e una spazzola per capelli. Tutto qui. Ecco cosa c'era lì dentro. Oh, e il drago di pezza che ho vinto per lei. L'ha... l'ha messo lì insieme agli altri suoi tesori.

Aeri prende il diamante che mi aveva promesso. È il più grande di tutti, e ha un taglio speciale. Così ha detto il tizio delle gemme: un taglio inestimabile. È il motivo per cui è così prezioso.

«Come promesso». Lascia cadere la pietra nella mia mano. «Così avrai una preoccupazione in meno».

Quando la gemma mi colpisce il palmo con tutto il suo peso lei sorride, con le dita mi sfiora i calli e le cicatrici.

«Potresti sempre rirubarla» insinuo. Sto scherzando, ma non del tutto.

«Potrei, ma non lo farò. Mi hai tenuta al sicuro e voglio assicurarmi che tu riceva il tuo compenso, nel caso in cui dovesse succedere qualcosa alla partita».

Avere il diamante in mano mi fa sentire diverso. È *a tutti gli effetti* una preoccupazione in meno, come ha detto lei. Ci siamo. I soldi che mi mancavano per comprare la libertà di Hwan, anche se tutto dovesse andare a rotoli ed Euyn non riuscisse a graziarlo. Quando Hwan sarà fuori da Salt, avrò finalmente sistemato le cose.

«Ora che ce l'hai, non scappare» dice Aeri strizzando l'occhio.

La fisso intensamente. «Hai la mia parola».

«Bene». Sorride prima di sistemarsi sul divano e riprendere il libro.

Dovrei essere felice. Questo è tutto ciò che ho sempre desiderato. Tutto ciò per cui ho lavorato e sanguinato per anni. Ce l'ho fatta: centomila mun d'oro. Eppure... non sono contento. E il motivo è che, dopo domani, non la rivedrò più.

Non ho mai incontrato una donna come Aeri. È stramba e troppo allegra, ma ci tiene davvero alle persone. L'ho capito quando si è scusata, a Capricia. Quando si è resa conto che ero vivo a Oosant, e poi quando ha ucciso per farmi rimanere tale. Nessuno ha mai provato questi sentimenti per me. Lora mi amava quando eravamo ragazzini, ma non era la stessa cosa. All'improvviso me ne rendo conto: questa è la nostra ultima notte insieme. Qualunque cosa voglia dire, devo dirla adesso.

Mi schiarisco la gola e lei alza lo sguardo. «Aeri... io...»

«Sì?»

«Io...» Mi mancano le parole. Deglutisco a fatica e riprovo. «Volevo dirti che mi dispiace».

Lei aggrotta le sopracciglia. «Per cosa?»

«Per non essere stato più gentile con te. Tu... mi hai salvato la vita. Ci tieni a me. E io... io sono...»

Cerco di dirle che sono amareggiato: per il mio carattere, per non essermi fidato di lei, per tutti i nostri litigi. Ma non riesco a ricordare l'ultima volta che ho chiesto scusa a qualcuno. Ho la sensazione che, se cominciassi, non sarei più in grado di fermarmi.

Ci riprovo, ma le parole continuano a non uscire.

Aeri chiude il libro. «Royo, queste scuse sembrano farti soffrire più della coltellata. Non c'è problema. Ho capito. Sei schivo e scontroso e hai il tuo passato, ma in fondo sei una brava persona. Mi piaci. Mi sei sempre piaciuto, fin dall'inizio».

Mi accascio sul divano. È come se mi avesse appena colpito un dardo in pieno petto. Il calore mi si diffonde dentro e non so cosa fare. Mi prendo la testa tra le mani.

«Cosa c'è?» chiede lei. «Ti fa di nuovo male la testa?»

Faccio un respiro profondo. «Nessuno mi ha mai detto che sono una brava persona».

Lei alza le spalle, avvicinandosi. «Be', io lo vedo. È per questo che ho scelto te come guardiano».

«Questo piano non mi convince, Aeri». La guardo dritto negli occhi.

Lei aggrotta le sopracciglia. «Neanche a me. Vorrei che potessimo lasciar stare, davvero. Ma c'è troppo in ballo, per tutti. Ormai non abbiamo più scelta. Tu ricordati solo che devi proteggermi, qualunque cosa accada domani».

«Non potrei mai dimenticarlo».

«Mi piaci davvero, Royo. Più di quanto pensassi». La sua voce è bassa e calda.

Prende la mia mano nella sua. Non ha mai avuto paura di toccarmi, nemmeno all'inizio, quando nessun altro osava avvicinarsi. Ruoto il polso e la stringo. Lei sussulta e abbassa lo sguardo, sorpresa.

«Non voglio lasciarti» dico.

Aeri inclina la testa. «Allora non farlo. Mi tieni al caldo, stanotte?»

Mi lascia la mano e si sdraia a letto. Non fa freddo, ma lei vuole dormire come abbiamo fatto sull'isola. Quando eravamo costretti. Quando l'ho sentita per la prima volta contro di me. In tutta onestà, non ho mai più smesso di pensare a quella sensazione.

«Royo». Sorride e accarezza il materasso.

Ci sarà di sicuro un milione di motivi per cui non dovrei farlo, ma non me ne viene in mente nessuno.

Spengo la candela e mi infilo nel letto morbido accanto a lei. Appena mi sdraio, Aeri mi avvolge le braccia attorno al petto e mi appoggia il viso nell'incavo del collo. La stringo come ho fatto sulla sabbia. Inspiro il suo profumo, continua a sapere di fiori.

È magnifico, cazzo.

Valuto se confessarle come mi sento. Ma cosa dovrei dirle? Che anche lei mi piace? Non basta neanche lontanamente a descrivere ciò che provo. Potrei dirle che è la prima cosa bella che mi capita da così tanto tempo che ormai non lo credevo più possibile, per uno come me. Dirle che voglio rimanere a tutti i costi. E per cosa? Non la merito. Non faccio altro che rovinare ogni donna che mi si avvicina.

No. Se davvero mi sto innamorando di lei, non devo dire nulla. Devo lasciare che il mio cuore si spezzi per salvare il suo.

Solo che proprio non riesco a tenere la bocca chiusa.

«Aeri...» comincio.

Lei muove la testa. «Sì?»

«Non voglio che questa sia la fine» sussurro. «Voglio restare».

La sento sorridere nel mio collo. «E allora resta».

«Intendevo domani e domani e domani».

«Anch'io».

Sento una sensazione strana nel petto, i muscoli del viso mi fanno male e mi rendo conto di essere felice. Non essendoci più niente da dire, le accarezzo le braccia. La sua pelle è morbidissima sotto le mie mani ruvide. Mi chiedo come faccia ad apprezzare il mio tocco.

Eppure dev'essere così, perché nel giro di pochi minuti si addormenta. Non riesco a immaginare che qualcuno possa sentirsi tanto al sicuro, ma non la odio per questo. Spero che un giorno anch'io potrò provare la stessa cosa. Comincio a sognare una vita oltre il domani, nonostante sia ancora sveglio.

Ancora un po' di sangue da versare – quello del re e quello di chi ci sta tradendo – e poi potremo avere il nostro futuro.

CAPITOLO 66

SORA

CITTÀ DI TAMNEKI, YUSAN

Royo e Aeri se ne sono andati per primi dopo cena. Io e Ty invece siamo rimasti, per studiare cosa dire domani al conte settentrionale. Ora però siamo davanti alla porta della mia camera.

La apro e mi volto.

«Vuoi... posso...» inizia Ty. Si interrompe strofinandosi la nuca. «Buonanotte, Sora».

Mi rendo conto che voglio che entri. Voglio passare quest'ultima notte con lui. Gli prendo la mano e Ty mi segue nella stanza. Ci fermiamo a pochi metri dalla porta, le dita intrecciate.

«Pensi che dopo domani...» Sospira. «Ci rivedremo?»

«Tornerò a Gain con te» rispondo.

Sgrana gli occhi, che diventano tondi come piattini. «Sul serio?»

«Sì. Daysum sarà libera e io devo venire a prenderla per portarla a Qali».

«Oh, giusto. Certo».

È così deluso che ritrae la mano. Sento un tuffo al cuore. Dopo un attimo di confusione, mi rendo conto che mi stava chiedendo se avrei preso in considerazione l'idea di rimanere con lui.

«Non posso restare a Gain» gli dico gentilmente. Come se il tono potesse bastare ad attutire il colpo.

«Dove andrai quando Daysum sarà guarita?» Nonostante cerchi di soffocare il dolore nella sua voce, questo risuona lo stesso.

Non ci ho nemmeno pensato. «Non lo so. Suppongo che torneremo a Inigo, dove siamo nate».

«Cosa farete lì?»

Non ne ho idea. Pianificare, sognare, mi avrebbe esposta troppo al rischio di una delusione. Soprattutto perché non avevo la minima chance che una cosa simile accadesse. Ora, invece, potrebbe essere davvero possibile.

«Forse farò la sarta» butto lì. «Non ne sono sicura».

Scoppia a ridere, quindi mette su un'aria colpevole. «Scusami. Davvero. Penso che tu debba avere tutto quello che vuoi. Ma non riesco a immaginarti sarta».

«Lo so. Le mie doti nel cucito sono mediocri». Sorrido. «Forse sarò la direttrice di una scuola. Adoro i bambini».

«Lo so. Spero che un giorno...» Ingoia il resto della frase perché sappiamo entrambi che non è possibile. Sebbene il mio corpo non sia di per sé velenoso, le tossine mi hanno precluso la possibilità di avere figli. Così almeno hanno detto i guaritori. Certo, c'è l'adozione. Se mai avrò un futuro, un giorno potrò prenderla in considerazione.

«Spero che tu possa essere felice» dice.

«Sei così serio. Guarda che questo non è un addio. Non ancora» replico.

«Lo è, Sora. Tu...» Fa un respiro e poi deglutisce a fatica. «Non proverai mai quello che provo io per te. E lo capisco. Ma domani le nostre strade si separeranno. È meglio così».

Qualcosa dentro di me si contorce, e vorrei urlare di dolore. Ma non capisco come mai e le mie mani ricominciano a tremare. Suppongo di aver dato per scontato che Ty avrebbe per sempre fatto parte della mia vita. Odio l'idea di poter perdere anche lui. Però mi concentro sul suo bisogno di rientrare a Gain.

Incrocio le braccia. «Sei così ansioso di tornare sotto il controllo di tuo padre?»

«Sora, senza il mio titolo io non sono nulla».

Scuoto il capo. «Non è vero. Tu sei... tu».

I suoi occhi cercano i miei. «Che significa?»

«Non lo so» rispondo. «È solo che...»

Faccio un gesto, ma i miei sentimenti sono così vaghi che è difficile esprimerli a parole.

Lui fa un piccolo passo avanti. I suoi muscoli si tendono, gli brillano gli occhi.

«Sora, se esiste una possibilità che tu un giorno possa amarmi, dillo adesso».

Non lo so. Sono successe tante cose, e ne succederanno molte altre. È difficile essere sicuri di qualcosa. Lui, però, non mi sta chiedendo certezze.

«Tutto è possibile» rispondo.

Mi ritrovo a ripetere quello che Mikail ha detto a cena. Perché, all'improvviso, sembra che tutto possa accadere una volta che Joon sarà morto. Non oso sognarlo, ma so che c'è la possibilità di un nuovo regno all'orizzonte. Una nuova vita per me, per Daysum, per Ty.

Fa un sorriso enorme.

«Allora aspetterò quel 'tutto'».

Ty si china in avanti e preme lentamente le labbra sulla mia fronte mentre mi avvolge con le braccia. Il suo tocco è caldo e deciso. Appoggia la testa contro la mia con delicatezza. I nostri nasi si sfiorano e i nostri respiri si mescolano. Chiudo gli occhi e vengo scossa da un brivido.

Tengo gli occhi chiusi mentre mi bacia la guancia, poi disegna una scia di baci e piccoli morsi lungo il collo. Mi viene la pelle d'oca quando passo le dita tra i suoi capelli corti. È una sensazione incredibile: le sue labbra morbide, l'attesa crescente di scoprire dove la sua bocca si poserà dopo. Ogni centimetro di pelle che bacia sembra in fiamme; ogni parte del mio corpo implora di essere la prossima.

Mi sbagliavo quando dicevo che non avrei mai più potuto avere rapporti con nessuno. Questo è molto più intimo, più appassionato, di quando i nobili mi infilano la lingua in bocca.

Giunto alla clavicola, invece di spingersi oltre, passa all'altro lato del collo. Rimango un po' delusa, ma poi Ty preme la bocca sulla mia. Mi trattengo a malapena dallo schiudere le labbra, ma non posso essere sicura che il mio bacio non lo ucciderà.

Il petto mi si alza affannosamente. Anche lui ansima.

«È tutta la vita che ti desidero» mormora.

E lo sento anch'io, il desiderio. Il pulsare del cuore. Il veleno xitcia provoca qualcosa di simile, prima di ucciderti. Il mio corpo potrebbe essere la sua morte.

«Non so se possiamo...» comincio.

Ty scuote il capo. «Non lo so nemmeno io, ma non importa. Possiamo darti piacere. È tutto ciò che voglio».

«Io...» Lo voglio anch'io, ma non so cosa dire. Sento male dappertutto. Voglio che mi tocchi ovunque. Voglio che continui a baciarmi. Voglio dimenticare la nostra missione, i veleni e gli omicidi, anche solo per questa notte.

Gli avvolgo le braccia intorno al collo. Lui mi solleva per portarmi a letto. Invece di buttarmici sopra, mi adagia delicatamente sulle lenzuola e si sdraia accanto a me. Gli strattono la camicia finché lui non si slaccia i bottoni. È uno spettacolo. Il suo petto è liscio ma guizzante di muscoli. Faccio scorrere le dita lungo le sue creste e le sue valli. Poi allunga le mani dietro la mia schiena e mi sbottona il vestito. Mi stuzzica con baci e piccoli morsi sul collo mentre muove le dita con lentezza studiata. Lo voglio. Disperatamente.

Gli bacio il braccio, la guancia, cercando di velocizzare le cose. Lo afferro per i pantaloni.

Ty sorride. «Sora, ho intenzione di prendermi il mio tempo».

Stringo le labbra, ma non posso fare a meno di sorridere a mia volta. «Allora aspetterò».

«Ti amo, Sora» mi dice. Poi riprende a baciarmi, scendendo sempre più in basso.

Inarco la schiena e comincio a credere che tutto sia davvero possibile – persino un futuro per noi due – se solo riusciremo a sopravvivere a domani.

CAPITOLO 67

EUYN

CITTÀ DI TAMNEKI, YUSAN

Mikail si tira su i pantaloni. Restiamo immersi in un silenzio nervoso mentre lui si siede sul letto, dandomi la schiena. Accende la lampada a olio. La sua pelle bruna è attraversata dalle profonde cicatrici lasciategli dal samroc. Coprono le ferite più vecchie, quelle che non menziona mai.

«Vuoi parlarne?» mi chiede, voltandosi a guardarmi da sopra la spalla.

Non si riferisce alle cicatrici. Vuole sapere perché, nonostante i suoi numerosi tentativi, stasera io non mi sia eccitato minimamente, cosa mai successa. Non con Mikail, almeno. Lui, dal canto suo, non ha avuto problemi a farselo venire duro o a darci dentro come al solito.

Tormento le lenzuola con le dita. «No. Non serve a niente, se mi devi mentire».

Mikail fa un sospiro profondo e si gira del tutto. «Cosa vuoi sapere, Euyn? Ti ho già detto che quella di domani non è una trappola».

«Perché lo stai facendo?»

«Facendo cosa?»

«Tutto quanto! Perché vuoi uccidere Joon? Cosa ci guadagni?»

I suoi occhi schizzano via. Non vuole rispondermi, come al solito. Ma non posso lasciar perdere. Non stasera.

«Hai detto a Sora che avevi una sorella, e che è morta giovane; è letteralmente l'informazione più intima che ti abbia sentito scucire sul tuo passato». Sollevo le braccia e le abbatto sul materasso. Forse avrei dovuto vestirmi, prima di iniziare questa conversazione, ma ormai è troppo tardi.

Mikail mi fissa. «Non ti è mai venuto in mente che possa esserci una ragione?»

Scuoto la testa. «Non l'hai mai detto».

«E pensi che sia solo perché preferisco essere riservato? Perché mi occupo di segreti, omicidi e torture? Un demone senza coscienza?»

Quando la sua faccia diventa di pietra mi si chiude lo stomaco. So quanto odia essere considerato una creatura non umana. E di solito lascerei perdere, ma non so *perché* gli dà così fastidio. Con Mikail i perché sono sempre un mistero, dato che non mi dice mai nulla. Baratterei il trono, un intero regno, per uno solo dei suoi segreti.

«No, credo che ti rifiuti di appartenermi» dico. «A me come a chiunque altro. E se condividessi qualcosa di reale, allora potrebbe succedere. Potresti permettere a qualcuno di avvicinarsi sul serio».

Alza le sopracciglia. «Mi dispiace essere l'unica persona che non puoi possedere come vuoi, Euyn».

«È questo che pensi?» Le mie nocche diventano bianche, tanta è la frustrazione con cui stringo il lenzuolo tra le dita. «Io sono completamente tuo, Mikail. Lo sono da quando eravamo ragazzi. Non voglio possederti più di quanto tu possieda già me. Di quanto tu mi abbia sempre posseduto, anima e corpo».

«Se mantengo i miei segreti è solo per proteggerti» sbotta lui. Ogni suo muscolo nudo è teso. «Neppure sotto tortura avrei rivelato dove ti trovavi a Fallow, e nemmeno che ti ho salvato. Puoi dire lo stesso?»

Vorrei rispondere di sì. Apro la bocca. Ma siccome non so se è la verità, la richiudo.

Lui mi indica il viso. «La tua esitazione è la risposta».

Ingoio questa, di verità.

«D'accordo, ma non capisco che male ci sia a parlarmi della tua famiglia» ribatto. «A dirmi qualcosa di autentico».

Chiude gli occhi per un lungo battito di ciglia. È in egual misura frustrato e stremato dal mio comportamento. «Perché il passato ha tanta importanza?»

«Se non ce l'ha, perché non me lo racconti?»

«Tu non sei stato molto aperto sul periodo in cui cacciavi le persone nella foresta». Fa una pausa per lasciare che il colpo arrivi a segno. E lo fa. Mi lacera: quello che ho fatto a quegli uomini, al padre di Sora. «Lascia che il passato rimanga sepolto, Euyn. Ciò che conta è il futuro».

«Tu però sai tutto di me» insisto. È una menzogna, ma è più un'esagerazione che una falsità. Il punto è lo squilibrio tra noi. Lui sa *quasi tutto* della mia famiglia e del mio passato. Io non conosco nemmeno il nome di suo padre. È originario di un posto qui vicino, ma non so quale. Non ho mai visto dove è cresciuto.

«Dovrebbe essere sufficiente che io ti abbia salvato» dice. «Che abbia rischiato la vita per te e che sia stato disposto a morire per te, fin da quando eravamo giovani».

Scuoto il capo. «Questa è lealtà. Non amore».

Anche le guardie di palazzo rischiano la vita e sono disposte a morire per il re. Per il trono. Per proteggere la corona dello Yusan e dunque lo stato di diritto. Perché l'assenza di leggi è una prospettiva peggiore. O forse lo fanno per denaro e status, dato che, essendo i migliori soldati del Paese, sono ben pagati e rispettati. Ma a prescindere dalle motivazioni, nessuno di loro ama il sovrano. Gli sono fedeli. Non è la stessa cosa.

«Perché per te la lealtà non conta nulla» dice Mikail.

Non riesco a ribattere. Non so se sia vero. Mi hanno insegnato che la lealtà va pretesa. Che è giusto che il Paese si pieghi a me e onori la mia volontà, pena la morte. Ma non sottovaluto la lealtà di Mikail. Anzi, ne ho bisogno. Ne ho sempre avuto bisogno. E la apprezzo. Però non è la stessa cosa dell'amore.

Mi lancia uno sguardo freddo. «Euyn, ti sto consegnando il trono dello Yusan. Se questo non ti basta, non so davvero cosa farci».

Dopodiché si butta addosso una camicia, afferra la spada e lascia la stanza.

Non ha risposto a nessuna delle mie domande.

CAPITOLO 68

MIKAIL

CITTÀ DI TAMNEKI, YUSAN

Per quanto mi sforzi, a volte non so proprio cosa voglia Euyn da me. In preda alla frustrazione, attraverso quasi di corsa il Fountain Inn. Non me ne sono andato perché faceva domande scomode. D'accordo, magari sì, ma devo anche assicurarmi che l'edificio sia sicuro e, soprattutto, che nessuno degli altri quattro cerchi di sgattaiolare fuori per incontrarsi con chissà chi. Forse è un po' ipocrita, da parte mia.

Tutte le scale della locanda confluiscono nell'atrio. È possibile scappare dai balconi, ma dubito che qualcuno di loro tenterebbe la fuga dal terzo piano.

Raggiungo una poltrona con vista sulle scale e sulla porta d'ingresso e mi ci siedo. Mi passa davanti una famiglia: madre, padre, tre bambini. Due maschi e una femmina. Proprio come nella mia famiglia, la famiglia in cui sono nato. Il più piccolo si distrae e rimane indietro, esattamente come facevo io. È stata quell'abitudine a salvarmi la vita. Quel giorno sono uscito per ultimo da casa. E quando sono arrivato fuori, erano già tutti morti.

Il nostro villaggio gayan sorgeva in cima a una collina, così vicino allo Stretto dei Denti che nel vento si riusciva a sentire il profumo del sale. Ma quel giorno, quando sono uscito, l'odore era diverso. Non di piante di amuleto e mare, ma di fuoco e sangue. Ho annusato l'aria viziata, poi mi sono guardato i sandali. Solo allora ho visto la mia famiglia che mi fissava da terra. Una mosca si è posata sull'occhio aperto di mia sorella. Lei non ha battuto ciglio.

Mi sono pietrificato a quella vista, la mosca sulla sua iride. Poi ho notato che mia madre, mio fratello e mia sorella erano tutti sdraiati sulla schiena, coperti di sangue. Mi ci è voluto parecchio tempo per rendermi conto che erano morti e che la gente urlava. Che intorno a me regnava il caos. Le persone cercavano di fuggire, mentre le coltivazioni di amuleto andavano a fuoco. In lontananza sventolavano gli stendardi dell'impero, dello Yusan. Serpente nero su sfondo rosso. Nonostante avessi solo cinque anni, già sapevo di dover avere paura di quell'immagine. Ogni tanto casa nostra si riempiva di uomini e mio padre e mia madre confabulavano qualcosa sullo Yusan. Io mi nascondevo dietro le travi e li ascoltavo, già allora una spia, desideroso di sapere ciò che gli altri volevano tenere segreto. La parola che continuavano a sussurrare era 'rivolta'. All'epoca non sapevo cosa significasse. Né capivo il senso di 'indipendenza', l'altro termine che continuavano a ripetere. Ma non importava, il risultato fu un massacro.

Più tardi sono venuto a sapere che gli abitanti dei villaggi settentrionali si erano uniti e avevano ucciso i soldati della guarnigione reale yusaniana di stanza nel nord di Gaya. Poi si erano fatti strada verso sud, con la speranza di convincere altri gayan a unirsi a loro. Ma molti isolani si erano rifiutati perché convinti che il re fosse un dio.

E infatti, una volta attraversato lo stretto, Joon aveva portato gli inferi sulla terra. Era arrivato nella colonia con il suo esercito e la guardia di palazzo per sedare la rivolta. I gayan ribelli avevano visto le navi e avevano dato fuoco ai campi di amuleto, scatenando la furia della corona.

Così era iniziato il giorno passato alla storia come Festa di Sangue. Ovunque guardassi, c'era gente morta, morente o che veniva trascinata via dai soldati per essere stuprata e uccisa. 'Null' aveva ordinato Joon: nessun sopravvissuto. Non furono risparmiati donne, bambini o anziani. Nessuno. Né quelli che si erano uniti ai ribelli né quelli che si erano rifiutati di collaborare. Tutti morti. Anche i cani, i gatti e gli asini erano stati uccisi. Niente che avesse un battito cardiaco poteva considerarsi al sicuro. Il massacro si era esteso dalla costa fino a quando l'esercito yusaniano aveva incontrato i ribelli e li aveva sterminati. In totale, erano stati ammazzati trentamila uomini, donne e bambini. La maggior parte disarmati, come nel mio villaggio.

Mi si torce lo stomaco mentre ingoio la bile che risale in gola. Ero solo un bambino indifeso. Ma durante la Festa di Sangue età e innocenza non significavano nulla. Stavo tentando la fuga quando un soldato mi ha attaccato con una mazza chiodata.

Anche da ragazzino, avevo riflessi innaturalmente veloci. Mi sono scansato, ma l'arma mi ha comunque squarciato la schiena. Sono stato abbastanza furbo da rotolare a terra, rimanere immobile e fingere di essere morto.

Avrei voluto esserlo davvero.

Euyn crede di conoscere la sofferenza. Non ne sa nulla. Non ha idea di cosa significhi sentire le grida dei propri compatrioti che vengono massacrati come maiali, violentati e mutilati per puro divertimento. Il tutto perché i soldati sono convinti che tu valga meno di loro. Stare lì e chiedersi se qualcuno ti troverà. Se lo stesso accadrà anche a te. Sentirsi impotenti davanti a tutto questo. Sentirsi codardi per non aver cercato di dare una mano. Chiudere gli occhi e sperare che tutti muoiano solo perché l'orrore cessi. Peccato che poi non succede. Quindi dover convivere con la sensazione di aver augurato la morte a delle persone torturate.

La Festa di Sangue ha scatenato le peggiori atrocità di cui abbia mai sentito parlare. Neonati fatti a pezzi, donne incinte infilzate, bambini decapitati. Parti del corpo date in pasto ai cani da guerra. Tutto con la benedizione di Joon, per dare una lezione all'isola. A quasi vent'anni di distanza, le grida mi riecheggiano in testa nelle notti silenziose. E ancora peggio è ricordare le risate e il godimento dei soldati.

È andata avanti per tutta la notte. Continuavano a scovare nuovi sopravvissuti e poi gli orrori ricominciavano.

Le mie mani si aggrappano ai braccioli della poltrona mentre rivivo il momento in cui Ailor mi ha trovato, la mattina seguente: ero disidratato e ferito, e nella notte me l'ero fatta addosso. Non osavo muovermi per liberarmi. Non ho mosso un muscolo.

Ailor aveva il compito di assicurarsi che non ci fossero sopravvissuti, doveva uccidere o bruciare vivi i feriti sulle pire. Invece mi ha portato di nascosto fuori dal villaggio, fino alla mia nuova casa di Cetil, la città dall'altra parte dello stretto. Non ricordo molto di quegli istanti, finché non ci siamo fermati a osservare in silenzio le enormi pire funebri dalla parte opposta dello specchio d'acqua. Quando le fiamme si sono spente, mi ha chiesto di scegliere un nuovo nome; da quel giorno sono stato Mikail. Il nome del mio eroe delle fiabe preferito.

Mi alzo e lascio la locanda, con il petto stretto in una morsa. Ho più bisogno di aria fresca che di sorvegliare gli altri. Se mi tradiscono, li ucciderò. Li ucciderò tutti.

Cammino finché non rimango da solo, quindi mi appoggio alla parete di marmo fresco all'esterno e respiro a pieni polmoni. Sora aveva ragione: è sbagliato dimenticare, ma ricordare è troppo pesante. Mi chiedo chi le manchi e spero che, chiunque sia, passato domani possa ritrovarlo, nonostante sospetti che, come nel mio caso, i suoi cari siano già nei Dieci Inferni. Se così fosse, mi auguro che passi ancora parecchio tempo prima che noi li rincontriamo. Ma ne dubito.

Una volta che riesco a scrollarmi di dosso i ricordi, torno di pietra. Stringo la mascella, mentre la volontà di assistere alla sofferenza di Joon cala su di me come le tenebre sulla luce del giorno. La mia famiglia ha atteso abbastanza la sua vendetta. La otterrò io per loro. Anche se questo dovesse comportare il sacrificio di Euyn.

CAPITOLO 69

SORA

CITTÀ DI TAMNEKI, YUSAN

Mi sveglio tra le braccia di Ty. Il sole filtra dalle tende che ieri sera abbiamo dimenticato di chiudere, e le lenzuola sono ridotte a un groviglio attorno ai nostri corpi.

Rimango immobile mentre ripenso ai brividi sulla pelle provocati dalle sue carezze. Al modo in cui gli ho piantato le unghie nella schiena. A come mi ha ammirata, dicendomi che sono magnifica. A come il mio desiderio è cresciuto, strato dopo strato, fino a farmi impazzire per lui. Alle mosse esperte delle sue dita. A quando ho visto le stelle e avuto la sensazione di bruciare e congelare allo stesso tempo, ma nel modo migliore possibile. A quando mi è parso di prendere vita per la prima volta. All'espressione sul suo viso, che sembrava soddisfatta anche se non ho fatto niente per compiacerlo.

Sorrido, ripensando alla follia che l'ha spinto a rischiare la morte per darmi il più minuscolo dei baci. Dopo ho trattenuto il respiro e mi ha invasa il sollievo, vedendolo sopravvivere.

«Perché l'hai fatto?» gli ho chiesto. «Hai appena rischiato la morte per baciarmi».

«Sora, morirei cento volte per baciare le tue labbra».

È ancora addormentato, qui accanto a me. Mentre dorme, Ty è adorabile, con le ciglia lunghe, il viso placido. Mentre dorme, non sente il peso di essere l'erede di Seok o anche solo un nobile di alto lignaggio. In questo momento è soltanto mio. Per un attimo me ne sto sdraiata a letto e penso di abbandonare la missione. Vorrei stare qui con lui e godermi la pace e il piacere, come le altre giovani coppie.

Ma questa non è la mia vita. È una fantasia.

Scuoto il capo per tanta ingenuità e mi sfilo da sotto il suo braccio muscoloso. In futuro, forse, tutto diventerà possibile. Ma il futuro non è il presente. E al momento, io ho un lavoro da fare. Lo abbiamo entrambi.

Oggi è il gran giorno.

Mi alzo. Sono già le dieci campane. Vado nella sala da bagno, mi lavo e inizio a prepararmi. Dobbiamo incontrare il conte settentrionale per il tè di mezzogiorno. Scelgo il mio secondo vestito migliore. Il più bello lo indosserò per la partita di tuhko, questa sera.

«Sora!» urla Ty. Il suo tono disperato mi fa gelare il sangue. Mi volto, cercando un'arma, una minaccia, ma vedo che è ancora sdraiato. Un altro incubo. Ne ha avuti molti, da quando abbiamo lasciato Oosant.

Ty si sveglia di soprassalto e cerca a tentoni nel letto. «Sora? Sora!»

«Sono qui» rispondo, rientrando in camera. «Stavi sognando. Ora però è mattina. È ora di prepararsi».

Si passa le mani sul viso, la fronte madida di sudore. Poi mi rivolge un sorriso tremante. Gliene restituisco uno gentile. «Presto sarà tutto finito» lo tranquillizzo.

Annuisce, ma i suoi occhi sembrano tormentati. Nell'incubo dev'essermi successo qualcosa di terribile, e la sua mente non è ancora del tutto lucida.

«Sognavi Oosant?»

Ty scuote il capo. «No, era oggi. Qualcuno ci tradiva, e tu... tu venivi uccisa».

Rabbrividisco, mi tremano le spalle. Vorrei che non l'avesse detto. Gli incubi raccontati ad alta voce hanno la strana tendenza ad avverarsi. O almeno, così diceva mia madre.

Bizzarro. Non pensavo a lei in modo così vivido da dieci anni. Chissà perché mi viene in mente proprio ora. Potrebbe essere per via del pericolo di questa missione, ma d'altra parte quando lavoro rischio sempre di morire. Forse è la prospettiva della libertà a farmi pensare a lei. Dopotutto, dodici anni fa, mia madre e mio padre hanno scambiato la mia felicità con dell'oro. E oggi potrei davvero reclamarla.

Ty allunga la mano per prendere la mia, con espressione grave.

«Sora, se le cose dovessero andare storte... voglio che scappi. Non sospetteranno di una bella cortigiana che fugge dall'arena. Esci da Tamneki e basta. Non preoccuparti di nessun altro. Nemmeno di me».

Ne abbiamo discusso tutti insieme, del modo in cui ciascuno di noi potrà lasciare l'arena nel caso in cui il piano dovesse fallire. Mikail ci ha mostrato un disegno della struttura, in modo che potessimo scegliere in silenzio le vie d'uscita. Eppure mi sembra strano che Ty tiri fuori il discorso.

«Niente andrà storto. Lo uccideremo e Daysum sarà libera» ribatto.

«Promettimelo e basta». I suoi occhi blu sono intensi, scrutano i miei senza sosta.

«Va bene. Te lo prometto».

Annuisce e si veste. Un attimo dopo, mi dà un bacio sulla fronte.

«Aspetterò quel tutto» dice, abbracciandomi.

Sorrido. Vorrei dirgli che mi piacerebbe vedere dove ci condurrà il futuro. Ma non lo faccio. Perché per quanto mi fidi di lui, non so se posso fidarmi dei miei sentimenti. Ty mi capisce e capisce quello che ho passato a un livello che nessun altro ha mai raggiunto. Forse Sunye, ma io e lei non ci parliamo. È tutto troppo nuovo, troppo presto per avere qualche certezza. Ma forse, dopo oggi, capirò.

Quindi rispondo: «Tutto... dopo oggi».

CAPITOLO 70

TIYUNG

CITTÀ DI TAMNEKI, YUSAN

Pochi minuti prima della dodicesima campana, Sora e io saliamo sulla carrozza che ci porterà dal conte settentrionale. Non l'ho mai vista così bella, ed è tutto dire. Porta i capelli raccolti, un groviglio di trecce e riccioli. L'acconciatura le lascia libero il viso, mettendo in risalto i lineamenti spettacolari. Me li bevo come uno che sta morendo di sete, assaporando ogni goccia.

Non ho il minimo dubbio che riuscirà ad ammaliare e sedurre Bay Chin come fa con tutti. Me compreso. Eppure, dopo l'incubo, ho paura che siamo condannati. La fredda e spietata verità è che mio padre non vuole che Sora sopravviva. Di certo non vuole che sia libera. Non so cos'abbia combinato – se sia coinvolto nella morte di Dal o se abbia a che fare con l'assassino di palazzo che ci seguiva – ma quello che so è che Seok trova sempre il modo di ottenere ciò che vuole.

Arriviamo alla Palm Teahouse, nel terzo anello della città. È la più bella di Tamneki, circondata da sorgenti e palme. Il giardino sul retro è deserto, tranne che per un uomo e le sue guardie: il conte settentrionale.

«Bay Chin» dico, con un leggero inchino in direzione del vecchio. Gli avrei dovuto comunque portare rispetto perché lui è un conte e io sono solo un erede, ma per di più ha settant'anni. Persino mio padre avrebbe dovuto chinare il capo al suo cospetto, come impone l'età avanzata.

«Tiyung» mi accoglie lui. Resta seduto ma mi prende la mano. Essendo stato un uomo muscoloso, la sua stretta è ancora vigorosa, e ci tiene a farlo notare. A settant'anni, i suoi capelli sono canuti e il ventre gonfio, ma sarebbe un errore sottovalutarlo. Non è meno pericoloso di quando era giovane.

«Lei è Sora, la cortigiana di mio padre» dico. Bay Chin non sa dell'accademia dei veleni di Seok, ed è meglio così. «Sora, vorrei presentarti il conte settentrionale, Bay Chin di Umbria».

«È un piacere, Vostra Grazia» dice lei, prostrandosi in una riverenza che mantiene finché Bay Chin non la considera.

«Il piacere è tutto mio» risponde lui, al che Sora alza la testa.

Sebbene la guardi con più discrezione di Rune, Bay Chin mostra la stessa bramosia. Tutti vogliono divorarla. Mi sento invadere da un senso di possessività, anche se so che non mi appartiene.

Il conte indica con un cenno i posti a sedere di fronte a lui. «Per favore, unitevi a me».

È una giornata luminosa e soleggiata. Ci sediamo al riparo dell'ombrello montato sul tavolo. Bay Chin indossa un abito bianco, l'aria umida lo fa sudare. «Non riesco proprio ad abituarmi a questo caldo». Si sventaglia con il cappello e due servitori accorrono con delle fronde di palma per rinfrescarlo. «Sora, mia cara, fa caldo dalle tue parti?»

Lei sorride. «Sì, a Gain è più o meno come qui. Solo leggermente più umido».

Il conte annuisce, ma i suoi occhi si fanno leggermente inquisitori. «Ma tu non sei originaria di Gain, giusto?»

«No, vengo da un villaggio del nord-est chiamato Inigo».

«Sotto il conte orientale? Gli dèi accolgano l'anima sua».

Non sembra scosso dalla morte di Dal, nonostante fossero alleati. D'altronde i conti, pur di avvicinarsi al trono, si arrampicherebbero sui cadaveri gli uni degli altri.

Sora ci trova strani nel migliore dei casi, disgustosi nel peggiore. Ma non può capire, perché tutto ciò che desidera è essere lasciata in pace. Gli uomini dotati di libertà e potere non si accontentano di questo. I nobili di alto livello vogliono il Paese intero. Vogliono essere dèi.

«Sì, credo di sì» risponde Sora. «Ma il villaggio è caduto nelle vecchie terre di confine».

Bay Chin aggrotta le sopracciglia. «Gli antichi confini creano non pochi grattacapi, ultimamente».

L'eufemismo del secolo, a giudicare da quel che è successo a Oosant, ma Sora annuisce dandogli corda.

«Tiyung, come sta tuo padre?» Bay Chin si rivolge a me, pur mantenendo lo sguardo su Sora fino all'ultimo secondo.

«Bene» rispondo. «Manda i suoi saluti».

«Sì, be', so quanto valgono. Portagli i miei».

«Non mancherò».

«Dunque parteciperai alla cerimonia del Consiglio dei Lord al posto di tuo padre, oggi?»

Annuisco.

Sora mi guarda. Ho dimenticato di menzionare la cerimonia perché non influisce sui nostri piani. Tutti i conti e gli alti nobili delle principali città del Paese si riuniranno per un Consiglio dei Lord alle tre campane. Oltre a me saranno presenti il conte occidentale, il conte settentrionale e, suppongo, il giovane figlio di Dal. All'inizio mio padre aveva rifiutato di partecipare a causa del suo odio per Dal, e adesso non avrebbe tempo di raggiungere la capitale di persona. Per via della partita la cerimonia si terrà qui a Tamneki invece che al Palazzo di Qali, ma saranno solo frasi di circostanza e lusinghe... niente a cui non sia abituato.

«E tu, mia cara, come occuperai il tuo tempo qui?» chiede Bay Chin a Sora.

«Ho sentito dire che le botteghe della capitale non hanno rivali» risponde lei con un tenero sorriso.

Sora odia fare compere, ma il conte settentrionale è un tradizionalista, e lei sa cosa vuole sentirsi dire. Non importa quale sia la verità, perché in questo momento sta recitando una parte.

«È vero, ma presto chiuderanno tutte» replica Bay Chin.

«Come mai?» Sora guarda prima il conte poi me.

Bay Chin alza le sopracciglia grigie. «Per la parata celebrativa e il Campionato del Millennio».

«Il Campionato... oh, di tuhko?» domanda lei.

I camerieri portano silenziosamente torte e panini da accompagnare al tè. Indossano tutti una fascia nera al braccio in segno di lutto per il conte orientale, certo per obbligo e non per vero dolore. Si allontanano con discrezione subito dopo aver messo i piatti in tavola. Nessuno di loro osa interrompere una conversazione tra nobili.

«Verrai, vero?» si informa il conte con un sopracciglio inarcato. «Non dirmi che non ti piace lo sport cruento. Non ci crederei».

Bay Chin è un noto appassionato di tuhko. La città di Umbria ha una sua squadra e lui si prodiga per l'accademia di addestramento e per il campo. Mio padre è convinto che trucchi le partite, ma se fosse vero verrebbe ucciso dal ministro reale dei giochi.

«Oh, no, mi piace eccome, anche se è piuttosto intenso» risponde Sora, pudica.

Bay Chin si sporge in avanti. «È proprio questo il bello».

Mi schiarisco la gola. «Non verremo».

Il conte si blocca con le bacchette a mezz'aria, vicino alle labbra. Sono di avorio e giada. Se le porta dietro ovunque va: furbo, quando in giro ci sono avvelenatori come Sora.

Bay Chin aggrotta le sopracciglia. «Perché no?»

Con un tovagliolo mi pulisco la bocca con cura per farlo aspettare. «Mio padre vuole che questo rimanga un viaggio d'affari. Quanto a Sora, non ha un posto prenotato, e io non voglio lasciarla sola».

Nessun nobile comprerebbe mai i biglietti per la partita. Non siamo gente comune. Ci sediamo nei palchi di lusso o non ci sediamo affatto. Certo, potrei occupare il posto di mio padre, ma il punto è convincere Bay Chin a invitare Sora. Fargli credere che sia una sua idea.

Il vecchio agita la mano macchiata. «Sciocchezze. Parliamo di un evento che si verifica una volta ogni mille anni. Sora, stasera sarai mia ospite».

«Oh, io...» Sora fa una faccia emozionata, ma poi mi guarda e ammutolisce. Parla rivolta al piatto, ancora intonso. «Grazie per la gentile offerta, ma devo rifiutare».

Il conte sembra sorpreso. E immagino che lo sia. Non gli capiterà certo tutti i giorni di sentirsi dire di no, soprattutto da una donna comune. Nemmeno una splendida come Sora. «Rifiutare?»

Gli occhi di Sora passano dall'uno all'altro.

È esattamente ciò che Mikail le ha detto di fare. Eppure è così genuina che mi coglie di sorpresa.

«Io... io davvero...» balbetto.

«Insisto. Stasera verrete entrambi».

Il suo tono non ammette repliche. Smetto di discutere. Ma Sora scuote il capo. «Siete così gentile» ringrazia. «Apprezzo molto la vostra generosità e mi piacerebbe tanto assistere alla partita. Ma il Conte è il mio signore e padrone. Non posso ribellarmi ai suoi ordini».

«No, mia cara. Tu hai un solo padrone». Alza un dito. Sora lo fissa. Lo guardo anch'io, chiedendomi dove voglia andare a parare. «Re Joon. E stasera te lo presenterò».

Sora mi lancia un'occhiata e io annuisco lentamente, ignorando il cuore che batte forte. Sta andando tutto esattamente secondo i piani, eppure sembra troppo facile.

«Grazie, Vostra Grazia» dice lei, prima di offrirgli un altro tenero sorriso. Beve un sorso di tè e non si accorge del bagliore soddisfatto che balena negli occhi neri del conte. Io, invece, sì.

CAPITOLO 71

EUYN

CITTÀ DI TAMNEKI, YUSAN

Sono suonate le due campane, e io, chiuso in questa stanza, mi sento impazzire. Passeggio vicino alle finestre, cercando di assorbire tutta la luce del giorno possibile, nel caso dovessi ritrovarmi di nuovo immerso nelle tenebre della Prigione di Idle. La verità è che niente può prepararti a quel posto. L'umidità. Il buio. Il richiamo lamentoso degli iku e i gemiti degli altri prigionieri. D'altra parte, dubito che mio fratello mi manderà lì una seconda volta.

No, se falliremo diventerò cenere, oppure sarò decapitato come traditore.

Mi sfugge una risatina sommessa. Forse mi decapiteranno insieme alla squadra di tuhko perdente. Il mio sangue verrà versato nella fontana del Dio della Guerra.

Un principe dello Yusan dissanguato insieme a una squadra sportiva. Una fine degna di un bastardo.

Quando una risata isterica risuona nella stanza mi guardo intorno. Ci metto un attimo a rendermi conto che è la mia.

Smetto di camminare. Devo darmi una regolata. Non serve prepararsi alla morte. Meglio prepararsi al successo. Al tramonto potrei essere re. Che tipo di sovrano sarò? So che tipo di principe sono stato. So che il regno di Joon è stato segnato dalla Festa di Sangue. Ma quale evento segnerà il mio, a parte l'omicidio di mio fratello?

Non proprio un inizio di buon auspicio, ma la Storia è un argomento flessibile. Wei gode di fama dignitosa nonostante le varie atrocità che ha commesso, e solo perché il suo popolo è ricco, potente e negli ultimi tempi non ha fatto nulla di male. La memoria è corta; il passato può essere riscritto... be', se si riesce a raggiungere il Tempio della Conoscenza e a cambiare i registri dello Yoksa. Ma è già stato fatto.

Nonostante sia stato il Macellaio della Foresta Occidentale, posso diventare un sovrano benevolo, ho vissuto tra persone comuni. Ho viaggiato con loro, mi sono fidato di loro e ho ucciso per loro. Potrei aiutare il popolo. Aiutare il popolo come Joon non ha mai fatto. Potrei essere il tipo di re osannato nel Tempio Divino. Non tutti i re lo sono. Alcuni abbiamo scelto di dimenticarli.

Mi chiedo se Joon verrà dimenticato quando io salirò al trono. Di Omin non parliamo nemmeno. Non me lo ricordo bene, visto che ha lasciato il Palazzo di Qali in silenzioso disonore quando avevo tredici anni e poi è morto un paio di anni dopo.

Ma... uccidere il mio stesso fratello? Cosa penserebbe nostro padre?

D'un tratto mi torna in mente che Joon non è il mio vero fratello, così come mio padre non era davvero mio padre. Io non sono un Baejkin. Forse non ho nemmeno sangue nobile. E più si avvicina il momento della partita, più ci penso. Più mi sembra di poter sentire gli occhi di mia madre fissi su di me. E poi vedo qualcosa... *qualcuno*... nell'angolo.

Assolutamente no. Chiudo gli occhi e la allontano.

Quando li riapro, l'angolo è deserto. Faccio un bel respiro. Bene. L'ultima cosa di cui ho bisogno oggi è vedere il fantasma di quella puttana di mia madre.

Forse in questo momento non starei perdendo la testa, se non fossi solo. Mikail non c'è. È tornato in camera ieri sera, ma non mi ha rivolto la parola. E poi, all'alba, se n'è andato di nuovo. E ancora una volta non so dove sia. Mi fido di lui, ma faccio bene? Oppure sono il più grande idiota della storia, a concedere la mia fiducia a un maestro delle spie?

Temo di poter sentire da un momento all'altro un rumore di passi che si avvicinano alla porta. Soldati, pronti a riportarmi alla Prigione di Idle. O forse Mikail che ritorna. Ma non c'è nessun rumore.

Ho ordinato da mangiare, ma il cibo è ancora sul tavolo, intonso. Dovrei nutrirmi. Fare un ultimo pasto. Ma per la prima volta da quando mi sono svegliato a Fallow, non ho fame.

Le campane sono sia amiche che nemiche. Io e Aeri partiremo per l'Arena alle quattro. Non manca molto, eppure sembra una vita intera. Indosserò una giacca rosso imperiale sotto il mantello. In realtà fa molto caldo, ma il mantello aiuterà a celare la mia identità finché non sarà il momento di rivelare a tutti che sono il re. Almeno spero.

L'aria è umida. L'intero Paese si sta preparando alla stagione dei monsoni. Alle inondazioni che salvano e insieme tolgono la vita. Stanno arrivando. Le tempeste. I lampi, i tuoni, le piogge torrenziali. Il ritmo dello Yusan rallenterà per un mese, la gente la considera una sorta di vacanza. E un mese è il tempo perfetto per cambiare sovrano. Per organizzare la cerimonia di incoronazione dopo la fine delle piogge.

Mi guardo allo specchio e immagino di avere la corona in testa. I rubini, l'onice e i diamanti della corona dorata del Signore dei Draghi. E poi la vedo di nuovo, questa volta dentro lo specchio: mia madre. Non so perché la maledetta abbia scelto proprio questo giorno per perseguitarmi.

Sussulto, mi allontano e torno alla finestra. Forse sono vivo solo perché ho troppa paura di cosa mi aspetta, di chi mi aspetta, nei Dieci Inferni.

Dopo qualche minuto, faccio un bagno e prego di non scoprirlo proprio oggi.

CAPITOLO 72

MIKAIL

PALAZZO DI QALI, YUSAN

Il Generale Salosa è un ometto basso e rigonfio, con un ufficio decisamente troppo pieno di ciarpame. La stanza è maestosa, con gli alti soffitti e gli intagli ornamentali per cui Qali è celebre, ma in mezzo a tutto questo disordine si rischia di non accorgersene neanche.

Appena arrivo di fronte all'enorme scrivania, mi trattengo dallo scattare sull'attenti. Tengo la schiena dritta, ma il peso sul fianco sinistro. Il generale ha un paio di baffi esagerati che rispecchiano alla perfezione il suo ego. Si acciglia, seduto dietro al tavolo, intento a sbrigare delle pratiche. A Qali nulla è più apprezzato che lasciare traccia scritta di ogni cosa. Ma in questo momento sono sicuro che non ha alcun bisogno di compilare scartoffie. È una mossa di potere, studiata per farmi avvertire la sua autorità.

Guardo fuori dalle enormi finestre il sole che si riflette sull'acqua. Il palazzo, sorgendo su un'isola di roccia in mezzo a un lago profondo, è accessibile solo tramite uno stretto ponticello.

Molte volte mi sono augurato che la terra inghiottisse tutto quanto.

Torno a voltarmi verso il generale e mi metto a giocherellare con un fermacarte preso dalla scrivania. La sua fronte si aggrotta ogni volta che lo tocco, quindi lo faccio girare come una trottola sul legno laccato. Salosa lo afferra e me lo allontana. Poi finisce di scarabocchiare una firma fin troppo elaborata. Il generale delle guardie di palazzo è un tipo divertente.

«Che notizie mi porti sull'assassinio imminente?» domanda alla fine.

«Nessun cambiamento» rispondo.

Prende un altro foglio da firmare. «Sempre dopo la partita di tuhko?»

«Sì, di solito è questo che si intende con 'nessun cambiamento'» ribatto.

È difficile che spie e generali vadano d'accordo, e noi non facciamo eccezione. Loro vogliono controllarci; noi non rispondiamo a nessuno tranne che al re. Ecco spiegato il conflitto.

Salosa alza lo sguardo, infastidito. Gli rivolgo il mio ghigno più sfacciato.

Lui avvampa e fa per dire qualcosa, poi però ricorda che, almeno secondo il re, abbiamo lo stesso grado.

«Molto bene» dice.

«Il re rimarrà dietro le mura di Qali, dunque?» chiedo.

«Nessun cambiamento».

«Direi che me lo merito».

«Direi di sì». Mi scruta con i suoi occhietti scintillanti. «Portaci i traditori vivi, Mikail. Verrai ricompensato».

Annuisco ed esco dall'ufficio piroettando, sebbene non mi senta affatto in vena di ballare. È un gioco pericolosissimo, ma a cui devo giocare.

Percorro il corridoio con le volte di marmo fino all'Ala delle Spie. Il mio ufficio è dall'altra parte di Qali, oltre l'enorme cupola magnificamente affrescata. Ricordo ancora la mia meraviglia la prima volta che sono entrato a palazzo. Mio padre, Ailor, era stato premiato con una medaglia al valore, e io mi guardavo intorno a bocca aperta. Tanto lusso e splendore dorato riesce quasi a farti dimenticare che è stato eretto grazie alla morte e alla sofferenza di tanti.

Al mio passaggio, i servitori si inchinano e le guardie mi fanno il saluto militare. Non sono abituati a vedermi vagare nell'ala occidentale. Noi spie abbiamo un ingresso e un'uscita riservati, nell'ala est. Di solito non vengo da questa parte, a meno che non ci sia bisogno di me nella sala del trono o non stia spiando Salosa o uno dei suoi luogotenenti.

A Qali non ci si può fidare di nessuno.

Giunto nella zona orientale, mi ci vuole un attimo per trovare la chiave giusta per entrare nel mio ufficio. Nonostante ce l'abbia da due anni e mezzo, ci vengo solo quando sono obbligato. La stanza è grande come quella del generale ma, a differenza di quella di Salosa, la mia non è zeppa di merda. Le spie non lasciano niente di scritto, e per una buona ragione. Non saremmo bravi nel nostro mestiere se seminassimo segreti in giro.

Malgrado il caldo e l'umidità che annunciano l'arrivo della stagione dei monsoni, dentro il palazzo si sta sempre freschi. Nel mio ufficio c'è un camino gigantesco. È così grosso che ci potrei cuocere Salosa allo spiedo. È qui che brucio tutta la mia corrispondenza. Apro la canna fumaria e accendo il fuoco. Freddo o caldo, quando vengo qui accendo sempre un bel fuocherello alto, nel caso ci fosse qualcuno nascosto all'interno o intento a origliare da sopra.

Sto osservando le fiamme appoggiato alla mensola sul camino quando qualcuno bussa piano alla porta. So chi è senza bisogno di controllare.

«Entra» dico.

«Bentornato» mi saluta Zahara.

Sono abbastanza sicuro che non sia il suo vero nome. È bella: non proprio come Sora, ma in un modo tutto suo. Capelli castani, quasi dello stesso colore degli occhi circondati da ciglia folte. Ha la carnagione simile alla mia, e siamo all'incirca coetanei. Le spie sono tutte giovani. Non è una professione in cui ci si preoccupa di rughe e nipotini.

In qualità di maestro, solitamente sono io a scegliere le altre spie, ma lei mi è arrivata tramite Joon. Ha fatto strada in fretta e ora è il mio braccio destro, sebbene non mi fidi di lei. Niente di personale; non mi fido di nessuno.

Zahara entra e si chiude la porta alle spalle.

«Sei stata tu?» le chiedo.

Le si solleva un angolo della bocca. Come risposta è sufficiente. Ha ucciso il Conte Dal. Non mi prendo la briga di chiederle perché, non ha importanza.

«Sta facendo le sue mosse» sussurra. Non può che parlare di Joon. È l'unico che non riusciamo a tenere d'occhio. Non ci è consentito seguirlo o spiarlo. E se disubbidissimo a quest'ordine saremmo dati in pasto agli iku. Nessun uomo è al di sopra dei sospetti, ma Joon non è un uomo. È un dio re. Per adesso.

«Chi ha mandato Thorn?» domando.

Thorn era l'assassino ucciso ad Aseyo. Tecnicamente, gli assassini non fanno parte dell'Ala delle Spie, ma possono uccidere per nostro conto. Così come possono prendere ordini dal Generale Salosa.

«Non noi» è la risposta.

«L'obiettivo?»

«Sconosciuto. Salosa sostiene che l'assassino operasse al di fuori di Qali».

Un ribelle. Salosa sta dicendo che Thorn ha fatto tutto di testa sua. È un comportamento più da assassini che da spie. Hanno la capacità di uccidere ma non l'intelligenza e la serietà che servono per spiare. Sono anche meno rispettati, quindi più inclini alla corruzione o al semplice 'vaffanculo, io cambio bandiera'.

Eppure, questa risposta sembra fin troppo facile. Ma so bene che non devo mostrare il mio scetticismo.

«Che notizie dal Khitan?» chiedo allora.

«Invariate. La Regina Quilimar indossa l'anello e sta ricevendo i dignitari dal trono. Il bambino è vivo... per ora».

Il principe del Khitan compirà quattro anni il mese prossimo. Quilimar è sua madre e si potrebbe pensare che non ucciderebbe il suo stesso figlio, ma non mi sorprenderebbe se invece lo facesse. I legami familiari non hanno mai impedito ai Baejkin di ammazzare. E Quilimar è la più spietata della famiglia, da decenni.

«Gaya?»

«Stiamo indagando sul laoli scomparso che avete trovato a Oosant. Non ci sono ancora risposte, ma i sospetti ricadono sul conte orientale».

«Comodo» commento.

Lei sorride. «Vero?»

Un carico di droga da un milione di mun d'oro in un magazzino in mezzo al nulla, e un uomo morto che si prende la colpa. Qualcuno si sta dando da fare e dobbiamo scoprire in fretta di cosa si tratta, perché è una minaccia per il trono di Euyn. Certo non aiuta il fatto che abbiamo ucciso tutti i presenti nella Miniera e poi dato fuoco alle prove. Ma non ho avuto il tempo di torturare gli uomini in cerca di risposte, e se avessi lasciato la droga insieme ai corpi, il laoli sarebbe scomparso il giorno dopo. Garantito.

«Continua a indagare» ordino.

«Certo» risponde lei.

«Wei?»

«Il re sacerdote mantiene il suo dominio ferreo, nonostante i nostri sforzi. Due sparizioni».

Due spie morte o in fin di vita a Wei. Questo porta il totale a quattordici, da quando sono diventato maestro. Non possiamo continuare a perdere ragazzi validi per quel Paese. Ma non possiamo nemmeno smettere di mandarceli. Non quando dobbiamo versare a Wei milioni di mun d'oro come tributo stagionale.

«Il conte settentrionale e quello occidentale sono a Tamneki?» chiedo.

Lei annuisce. «Nessun segno del conte meridionale».

«Per ora è tutto» la congedo. Di norma, Zahara uscirebbe subito, ma questa volta si trattiene. Strano. Non siamo tipi da lunghi addii. «Sì?»

«Porterai qui i traditori, stasera?» chiede.

Sorrido. L'ha già saputo, ovvio. Il Generale Salosa è un fottuto colabrodo. D'altronde, gliel'ho detto per un motivo: non volevo che rimanesse un segreto. Dopo aver trovato l'assassino, non ho chiuso occhio per cavalcare fin qui, ho fatto irruzione nell'ufficio di Salosa e mi sono lamentato a gran voce del fatto che avesse quasi compromesso un mese di missione per catturare i traditori della corona.

«Così si dice» rispondo.

«Sicurezza nella morte» dice lei. Annuisco, e Zahara se ne va.

'Sicurezza nella morte' è una specie di addio reciproco, ma vale anche da consiglio. Per le spie, togliersi la vita è preferibile a farsi catturare. Tutti ci portiamo dietro pillole di Erling per motivi pratici. Sotto tortura si corre il rischio di cedere, mentre nessun cadavere rischia di parlare.

In questo caso, però, Zahara mi sta suggerendo di portare i corpi dei traditori invece di prenderli vivi.

Interessante.

Ci sto ancora pensando quando dalla torre suonano le tre campane. Devo tornare a Tamneki entro le quattro.

Dopo essermi guardato intorno per l'ultima volta, esco dall'ala orientale del palazzo. Abbiamo a disposizione una barca a remi per andare e venire con discrezione sotto l'occhio vigile di un centinaio di arcieri. Si tratta dell'unica imbarcazione autorizzata ad attraversare il Lago Idle, e i soldati osservano con il cannocchiale i nostri volti e ogni colpo di remo. Ma, invece di prendere la barca, decido di percorrere il ponte a piedi.

L'acqua è talmente immobile che il lago sembra fatto di vetro. Ma la superficie tranquilla cela i mostri sottostanti.

Una metafora perfetta per Qali.

Se per caso dovessi scivolare giù dal ponte di pietra, desidererei e pregherei di morire. Gli iku hanno le stesse zanne dei barracuda, ma in più quattro braccia umanoidi che spuntano da torsi simili ai nostri. Alle estremità di queste braccia ci sono artigli lunghi dieci centimetri. Dalla metà in giù i loro corpi assomigliano a quelli di enormi pesci. La leggenda narra che un tempo gli iku fossero servitori umani del Signore dei Draghi, diventati mostruosi e condannati a vivere sott'acqua dopo aver tentato di sottrargli il suo tesoro.

Sono astuti, si muovono senza provocare nemmeno un'increspatura sulla superficie. Inoltre, cacciano in branco e comunicano nella loro lingua. Dalla Prigione di Idle è possibile udirne i richiami. Aggiungono atmosfera all'umidità delle celle.

Il palazzo sacrifica dei cervi all'appetito degli iku e si assicura che nel lago siano sempre presenti grossi pesci. Ma l'aspetto peggiore di queste creature è il modo in cui tormentano le prede. Sono noti per lasciare che le loro vittime nuotino fin quasi a raggiungere la riva, solo per poi afferrarle e trascinarle in profondità. Questo gioco può andare avanti per intere campane. E a volte sono delle persone a finire nel lago. Dal momento che i corpi vengono divorati e non possono essere bruciati come imporrebbe il rito, si tratta di una punizione riservata solo ai peggiori criminali, assassini e traditori.

Persone come me.

Riesco ancora una volta a raggiungere l'altra sponda sano e salvo. Mi guardo indietro e incontro lo sguardo fisso di centinaia di soldati appostati lungo le mura del palazzo. Per un attimo mi chiedo se oggi sarò dato in pasto agli iku. Sarò spinto giù dal ponte dalle guardie, sotto gli occhi interessati e disgustati dei nobili?

No. Porterò i traditori. In un modo o nell'altro.

CAPITOLO 73

AERI

CITTÀ DI TAMNEKI, YUSAN

C'è così tanta stanchezza negli occhi di Euyn. Si guarda attorno così spesso che anch'io comincio a imitarlo. La paranoia è contagiosa, chi l'avrebbe mai detto? Ma intorno a noi non c'è niente da vedere. O tutto, visto che siamo circondati da una folla di persone.

«Ti senti bene?» chiedo, la voce ridotta a un sussurro.

Lui annuisce. È stato molto silenzioso da quando ho bussato alla sua porta al Fountain Inn. Forse ha mal di stomaco come me.

Ma ci siamo quasi.

Ancora qualche passo ed entreremo nell'enorme Arena del Re. Non ho mai visto nulla di simile. Non pensavo che gli esseri umani potessero costruire un edificio del genere e infatti, stando alle storie, non l'hanno fatto. Il mito vuole che l'arena sia stata messa qui dal Dio del Mare Orientale. Da parte mia, non sono sicura di crederci: perché mai un dio dovrebbe costruire uno stadio? A prescindere da chi l'abbia eretta, comunque, oggi viene usata per il violento e popolarissimo gioco del tuhko.

Una marea di persone si accalca accanto a noi. Quasi tutti quelli che sono riusciti ad accaparrarsi un biglietto sembrano disposti a rinunciare alla parata celebrativa pur di trovare il proprio posto in tempo. L'arena ha decine di uscite e di ingressi, ma con le duecentocinquantamila persone di oggi, ci sarà comunque la fila per entrare.

Euyn, il volto nascosto dal cappuccio, percorre a testa bassa la rampa dell'ingresso settentrionale della servitù. Nessuno ci ferma mentre entriamo, sono tutti troppo occupati per badare a noi.

Mi sento vulnerabile e un po' nuda ad avanzare senza Royo al mio fianco, ma Mikail ci sta aspettando nel luogo prestabilito. È appoggiato al muro con la sua bella spada appesa alla cinta. Le armi non sarebbero ammesse dentro l'arena, ma lui è il maestro delle spie, quindi al di sopra delle regole. Sembra che Mikail sia spesso al di sopra delle regole.

Al posto del suo solito ghigno presuntuoso c'è un piccolo sorriso. Immagino che la giornata di oggi ci abbia provati tutti. Ieri stavo bene, ma da quando Royo se n'è andato con Sora mi sento come se volessi urlare o vomitare. Mentre usciva dalla porta, ho provato l'impulso di afferrargli il braccio e pregarlo di restare con me, ma non potevo. Oggi abbiamo tutti un compito. Io devo solo trovare il coraggio di portare a termine il mio. Eppure non sono mai stata così combattuta in tutta la mia vita.

«Sei pronta?» mi chiede Mikail, guardandomi.

Faccio un bel respiro. Ci siamo. Non si può più tornare indietro. Ma io voglio tornare indietro. Voglio scappare. Voglio dire agli altri di scordarsi il complotto. Solo che non posso farlo ora, come non potevo farlo ad Aseyo. Ci sono dentro ormai e devo andare fino in fondo. Non è cambiato nulla.

Quando Mikail mi ha offerto questo lavoro, mi ha chiesto se volevo davvero passare tutto il resto della mia vita a rubare. Ho risposto di no, ma non gli ho detto perché. La verità è che *non posso* continuare a rubare. E potrò smettere quando avrò aiutato mio padre. È lui che conta più di tutto. Riparare il nostro rapporto, renderlo fiero, avere finalmente la mia famiglia e la sicurezza che ne deriva... è tutto ciò che ho sempre desiderato. In qualche modo, continuo a dimenticarlo. Ma mio padre è sangue del mio sangue. Il legame con queste persone è fatto di acqua, e dopo oggi evaporerà.

Quindi annuisco e Mikail mi porge una borsa con dentro un'uniforme da serva.

Mi si secca la bocca. Vorrei dire qualcosa di significativo, ma non so cosa. Invece, faccio un passo indietro.

«Aeri» mi chiama Mikail.

Impietrisco, trattenendo il fiato. Deglutisco a fatica e mi volto. «Sì?»

«Se le cose dovessero mettersi male... scappa. Salvati e dimentica di averci conosciuti».

Sussulto, perché è esattamente quello che mi ha detto anche Royo. Royo ci tiene a me. Il che significa che ci tiene anche Mikail.

Non pensavo. Pensavo che a nessuno di loro importasse davvero di me, a parte Royo. Ma con lo stomaco serrato ripenso ai giorni scorsi. Euyn e Ty mi hanno salvato la vita a Oosant. Sora mi ha tolto il sangue dal vestito, e io le ho nascosto i lividi con il trucco. Quanto a Mikail, mi ha portato un pugnale dall'armeria di Aseyo.

È così che ci si sente ad avere una famiglia? Non mi è mai capitato. Anche in passato, da bambina, ero sempre da sola. Mia madre non era cattiva, credo. Ma la sua vera preoccupazione era avere un figlio maschio che le avrebbe assicurato un futuro. E mio padre ha voluto avere a che fare con me solo di recente.

Azzardo un passo e vacillo, mi tremano le ginocchia. Che sto facendo? Mikail si fa avanti per aiutarmi, le sopracciglia sollevate in maniera interrogativa. Mormoro che sono nervosa ma sto bene, quando la verità è che mi sento malissimo. In effetti credo di dover vomitare.

Questi assassini sono le uniche persone a cui è mai importato della mia vita o della mia morte. Forse solo per via della missione. Ma non mi sembra sia solo per quello.

Quando pensavo che non fosse cambiato nulla mi sbagliavo.

È cambiato tutto.

Però non dico niente. Annuisco e me ne vado.

CAPITOLO 74

ROYO

ARENA DEL RE, YUSAN

Hanno tutti la febbre da tuhko. Tra gli spalti sventolano striscioni della Silla e del Rouran: polpo blu e puma giallo. La Silla è la squadra della regione meridionale. Il Rouran, invece, viene dall'ovest. Gli uomini facoltosi che finanziano le squadre professionistiche di tuhko amano dar loro il proprio nome. Gli attuali campioni del nord e dell'est hanno già perso nei turni precedenti, consacrando le squadre di oggi come le migliori della nazione. E, allo stesso tempo, sancendo la condanna di una delle due. Mentre le altre diciotto squadre vivranno e continueranno ad allenarsi, metà dei giocatori che ci sono in campo quest'oggi moriranno.

E noi guarderemo la partita proprio da vicino alle porte.

Nel mio abito elegante, mi spaccio per il guardiano di Sora e Ty. Il palco reale è sopra il muro di una delle due porte. A differenza che nel merdoso banchetto della fiera notturna di Rahway, questi anelli sono di ferro, e ben avvitati alla parete.

Ai lati di quello reale ci sono altri due palchi di lusso. Dodici nobili illustri a destra. Dodici sacerdoti a sinistra. A questi ultimi spetta il compito di uccidere la squadra perdente. Le loro vesti bianche saranno intrise di sangue e budella, i loro pugnali goccioleranno tra le esultanze della folla.

Ma nemmeno il campionato di tuhko riesce a distogliermi dalla ricerca di Aeri. Detesto non poterla tenere d'occhio, essere costretto a perderla di vista.

Faccio un respiro profondo. Devo confidare che stia bene e che sia al suo posto. *Di lei* mi fido.

Il problema sono tutti gli altri.

Le guardie di palazzo fiancheggiano il palco reale accanto a noi, con le armature nere e grigie che scintillano sotto il sole del tardo pomeriggio. Piume cremisi svettano dai loro elmi. Nemmeno se mi pagassero indosserei uno di quei cosi appariscenti, ma in questo momento non mi dispiacerebbe avere il loro acciaio a proteggermi il petto.

In totale i soldati dovrebbero essere una ventina. Difficile dirlo, perché più della metà del palco è nascosta dall'ombra. Al centro, però, sorge un trono dorato. Adesso è vuoto, ma presto cento corni annunceranno l'arrivo del sovrano e l'intera arena si inchinerà al suo cospetto. Duecentocinquantamila persone in silenzio di tomba per il re.

Sono disarmato e lo odio, ma all'ingresso tutti vengono perquisiti e le armi confiscate. Naturalmente le guardie di palazzo sono armate fino ai denti, i sacerdoti hanno i loro coltelli cerimoniali per lo sventramento e le guardie dell'arena brandiscono bastoni chiodati. Ma nessun altro.

Le armi sono l'ultima cosa di cui c'è bisogno, con un quarto di milione di amanti della violenza stipati dentro uno stadio.

Quando l'atmosfera comincia a scaldarsi, le guardie di palazzo si chiudono intorno al re e le guardie dell'arena iniziano a prendere a bastonate la folla per rimettere tutti in riga. A volte sono le prime a morire, se vengono prese di mira. Altre volte sono gli spettatori a essere picchiati a morte.

La tensione è sempre alta, con una posta in gioco di questo tipo.

Conosco la sensazione.

Il conte settentrionale saluta Sora e Ty. Siccome sono solo un guardiano, nessuno si prende la briga di presentarmi, ma giuro che i suoi occhi si posano su di me. Anche se non ci siamo mai incontrati, ovviamente so chi è. Governa Umbria da quando sono nato. È colpa sua se le bande hanno preso il sopravvento. Se il Sol è diventato uno schifo. Se le sanzioni di Joon mettono in ginocchio la città. È lui che non mi ha dato udienza nemmeno dopo l'arresto di Hwan, quando ho cercato di andare ad avvertirlo che avevano preso l'uomo sbagliato. Mentre mi passa accanto serro la mascella e tengo gli occhi sul campo.

«Sono lieto che abbiate deciso di unirvi a me» dice Bay Chin. «Sarà un incontro senza eguali». Poi fa una pausa e osserva Sora. «E tu, mia cara, sei una donna senza eguali».

Sora indossa un abito rosa che manda riflessi dorati a ogni movimento. Non ho mai visto niente del genere in vita mia: sembra che brilli di luce propria.

Bay Chin le prende la mano.

Nel palco della nobiltà ci sono due file di poltroncine imbottite, con tutti i posti occupati tranne tre. Bay Chin si accomoda al centro della prima fila e fa cenno a Sora di sedersi alla sua destra, e a Ty alla sua sinistra. Nel posto d'angolo c'è un bambino, probabilmente il figlio del defunto conte orientale.

Io mi metto in disparte insieme agli altri guardiani, a osservare la folla che via via riempie l'arena. Scimmiotto i miei simili, con le mani giunte dietro la schiena. È un modo stupido di stare in piedi, ma non importa.

Nel palco reale, ancora nessuna traccia di Aeri. Continuo a controllare.

D'un tratto, i tamburi battono un ritmo incalzante e le due squadre scendono in campo. Il boato della folla è travolgente mentre applaude. I giocatori percorrono il perimetro dello stadio per poi fermarsi di fronte al palco reale. Si dispongono in una lunga fila, sull'attenti in attesa del re.

Li conosco quasi tutti. Come ogni ragazzino dello Yusan, anch'io avevo il sogno di diventare un giocatore di tuhko professionista. Certo, la seconda squadra migliore finisce massacrata, ma la giornata tipo di un picchiatore è ben più pericolosa. E poi, gli atleti professionisti vengono trattati come aristocratici. Li conoscono tutti e, se sono davvero bravi, possono diventare persino più ricchi dei mercanti. Bella vita.

Ancora niente Aeri.

Cento trombe suonano all'unisono e tutti i presenti scattano in piedi. Il re è qui. Gli occhi della folla si puntano sul suo palco.

Appare Joon, in abito rosso imperiale e con un mantello drappeggiato sulle spalle. Fa caldo per il mantello, ma immagino che abbia dei servitori pronti a sventagliarlo. Non è cambiato di una virgola da quando ha fatto visita a Umbria, più di dieci anni fa. Un po' di grigio alle tempie e più rughe, ma per il resto è sempre lo stesso. Sebbene sia lui che Euyn abbiano i capelli neri e gli occhi marroni, non si assomigliano. Joon sarà alto come Sora, di corporatura snella, mentre Euyn è più alto di me. I lineamenti di Joon sono spigolosi, quelli di Euyn no. Ma ci può stare. Euyn è più giovane di circa vent'anni, e sono nati da madri diverse.

Il silenzio cala sull'arena mentre tutti ci inchiniamo al sovrano. Appena Joon saluta, però, scoppia un enorme applauso. Le due squadre si stringono la mano e si dirigono ai rispettivi lati del campo.

Con la sua solita aria disinvolta, Mikail entra nel palco reale e finalmente, un attimo dopo, vedo sbucare Aeri, vestita con un'uniforme marrone da serva. Tiro un sospiro di sollievo e un peso mi si toglie dal petto. Sta bene. È arrivata fin qui. Ora è al suo posto.

L'unico che non riesco a vedere è Euyn. Dovrebbe essere da qualche parte sotto di noi, vicino – anche se non troppo – alla scalinata reale, finché non sarà il momento.

Siamo pronti.

La prima metà della partita si svolge in due tempi da trenta minuti. Ed è sul finale del secondo tempo che scattano i due minuti in cui i punti raddoppiano.

È allora che colpiremo. Prima, però, deve iniziare il gioco.

Joon si avvicina al bordo del palchetto e la folla si placa. Tiene in mano una bandiera rossa avvolta attorno a un serpente d'oro massiccio, che l'allenatore della squadra vincente terrà come premio. Quello che ha vinto più campionati nella storia del tuhko ne ha collezionate tre. L'allenatore della Silla, per adesso, è arrivato a due.

Il re si guarda intorno con un sorriso. Tutti gli occhi sono puntati sulla sua mano. Gli spettatori si protendono in avanti, in attesa. Quando la bandiera toccherà il campo, avrà inizio la partita. Le due squadre scatteranno verso la palla, posta al centro.

Anche io sto in punta di piedi. Aspetto. Fremo.

Lo scopo del tuhko è molto semplice: segnare più punti degli altri. Ma è più facile a dirsi che a farsi. Le squadre devono decidere chi piazzare in attacco e in difesa, e quanti giocatori mettere in ciascun ruolo. I difensori aspettano sotto gli anelli per intercettare gli avversari. Come in quella bancarella alla fiera, un tiro da lontano, per passare, dev'essere perfetto. La violenza è autorizzata, ma i colpi bassi, per esempio all'inguine, comportano sanzioni. Arbitri vestiti di nero presidiano il campo, pronti a lanciare le bandiere dorate delle penalità. Se un giocatore ne riceve una deve sedersi a bordo campo, e la sua squadra è in svantaggio per tutto il tempo della penalità. Tra penalità e pause per riposare, la prima metà di solito dura più di una campana. Spesso una campana e mezza.

Ma prima Joon deve far cadere la bandiera.

Mi sembra di sentire il respiro regolare delle squadre. Gli occhi di tutti i tifosi. L'eccitazione. Non sono qui per guardare il tuhko, ma è comunque difficile non farsi coinvolgere. Un quarto di milione di persone, che vogliono tutte la stessa cosa.

Joon apre la mano e quando la bandiera cade, macchiando di rosso l'erba verde, io torno a respirare. La folla ruggisce così forte da far tremare le pietre dell'arena, poi un gruppo di persone si mette a cantare. I suonatori battono freneticamente sui tamburi.

È iniziata la partita.

CAPITOLO 75

SORA

ARENA DEL RE, YUSAN

Il tuhko è uno sport violento. Avevo già visto delle partite in passato, ma mai a questo livello, mai con in palio la vita o la morte.

I giocatori delle due squadre si colpiscono a vicenda con forza tale da farmi rabbrividire sulla poltroncina. Non hanno imbottiture, né protezioni di alcun genere. E noi siamo seduti così vicini che riesco già a vedere il sangue che macchia le loro uniformi.

Bay Chin esulta, le labbra umide per l'eccitazione. Non mi parla molto. Mi ha guardata appena sono entrata, ma per il resto la sua attenzione è stata rivolta unicamente alla partita. Osservo gli striscioni azzurri mentre mi chiedo se la Silla prenda il suo nome da Maricelus Silla, l'uomo che Seok mi ha ordinato di uccidere. Probabilmente sì. Il suo omicidio era in qualche modo correlato alla partita di oggi? Dubito che lo saprò mai.

«Che squadra tifate?» domando, sporgendomi verso Bay Chin. Devo inclinare la testa per riuscire a sentirlo, visto che è alla mia sinistra e la folla fa un baccano tremendo.

«Ho puntato molto sul Rouran» risponde lui senza guardarmi. Poi si alza in piedi e urla di passare la palla. Siamo uno a zero per il Rouran, ma dalla sua rabbia o dalla reazione di molti nell'arena non si direbbe.

Aeri è nel palco reale. Tiene dell'uva su un vassoio d'argento. Quattro servitori sventagliano il re con enormi piume nere, credo di samroc. La brezza si sente fin da qui. A parte i servi, le guardie e Mikail, il sovrano è solo. Trovo strano l'isolamento che questi uomini cercano e a cui si sottopongono.

Bay Chin mi sorprende a fissare il trono. Sorrido e mi volto verso di lui.

«Non l'ho dimenticato, mia cara» mi rassicura. «Ti presenterò al re dopo la fine della prima metà».

Non reagisco, ma mi si serra lo stomaco e devo fare uno sforzo enorme per non conficcare le unghie nei braccioli. In questo modo il piano non funzionerà. Devo inventarmi una scusa per incontrare il re prima. Aeri ha detto che gli ultimi due minuti della prima metà sono il momento migliore per colpire, perché tutti saranno concentrati sulla partita.

Nell'intervallo, invece, sarà troppo tardi.

«Sarebbe bello». Sorrido.

Ora ho poco meno di quaranta minuti di gioco per inventarmi qualcosa. Un modo per avvicinarmi al re.

Per quanto lo desideri, non posso guardare Ty, perché sta oltre Bay Chin. Avrei bisogno del suo cervello, del suo contributo, del suo conforto. Che pensiero strano. Non ho mai avuto molto conforto in vita mia, e ora non so come ho fatto a farne a meno.

Ma dobbiamo fingere.

Mi rendo subito conto che non c'è modo di incontrare il re senza passare da Bay Chin, perché Ty non ha il rango necessario per avvicinarsi al trono. Per questo avevamo bisogno di Dal. Penso di andare in bagno e poi fingere di entrare nel palchetto sbagliato, ma le guardie di palazzo mi fermerebbero. Mikail non può presentarmi, altrimenti rischierebbe di rivelare che ci conosciamo. Quindi come farò ad avvicinarmi a Joon? Come? Non sono arrivata fin qui per fallire.

«Mia cara, ti sei persa un grande punto» commenta Bay Chin.

Ero assorta nei miei pensieri e fissavo il vuoto, ma ovviamente lui si aspetta che io segua ogni istante della partita. D'un tratto colgo la mia opportunità.

Faccio passare qualche minuto quindi, subito dopo che è stata lanciata una bandiera di penalità, sbadiglio. Fingo di voler nascondere la noia, ma Bay Chin se ne accorge lo stesso. Gli uomini come lui non sopportano di non essere al centro dell'attenzione di una donna.

«Vieni, mia cara» dice. «Mentre discutono di questa penalità, permettimi di presentarti al re».

A questo punto do prova di grande entusiasmo. Ed è reale, perché non posso credere che fingere uno sbadiglio abbia funzionato. «Sul serio?»

Si alza e mi porge la mano. Nello stesso momento, si alza anche Ty.

«Tu il re l'hai già conosciuto» gli dice Bay Chin. Quindi gli mette una mano sulla spalla, come per spingerlo a sedersi.

«E sono sempre lieto di poterlo omaggiare» replica Ty.

Bay Chin indossa di nuovo la sua maschera gioviale. «Ah, come no».

Ma non mi sfugge il suo sguardo. C'è qualcosa di strano, ma non ho il tempo di capire cosa. Sono quasi arrivati i due minuti fatidici.

CAPITOLO 76

MIKAIL

ARENA DEL RE, YUSAN

Guardo distrattamente sia la partita che il re, ma avverto una strana inquietudine. È come l'aria che precede una tempesta, quando i saggi e le bestie si mettono al riparo.

Sora dovrebbe aver già incontrato il re. Siamo al secondo tempo, e lei è ancora seduta accanto a Bay Chin nel palco della nobiltà.

Sono felice che Euyn non possa vederla. Sarebbe fuori di sé, convinto di avere ragione. Euyn, in tutta la sua paranoica gloria, ha continuato a insistere sull'importanza di fare una prova. Ma non c'era modo di accedere all'arena senza essere visti da centinaia di lavoratori. E poi, non c'era nulla da provare. Aeri sa rubare, Sora sa baciare. L'unica cosa lasciata al caso era la presentazione di Bay Chin. È lui l'ostacolo.

Non mi piace affidare al conte la fase cruciale del piano. Certo, è tutta un'idea sua, ma è stato categorico nel dire che non voleva essere coinvolto e nemmeno menzionato. Ora, poiché Zahara ha ucciso Dal, è letteralmente al centro della missione.

Suppongo che non abbia importanza. Il ruolo più importante è di Aeri, e lei è al suo posto. Se necessario, accoltellerò io stesso Joon. Morirei, ovviamente, fatto a pezzi da venti guardie di palazzo. Ma il Generale Salosa sarebbe felice, potrebbe darmi il colpo di grazia. Comunque vada, trascinerò Joon da Lord Yama insieme a me.

Tuttavia, se devo essere sincero, preferirei che Sora trovasse il modo di raggiungerci. L'omicidio di Joon dovrebbe sembrare un attacco di cuore. Sarebbe tutto più pulito, così. Mi impongo di aspettare.

Se c'è qualcuno che può riuscire nell'impresa, è lei. Oggi brilla come la fiamma di una candela. E abbiamo ancora tempo.

Di recente sono diventato insolitamente impaziente, ma credo che dipenda dal fatto che la vendetta è molto vicina. Ho aspettato così a lungo che mi sembra crudele dover aspettare ancora. Eppure questa è la realtà: l'impazienza porta solo a uno sciocco rimpianto.

Quando Joon sarà morto, mi inginocchierò davanti a Euyn e lo riconoscerò come nuovo sovrano. Nel caos generale, alcune guardie si inginocchieranno insieme a me, così come i conti e Ty. L'appoggio delle guardie di palazzo e dei nobili dovrebbe essere sufficiente per rendere Euyn re, anche senza corona. E quello che ho detto a Salosa non conterà più nulla: questo era l'obiettivo fin dall'inizio. O avremo successo tutti insieme o loro moriranno come traditori.

Inoltre, Euyn mi odierà per aver distrutto la corona. Sinceramente potrebbe uccidermi lui stesso, ma il prezzo della vita di un uomo non è nulla in confronto alla libertà di un intero popolo. Quello che sto per fare, lo faccio per amore.

Ma non per amore di Euyn.

CAPITOLO 77

EUYN

ARENA DEL RE, YUSAN

I corni. Sto aspettando che suonino i corni. A quel punto vorrà dire che mancano due minuti. Joon sarà morto e io salirò le scale fino al palco reale. E tutto sarà finito. Verrò incoronato da Mikail e diventerò il nuovo re dello Yusan.

L'arena è scossa dal battito di migliaia di piedi dei tifosi che incitano i loro beniamini. La folla ruggisce e grida, sospira di delusione, esulta per i passaggi riusciti. Il popolo ama il tuhko. Soprattutto i campionati mortali. Yusan ha un'inestinguibile sete di sangue. E io sarò lo Yusan.

O, in caso contrario, un mucchio di cenere.

Mi prendo la testa tra le mani ma subito scrollo via le braccia. No. Sarò il re. Le voci sulla corona sono solo questo, voci. Sì, ci sono dei teschi infilzati sulle picche nella Prigione di Idle, ma chissà perché sono lì e da dove vengono. Se il generale si fosse davvero ridotto in cenere, anche la sua testa sarebbe bruciata. Quindi è solo una favola.

Forse.

La corona è di etherum. Chissà come funziona. Potrebbe anche essere vero.

No, è un mito. Una voce diffusa per dissuadere i potenziali ladri. Credo.

Ma allora perché nessuno l'ha mai presa? Perché abbiamo avuto mille anni ininterrotti di governo Baejkin? Il popolo non ha amato tutti i sovrani. Nessuno ha particolarmente a cuore Joon.

Cammino nel corridoio illuminato dalle torce, col mantello che sfiora il pavimento di pietra. Sto ancora aspettando. Continuo a sudare anche se qui sotto fa freddo. Ormai mancherà poco. Non sento campane, eppure mi sembra che sia passato fin troppo tempo. Valuto di salire nell'arena per controllare, ma non posso. Devo rimanere al mio posto.

No. La folla sta ancora applaudendo. Non è passato troppo tempo. Non ho la percezione dei minuti. Come quando ho vegliato su Mikail per tutta la notte in quella grotta a Fallow, ogni secondo sembra eterno. Ogni rumore è denso di significato.

A meno che qualcosa non sia andato storto. A meno che non sia andato tutto storto.

Improvvisamente un brivido mi percorre la spina dorsale. Qualcosa non va. Ho lo stesso presentimento che mi è venuto nel passo tra i Monti Tangun: devo scappare. Uscire da questa arena. Via da Tamneki. Salvarmi.

Mi avvio verso l'uscita, poi giro sui tacchi. No. No, sono paranoico. È tutto nella mia testa. Non è più reale dello spettro di mia madre nello specchio. Rabbrividisco, ma devo restare al mio posto o Mikail non avrà nessuno da incoronare, e allora la capitale precipiterà nel caos e moriranno persone innocenti. Mikail stesso potrebbe morire, se la gente pensasse che ha rubato la corona per tenersela.

Ma perché i corni non suonano?

Sto fissando le scale quando sento il tocco affilato e metallico di una spada sulla schiena. C'è solo un tipo di persona in grado di avvicinarmisi così di soppiatto: un assassino di palazzo.

«Non muovetevi, Altezza» dice una voce. Non riesco a capire a chi appartenga, perché è ovattata. A volte le Ombre indossano delle maschere. Prendo fiato e sollevo lo sguardo sulle scale. Di certo Mikail volerà giù con la sua spada infuocata. O Royo scenderà agitando i pugni. Oppure sarà Ty a correre da me, uccidere l'assassino e proteggermi.

Invece non arriva nessuno.

Sono stato tradito.

Il gelo della consapevolezza mi assale. Sapevo che c'era un traditore tra noi. L'ho capito quando nessuno si è fatto avanti per l'assassino morto, ma non mi sono comunque tirato indietro. Perché non avevo altra scelta. Perché sono uno sciocco.

Non ho con me la balestra. Mikail ha detto che avrebbe attirato troppa attenzione, quindi l'ho lasciata alla locanda. Però ho la spada cerimoniale. È tempestata di rubini, oro e onice. Immagino di afferrare l'elsa e farmi strada verso l'uscita con la forza. L'assassino è da solo... credo. Ma non ho modo di sapere se ci sono altre Ombre in agguato da qualche parte. E, come in questo viaggio è stato più volte dimostrato, non sono in grado di tenere testa a spadaccini esperti.

Il metallo preme più forte contro la mia schiena. Non mi scalfisce la pelle, ma è tutt'altro che piacevole.

«Mani in alto, per favore, Principe Euyn. Ho l'ordine di consegnarvi vivo... se possibile. E preferirei non uccidervi, visto che il vostro amante desidera parlarvi».

Chiudo gli occhi e mi si serra lo stomaco.

Alzo le mani, non ho scelta.

È stato Mikail a tradirmi. Il traditore è sempre stato lui.

CAPITOLO 78

AERI

ARENA DEL RE, YUSAN

Resto in attesa nel palco reale. Gli arbitri discutono da tempo interminabile di una bandiera di penalità. Dovremmo già essere agli ultimi due minuti di gioco, ma la partita è stata interrotta per il confronto.

La situazione dei miei nervi peggiora ogni secondo. Me ne sto immobile a tenere questo vassoio di frutta come se fossi una statua, ma ho troppo caldo e troppo freddo insieme. Sento le dita ghiacciate, eppure sudo. Il cuore batte forte, ho le vertigini.

Che faccio? Che faccio?

Il re è a due metri di distanza da me e guarda la partita. La corona d'oro brilla sul suo capo. Mikail è nel palco, ma Sora non è ancora arrivata.

È accanto a Bay Chin e sta... chiacchierando.

Continuo a lanciare occhiate nella loro direzione, fin quando – finalmente, finalmente! – vedo Bay Chin, Sora e Ty avanzare verso di noi. Royo fa per seguirli, ma il conte gli ordina di restare indietro. Non riesco a cogliere le parole, ma i suoi gesti parlano chiaro.

No.

No, no, no. Royo non è in grado di proteggermi, se non è qui. E nemmeno io sono in grado di proteggere lui.

Ma non posso dire nulla. Non posso fargli un segnale e nemmeno guardare dalla sua parte. Forse, però, è meglio che stia al sicuro nell'altro palco. Ci sono così tante guardie di palazzo, qui dentro, così tante spade. Così tanti modi in cui può andare tutto storto.

Bay Chin mi supera sbuffando. Trattengo il fiato mentre mi passa davanti. Fa finta di non conoscermi. Espiro.

Fa un inchino al re. «Vostra Maestà, vorrei presentarvi Sora di Gain, la cortigiana del conte meridionale».

«Maestà» dice Sora, esibendosi in un'aggraziata riverenza. «Onorata di conoscervi».

«Non sapevo che Seok avesse un'amante, tanto meno così splendida» commenta il re. Parla a Bay Chin, invece che direttamente a lei.

«Un uccello davvero raro» conferma il conte.

Parlano di Sora come se fosse un animale o un'opera d'arte. Ma Sora resta immobile e sorride come se ne fosse contenta. È il gioco a cui dobbiamo stare. Il gioco a cui sarei dovuta stare per il resto della mia vita. Ma non più. Con oggi è tutto finito.

Non voglio fingere per il resto dei miei giorni. Non voglio più entrare nella nobiltà o essere riconosciuta da mio padre. Voglio stare con le persone che mi apprezzano per quello che sono, non per quello che potrei essere se cambiassi. Voglio Royo, domani e il giorno dopo e il giorno dopo ancora.

E so cosa devo fare per ottenerlo.

Appena prendo una decisione, la morsa attorno al mio stomaco si allenta. All'improvviso, per la prima volta oggi, sono calma. Lo so: è la scelta giusta. Saranno anche bugiardi e assassini, ma sono i miei bugiardi e assassini.

Devo tradire mio padre.

La partita riprende, poi suonano i corni. Il suono mi attraversa. Sono iniziati gli ultimi due minuti. È il segnale. Ci siamo.

Guardo Royo, ma Bay Chin mi fa un cenno e naturalmente il suo tempismo è perfetto. Sora è accanto a Re Joon e Mikail se ne sta in disparte. Esattamente ciò che volevamo, esattamente come l'abbiamo pianificato.

Forse è troppo facile, ma è tutto molto semplice... se sei una ladra del tempo.

Infilo la mano nel colletto dell'uniforme e afferro l'amuleto. È una campanella di vetro così piccola da sembrare una gemma gialla. La porto appesa a un cordino, sempre nascosta sotto i vestiti a collo alto. E non la tolgo mai. Non l'ho più fatto dalla notte in cui l'ho sottratta al cadavere del Principe Omin.

Appena stringo la gemma gialla nel palmo, il tempo si arresta. Gli striscioni si bloccano a metà del loro movimento ondeggiante; le persone rimangono immobili; i giocatori si fermano a metà azione. Io, invece, posso muovermi. Sì, ma a un prezzo terribile. Ogni secondo di blocco mi fa invecchiare più in fretta, e sembra che la situazione stia solo peggiorando. Per questo ho diciannove anni ma ne dimostro ventiquattro.

Eppure congelo il tempo quando sono costretta. L'ho fatto per rubare un diamante dal taglio inestimabile, per piazzare il bigliettino nella tasca di Royo, per portarci via con la scialuppa quando i pirati hanno attaccato il battello, per togliere il cappello a Euyn, per salvare Mikail nel magazzino, e ora, per completare la missione. Ma questa è l'ultima volta.

In pochi secondi, prendo la corona dalla testa di Joon, poi corro a metterla nelle mani di Mikail. Quindi torno al mio posto e sblocco il tempo facendo ricadere il ciondolo.

Sospiro. È stato facile. È fatta.

Il tempo riprende a scorrere senza che nessuno si accorga che l'ho fermato. Mi coglie una stanchezza terribile, più di un mese di invecchiamento si abbatte su di me in un colpo solo, ma dell'etherum non si può sospettare perché la gente è convinta che non ci sia più magia nello Yusan. Credono che si tratti di una specie di gioco di prestigio. Nessuno sa che ho l'Amuleto del Signore dei Draghi.

CAPITOLO 79

SORA

ARENA DEL RE, YUSAN

In un battito di ciglia, la corona è passata dalla testa di Re Joon alle mani di Mikail.

Non so come abbia fatto, ma non importa. Joon ora è mortale.

Senza un attimo di esitazione, mi sporgo in avanti e appoggio le mie labbra avvelenate su quelle del re. Lui sussulta, sorpreso, eppure ricambia il bacio. All'inizio avevo pensato di usare l'erling, perché è il veleno più letale di tutti, o il tabernacolo, il secondo più tossico al mondo, però sono anche i più comuni. Invece il mio rossetto è stato riempito di Heroti, un derivato di una pianta delle Terre Esterne. L'Heroti ha ucciso cinque ragazze dell'accademia dei veleni, e una minuscola dose è stata in grado di rendere persino me inerme per due mesi. Non lascia tracce, il suo effetto si può scambiare per un attacco di cuore. Fa sanguinare da dentro, provocando un dolore intenso e immediato al torace. Non esiste antidoto conosciuto.

Ne ho messo una dose sufficiente a uccidere cinque uomini. Il ronzio del successo scorre dentro di me. Joon morirà entro pochi battiti di cuore.

Ma quando mi tiro indietro e apro gli occhi, Re Joon sta... bene.

«È stato delizioso, mia cara» dice.

Confusa, faccio un passo indietro. Joon ha il capo scoperto. In questo momento dovrebbe stringersi il petto e rotolare giù dal trono per il dolore.

Invece no.

Mi volto verso Mikail appena in tempo per vederlo tagliare a metà la corona con la sua spada fiammeggiante. I due pezzi cadono a terra proprio mentre una delle guardie di palazzo lo colpisce, facendogli perdere i sensi.

Regno degli Inferi, che sta succedendo?

Perché Mikail ha appena distrutto la corona? Dov'è Euyn? E perché Joon respira ancora? Perché sta *sorridendo*?

Guardo Ty, nei suoi occhi c'è lo stesso sgomento che provo io.

«Ogni tanto mi chiedo...» Il re si prende un attimo per fare un sospiro stanco. «Quante volte, ancora, la gente si ostinerà a voler uccidere un dio? Catturateli».

Le guardie di palazzo ci si stringono intorno. Delle mani mi afferrano. Bay Chin viene spinto fuori dal palco reale.

«Scappa, Sora!» urla Ty. Sferra un pugno alla guardia che mi ha messo una mano sul braccio ma, prima che possa colpire di nuovo, due uomini lo afferrano. Un terzo lo colpisce allo stomaco.

«Basta! Vi prego» imploro.

Ty si accascia e viene trascinato via. Qualcuno mi solleva e mi porta lontano da ciò che resta della corona del Signore dei Draghi, fuori dall'arena.

Quindi mentivano: Re Joon è davvero un dio. E Mikail ci ha traditi. Ora moriremo tutti.

CAPITOLO 80

ROYO

ARENA DEL RE, YUSAN

Cosa cazzo ci fa Joon ancora vivo?

È successo così in fretta che non ho potuto fare nulla. E ora è il caos, non solo nel palco reale, in tutta l'arena. La gente si è accorta che è successo qualcosa, ma non riesce a capire cosa. *Io stesso* non ne sono sicuro. Aeri ha rubato la corona e Sora ha baciato il re, ma in qualche modo lo stronzo respira ancora.

Abbiamo fatto tutti quello che dovevamo fare. Tranne Mikail, che credo abbia distrutto la corona. Be', ed Euyn, che non si è mai presentato...

D'un tratto capisco: era una trappola.

Euyn ci ha incastrati, cazzo. È l'unico a non essere presente, mentre gli altri vengono circondati.

Il Macellaio della Foresta Occidentale.

Come ho fatto a non capirlo? Euyn si è spacciato per un re migliore, per un uomo ravveduto. Ma erano tutte stronzate. E io mi vendicherò.

Prima, però, devo raggiungere Aeri. Devo portarla in salvo. Ho giurato di proteggerla, e lei è nel bel mezzo del disastro.

Colpisco a tradimento un soldato che mi blocca il passaggio. L'uomo cade a terra e lo scavalco. Corro fuori dal palco dei nobili. La raggiungerò, a costo di sterminare l'intera guardia di palazzo.

Ma è troppo tardi.

Le guardie l'hanno già presa. La sollevano e la portano via dal palco reale. Mi faccio strada a spintoni. La salverò. Aeri mi guarda negli occhi e scuote il capo. Ha un'espressione così strana che mi blocco.

'No, Royo' mima con le labbra. Almeno credo. Non riesco a sentirla, in mezzo a questo casino.

E poi non c'è più.

Il dolore più intenso che abbia mai provato mi colpisce. È una sensazione come di tante ossa rotte, lividi, tagli e commozioni cerebrali, tutti sommati. E poi moltiplicati. L'ho persa. Ho fallito di nuovo.

Lancio un urlo gutturale, ma non riesco a sentire nemmeno quello tra i tamburi di allarme che segnalano un attacco al re. La folla inizia a gridare, confusa. Alcuni scelgono di fuggire. Altri sfruttano l'occasione per combattere tra loro. I giocatori vengono scortati fuori dal campo.

Delle mani mi afferrano. Colpisco alla cieca, prima ancora di capire che si tratta di guardie di palazzo. Non importa. Se anche volesse dire morte, non importa: gli spezzerò il collo. Devo farlo. Devo arrivare ad Aeri.

Le guardie sguainano le spade. Io non ho altro che i pugni.

«Non opporre resistenza. Non peggiorare la situazione» dice una voce roca.

Mi volto, i pugni ancora sollevati. L'uomo che ha parlato è elegante, e ha alzato una mano per chiedere alle guardie di attendere. Non so chi sia, ma i suoi occhi da serpe si guardano intorno. E le guardie di palazzo lo stanno ascoltando, quindi dev'essere un conte.

«Arrenditi subito» ordina.

«Perché cazzo dovrei?»

«Per combattere di nuovo».

Il suo tono non lascia spazio a dubbi: sa che facevo parte di un complotto. Sa che è andata male. Dal è morto, Seok non c'è e Bay Chin è appena stato portato via, quindi deve essere il conte occidentale.

Il tizio se ne va, circondato dalle guardie. Smetto di lottare e alzo le mani. Lascio che mi trascinino fuori, non perché me l'abbia detto il conte, ma perché l'unico modo per ottenere risposte o avere una possibilità di proteggere Aeri, a questo punto, è lasciare che facciano quello che vogliono. Devo sperare che mi portino dove sta andando anche lei. E poi, una volta lì, ucciderò tutti per liberarla.

Mi auguro solo di avere l'occasione di ammazzare anche Euyn a mani nude.

CAPITOLO 81

MIKAIL

PALAZZO DI QALI, YUSAN

Quando riprendo i sensi, la testa mi scoppia e anche il resto del corpo non se la passa troppo bene. Probabilmente le guardie mi hanno trascinato fuori tenendomi per le braccia. Bastardi. Scriverò al Generale Salosa un reclamo molto indignato.

Ma dove mi trovo? Dubito di essere nell'Arena del Re. C'è troppo silenzio, qui.

Appena apro gli occhi mi si serra lo stomaco. Conosco questo pavimento a mosaico. Senza nemmeno alzare lo sguardo, capisco di essere nella sala del trono del Palazzo di Qali.

Chiudo di nuovo gli occhi e sfrutto gli altri sensi. È sempre meglio fingere di dormire, per osservare senza essere scoperti. Mi hanno incatenato con le braccia dietro la schiena. Delle mani mi tengono fermo: devono esserci due guardie a reggermi in piedi, una a sinistra e una a destra. Ma, mentre ascolto, mi rendo conto che ci sono anche altre persone nella stanza.

Cos'è successo?

So di aver distrutto la corona dello Yusan subito dopo che Sora ha baciato Joon. Ma quando l'ho visto l'ultima volta, il re chissà come respirava ancora, e questo non sarebbe dovuto accadere.

A meno che Sora non ci abbia traditi.

Forse non c'era veleno sulla sua bocca. Non avrei avuto modo di saperlo.

Non ho mai sospettato di lei perché ero certo che fosse stata sincera con me. Mi lascio sfuggire una risata. Che sciocco, a credermi tanto speciale. A pensare che avessimo un legame unico. Mi sono fatto fregare da una seduttrice professionista.

Forse ci si è messa contro per la libertà di Daysum. La ama più di ogni altra cosa, e non ha mai mentito al riguardo.

Ma la mia domanda principale è: se Joon è sopravvissuto, perché mi trovo nella sala del trono e non nella Prigione di Idle? E dove sono tutti gli altri? Dov'è Euyn?

Con un certo sforzo, sollevo la testa pulsante. Quando mi guardo intorno, resto sinceramente scioccato.

Anche tutti gli altri sono qui, incatenati. Compresi Euyn e Sora. Quindi non ci ha traditi. Ma ora che faccio?

Dopo che abbiamo trovato Thorn, sapevo di dover riferire qualcosa al palazzo, così ho dichiarato che questo era sempre stato il mio piano. Che li stavo assecondando solo per riuscire a portarli alla partita di tuhko, senza menzionare quando era previsto l'assassinio vero e proprio. Ma ora che si fa? Come posso salvarli? E chi è stato a tradirci?

Royo è accanto a me, poi c'è Sora e accanto a lei Ty. Aeri sta tremando e piangendo nella sua uniforme da serva. Poi c'è il conte settentrionale, che fissa per terra. Infine, Euyn.

Per le stelle, sono grato che sia vivo. Ma mi sta pugnalando con lo sguardo. Probabilmente sa che ho distrutto la corona. Un altro tradimento, ma ora che la reliquia non c'è più, Gaya ha una possibilità di essere libera. Almeno una cosa giusta l'ho fatta.

Le porte si aprono e Joon entra dagli appartamenti reali. Le guardie ci costringono a inginocchiarci. Alzo gli occhi al cielo. Un po' eccessivo. Ma quando sollevo lo sguardo vedo lì, sulla testa di Joon, la corona del Signore dei Draghi.

Come cazzo è possibile?

L'ho distrutta. So di averlo fatto. L'ho vista cadere a pezzi. Possibile che la stronza si rigeneri?

Continuo a fissare la corona mentre il re mi si ferma davanti. L'ho tranciata proprio al centro. Ne sono sicuro. Eppure non c'è nessuna crepa, nessun segno di taglio vicino al rubino centrale.

«Scoprirai, caro Mikail» esordisce Joon, «che la *vera* corona del Signore dei Draghi non è meno fragile del trono dello Yusan».

Lord Yama. Era un falso.

Sento il sangue abbandonarmi il viso. Ci hanno fregati. Ma chi?

«Ciao, fratello» dice poi, avvicinandosi a Euyn. Più gentile di quanto mi aspettassi. Il che mi preoccupa.

È stato lui? Ha fatto il doppio gioco per tutto questo tempo? Trattengo il respiro.

Euyn tiene il mento alto, un'espressione disinvolta, regale, come se non fosse in catene. «Fratello».

Espiro. Non è stato lui.

Joon si ferma davanti al conte settentrionale. «Bay Chin».

«Vostra Graziosissima Maestà» bofonchia il conte a testa bassa.

Joon gli appoggia la mano sulla spalla. «Prestazione ammirevole. Come promesso, le sanzioni su Umbria sono ora revocate. Potete tornare al nord».

Il re fa un gesto e le guardie aiutano Bay Chin a rimettersi in piedi. Il vecchio muove le braccia per tenersi in equilibrio, perché in realtà non è mai stato incatenato. Non in quanto anziano, ma perché era in combutta con Joon. È lui il traditore. È lui che ha orchestrato tutto quanto, che mi ha coinvolto, che ci ha consegnati per fare ammenda per il suo precedente attentato. In modo che Umbria non debba più devolvere un quarto dei suoi guadagni in sanzioni a Joon.

Il cuore mi martella contro le costole, ma ha senso. Soldi, amore e vendetta sono le ragioni più comuni che stanno dietro al tradimento. E i soldi sono sempre al primo posto. Avrei dovuto prevederlo, se non fosse che il vecchio è un attore convincente. Credevo che volesse la morte di Joon, d'altronde ci aveva già provato in passato. E probabilmente la vuole ancora. La sua lealtà è solo temporanea.

Una volta in piedi, Bay Chin si inchina fino a terra davanti al re.

«Siete molto generoso e indulgente, Vostra Maestà» dice. «Ma posso chiedere...»

«Lasciateci». Il volto e il tono di Joon si induriscono. Perdono non significa favore, e Bay Chin avrebbe dovuto saperlo.

Il conte rabbrividisce e sguscia fuori dalla sala del trono. Non prima di avermi lanciato un'occhiata. Ricambio lo sguardo. Gli darò la caccia come a un cervo. Lo giuro.

«Voglio congratularmi con tutti voi per l'ottimo lavoro» riprende il re. «Il mio assassinio è stato un grande successo, proprio come speravo».

Ci guardiamo intorno, in vari stati di incredulità. Ma scommetto di essere il più scioccato di tutti. Di che sta parlando? Perché sperare in un tentativo riuscito?

La consapevolezza mi arriva dapprima lentamente, poi così in fretta da mozzarmi il fiato.

No. No, non può essere.

Joon incontra il mio sguardo e sorride piano.

È così.

A orchestrare il piano, l'intero complotto, è stato *il re*.

E adesso non abbiamo più la minima possibilità di salvezza.

CAPITOLO 82

ROYO

PALAZZO DI QALI, YUSAN

Che cazzo succede, per i Dieci Inferni?

Quel fottuto codardo di Bay Chin ci ha incastrati, questo è chiaro. Serro i pugni. Anche se non è corretto attaccare i vecchi, per lui sento di poter fare un'eccezione.

Ma perché Re Joon si è appena congratulato con noi per il tentato omicidio? Primo, è ancora vivo. E secondo, che razza di uomo è contento che la gente cerchi di ucciderlo?

Gli occhi di Joon si posano su Aeri. Quando le si avvicina mi dimeno, con il metallo delle catene che mi morde i polsi. Altre due guardie accorrono per aiutare la coppia che cerca di trattenermi. Buona fortuna, se Joon osa torcerle un capello. Lo farò fuori, dio o non dio.

Lo sferragliare delle catene attira l'attenzione del re, che mi guarda prima di tornare ad Aeri.

«Figlia, sono deliziato e deluso allo stesso tempo» dice.

«Padre» risponde lei, chinando il capo. Ma continua a guardarlo.

Cosa. Cazzo. Succede.

Smetto di lottare e guardo gli altri del gruppo. Sono tutti scioccati: cosa stiamo vedendo? Mi sembra che il mio cervello sia stato trascinato nel fango. Forse ho preso un colpo di troppo alla testa, perché giuro che ho avuto la sensazione che Aeri si rivolgesse a Joon chiamandolo 'padre'. Ma no. Non è possibile. Aeri non fa parte della famiglia reale. È una ladruncola di strada, una borseggiatrice, una ragazza costantemente in fuga dalla guardia reale, come me. Forse 'padre' è il suo strano modo di appellarsi al sovrano. Chi lo sa.

«Oh, è vero» esclama Joon, guardandosi intorno. «Non ho avuto il tempo di presentare adeguatamente mia figlia». Fa un gesto verso Aeri. «Lei è Naerium Lin Baejkin. La figlia di Soo Lin».

L'orrore mi paralizza. Ma il mio cervello riprende a funzionare. Quel nome. È il nome che mi ha dato quando ci siamo incontrati per la prima volta: Soo.

Aeri Soo.

È la figlia del re.

E si è presa gioco di me fin dall'inizio.

Un'ondata di emozioni mi colpisce alle viscere. Il torpore si impadronisce del mio viso e del mio busto. Ho ucciso per lei. Ero pronto a morire per lei. Per una *principessa* del cazzo.

Per tutto questo tempo. Per tutto questo cazzo di tempo, da quando è venuta a cercarmi al Butcher & Ale, sapevo che c'era qualcosa sotto. Sapevo che non sarei mai dovuto andare al Black Shoe Inn. Ho avuto un brutto presentimento dall'istante stesso in cui Yuri mi ha riferito che una bella ragazza chiedeva di me. Ma l'ho ignorato. Ho continuato a ignorare tutti i campanelli d'allarme. Tutte le sue bugie, tutti i suoi lapsus. Poi mi sono avvicinato a lei, e ho proprio smesso di vederli. Mi sono innamorato di lei. E mi sono persino *fidato* di lei. Come il re dei fottuti idioti.

Ora invece tutto ha senso. Perché a Capricia, alla prima occasione, è scomparsa. Perché quella banda a Oosant non l'ha presa quando ha preso Sora. Quando si è allontanata, stava *davvero* mandando un messaggio a suo padre, peccato che suo padre fosse il cazzo di re.

Ogni volta che parlava di lui, di come stava facendo tutto questo solo per compiacerlo, parlava di Joon. E io non l'ho mai capito.

È per lei che l'assassino di palazzo ci seguiva. Probabilmente la stava proteggendo. Si sono incontrati ad Aseyo, ma Aeri gli ha piantato un coltello nel collo dopo che è stato visto da Sora, solo per coprire il suo legame con il trono. Quindi era *davvero* il mio fottuto coltello da lancio, proprio come pensava Mikail: deve averlo preso dalla nostra stanza.

Ma io le ho *creduto*. L'ho difesa. Ho continuato a darle il beneficio del dubbio per via dei soldi, del lavoro, perché fingeva di apprezzarmi, di volermi, di essere innamorata di me.

Era tutta una recita.

Mi manca il respiro. Ho il cuore in agonia. Chissà, forse sto per morire. La sensazione è quella.

Perché? Perché ci ha fatto questo? Che senso ha? E cosa ci fa anche lei in catene, se è in combutta con il re?

Nella stanza non vola una mosca.

«Che cazzo sta succedendo, Aeri?» chiedo. La mia voce riecheggia tra le pareti.

Una guardia mi sferra un pugno in mezzo alle scapole. Sai che coraggio, colpire un uomo in catene. Raddrizzo la schiena, sporgendo il busto in avanti. «Prova a rifarlo quando sarò libero».

«Guardie, portatelo alla Prigione di Idle» ordina Re Joon.

Mi preparo al peggio. Non mi prostrerò, cazzo. E non implorerò, questo è certo. Dicono che la Prigione di Idle sia l'inferno in terra, ma io sono pronto ad andarci. Preferisco finire in una cella buia sotto un lago, piuttosto che passare un altro secondo con Aeri.

Aeri, che si alza a fatica e apre la bocca, inorridita. «No! Lui non c'entra niente!»

«Lo so, mia cara. Infatti non ti ho mai chiesto di portarlo qui» replica Re Joon.

Le guardie fanno alzare Ty, non me.

È Tiyung che finirà in prigione.

«No!» grida Sora. «No! Vi prego! Vi prego. È l'unico figlio di Seok».

«Ed è colpevole di alto tradimento» dice Re Joon. «Prendetelo».

Sora e Ty si scambiano un'occhiata così colma di disperazione che fa male guardarli.

«Va tutto bene» la rassicura Ty. «Andrà bene, Sora. Aspetterò quel tutto».

Nonostante l'espressione coraggiosa, le mani gli tremano. In qualche modo, però, riesce a lasciare la sala del trono camminando a testa alta. Le lacrime scorrono sul viso di Sora che, quando le porte si chiudono, si accascia per terra.

Ma Re Joon non sta guardando né lei né Mikail. È concentrato su Naerium. C'è qualcosa nella sua espressione che mi fa torcere lo stomaco. Orgoglio misto a... furia?

«Sei davvero una Baejkin, in fin dei conti, se fai il doppio gioco con il tuo stesso padre» commenta.

Aeri non risponde. Si limita a fissarlo con una freddezza che nel suo sguardo non ho mai scorto. Eccola, la creatura che ho visto a sprazzi sotto la ragazza gioiosa e spensierata. Quella fatta di selce e zanne. Solo che all'epoca non avevo capito che aveva preso tutto da Joon.

«Quando hai smesso di mandarmi aggiornamenti ho immaginato che fossi passata dalla loro parte» dice il re con una smorfia disgustata. «Se non fossi stato preparato al tuo tradimento, avresti ucciso il tuo stesso padre. Che peccato avere come figlia una classica adolescente senza cervello. Il nostro accordo è saltato».

Cosa? Quale accordo? E Aeri ha ventiquattro anni, non è certo un'adolescente. Ma forse era solo l'ennesima bugia. Il cuore mi batte forte, la testa mi sta per crollare, e sarebbe davvero bello se tutti per una cazzo di volta parlassero chiaro.

«Mi hai chiesto di portare qui Sora, Mikail ed Euyn, e ho fatto la mia parte» ribatte Aeri. L'onda d'urto di questa frase si ripercuote sul gruppo, e mi sembra di avere la bocca piena di cenere. Per poco non mi strozzo, quando sento le parole successive. «Lascia andare Royo e Tiyung».

Gli altri tre hanno l'aria di volerla uccidere seduta stante. Serro i pugni, ancora in preda all'impulso di proteggerla e difenderla; non riesco a essere freddo nei suoi confronti. Ma imparerò.

Anche se... credo che stia cercando di salvare me e Ty?

«Non sei nella posizione di fare richieste» sbotta Joon. «Ho un conto in sospeso con Seok. E tu e la guardia che Bay Chin ti ha detto di assumere potete andare ai Dieci Inferni insieme ai vostri amici, per quanto mi riguarda». Joon fissa la principessa. Ma non deve preoccuparsi.

Ci penserò io a ucciderla, con le mie mani.

CAPITOLO 83

EUYN

PALAZZO DI QALI, YUSAN

Davvero non capisco cosa stia succedendo. *So* che Mikail non mi ha tradito. Non ha tradito nessuno. È stata tutta opera di Bay Chin... e di Aeri.

Joon ha detto che è sua figlia, ma è impossibile. Anche se non la vedo da quando era neonata, sua figlia è morta anni fa. Joon non ha eredi ancora in vita. Per questo sono il prossimo in linea di successione.

«Naerium è morta in un incendio sette anni fa, quando aveva dodici anni» dico appena, finalmente, recupero la voce. «Aeri non può essere la tua vera figlia».

«Sì, pensavo che il nostro caro fratello Omin avesse ucciso anche lei». Joon si stringe nelle spalle. «Ma poi ho trovato Aeri davanti alla pira funeraria di sua madre, l'anno scorso. Viva e vegeta».

Faccio una smorfia. Questo vorrebbe dire che Aeri ha diciannove anni, non ventiquattro, ma chi noterebbe la differenza? Per non parlare del fatto che ci ha mentito per non farci venire dubbi sulla sua identità. Avevo sentito dire che Omin uccideva ragazze giovani. Che era stato bandito dal palazzo perché qualcuno l'aveva sorpreso a gettarne una nel Lago Idle per disfarsi del cadavere. Ma credevo si trattasse di una storia sfuggita di mano, tipo quelle in cui io venivo chiamato 'macellaio'.

Invece no.

Sospiro tra me e me. Che famiglia.

Ma la domanda più urgente è: perché mai Joon dovrebbe tramare il suo stesso omicidio? E cosa intendeva quando ha detto che Aeri poteva andare all'inferno con noi? Perché mio fratello è molte cose, ma di sicuro non è incline ai drammi.

«Che piano complicato» ironizzo, alzando un sopracciglio. Ho smesso di essere paranoico. Essere paranoici significa temere la morte, mentre io la sto guardando in faccia. «Se mi rivolevi indietro, perché non aumentare la taglia e chiedermi vivo? È sempre stata piuttosto bassa, come cifra».

«Non ho mai messo una taglia sulla tua testa» risponde Joon. «È stato il Consiglio dei Lord a decidere. E non ti voglio morto. Anzi, al contrario. Voglio perdonare i tuoi crimini e reintegrarti come principe».

Ammutolisco. Tra tutte le cose che mi aspettavo da mio fratello – che mi uccidesse, torturasse, costringesse a guardare mentre torturava Mikail – un'offerta di reintegrazione proprio non me l'aspettavo. Cos'avrà in mente?

«Voi cinque siete tutti colpevoli di alto tradimento e potreste essere condannati al lingchi o alla decapitazione, oppure all'ergastolo» dice. «Ma... sono un signore misericordioso. Ho intenzione di perdonarvi. Di ricompensarvi, persino. A una condizione».

Ovviamente vuole qualcosa. Deve aver avuto una buona ragione per fare tutto questo, per averci portati tutti qui, vivi.

Trattengo il respiro, col cuore che batte forte, in attesa di scoprire quale sia questa buona ragione.

CAPITOLO 84

MIKAIL

PALAZZO DI QALI, YUSAN

Oh, bene. Non vedo l'ora di scoprire cosa vuole Joon.

Ma sono distratto. Non posso credere di non aver capito che Aeri era sua figlia. Non mi capacito di aver invitato una traditrice tra noi. Credevo davvero che fosse una ladra comune, pensavo di averla beccata a rubare un diamante dal taglio inestimabile. Ero convinto di essere una spia così in gamba da aver trovato una ragazza in grado di prendere la corona: l'ultimo tassello mancante, secondo Bay Chin. Pensavo di essere stato così furbo da convincerla.

Arroganza. La mia rovina è stata solo l'arroganza.

Che fine poco originale.

Joon mi conosce abbastanza da sapere che sarebbe stato utile convincermi che il piano fosse una mia idea. Ed ero così distratto dal desiderio di vendetta, dalla lunghissima attesa, che ho perseverato nonostante tutte le riserve. Nonostante la morte di Thorn e quella piuttosto sospetta di Dal. Perché non volevo fermarmi. Vedevo solo un'opportunità di vendetta. E ora un piano che durava da quasi vent'anni è andato in fumo a causa della mia impazienza. Ora devo rimettermi alla misericordia di Joon, una caratteristica per la quale non è di certo noto.

«Qual è la condizione?» gli chiede Euyn.

Joon sorride. «Sai che nostra sorella siede sul trono del Khitan».

Euyn annuisce lentamente. «Così ho sentito».

«Indossa l'anello». Joon agita una mano come se stesse discutendo di una sciocchezza. «Portatemelo».

Euyn sbatte confuso le palpebre. «Portarti... l'Anello del Khitan?»

Scoppio a ridere. L'Anello d'Oro. La reliquia del Signore dei Draghi in grado di trasformare qualsiasi cosa in oro massiccio, per puro capriccio di chi lo indossa. È naturale che lo voglia. Ci sta che sia l'obiettivo di tutto questo. Ha già la Corona Immortale e ha rubato la vera Spada Fiammeggiante del Signore dei Draghi a Gaya, durante la Festa di Sangue. Ora vuole la terza reliquia. Forse sta cercando di radunarle tutte, ma l'amuleto è andato perduto molto tempo fa da qualche parte a Fallow e i sacerdoti di Wei continuano a uccidere le spie che mandiamo per cercare di rubare lo Scettro dell'Acqua.

Quilimar, però, raderebbe al suolo l'intero Paese piuttosto che dare qualcosa a Joon. Il che, allo stato attuale, potrebbe essere uno spettacolo divertente.

«Sarebbe molto più veloce ucciderci» dico.

«Perché dovrei farlo?» chiede Joon. «Voi cinque siete riusciti a prendermi la corona e a sopravvivere. Se non avessi avuto la vera reliquia sul braccio sarei morto, grazie a mia figlia». Si ferma e la guarda. Nella sua espressione c'è del legittimo dolore, ma appena sbatte le palpebre svanisce. «Ne deduco che potreste essere in grado di prendere l'anello e uscire vivi dal Khitan».

«Perché non mi hai detto subito che volevi l'anello?» domando. «Qual è il motivo di questa elaborata farsa?»

Joon mi fissa, le guance che via via prendono colore. È infastidito dalla mia domanda. «In quale regno avresti accettato di rivelare dove si nascondeva Euyn? E nulla avrebbe convinto Seok a confessarmi di avere un'accademia dei veleni. Organizzando questo complotto, i migliori assassini dello Yusan sono venuti da me spontaneamente, legati da uno scopo». Fa spallucce. «Con Quilimar non posso rischiare di fallire. Consideratelo un provino, se volete».

Lancio un'occhiata a Euyn. La logica di Joon non fa una piega, e lo detesto. Quale modo migliore per portarci tutti qui? Dallo sguardo scocciato di Euyn capisco che è d'accordo con me. Siamo entrambi consapevoli della leggendaria brutalità di Quilimar e del fatto che con l'oro si comprano protezioni notevoli. Non posso biasimare Joon perché non vuole rischiare di fallire. Be', forse posso...

Joon continua. «Portatemi l'anello e sarete tutti profumatamente ricompensati. Euyn, sarai di nuovo il principe ereditario dello Yusan».

Si piazza di fronte a Sora. Lei non ha fatto altro che guardare dritto davanti a sé da quando Joon ha spedito Ty nella Prigione di Idle. «Sora, che ne diresti della libertà per te e tua sorella? La casa del conte ad Aseyo, dove potrete essere lasciate in pace? Magari la possibilità di uccidere tu stessa Seok, una volta catturato?»

Sora sbatte più volte le palpebre. Chiunque sia la sua fonte, ha informazioni eccellenti. È esattamente quello che più desidera.

«Io e mia sorella vivremmo nella casa che appartiene al conte orientale?» chiede.

«Purtroppo è deceduto e suo figlio è troppo giovane per governare» risponde Joon. «Questo lascia le sue proprietà sotto il mio controllo. E io sono un signore generoso. Portatemi l'anello e in cambio avrai la villa».

Sora è sbalordita. La terra non è una concessione da poco, nello Yusan. È tutta in mano ai nobili o alla corona, e i popolani sono costretti ad affittare e sottostare ai loro capricci.

«E Tiyung?» incalza.

Joon è effettivamente sorpreso dalla sua richiesta, ma si riprende in fretta. «Sì. Portatemi l'anello e lo lascerò andare, hai la mia parola».

Sora torna a tacere.

«A proposito del conte orientale recentemente deceduto» continua il re. «Mikail, tu potresti essere il reggente del ragazzo».

Lui... mi farebbe diventare conte orientale per i prossimi dieci anni? Il re può dare o togliere la nobiltà a chiunque, ma non è comune che lo faccia. Agli aristocratici piace credere che la loro posizione sia sicura, in questo regno. Ma come Conte di Tamneki potrei fare grandi cose per Gaya. Finanziamenti, sostegno alla dipendenza da laoli, diminuzione della presenza militare o addirittura supporto a un colpo di stato, ottenendo finalmente l'indipendenza dell'isola, eventualità di cui i miei genitori osavano solo sussurrare.

Il mio battito accelera mentre inizio a sognare, ma poi mi rendo conto che non è nient'altro che questo: il sogno di uno sciocco.

«Mi daresti Tamneki?» chiedo, ridendo. «Subito dopo che ho cercato di ucciderti?»

Joon si stringe nelle spalle. «Chi non ci ha provato? Se dovessi serbare rancore per ogni tentativo di omicidio, non ci sarebbe più nemmeno un nobile».

Non ha tutti i torti.

«Avete appena visto che ho permesso a Bay Chin di andarsene sano e salvo per la sua strada. Non dubitate della mia misericordia».

Va bene, lo ammetto, Joon è sempre stato un governante straordinariamente pragmatico. Tuttavia, rubare l'Anello del Khitan è facile come rubare la corona di Joon. C'è un motivo per cui non è mai stato fatto. La leggenda vuole che si debba avere sangue reale per indossare l'anello. Ma avremmo Euyn con noi, e suppongo anche Aeri, quindi una minima possibilità c'è.

Restiamo in silenzio, senza dubbio ragionando sulla ricompensa in caso di successo e sulla probabilità che la cosa funzioni davvero. Le condizioni poste dal re sono per molti versi migliori di quanto mi aspettassi; per molti versi, invece, sono parecchio peggiori.

«A proposito di Umbria, ho sentito dire che sei un picchiatore» dice Joon a Royo.

La testa di Aeri si alza di scatto.

Royo non risponde. Fissa Joon.

«Bay Chin mi ha detto che un uomo è andato in prigione per un crimine che hai commesso tempo fa» continua il re. Royo all'improvviso si irrigidisce. Il sudore gli imperla la fronte e il respiro accelera. «Devo dire che non mi va a genio l'idea che mia figlia sia sorvegliata da un uomo che ha ucciso una ragazza. Ma suppongo che le persone possano cambiare».

Royo ha l'aria distrutta, mentre Aeri rimane a bocca aperta.

Sono tutte informazioni nuove anche per me. Però, *in effetti,* Royo voleva che Euyn graziasse un criminale. Gli ha offerto la sua spada solo quando lui ha giurato che avrebbe annullato l'editto. E poi, a giudicare dal suo sguardo... Ma no. Non può essere stato lui. Sarà una distorsione del conte settentrionale.

Per le stelle. Royo potrebbe uccidere Bay Chin prima che possa farlo io.

Fissa Joon negli occhi. «Bay Chin sa esattamente chi ha ucciso Allora, ne sono certo».

Joon fa spallucce. «Comunque sia, porta a termine questo lavoro e quell'uomo sarà graziato» propone. «E tu potrai tenerti i centomila mun che mia figlia ti ha promesso».

Per ultima cosa si ferma davanti ad Aeri, che fissa affranta Royo. Lo trovo piuttosto ipocrita, da parte sua. D'altronde, suppongo che siamo tutti bugiardi e ipocriti, indignati per essere stati traditi mentre avevamo in mente fin dall'inizio di fregarci a vicenda. Le storie d'amore tra bugiardi e assassini non sono tra le più semplici. A differenza di me ed Euyn, lei e Royo sono dei novellini.

«E tu sarai riconosciuta, proprio come ti avevo promesso prima che mi tradissi» dice Joon. «Sarai una principessa dello Yusan. A tua madre verrà concesso il titolo postumo di prima regina».

Si potrebbe sentir cadere un ago da cucito, tanto è assoluto il silenzio.

Poi Aeri china il capo e acconsente.

CAPITOLO 85

EUYN

PALAZZO DI QALI, YUSAN

«Un'ultima cosa» conclude Joon.

Fantastico: c'è dell'altro. Pensavo che la missione di sottrarre l'anello alla nostra perfida sorella fosse già abbastanza impossibile. A quanto pare mi illudevo.

«Tornate prima che finisca la stagione dei monsoni».

Cosa?

La stagione dei monsoni sta per iniziare, e durerà un mese.

«Ti aspetti che andiamo nel Khitan, rubiamo l'anello e torniamo qui, tutto nel giro di un mese?» chiedo.

Joon annuisce. «Tecnicamente cinque settimane, giorno più giorno meno, ma per il resto... è corretto».

«Perché tanta fretta? Sei così ansioso di riavermi a palazzo?»

Joon allarga le braccia. «Non ho mai voluto che te ne andassi. Se tornerete con l'anello prima della fine della stagione, sarete tutti generosamente ricompensati. Se fallirete, implorerete la morte. Se Quilimar scoprirà che vi ho mandati io, arrostirò vivi i vostri cari prima di darli in pasto agli iku sotto i vostri occhi. Avete la mia parola».

La minaccia si posa su ciascuno di noi, a turno. Per Sora, ovviamente l'allusione è a Daysum; per Royo, all'uomo imprigionato; per Aeri non lo so, ma potrebbe riferirsi allo stesso Royo.

Io amo solo Mikail, quindi nel mio caso sta parlando di lui. Quanto a Mikail, non so chi ami, lui. Teoricamente me. Ma non posso esserne sicuro, perché Mikail non mi dice mai un cazzo. Tra l'altro, perché ha distrutto la corona?

Poi ci arrivo: se è stato Bay Chin a informare Joon del piano, significa che Mikail non ha mai parlato con Quilimar. E se non ha avuto l'idea da lei...

Mi si blocca lo stomaco e mi si gela il sangue. Mi ha mentito fin dall'inizio.

«Ora, se volete scusarmi, ho altre faccende da sbrigare» ci liquida mio fratello. «E voi avete una nave rapida da prendere».

Le guardie ci tirano in piedi.

Joon riflette un attimo. «Prendete quello che vi serve dall'armeria. Oh, e Mikail...»

Mikail incrocia il suo sguardo.

«Baderò io ad Ailor, fino al tuo ritorno».

Ciò detto, esce dalla stanza. Lasciandomi con una nuova domanda: chi diavolo è Ailor?

Chiunque sia, non ho mai visto Mikail così pallido. Nemmeno quando ha rischiato di morire dissanguato. La consapevolezza mi colpisce, conficcandosi dentro di me come una lama spezzata: non so nulla di lui.

CAPITOLO 86

SORA

PALAZZO DI QALI, YUSAN

Niente di tutto questo sembra vero. Né che il nostro tentativo di uccidere il re sia fallito anche se abbiamo fatto tutto ciò che dovevamo. Né che siamo stati catturati. Né che Bay Chin ci abbia traditi. Né che Tiyung sia in un'orribile prigione sotto un lago. Né che Aeri sia la figlia del re e abbia fatto il doppio gioco sia con lui che con noi, né qualunque altra cosa io abbia appreso in quest'ultima campana.

È semplicemente troppo, quindi mi spengo. Mi concentro solo sul mettere un piede davanti all'altro sul pavimento di marmo. In realtà non vorrei camminare. Non vorrei far altro che sdraiarmi e morire.

Ma mi basta il tempo di un respiro per tornare in me. Non posso arrendermi. Il re è vivo, e se io scompaio e mi danno per morta, Daysum potrebbe essere venduta alle case di piacere. Se fallisco, Ty rimarrà nella Prigione di Idle. Il panico mi attanaglia, ma combatto.

No.

No, non posso perderla. O perdere lui. Devo andare avanti. Ma come?

Regno degli Inferi, perché proprio a me? È davvero una sventura, amare come amo io.

Le guardie di palazzo ci portano all'armeria e il tragitto è teso. Siamo ancora tutti e cinque incatenati alle persone che più odiamo, quelle che ci hanno mentito e tradito. Eppure Mikail dirige le guardie a prendere le armi come se fosse una cosa normale.

Lo odio. E odio Aeri. E Bay Chin. E Joon. E Seok.

Vorrei crollare. Ma non lo farò. Respiro profondamente. Io e mia sorella vivremo insieme in quella grande villa lussuosa. E libererò Ty. Ha bruciato il mio contratto. Ha sfidato suo padre. Mi ha fatto dimenticare la mia disperazione per una notte. Troverò il modo di andare avanti, per loro.

Un passo alla volta. Continuo a camminare.

Quando le guardie ci scortano fuori dall'ingresso del palazzo, troviamo una carrozza ad attenderci, con il mio baule già caricato sul retro. Il re ha sempre saputo dove eravamo grazie ad Aeri e a Bay Chin. Complottando il suo stesso assassinio, è riuscito a radunare i più letali assassini dello Yusan e a dimostrare che siamo in grado di rubare una reliquia. Ora abbiamo cinque settimane per appropriarci dell'anello nel Khitan.

Anche se non sono sicura di quali siano le sue proprietà, tutti lo hanno definito una reliquia del Signore dei Draghi, il che significa che è come la corona. Il che significa che per noi sarà quasi impossibile rubarlo. Ma c'è qualcosa che mi colpisce, in tutto questo. Non so bene cosa, perché non sono fatta per questi giochini.

Veniamo liberati un attimo prima di essere gettati nella carrozza. Si parte immediatamente, le ruote che sferragliano sul ponte stretto.

Negli occhi di tutti si leggono sospetto e dolore. Anche se cerchiamo di sederci il più lontano possibile l'uno dall'altro, questa non è una grande carrozza rapida – ci sono solo due panche – quindi siamo obbligati a guardarci in faccia. Siamo diretti verso una nave che ci porterà in un altro regno. Il Khitan, luogo in cui un tempo volevo fuggire, ma che ora è l'ultimo posto in cui vorrei essere, dato che devo andarci con questa gente.

Mi sfrego i polsi, chiedendomi perché continuino tutti a gettarmi nel fuoco.

'Sei fatta di acciaio' mi ha detto Ty.

Solo che l'acciaio, nella fucina, diventa più forte. Io non sono una lama. Sono solo una pedina.

Royo è di fronte a me. I suoi polsi sanguinano. Strappo un lembo della fodera del mio vestito e lo uso per fasciarglieli. Mi guarda con la fronte aggrottata, ma annuisce, grato.

Non so perché dovrei aiutarlo, perché ora dovrei aiutare uno qualunque di loro, ma questo è ciò che sono. Questo è ciò che Seok non mi ha mai tolto, nonostante tutto il veleno e le torture. Sono ancora in grado di amare. Mi importa ancora delle persone. Ed è sempre questo che rende tutto così doloroso. Mi sono fidata di loro. Ma gli uomini come Seok e Joon non amano nessuno. Sono e saranno sempre odio, isolamento e terrore.

E io preferisco una vita di amore e ferite a una vita di terrore.

«Aspettate» sussurro.

Mi guardano.

«Aspettate» ripeto, più forte. «Lui la teme». Sbattono tutti le palpebre, confusi. «Joon ha paura di Quilimar».

Euyn annuisce. «L'ha venduta al suo defunto marito».

I pezzi stanno andando rapidamente al loro posto. «Tanta fatica. Tutte queste bugie, mosse e contromosse, solo per metterci alla prova. Come mai?»

Aeri, che sembra davvero disperata, parla senza alzare lo sguardo dalle ginocchia. «Perché non può rischiare di fallire».

«Esattamente» dico, sembrando proprio la direttrice di scuola che vorrei essere.

«E allora?» brontola Royo. «Significa solo che siamo ancora più fottuti della prima volta».

Ma gli occhi di Mikail si puntano nei miei. «Dove vuoi arrivare, Sora?»

Mi sporgo in avanti. «Ha mostrato le sue carte. La sua debolezza è la paura, e noi possiamo usarla contro di lui».

«E come suggeriresti di farlo?» chiede Euyn, con uno scetticismo che gli assottiglia la voce. «Dobbiamo rubare un anello dalla mano di mia sorella, il che è impossibile».

«No che non dobbiamo» ribatto, alzando il mento. «Perché se Quilimar è *sua* nemica... questo fa di lei la *nostra* nuova migliore amica. Joon può anche illudersi che sia stato solo un provino, ma... trascura il fatto che abbiamo ottenuto qualcosa, la cosa più importante».

«Non abbiamo ottenuto nulla» borbotta Royo, massaggiandosi i polsi.

«Abbiamo fatto l'inimmaginabile: non ci siamo semplicemente riuniti nell'arena dai quattro angoli opposti dello Yusan, abbiamo collaborato. Abbiamo ucciso e sanguinato l'uno per l'altro. Siamo riusciti a guadagnarci la fiducia reciproca, mentendo e ingannando per tutto il tempo. Se siamo stati capaci di questo, possiamo trovare un modo per portare la regina dalla nostra parte. E poi usarla per ottenere tutto ciò che vogliamo. Vendetta compresa».

Resto con il mento alzato, in attesa delle loro reazioni. Potrebbe essere la cosa più sciocca che abbia mai detto, ma potrebbe anche funzionare. Lentamente, a turno, annuiscono tutti.

«Ti ascolto» dice Mikail con un sorrisetto.

Forse Ty ha ragione. Forse *sono* d'acciaio.

E giuro che spezzerò le sue catene e quelle di Daysum prima che Re Joon assaggi la mia spada.

Fine, per ora

RINGRAZIAMENTI

Nulla di *Cinque lame spezzate* sarebbe stato possibile senza la mia brillante editor ed editrice, Liz Pelletier. Grazie per i brainstorming, per l'incrollabile sostegno e per aver trascorso intere albe e nottate a lavorare insieme a me. Grazie per aver dato vita a questo gioiello di libro e per avermi aiutata a lucidarlo. Dire che è stato straordinario non gli renderebbe giustizia. Grazie per avermi cambiato la vita! Grazie anche a Jen Bouvier, il cui costante sostegno mi ha accompagnata in ogni fase di quella che, nella maggior parte dei casi, è una carriera solitaria. Grazie per essere sempre una vera amica. Niente di tutto questo sarebbe accaduto, senza di te.

Grazie a tutti i collaboratori di Red Tower per il loro instancabile impegno nel trasformare questa storia in un libro. Grazie alla magnifica squadra dell'editing, che comprende: Rae Swain, Hannah Lindsey, Stacy Abrams, Molly Majumder, Nancy Cantor e Jessica Meigs. (Hannah, scusa ancora per il doppio lavoro!). Grazie all'incredibile team arte e design: Bree Archer, Elizabeth Turner Stokes, Juho Choi, Jennifer Valero e Britt Marczak. Grazie a Curtis Svehlak e Viveca Shearin della produzione. E grazie alla fantastica squadra di pubblicità e marketing, tra cui: Ashley Doliber, Meredith Johnson, Heather Riccio, Brittany Zimmerman e Lizzy Mason. Un grazie speciale ad Aaron Aceves e Nicholas Macoretta per i loro preziosi contributi e feedback, e grazie a Nicole Resciniti per aver portato questo libro in tutto il mondo.

Grazie di cuore alla mia agente, Lauren Spieller, per la sua instancabile difesa, per aver visto il mio potenziale e per avermi fatto desistere dalle idee peggiori. Grazie di cuore a Hannah Morgan Teachout per i suoi appunti incredibilmente rapidi e al tempo stesso accurati. Hai reso questo libro migliore.

Grazie ai miei quattro figli, che mi ispirano e mi illuminano. Grazie per essere la mia famiglia. Per la vostra comprensione, anche quando non capite bene perché sto chiusa nello studio o perché la mia mente è in un luogo chiamato Yusan. Grazie a mia madre per essermi stata vicina in ogni momento. A ogni pagina, spero di rendere orgogliosi te e papà. Grazie a mia sorella per avermi aiutato con le prime bozze e per aver sopportato il peso di essere la maggiore.

Grazie agli amici e ai parenti che mi sono stati vicini durante gli alti e i bassi di questo pazzo viaggio da scrittrice, in particolare a Karen McManus, Alexa Martin, June Tan, Caroline Richmond, Jennifer Dugan, Matt Weintraub, Jessica Norgrove, Susan Thibault, Kiana Nyugen, Sarah Howell e Jenn Kominsky.

Grazie agli influencer, ai librai, ai recensori e soprattutto ai lettori per aver trascorso del tempo nel mio mondo violento ma pieno di speranza.

Infine, ma soprattutto, grazie a John Coryea per avermi dato un nome e un cuore da chiamare casa. Come il ferro e il fuoco, ci rendiamo più forti a vicenda. Grazie per essere il mio uomo d'acciaio e la mia ispirazione, oggi e domani e domani e domani.

Certificato PEFC
Questo prodotto è realizzato con materia prima da foreste gestite in maniera sostenibile e da fonti controllate
www.pefc.it

PEFC
PEFC/18-32-03

Fotocomposizione: Alessio Scordamaglia

Finito di stampare
nel mese di gennaio 2025
per conto della Adriano Salani Editore s.u.r.l.
da Elcograf S.p.A., Stabilimento di Cles (TN)
Printed in Italy